KB026194

오후 5시
동유럽의
골목을 걷다

오후 5시 동유럽의 골목을 걷다

1판 1쇄 인쇄 2008년 6월 15일
1판 4쇄 발행 2010년 7월 5일

지은이_이정흠
펴낸이_정원정, 김자영
편집_홍현숙
디자인 · 일러스트_김민정

펴낸곳_즐거운상상
주소_서울시 용산구 문배동 11-14 이안1차 101동 오피스텔 202호
전화_02-706-9452 I 팩스_02-706-9458 I 전자우편_happywitches@naver.com
출판등록_2001년 5월 7일
인쇄_갑우문화사

ISBN 978-89-92109-26-0

한 소심한 수다쟁이의 동유럽 꼼꼼 유랑기

오후5시 동유럽의 골목을걷다

글과 사진 이정흠

폴란드
Poland

독일
Germany

오시비엥침   크라

쿠트나 호라   올로모우츠   자코파네

프라하   체코   **Czech Republic**

체스키 크룸로프   슬로바키아
Slovakia

브라티슬라바

센

부다페스트

오스트리아
Austria   헝가
Hung

스위스   슬로베니아
Switzerland   Slovenia

블레드   자그레브

류블랴나   크로아티아
Croatia

플리트 비체

보스니아-헤르체고비나
Bosnia-Herzegovina

지중해   이탈리아   스플리트   사라예보
diterranean Sea   Italy   모스타르   몬
M

두브로브니크

물레트

아드리아 해
Adriatic Sea

[체코에서 불가리아까지 동유럽 40일 일주 여행]

체코 프라하 → 쿠트나 호라 → 프라하 → 체스키 크룸로프 → 프라하 → 올로모우츠 → **폴란드** 바르샤뱌 → 크라쿠프 → 오시비엥침 → 크라쿠프 → 자코파네 **슬로바키아** 타트란스카 롬니카 → 브라티슬라바 **헝가리** 부다페스트 → 센텐드레 → 부다페스트 **슬로베니아** 류블랴나 → 블레드 → 류블랴나 **크로아티아** 자그레브 → 플리트비체 → 스플리트 → 두브로브니크 → **몬테네그로** 코토르 → 두브로브니크 **보스니아 헤르체고비나** 모스타르 → 사라예보 **세르비아** 베오그라드 **코소보** 프리슈티나 → 프리즈렌 → 베오그라드 **루마니아** 티미쇼아라 → 부쿠레슈티 **불가리아** 벨리코 투르노보 → 소피아 → 플로브디프

롬니카

몰도바
Moldova

루마니아
Romania

● 티미쇼아라

부쿠레슈티 ●

흑해
Black Sea

벨리코 투르노보 ●

프리슈티나
●

소피아 ●
불가리아
Bulgaria

·렌

플로브디프 ●

마케도니아
Macedonia

그리스
Greece

동유럽 여행에 대한 사소하고 솔직한 수다

여행을 갈 때마다 주변 사람들에게 제일 많이 듣는 이야기가 있다.

"여행? 너랑 안 어울리거든."

나는 움직이는 걸 좋아하지 않는다. 취미가 뭐냐 물으면 '영화 감상과 독서요.' 라는 뻔한 대답이 나오지만, 그게 진짜 내 취미다. 여기에 텔레비전 드라마 보기가 덧붙는다. 얼마나 지겹게 봐댔으면 드라마로 논문 쓰고 학위까지 받았을 정도다.

카페에 종일 죽치고 앉아 게으름을 피우거나 쉼 없이 수다 떠는 게 두 번째 취미다. 어쨌든, 등산이니 걷기니, 움직이는 걸 정말 귀찮아한다. 게다가 나는 엄청나게 소심하다. 사소한 일에 일희일비하는 데다 낯도 가리는 편이다. 이런 내가 여행, 그것도 배낭 여행을 즐긴다니 주변 사람들의 빈정거림을 피할 수 없는 건 당연하다.

여행을 왜 가는지에 대한 나의 대답은 좀 뻔한 구석이 있다. 내가 아닌 나를 볼 수 있으니까. 나는 여행을 가면 쉼 없이 움직인다. 웬만해선 대중 교통을 이용하지 않고 걷고 또 걷는다. 도시의 좁은 골목 걷는 걸 즐기고, 언덕이 보이면 언덕을 오르고, 멀리 희미하게 보이는 게 궁금하면 어떻게든 찾아간다. 그리고 여행 중에는 꽤나 대범해진다. 좀 재미있어 보이는 사람이 있으면 적극적인 구애를 할 정도다. 이게 내가 여행을 하는, 그리고 좋아하는 이유다. 여행은 나에게 두 번째 인격을 선물한다. 여행을 할 때 나는 호기심 많고 에너지 넘치는 사람이 된다. 어쨌든, 일탈이고, 어쨌든, 반항이다. 게으르고 소심한 평소의 나에 대한.

하지만 사람의 근본이란 변하는 게 아니니, 여행을 가도 나는 역시 게으르고 소심하다. 사소한 일 하나에 기뻐하고 우울해 하는 조울증 증세를 보이거나, 카페에 종일 죽치고 앉아 게으름 피우며 구석구석 명소 찾는 걸 귀찮아서 관두기도 한다. 그러니 여행 중의 나는 부지런하기도 하고 게으르기도 한, 소심하기도 하고 대범하기도 한, 조금은 이중인격이 된다.

동유럽은 이런 이중인격의 내가 여행하기에 아주 좋은 곳이었다. 아주 크지도 그렇다고 너무 작지도 않은 도시들은 걷기와 게으름 피우길 다 만족시켰다. 아름답기도 하고 추하기도 한 모습들은 관대함과 까칠함을 모두 끌어냈다. 상처의 역사는 끝없이 우울케 했지만, 또 그것을 딛고 활기차게 살아가는 사람들을 보는 것만으로도 즐거웠다. 이 다양성 덕에 동유럽 여행은 지금까지의 그 어떤 여행보다 몸과 마음에 강하게 박혀버렸다. 그 넘칠 정도로 충만한 기억을 누군가와 공유하고 싶다는 생각 간절했고 결국 이렇게 책까지 쓰게 되었다.

동유럽에 붙은 이미지는 사회주의, 전쟁 등 과하고 부담스럽고 무시무시한 것들이다. 이런 이미지와 함께 동유럽을 덧칠하고 있는 건 '낙후된 곳'이란 생각이다. '서' 유럽과 '동' 유럽의 구분은 단순히 지리적 특성에 기반한 게 아니다. 동유럽은 지형적으로 '중' 유럽에 가깝다. 이 구분은 냉전 시대에 만들어진 정치적이고 이데올로기적인 구분이다. 그래서 '동'이라는 의미는 많은 걸 함축한다. 구소련, 사회주의와 겹치고 이 이미지들은 가난, 억압과 겹친다. 적어도 철저한 자본주의 사회인 한국에서는 말이다.

사실, 내가 동유럽을 여행지로 택한 것도 비슷한 생각에서였다. 사회주의 국가들이었고, 전쟁을 겪었으니 뭔가 다른 걸 볼 수 있겠다 싶었다. 돈과 개발의 때가 좀 덜 묻은 곳을 돌아보며 색다른 기분을 느껴 보자는 생각도 있었다. 하지만 실제 여행을 하며 마주친 동유럽은 그렇기도 하고 아니기도 했다. 곳곳마다 돈과 개발의 시대를 비껴간 세계 문화유산이 즐비했지만 또 곳곳마다 딱딱한 콘크리트 건물과 맥도날드 간판을 어김없이 볼 수 있었다.

전쟁으로 폐허가 된 건물 옆에 눈부시게 아름다운 다리가 놓여있기도 했고, 지친 표정으로 구걸하는 사람을 지나면 세상에서 제일 세련된 복장으로 거리를 활보하는 사람들도 볼 수 있었다. 동유럽은 나의 선입견이 어떻든 오랜 역사를 안은 채 평범한 일상이 자연스럽게 이루어지는, 아주 평범하지만 아주 특별하기도 한, 그런 곳이었다. 마치 낮과 밤의 경계에서 때로는 어정쩡하게 때로는 독특하게 풍경을 만들어내는 오후 5시처럼 말이다.

이 책은 동유럽에 대한 지극히 개인적인 감상이다. 겨우 40일 정도의 여행을 하며 어떤 사회를 알게 되었다고 말하는 건 새빨간 거짓말일 테다. 여행자가 할 수 있는 거라곤 그저 그 사회를 보며 느끼고 고민한 사소한 감상을 지극히 개인적인 생각으로 풀어내는 것뿐이다. 그래서 이 사소한 여행책은 어쩔 수 없이 내 개인적 감상의 경로를 밟고 있다.

크로아티아의 아름다움에 감탄하고 폴란드의 아픈 역사에는 괴로워하며 보스니아와 세르비아에서는 스스로 논쟁거리를 만들어 머릿속에서 끝없이 싸움을 붙이는, 한 여행자의 모습을 볼 수 있을 것이다. 더불어 이 책은 '동유럽'이 아닌 '일상의 공간'에서 살아가는 사람들에 대한 사소한 엿보기다. 우연히 길 위에서 만난 사람들은 그 어떤 명소보다 더 인상 깊었다. 나는 그들 덕에 행복하기도 했고 괴롭기도 했다. 그래서 이 책은 그 사람들이 베푼 사소한 친절 혹은 불쾌한 기억에 대한 지극히 사적인 기록이기도 하다.

내게는 동유럽에 대한 오해를 풀겠다는 거창한 목표가 전혀 없다. 그저 한 소심하고 나약하고 쓸데없는 생각이 많은 평범한 여행자의 사소하지만 솔직한 수다 정도로 생각해 줬으면 좋겠다. 원래 여행자들은 다른 여행자들에게 관대하다. 독자들이 게으르고 소심한 한 여행자에게 그런 관대함을 보여주었으면 좋겠다. 물론, 이 책을 읽고 동유럽 어디든 가보고 싶다는 생각이 든다면, 그건 정말 나에게 무척이나 기쁘고 사치스러운 영광일 것이다.

여행 내내 안부를 물어준 친구들에게 고맙다는 말을 전하고 싶다. 사랑하는 부모님과 동생에게는 더 말할 필요도 없을 것이다. 세상을 다양하게 볼 수 있는 시선을 가르쳐 주셨고, 흔쾌히 추천사까지 써 주신 김현미 선생님께도 깊은 감사를 올린다. 분명, 이 책은 내 책이 아니다. 게으른 나를 인내심을 가지고 기다려 주었고 거칠고 말만 많은 원고를 처음부터 끝까지 꼼꼼히 읽고 교정해 준 즐거운상상 가족들의 책이다. 그리고 책 속에 등장하는 모든 인물들의 책이기도 하다. 이제는 만날 수 없는 사람들이지만, 진심을 담아 그들에게 감사를 보낸다. 이 좁은 세계에서 내 글이 그들에게 누가 되지 않기를 바랄 뿐이다.

2008년 6월 이정흠

'드라마 읽는 남자' 의 남다른 동유럽 여행기

김현미 (연세대학교 문화인류학과 교수)

　　말재주와 글재주, 게다가 세상에 대한 '입장' 이 있는 제자 이정흠이 여행기를 냈다. 나는 그가 드라마 피디나 작가가 될 줄 알았다. 그는 드라마를 꼼꼼히 '읽고' 민첩하게 말을 해대는 문화 비평가지만, 멜로적 감수성에 나른하게 열려 있는 '남자' 이기도 하다.

　　그가 동유럽 여행을 떠난다기에 왜 '동유럽' 이냐고 물었다. 하나는 해소되지 않은 사회주의에 대한 로망 때문이고, 다른 하나는 서구 미디어에 의해 필터링 되지 않은 동유럽, 특히 유고 내전의 상흔과 이후 변화를 직접 느끼겠다는 것이다. 그렇게 떠났던 그가 어느 날 두툼한 동유럽 여행기를 가지고 나타났다. 여행기를 써 보겠다고 오래 전부터 별렀던 나는 제자에게 가져선 안될 일단의 경쟁심으로 단숨에 여행기를 읽었다. 역시 그의 소심한 성격답게 꼼꼼히 보고 자세히 기록했다. 일단 재밌다. 그리고 시선이 관대하고 일상적이다.

　　마치 한편의 드라마처럼 수천년된 성채와 유적 그리고 사람들 모두가 생동감을 부여받아 스토리에 참여한다. 이정흠은 때론 겁많은 관찰자처럼 때론 대범한 주인공처럼, 기차를 갈아타고, 낯선 이에게 말을 건다. 모든 돈 없는 여행자가 그렇듯이 세태말로 '꼼수' 를 쓰려다 후회를 하는 모습이 고소하기도 하다.

여행기는 하나의 텍스트다. 무엇을 보고 어떻게 느끼고 누구를 만나느냐에 따라 의미가 달라지는 열린 텍스트이다. 여행자는 텍스트를 주조하지만 읽은 이와 함께 스토리를 완성한다. 이정흠의 동유럽 여행기는 읽는 이를 낚시하듯 끌어들여 텍스트 속에서 유영하게 만든다. 그의 시선과 경험, 그리고 스토리에 그냥 몸을 맡기고 싶은 느낌이다. 그만큼 편안하다. 민박집 아저씨를 만나면서도 드라마 인물을 떠올리며 마음대로 상상해 버리는 그의 여행기에는 드라마, 영화, 여행이 교차적으로 얽혀 있다.

그러나 방심하지 말자. 스토리를 따라가다 보면 문득 그가 교묘하게 묻어둔 '윤리적 여행자'의 탐문에 놀라게 된다. 동유럽은 한국인에게 '만만치' 않은 여행지다. 일단 그 깊은 역사를 아는 이가 많지 않고, 서유럽처럼 '로망'의 대상도 아니었다. 그 공간을 '욕망'하기엔 우리가 너무 몰랐고, 왕조의 부침, 사회주의에서 시장 개혁으로의 급진적 변화, 오랜 인종 분쟁과 전쟁이라는 역사의 그림자가 너무 무거웠다.

그러나 그는 다른 무엇보다 동유럽 사람들의 활기에 감염됐다고 고백한다. 전쟁의 상흔이 여전히 남아 있는 보스니아, 몬테네그로, 세르비아, 코소보, 크로아티아에서 애도의 시간을 가지길 원했던 한국의 한 남성 여행자는 그들의 활기와 친절함, 평온함에서 인생을 배운다. 그만큼 동유럽은 깊이가 있는 공간이며 내공이 있는 사람들이 모여 있는 곳 같다.

이 여행기를 가득 채우고 있는 인문학적 탐색이 없었다면, 역사에 대한 애정 어린 질문이 없었다면, 무엇보다 낯선 사람에 대한 인간적 호기심이 없었다면 이 책은 평범한 여행기에 불과했을 것이다. 이 여행기에서 인지적이고 감성적이며 동시에 윤리적인 서사들과 조우할 수 있는 것이 기쁘다. 그가 참 큰일을 해냈다.

Contents

반짝반짝 빛나는, 긴 휴가

모든 건 한 권의 책으로 시작되었다. 군 말년은 무료함의 연속이었다. 제대하면 여행이나 갈까 고민하는 것 외에 딱히 할 일이 없었다. 그런 차에 친구 민재가 함께 유럽 여행을 가자고 했다. 사실, 나는 남미나 쿠바에 가고 싶었다. 게다가 7년 전에 서유럽 여행을 했다. 고민하던 차에 우연히 요네하라 마리의 《프라하의 소녀시대》를 읽었다. 이 책에서 묘사된 세르비아 베오그라드의 모습이 너무 근사해 단번에 흘려 버렸다.

"이제 날이 서서히 밝아옵니다. 때는 한창 가을이라 새벽 기온이 꽤 쌀쌀합니다. 급격히 내려간 기온 때문에 강의 수온과 차이가 생기죠. 그 때문에 강의 수면에서는 우윳빛 안개가 피어올랐습니다. 하얀 안개에 휩싸인 도시는 때마침 밝아온 태양빛을 받아 반짝반짝 빛을 발합니다. 그 아름다움에 터키 병사들은 전의를 잃고 말았죠. 그날의 습격은 중지되었답니다. 이리하여 이 도시는 '하얀 도시(베오그라드)' 라 불리게 되었어요."

- 《프라하의 소녀시대》, 요네하라 마리

번뜩, '동유럽으로 가자!' 는 생각이 들었다. 그렇지 않아도 동유럽은 쿠바와 함께 내 오랜 로망이었다. 왜냐고 꼬치꼬치 캐물으면 근사한 이유를 댈수 없다. 이유가 없으니 그냥, 로망인 거다. 사회주의니 전쟁이니 이런 걸 지나온 사회, 그리고 그곳에서 사는 사람들이 궁금했다. 탐욕스럽고 게걸스러운 자본주의에 완전히 잡아먹히기 전에 한 번 가보고 싶었다. 《프라하의 소녀시대》는 그런 로망에 불을 붙였다.

한 번 불붙은 로망 덕에 모든 일은 일사천리로 진행되었다. 먼저 여행을 제안한 민재는 유학 준비 때문에 정신이 없다며 슬그머니 빠졌다. 세상에서 한가한 사람은 막 제대한 나뿐일 테니 원망은 하지 않았다. 아니, 혼자 여행한다는 생각에 더 신이 났다.

솔직히, 여행 준비라 할 것도 없었다. 한국어 최신판 동유럽 가이드북은 있지도 않았고 인터넷을 뒤지며 세세히 정보 수집 하는 건 적성에 안 맞았다. 대충 큰 틀만 잡아 대강의 정보를 추려 노트에 듬성듬성 적어 넣은 후 나머지는 《론리 플래닛 동유럽》에 의지하기로 했다.

대신, 닥치는 대로 동유럽 관련 책을 읽고 영화를 보았다. 《프라하의 소녀시대》와 밀란 쿤데라의 《참을 수 없는 존재의 가벼움》, 《농담》을 복습했고 몇 종류의 역사책에서 동유럽 부분만 골라 읽었다. 시간이 모자라 읽지 못한 《발칸의 역사》는 배낭 안에 집어넣었다. 키에슬롭스키의 〈십계〉와 에밀 쿠스투리차의 〈아빠는 출장중〉, 〈집시의 시간〉, 〈언더그라운드〉 같은 영화를 되새겼다. 아이팟에는 스메타나, 드보르작, 쇼팽, 리스트 등 동유럽 출신 작곡가들의 음악을 채워 넣었다.

'발칸 반도' 라는 이름 때문에 소심증이 뛰쳐나와 제법 비싼 임대료를

감수하고 GSM 로밍폰도 들고 가기로 했다. 이렇게 철저하게 준비한 여행은 처음이었다. 오키나와 여행을 하며 여행지 정보보다 문화와 역사를 먼저 알아야 한다는 것을 절감한 덕이었다. 솔직히, 숨 막혔던 2년에서 벗어나 멀리 떠난다는 사실 하나만으로도, 내 마음은 이미 온갖 밝은 색으로 잔뜩 물들어 있었다.

하지만 3년 만의 여행은 출발부터 삐걱거렸다. 환승지 로마에서는 페넬로페 크루즈를 꼭 닮은 마리아의 제안을 거절하지 못해 90유로나 주고 어처구니없는 숙소에 묵어야 했다. 쾨쾨한 냄새가 나는 방은 방음이 전혀 안 됐다. 옆방 연인의 소란스럽고 은밀한 밤을 고스란히 함께 보내야만 했다. 게다가 전 유럽에 이틀 전부터 서머 타임이 적용된 걸 나만 몰랐다. 프라하행 아침 비행기를 놓칠 뻔했다.

솔직히 이런 식의 좌충우돌은 여행 때마다 경험했지만, 오랜만이라 적응이 잘 안 됐다. 어렵게 탄 프라하행 비행기에서 잘생기고 감성적인 스튜어드가 이 말을 해주지 않았더라면 나는 여행 시작부터 후회할 뻔했다.

"여행을 40일이나 한다고요? 긴 휴가네요. 반짝반짝 빛나는."

그래, 이건, 내 인생의 빛나는 휴가인 걸. 그것도 3년 만에 간신히 받은.

<u>1장</u> 체코 Czech Republic 폴란드 Poland

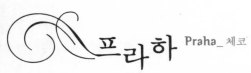 프라하 Praha_체코

'프라하의 봄'이라는 낭만적 이름 뒤에 피가 철철 흐르는 낭만적이지 못한 역사가 새겨있듯이,
봄의 프라하는 어떨 때는 조화를 이루고 어떨 때는 충돌한다.

까탈스러운 프라하, 그리고 봄

* 7년 만의 프라하

〈프라하의 연인〉을 보는데 누군가 "저긴 어디냐? 너 프라하 가 봤다며?"라고 물었다. 화면에는 구시가 광장의 얀 후스 동상이 소원의 벽으로 변신해서 나오고 있었다. 진실을 말해주었다.

"저거 거짓말입니다. 소원의 벽은 무슨, 그냥 동상입니다."

"프라하 정말 가본 거 맞아? 거짓말이면 돼진다."

그가 나에게 쏘아붙였다. 낭만에 흠뻑 젖어 여자 친구 생기면 꼭 같이 가겠다는, 듣는 사람조차 얼굴 들 수 없이 부끄러운 말도 서슴없이 하던 인간이었다. 억울했지만 까라면 까야 하는 더럽고 치사하고 무식한 곳이었다.

"사실, 제가 프라하는 가봤는데 저기는 못 가봤지 말입니다."

그 인간에게 꼭 말해주고 싶다.

"나, 프라하 두 번 가봤거든."

다른 건 몰라도, 날씨만은 그대로였다. 잔뜩 구름 낀 하늘, 구름 사이로 드문드문 보이는 붉은 지붕. 내게 7년 전의 프라하는 서유럽 여행 중에 어쩌다 들른, 별 의미 없는 곳이었다. 7년 만에 돌아와 '내가 다시 왔어'라 아쉬운 소리를 한들, 받아주지 않아도 할 말이 없었다. 하지만 프라하는 아무런 불평 없이 나를 다시 받아주었다. 그렇다고 기뻐할 필요는 없었다. 어차피 이 까탈스러운 도시는 그렇게 만만하지도 단순하지도 않으니까.

　'프라하의 봄'이라는 낭만적 이름 뒤에 피가 철철 흐르는 낭만적이지 못한 역사가 새겨있듯, 봄의 프라하는 어떨 때는 조화를 이루고 어떨 때는 충돌한다. 봄이지만 쌀쌀한 날씨. 낭만적이지만 회색빛의 우중충한 분위기. 여기는 밝음과 어둠이 항상 함께였고 우울과 활기가 어디나 공존했다. 도대체 사람들은 이 칙칙한 도시를 왜 그렇게 좋아하나 싶다가도 어느새 수긍하게 되는, 그런 곳이었다.

　시간은 이미 오후 느지막을 향하고 있었다. 두 번째라지만 여유를 즐길 만한 프라하의 명소가 생각나지 않았다. 노트에 쓴 여행 정보를 보니 촌스러워 좀 부끄럽다. '복잡한 인파를 피해 늘어지고 싶다면 비셰흐라드로!' 뭐냐, 이건. 어쨌든, 나는 지하철 C선을 타고 비셰흐라드로 향했다.

　비셰흐라드는 프라하를 가르는 블타바 강 옆 언덕에 자리하고 있다. '고지대에 위치한 성'이라는 뜻의 옛 성채 유적지이다. 전설에 따르면 고대 체코 첫 왕조의 발생지다. 우리로 치면 강화도 마니산인 셈이다. 민족의 기원에 대한 전설이 깃든 곳은 민족의 자부심과 연결되기 마련이다. 비셰흐라드도 예외는 아니다. 체코인들이 가장 사랑하는 작곡가 스메타나의 교향시 '나의 조국' 1악장 제목이 비셰흐라드다. 체코인의 애정을 대충이나마 짐작해볼 수 있다.

'민족의 자부심'이라는 거창한 표현과는 다르게 비셰흐라드는 조용하고 한적한 공원이었다. 프라하 시내의 활기와는 다른, 무심한 듯 느긋함이 어울리는 느낌이다. 언덕 위에서 블타바 강과 프라하 시내의 전경을 내려다보니 '아, 내가 정말 여행을 시작했구나.'라는 벅찬 감정이 솟구쳤다.

비셰흐라드 안으로 눈을 돌렸다. 뾰족한 두 개의 첨탑이 솟은 성당이 보였다. 성 베드로와 바오로 성당이다. 기초를 세울 때 보헤미아 왕국의 초대 왕 브라티슬라브 2세가 손수 돌무더기를 열 두번이나 옮겼다는 그럴듯한 거짓말도 전해진다. 문이 굳게 닫혀 들어갈 수 없었다.

성당 옆의 평범한 공동묘지에는 체코의 위인들이 잠들어 있었다. 작곡가 스메타나와 드보르작, 화가 알폰소 무하 등의 예술가와 체코 민족 운동에 기여한 인물들의 무덤이 있었다. 스메타나의 묘는 이름이 새겨있지 않으면 도저히 대작곡가의 묘임을 짐작하기 어려울 정도로 소박했다. 하지만 드보르작의 묘는 정교한 흉상으로 한껏 멋을 낸 채 지붕까지 덮여있었다. 무덤 속 스메타나가 통탄해할 만큼, 이유를 알 수 없는 노골적인 차별이었다. 묘지의 한쪽에서 거대한 수호천사 아래 두 명의 여인이 서글프게 울고 있는 조각상이 보였다. 슬라빈이었다. 조각상 아래 체코 민족 운동에 몸담았던 44인의 관이 안치되어있다고 했다.

비셰흐라드 공동묘지는 17세기에 조성된 평범한 성당 묘지에서 19세기 들어 유럽에 '민족'과 '근대 국가 수립'의 바람이 거세게 불며 민족 영웅들의 묘지로 변했다. 오랫동안 외세(오스트리아)에 시달리던 체코는 '민족 부흥'이라는 기치 아래 다양한 분야에서 민족 운동을 펼쳤다. 스메타나, 드보르작이 대표적 인물이다. 이들이 작곡한 음악들은 '조국', '민족', '통합' 등의 의미를 강하게 내포하고 있다. 평범해 보이지만 다분히 의도적으로 조성된 비셰흐라드의 공동묘지는 민족의 자립과 근대적 민족 국가 수립을 위한 체코인의 의지였을지도 모르겠다.

묘지를 지나 천천히 비셰흐라드를 걸었다. 흐린 하늘 아래 겹겹이 옷을 껴입은 사람들을 보니 마음이 스산해졌다. 노천극장으로 향했다. 굳게 잠겨 있다. 저곳에서 스메타나의 '나의 조국'을 들으면 어떤 기분이 들까. 밤하늘을 수놓는 별들 아래 사이좋게 이어폰 하나씩 나눠 낀 채 들을만한 낭만적 음악은 아니었지만, 기분은 부담스러울 정도로 고양될 것 같다.

1악장 비셰흐라드가 끝나고 2악장 블타바 강이 흘러나왔다. 산책로 벤치에 앉아 블타바 강을 바라봤다. 스메타나는 작은 물줄기 두 개가 만나 하나가 되는 블타바 강을 음악으로 표현했다. 그렇게 체코 민족의 통합과 전진을 갈망했다. 하지만 이 역동적이고 아름다운 노래를 민족이라는 좁은 기준 아래만 둘 필요는 없을 것 같았다.

갈등이 대립을 부르는 현실 속에서 화합과 상생, 그리고 연대에 대한 갈망으로 해석하는 건 제법 근사한 일일 테다. 그 갈망이 프라하에서도, 그리고 10시간 이상의 비행거리만큼 떨어진 한국에서도, 모두 이루어지길 바랄 뿐이다.

* 프라하의 재즈 클럽

프라하 구시가로 발걸음을 돌렸다. 남은 하루를 어떻게 보낼까. 해외여행을 할 때는 항상 몇 가지 선택을 두고 갈등하게 된다. 여유를 가지고 천천히 돌아보며 많은 생각을 할까. '본전' 생각에 바삐 옮기며 최대한 많이 볼까. 목적이 있는 여행을 할까. 목적 없이 유영해볼까. 이 중 어느 것이 우위에 있다고 단언할 자신은 없다. 어쨌든 여행자의 윤리를 지키며 취향에 맞는 여행을 만들어낼 수만 있다면, 의미 있는 게 아닐까. 뭐, 그렇게 합리화하고 싶은 심정이었다.

프라하의 낭만적 야경은 유명하다. 우연히 만난 체코인에게 괜히 "프라하의 야경은 백만 불" 운운한 적이 있다. 그 사람이 쏘아붙였다.

"겨우 백만 불이라고? 그런 싼 값에 넘길 생각 없거든."

프라하의 야경, 하면 단연 밤의 카를교가 떠오른다. 프라하에 처음 왔을 때 운치 넘치는 밤의 카를교에서 색색의 조명으로 빛나는 프라하 성을 볼 때의 기분은 말로 표현하기 힘들었다. 그런데 곰곰 생각해보니 밤의 카를교는 어떤 모습일까? 본 적이 없다.

이번에는 레길교 위에서 밤의 카를교를 지켜보기로 했다. 프라하 성 너머로 땅거미가 내려앉자 조명들이 조용히 기지개를 켰다. 블타바 강을 따라 가로등 하나하나가 빛을 내며 프라하는 또 다른 모습으로 변했다. 밤이지만 밤이 아닌 도시, 몰려나온 여행자들의 카메라 플래시 속에 프라하는 새로운 빛을 발했다.

멀리서 보는 밤의 카를교는 조용했다. 어깨 너머 프라하 성의 화려한 조명에 가린 채 조용히 숨죽이고 있었다. 프라하의 밤, 여행자 대부분이 카를교 위에 모인다는 말이 무색할 정도로 조용했다. 주위의 화려한 조명에 비해 몇 단계 낮아 보이는 명도 때문인지 밤의 카를교는 쓸쓸해 보이기까지 했다. 은은한 오렌지 빛 가로등만이 희미하게 윤곽을 드러내고 있었다. 쉴 새 없이 터지는 카메라 플래시가 카를교 위의 활기를 전할 뿐이었다. '세상에서 가장 아름다운 다리' 라 불리는 카를교는 밤에는 잠시 그 자리를 뒤로 물린 채 조용히 주어진 역할을 했다. 그 겸손함이 한층 더 멋졌다.

레길교에서 다시 신시가 쪽으로 걸음을 옮겼다. 레두타 재즈 클럽이 보였다. 1958년에 만들어진 유럽에서 가장 오래된 클럽 중 하나다. 1994년, 미국 대통령 빌 클린턴과 체코 대통령 바츨라프 하벨이 합동 재즈 공연을 펼친 곳으로도 유명했다. 하지만 이곳은 쿨한 척하고 싶어한 대통령들의 연주로만 유명한 곳은 아니다.

재즈는 종종 프라하에 넘실거리는 '자유' 의 상징으로 사용된다. 레두타 재즈 클럽은 '프라하의 재즈' 를 상징하는 대표 클럽으로 "레두타 재즈 클럽의 전설적 분위기" 라는 구절을 읽은 기억도 있다. 재즈는 자유로운 표현, 즉흥 연주 등의 특징을 통해 자유의 상징으로 사용되곤 한다. 사회주의 프라하에서 재즈는 일종의 반체제 운동의 상징이었다.

맥주를 시켜 놓고 공연을 기다렸다. 체코는 하루만 머물러도 '맥주' 를 의미하는 체코어 '피보pivo' 를 배우게 되는 맥주 애호가들의 천국이다. 체코 대중 맥주 중 하나인 필즈너 우르켈을 마셨다. 세계 최초의 라거 맥주인 필즈너 우르켈은 체코의 플젠Plzen이 고향이다. 필즈너Pilsner는 플젠의 지명에서 따온 것이고 우르켈Urquell은 원천, 근원이라나, 아무튼 그랬다.

"혀끝에서 감도는 쌉싸래한 맛은 플젠의 해질녘 황금 보리밭에서 낫으로
보리를 베어내는 농부의 분주한 손길, 그리고 땀방울과 같다. 목구멍을 타고
내려가며 느껴지는 시원함은 흘러내리는 땀방울을 훔치며 시원하게 물을 들

1968년 '프라하의 봄'의 중심지였던 비츨라프 거리. 프라하에서 가장 번화한 곳이다.

이켜는 농부의 모습을 연상케 한다. 가지런히 베인 보리밭의 모습을 보니 노동의 달콤함이 절로 느껴진다. 아, 이것이 천지인이 만들어내는 세상의 조화, 이 조화를 느끼며 맥주 한 잔을 들이켜니 왜 달콤 씁싸래한 인생인지 어렴풋이나마 알겠구나."

《신의 물방울》 맥주 편을 만들면 당장에 소개될지 모를 정도로 맛있는 맥주였다. 허스키한 목소리의 여성 보컬이 이끄는 단출한 재즈 밴드의 공연이 시작되었다. 공연장을 가득 메운 일부 관광객의 시끄러운 고성과 무수히 터지는 카메라 플래시에도 밴드는 아랑곳하지 않았다. 소란스러운 분위기에 맞는 리듬으로 관객들의 호응을 끌어냈다. 모든 것을 포용하는 재즈에 절로 흥겨웠다. 2시간 반의 공연 시간이 훌쩍 지나 시간은 자정을 넘었다.

프라하가 재즈를 사랑하는 이유를 얼핏 알게 된 기분이었다. 프라하의 밤을 가득 채우는 재즈는 자유와 예술을 사랑하는 프라하의 한 단면이었다. 한편 씁쓸한 느낌도 들었다. 손님은 거의 관광객이었다. 밴드 멤버들은 "모두 알아들을 수 있게 영어로 이야기하겠다."며 무대를 열었다.

프라하 사람들의 공간을 여행자들이 빼앗아버린 것은 아닐까. 프라하 사람들은 어디에서 그들만의 자유를 즐기고 있을까. 프라하 공기를 떠다니는 자유의 선율이 돈과 욕심, 그리고 무자비한 경쟁에 의해 구슬픈 색소폰 연주로 변하지 않기를.

* 프라하의 두 얼굴

프라하를 구석구석 즐기려면 일주일도 부족했다. 하지만 일생일대의 로맨스를 만나거나 사기로 인해 빈털터리가 되지 않는 이상, 정해진 시간 안에서 고르고 또 고를 수밖에 없다. 일반적인 '정석'은 구시가를 지나고 카를교를 건너 프라하 성에 오르는 것이다. 그만큼 아름답고 환상적인 길이었다. 하지만 콩나물 시루 속을 헤매며 세상에서 내 존재가 얼마나 하찮은가를 뼈저리게 느낄 각오도 필요했다.

솔직히, 나는 복잡하고 시끄러운 프라하의 모습이 싫지 않았다. 서울이나 도쿄, 뉴욕 같은 도시가 시끄러운 것은 예상을 벗어나지 않는 전형성이 있다. 하지만 그림 형제의 동화나 미야자키 하야오의 애니메이션을 보며 상상했을 법한 중세풍 건물들이 일렬로 늘어선 프라하의 모습과 복잡한 인파는 예상을 벗어나는 '의외성'이 있다. 그것은 프라하에 사는 사람들은 느낄 수 없는 여행자의 특권이다.

그러나 역시, 조용하고 한가한 프라하가 더 좋다. 중세 유럽의 아름다운 건물 사이사이 한산한 골목을 누비다보면 내가 정말 여행을 왔구나, 라는 것을 실감케 되니까. 무라카미 하루키는 '여행을 일상의 연속'으로 받아들이라고 이야기하지만, 나처럼 평범한 여행자에게 이 말은 사치스럽다. 일상에서 벗어난 여행자의 기분을 만끽하고 싶었다.

7년 전 '정석'을 따라 프라하 여행을 했기에 이번에는 조용하고 한가한 경로를 찾기로 했다. 일단 신시가를 지나 레길교로 향했다. 이른 아침이고 관광객이 몰리지 않는 거리라 조용했다. 출근하는 사람과 등교하는 학생이 드문드문 보일 뿐이다. 아침 햇살과 블타바 강이 만들어내는 어른거리는 물안개가 더없이 아름다웠다. 물안개 너머로 조용히 흔들리는 카를교와 프라하 성의 풍경은 예상치 못한 행운이었다.

레길교를 지나니 바로 페트르진 언덕이 보였다. 벚나무들이 많았지만 쌀쌀한 날씨에 잎이 활짝 핀 나무는 드물었다. 정상을 향하는 케이블카를 찾아봤다. 마침 오늘까지 보수 공사 중이란다. 언덕 정상의 페트르진 탑을 바라봤다. 겨우 삼백 미터가 조금 넘는 언덕일 뿐인데 올라가는 게 어려울까 싶어 어쨌든 걸음을 뗐다. 가파른 산책로에는 드문드문 개나리가 피어 있었다. 천천히 오르며 내려다보는 프라하의 모습이 아름다웠다.

정상에는 뾰족하게 솟은 페트르진 탑이 주변을 압도하고 있었다. 62미터 높이의 페트르진 탑은 1891년 프라하 박람회 때 만들어졌다. 에펠탑을 본뜬 것이라고 한다. 흉물스러운 철골 구조물은 주변의 성벽, 교회들과 어울리지 않았다. 어느 시대에나 발견할 수 있는 높고 크고 거대한 것에 대한 비뚤어진 동경이었다. 전망대에 오르기 위해 매표소로 향했다. 학생은 일반 입장료의 정확히 절반이었다. 불순한 생각이 들었다.

"저, 제가 학생증을 잃어버렸는데……."

말꼬리를 흐렸지만 매표소 할머니는 웃으며 학생 할인을 해주었다. 여행가 김남희의 "과거에 학생으로서 할인이라는 충분한 권리를 누렸기 때문에 더 이상 학생 할인이 아쉽지 않다"는 이야기도 떠올랐지만, 나라는 인간은 원래 좀 얄팍했다.

299개의 계단을 올라 전망대에서 프라하를 바라봤다. 한쪽은 뾰족한 첨탑의 '백탑의 도시' 프라하였다. 다른 쪽은 거대한 스타디움과 길게 늘어선 아파트 단지의 프라하였다. 멀리 공장 굴뚝이 연기를 뿜고 현대식 고층 빌딩이 하늘을 찌른다. 중세풍의 관광지인 동시에 근대적 일상의 도시이기도 한 프라하의 두 얼굴이었다. 좋든 싫든, 까탈스러운 프라하다웠다.

✻ 소금과 후추 값의 무게

페트르진 탑을 나와 높은 성벽에 둘러싸인 한적한 도로를 걸었다. 프라하 성으로 가는 길이다. 5분도 채 안 되는 거리에 스트라호프 수도원이 자리하고 있다. 스트라호프 수도원은 기구한 사연을 간직한 곳이다. 1143년에 건설된 수도원은 후스 전쟁, 30년 전쟁, 두 번의 세계대전, 그리고 40여 년의 사회주의 체제 등 역사의 소용돌이 속으로 떠밀렸다. 프라하의 역사가 온전히 배어 있는 셈이다.

스트라호프 수도원은 영화 〈아마데우스〉의 촬영 장소이기도 하다. 모차르트는 프라하를 사랑했다. 모차르트 교향곡 38번의 제목은 〈프라하〉며, 오페라 〈돈 지오반니〉가 초연된 곳도 프라하다. 스트라호프 수도원 안에 자리한 성모 예배당에는 모차르트가 연주한 오르간이 있다고 했다. 예배당은 하루에 한 번 미사 시간에만 개방했기 때문에 좀처럼 시간을 맞추기 힘들어 포기했다.

모차르트가 연주한 오르간 대신, 수도원이 자랑하는 도서관에 들렀다. 이쪽이 내 취향에 더 맞았다. 손톱만한 크기로 제본된 책부터 보석, 조개껍질 등으로 화려하게 제본된 책까지, 다양한 종류의 고서들이 책꽂이 가득했다. 도서관을 두 뭉텅이로 나누는 '신학의 방' 과 '철학의 방' 을 연결하는 통로까지 책들로 가득 차 있었다. 장서는 모두 20만 권이라고 한다. 책 냄새가 물씬 풍겼다. 인간이 남긴 기록과 노력의 아름다운 향기였다.

〈아마데우스〉와 20만 권의 책, 그리고 사기와 협잡도 나를 두 팔 벌려 얼싸안았다. 스트라호프 수도원 안에는 레스토랑과 카페가 있었다. 자본주의 시대의 수도원다운 불경한 선택이었다. 어쨌든, 배고픈 나는 '페크로' 라는 레스토랑의 점심 메뉴 50퍼센트 할인에 홀려 지하로 내려갔다. 동굴 같은 분위기에 은은한 인테리어가 멋스러운 레스토랑과 메뉴판의 저렴한 가격에 절로 미소가 흘렀다.

민물송어구이와 버섯라이스를 주문했다. 민물송어가 내륙 국가 체코의 명물 음식 중 하나라는 것이 이상했지만, 맛은 제법 괜찮았다. 식사를 마치고 계산을 했다. 키가 2미터는 족히 되어 보이는 종업원이 메뉴 가격보다 40코룬(1,700원) 정도를 더 요구했다. 민물송어구이와 버섯라이스는 110코룬이었다. 팁 치고는 터무니없는 가격이었다.

"저기, 가격이 좀 이상한 거 아니에요?"

"응. 당신 테이블에 놓았던 소금과 후추 값이야."

소금과 후추는 손도 안 댔다고! 2미터 키의 웨이터가 내 얼굴 두 배는 되어보이는 큰 손을 까닥까닥하며 위협하듯 내려다보고 있었다.

"오케이. 잔……, 잔돈은 가져."

눈물을 훔치며 뛰쳐나왔다. 바가지, 그건 아무것도 아니었다. 그저 키가 2미터가 넘고 손이 황소 배때기만 하면 잔돈까지 받게 되는, 그런 간단한 것이었다. 속으로 저주를 퍼부었다.

'여행자의 뒤통수를 치는 자, 저주 받으리라!'

하지만 소금과 후추 값 40코룬은 페트르진 전망대에서 거짓말로 할인받은 딱 그 금액이었다. 레스토랑과 종업원 탓이 아니었다. 그건 페트르진의 저주였고 나는 그런 저주를 받아도 싼 놈이었다.

기분을 풀기 위해 여러 가지 다른 생각을 해보았지만 프라하 성에 도착할 때까지 기분은 조금도 나아지지 않았다. 매시 정각에 하는 프라하 성 근위병 교대식까지 시간이 조금 남았다. 시간은 두 시 십 분 전이었다. 7년 전에 가장 화려하다는 정오의 교대식을 보았으니 굳이 교대식을 기다릴 필요는 없었다. 하지만 정문에 모여 상기된 표정으로 교대식을 기다리는 단체 관광객을 보고 마음을 돌렸다. 나도 그들처럼 이 순간을 즐기고 싶었다. 교대식이 시작되었다. 근위병의 어색한 표정이 내 결심을 격려해주고 있다는 착각이 들었다. 그때부터 나는 프라하 성 관광 모드로 들어갔다.

* 허망했던 프라하 성 관광

프라하의 최고 명소로 프라하 성을 꼽는다. 그러니 프라하 성에는 뭔가 특별한 게 있을지도 모를 일이었다. 내가 7년 전에 프라하 성의 매력으로 받아들인 건 다채로움이었다. 9세기에 시작되어 18세기에 완공된 거대한 성(성은 마치 작은 마을처럼 보인다)에는 900년을 아우르는 다양한 건축 양식과 역사가 새겨있다.

로마네스크에서 초기 고딕, 후기 고딕을 거쳐 르네상스에 이르고 바로크 시대에 도달한 후에야 아름다움과 웅장함에 대한 욕망을 멈추었다. 프라하 성은 아름다운 외관 덕에 낭만의 상징이었다. 반면 프란츠 카프카처럼 냉소적인 작가는 프라하 성을 관료주의의 상징이자 인간의 실존적 불안을 상징하는 곳으로 묘사하기도 했다. 천 년을 거치며 겹겹으로 둘러싸인 의미의 충돌들, 시간의 흐름과 흔적들, 분명 매력적이었다. 아름다움만으로는 표현할 수 없는 다채로운 매력이었다.

여전히 프라하 성에는 사람이 넘쳤다. 그래도 7년 전 여름 성수기와 비교하면 한산한 편이었다. 하지만 성 비투스 대성당에는 엄청난 인파가 몰려

프라하 성의 근위병 교대식. 근위병들 사이의 어색함과 쑥쓰러움이 매력이다.

있었다. 거대한 대성당은 925년에 첫 건축을 시작했다. 천 년 가까이 양식을 바꾸며 변형되다 1929년에야 현재의 네오고딕 양식으로 완성되었다. 인간 집념의 결정체이자 프라하 성을 상징하는 대성당은 큰 규모와 화려한 내부로 보는 사람을 압도했다. 육중한 첨탑은 위협적이었지만 창문마다 장식된 화려한 스테인드글라스는 몽환적이기도 했다. 좀 더 안으로 들어가기 위해서는 티켓이 필요했다.

관광 모드인 내가 이런 굵직한 곳을 그냥 지나칠 수 없다. 이왕 티켓을 사는 거, 성 비투스 대성당까지 포함된 투어 티켓을 사기로 결심했다. 인포메이션 센터를 찾아가 론리 플래닛에서 추천한 '투어 B 티켓'을 샀다. 성 비투스 대성당으로 돌아와 티켓을 보여주었다.

"이 티켓으로는 성당 내부를 볼 수 없어요. 투어 티켓에 포함되어 있지 않거든요. 성당 내부 매표소에서 따로 사셔야 해요"

두 달 전에 출간된 론리 플래닛을 던져버리고 싶었다. 티켓을 꼼꼼히 살피지 않고 산 내 자신을 성 비투스 성당 꼭대기에서 밀어버리고 싶었다. 제정신이 아니었지만, 폐장 시간 전에 티켓으로 갈 수 있는 곳을 찾았다. 제일 가까운 프라하 성 갤러리로 갔다. 바로크풍의 그림과 조각이 전시되어 있었다. 잘못 산 티켓 생각에 집중을 할 수 없었다. 대충 시간을 보낸 후 다음 행선지를 물색하며 표를 들여다보다 새로운 사실을 알게 되었다. 프라하 성 갤러리는 이 티켓으로 들어갈 수 없었다. 투어 B 티켓이 아닌 A 티켓을 사야만 들어갈 수 있었다. 마침 입구에 검표원이 없어 들어갈 수 있었던 것이다. 찜찜했지만 이미 돌이킬 수 없는 일이었다.

계속된 바보짓에 점점 더 멍해졌다. 마음을 가다듬고 찬찬히 티켓을 살

퍼봤다. 입장할 수 있는 곳은 구왕궁과 성 조지 성당, 그리고 황금소로 세 곳이었다. 구왕궁과 성 조지 성당에 가보았지만 비수기여서 네 시 마감이었다. 잠시만 볼 테니 들여보내달라고 검표원과 실랑이도 벌였다. 내일 오라는 말만 반복해서 들었을 뿐이지만.

결국, 티켓을 사용할 수 있는 마지막 장소 황금소로로 가는 수밖에 없었다. 하지만 황금소로에서는 티켓 검사를 하지 않았다. 황금소로는 성에서 일하는 시종들과 활 사수들, 금세공업자들이 살았던 곳이다. 금세공업자 때문에 황금소로라는 이름이 붙었다는 설도 있지만, 말 그대로 설일 뿐이다. 색색의 작은 집들에서는 기념품을 팔고 있었다. 프란츠 카프카가 여동생과 함께 살며 글을 썼다는 22번지의 가게 앞은 사람들로 소란스러웠다. 하지만 해질녘 황금소로는 지는 태양빛을 받아 황금빛으로 조용히 물들었다.

황금 소로를 빠져나오며 프라하 성 관광 모드도 끝났다. 투어 티켓을 물끄러미 쳐다봤다. 방문하는 장소에서 펀치 구멍을 뚫는데 125코룬 짜리 티켓에 구멍이 하나도 없다. 책갈피로 쓰면 딱일 듯싶다. 이렇게 나의 성실한 프라하 성 관광 모드는, 아무것도 이루지 못한 채 허망하게 끝이 났다. 도대체 프라하 성에서 티켓은 왜 산 거람.

☀ 카를교의 위로

소심함이 만들어낸 온갖 사소하고 같잖은 자책감 속에 프라하 성을 벗어났다. 모든 일이 귀찮게 느껴질 뿐이었다. 무작정 블타바 강의 마네스프교를 건넜다. 드보르작 동상이 보였다. 근엄하게 서 있는 그의 시선을 따르니 멋진 건물이 보였다. 루돌피눔이었다. 세계적인 체코 필하모닉 오케스트라의 주 무대이자 유명한 음악 축제 '프라하의 봄' 의 주 공연장이었다.

　루돌피눔의 주 공연장인 드보르작 홀에서는 매일 공연이 있다. 마침, 운
좋게도 체코 필하모닉 오케스트라의 상임 지휘자인 즈데넉 마칼Zdenek Macal
이 지휘하는 공연이 있었다. 한국의 클래식 공연을 생각하며 막연히 비쌀 것
이라는 생각에 큰 기대 없이 티켓 값을 물어보았다.

　"100코룬(약 4,500원)입니다."

　"네?"

　창구의 할머니는 "좌석 구분 없이 전체 다 100코룬이랍니다."라면서 다
시 한 번 가격을 확인해주었다. 한국에서 빈 필하모닉 오케스트라 공연을 보
기 위해 몇십 배의 가격을 지불했다. 앞에서 세 번째 줄 좌석으로 티켓을 끊
었다. 기분이 좋아졌다. 1,700원에 우울하다 4,500원에 기뻐하는 내가 좀 우
스웠지만, 어쨌든 나는 돈에 의한, 돈을 위해 존재하는, 천박한 자본주의 사
회의 인간이었다.

　공연 시작까지 시간이 남아 카를교로 향했다. 사람들로 북적였다. 단언
컨대, 프라하에서 카를교보다 사람이 많은 곳은 없다. 카를교는 보헤미아 왕
국의 최전성기를 이끈 카를 4세 때 건설되었다. 이 다리는 무척 아름답다.
고전미 넘치는 30여 개의 조각상이 빈틈없이 어긋난 돌길 위를 장식하고 있
다. 다리의 유일한 청동상이자 가장 오래된 동상인 성 네포묵 청동상에는 사
람들이 몰려있었다. 청동상 아랫부분을 만지면 소원이 이루어진다는 전설
때문이었다. 평생 한 번의 소원만 빌 수 있단다. 나는 이미 7년 전에 빌었다.
무슨 소원을 빌었더라. 세계 평화? 그딴 걸 빌었을 리 없다. 어쨌든, 이루어
졌는지 확인할 길이 없었다.

나는 프라하에서 카를교를 제일 좋아한다. 카를교 위에는 많은 것이 존재한다. 청소를 하고 기념품을 파는 살아있는 노동과, 연주를 하고 노래를 부르며 그림을 그리는 생동감 넘치는 문화가 공존한다. 혼자 다리 위에 걸터앉아 시간을 보내는 외로움과 뜨거운 키스를 나누는 연인들의 로맨스도 떠다닌다. 쉼 없이 카메라 셔터를 누르며 배회하는 여행자의 활기와 다리 한 편에서 쓸쓸히 담배를 피는 부랑자의 고단함도 있다.

여기는 까탈스럽고 이중적인 프라하, 그 자체였다. 1841년까지 블타바강을 건널 수 있는 다리는 오직 카를교 뿐이었다. 오랜 시간 도시의 영욕을 함께한 이 다리에는 다양한 기억이 새겨 있고 여전히 새겨지는 중이다.

아름다운 카를교의 위로를 받으니 우울했던 기분이 말끔히 날아갔다. 꼬인 실타래는 한 번 풀리기 시작하면 술술 풀리기 마련이다. 알랭 드 보통은 이런 감정의 메커니즘을 《여행의 기술》에서 근사하게 표현했다. "행복의 핵심적 요소는 물질적인 것이나 미학적인 것이 아니라, 어디까지나 심리적인 것일 수밖에 없다." 여행의 불예측성이 선사했던 외로움과 우울함이 여행의 불예측성이 던져준 우연에 의해 해결된 셈이다.

카를교를 벗어나 블타바 강가 벤치에 앉아 프라하 성 뒤로 지는 노을을 바라봤다. 해는 붉은 어스름을 남긴 채 순식간에 사라졌지만, 이 순간에 느낀 기분은 분명 확실한 위로였다.

루돌피눔으로 돌아갔다. 관객 대부분은 머리가 희끗희끗한 노인들이었다. 저렴한 공연이 매일매일 열리는 건 이들에게 큰 혜택일 게다. 사회주의가 남긴 공이 아닐까. 사회주의 사회에서 문화와 예술은 공공의 재산이었

'세상에서 가장 아름다운 다리', 카를교. 카를교를 아름답게 만드는 것은 다리 위의 사람들이다.

다. 오랫동안 그 가치를 제도화 한 덕에 사회주의 붕괴 이후의 체코에도 쉽고 편하게 접근할 수 있는 예술이라는 기본 구조가 여전히 남아있었다.

예전에 "체코는 문화 활동을 일종의 복지혜택으로 간주하기 때문에 국민들이 저렴한 공연을 즐길 수 있게 정부에서 보조금을 지급한다."는 기사를 본 적이 있다. 부러울 뿐이었다. 자본주의는 예술이나 문화도 시장에서 팔아댄다. 그 경쟁은 예술도, 문화도, 그걸 즐기는 사람도 병들게 했다. 사회주의 시절 유럽 최고 수준으로 인정받던 체코 필하모닉 오케스트라가 사회주의 붕괴 후 내리막이라는 평가를 받는 건 결코 우연이 아닐 것이다. 경쟁에서 살아남지 못해 도태되는 건 세렝게티 초원의 먹이사슬만으로 충분할 테다.

공연이 열리는 드보르작 홀은 작고 아담했다. 움푹 들어간 원형의 천장이 무척이나 아름다웠다. 왠지 천장에서 음악 소리가 둥글게, 천천히, 내려오고 음표가 머리 위로 떨어지진 않을까, 라는 감상적인 기분이었다. 백발의 백인들 사이에서 한 무리의 동양인이 보였다. 일본인인 듯했다. 그들을 보자 갑자기 낯익은 기억이 떠올랐다. 머릿속에서 베토벤 교향곡 7번이 장렬하게 울려 퍼졌고 '꺄옹'이라는 익숙한 의성어도 들렸다.

노다메! 그래, 프라하는 드라마〈노다메 칸타빌레〉의 남자 주인공 치아키가 처음 지휘자의 꿈을 키운 곳이다. 그리고 그의 스승 비에라 선생은 체코 필하모닉 오케스트라의 상임 지휘자로 나오지 않았던가.

노다메에 대한 기억으로 유쾌해진 순간, 지휘자인 즈데넥 마칼이 콘서트마스터와 함께 공연장으로 들어왔다. 놀랍게도 즈데넥 마칼은 드라마 속 비에라 선생과 똑같이 생겼다. 절로 감탄사가 나왔다. 일본인들은 환호성을 질렀다. 나와 같은 생각을 하는 모양이다. (당시에는 〈노다메 칸타빌레〉에서 비에라 선생을 연기한 사람이 즈데넥 마칼이라는 사실을 몰랐다. 뒤늦게 그 사실을 알게 된 후 일본인 여행자들의 환호성을 이해할 수 있었다.)

〈노다메 칸타빌레〉에 대한 생각으로 머릿속이 행복해지니 음악이 귀에 들어오지 않았다. 솔직히 음악이 너무 어려웠다. 즈데넥 마칼은 21세기 북유럽의 현대 음악을 지휘하고 있었다. 멜로디도 박자도 전혀 따라갈 수 없었다. 그러나 공연장에서 느낀 사소한 기쁨이 여행의 피로를 말끔히 치유했다. 옆 자리에서 하품하고 있는 어린 아이까지 사랑스러웠다. 중간 휴식 시간에 마신 달디단 자판기 커피 한 잔조차 기분 좋았다. 한 곡이 끝날 때마다 나와서 인사하는 작곡자의 모습을 보는 것도 행복했다. 비록 그의 음악을 이해하기는 어려웠지만 동시대에 살고 있다는 생각만으로도 즐거웠다.

두 시간 반의 공연이 끝난 후 바깥으로 나왔다. 밤바람이 지나갔다. 블타바 강의 바람을 느끼며 구시가를 지나쳤다. 늦은 밤에도 활기 넘치는 거리, 사람들, 그리고 아름다운 도시의 풍경들. 천천히 걸으며 하루를 돌이키니 감정의 기복이 무척 심한 하루였다.

매사, 사소한 일에 일희일비하는 모습이 딱 내 모습 그대로였다. 하지만 이것저것 계산하고 고민할 필요가 뭐 있을까. 이곳은 프라하였다. 그저 순간순간을 즐기는 것만으로도 벅찬, 프라하였다.

쿠트나 호라 Kutná Hora_ 체코

끝도 없이 길을 따라 걸었다. 이상했다. 분명 큰길만 따라가면 구시가가 나와야 하는데 이상한
장소에서 자꾸 헤맸다. 이 길을 따라가면 다시 세드렉 납골당이었다. 등줄기가 서늘했다.

번영과 쇠락을 거친 은의 도시

✳ 광기의 쿠트나 호라

이른 아침, 가만히 천장을 바라보다 론리 플래닛을 펼쳐 이곳저곳을 찾아봤다. 프라하에서 기차로 한 시간 거리인 쿠트나 호라에 대한 설명이 재미있었다. 한때 보헤미아 제일의 도시를 두고 프라하와 경쟁하던 도시란다. 은을 채취해 부를 이루었으나 은이 고갈되며 쇠퇴해버렸다. 한 도시의 흥망성쇠를 보는 건 여행에서 가장 흥미로운 선택 중 하나였다.

　기차와 버스 중 30코룬 비싼 기차를 선택한 것은 탁월했다. 쿠트나 호라에서 가장 유명한 '해골 성당' 세드렉 납골당이 기차역에서 구시가로 걸어가는 길목에 자리했기 때문이다. 코스트니체 세드릭Kostnice Sedlec은 공동묘지와 성당의 익숙한 조합이었다. 하지만 성당 지하에 마련된 납골당은 결코 익숙하지 않았다. 입구부터 느껴지는 서늘한 바람이 몸을 한 번 휘감았다. 눈을 의심할 수밖에 없는 광경이었다. 샹들리에, 십자가, 예배당, 종, 촛대, 모두 해골이다. 납골당을 만든 사람의 이름조차 해골이다. 해가 중천에 있는데도 공포심이 밀려왔다.

납골당은 4만 명 정도의 사람들 뼈로 장식되어 있다고 한다. 14세기, 쿠트나 호라에 페스트가 창궐했고 15세기에는 후스 전쟁에 휘말렸다. 시체가 기하급수적으로 늘어났고 묘지는 계속 커졌다. 어느 날 묘지를 밀어버리고 성당이 들어섰다. 사람들의 뼈는 지하실에 방치되었다. 1870년, 보헤미아의 명문 귀족 슈바르젠베르그 가문이 이곳을 매입했다. 프란티섹 린트라는 목각사에게 뼈를 처리하라고 지시했다.

광기의 목각사는 버려진 4만 명의 뼈로 모든 걸 만들었다. 인생의 무상함과 죽음의 필연성을 상기시키기 위한 것이라는 근사한 창작 의도를 내걸었다. 하지만 4만의 뼈들이, 죽어서도 안식을 얻지 못한 채 방치되었다 후대에는 구경거리가 되어버렸다는 사실을 부정할 순 없었다. 이 납골당에서는 광기가 느껴졌다. 의미를 만들어내기 위해서는 무슨 짓이든 하고야 마는, 인간의 채울 수 없는 욕망과 광기 말이다. 오싹했다. 도망치듯 납골당을 빠져나왔다.

끝도 없이 길을 따라 걸었다. 이상했다. 분명 큰길만 따라가면 구시가가 나와야 하는데 자꾸 헤맸다. 조금 전에 보았던 현대 자동차 정비소와 대형 할인 마트가 또 보였다. 이 길을 따라가면 다시 세드렉 납골당이었다. 등줄기가 서늘했다. 길을 헤매는 동양인 여행자가 신기한지 사람들이 종종 손을 흔들고 길도 가르쳐주었다. 아파트 위층에서 빨래를 널던 여성은 영어를 못 알아듣는 게 분명했음에도 구시가 쪽 방향을 설명해 주었다. 쿠트나 호라가 저주받은 도시는 아닌 것 같았다. 시답잖은 생각이었지만.

사람들의 도움으로 간신히 구시가 중앙 광장에 도착했다. 무용단의 퍼레이드가 펼쳐졌고 어린아이들은 기사, 악마, 마녀, 해골 복장을 하고 있었다. 납골당의 공포 섞인 광경과 달리 유머가 느껴졌다. 구시가는 돌로 만들어진 거리가 잘 정비되어 있었고 프라하와 다르게 인적이 드물었다. 아름다운 거리를 감상하며 천천히 걸었다.

하늘을 찌를 듯 높이 솟아있는 성 제임스 성당의 첨탑은 쿠트나 호라 어디에서도 보였다. 은을 채굴하던 광부들과 그 은을 그로센 은화로 만들던 이탈리안 코트 세공업자들의 요구로 지어진 성당이란다. 이제야 번영을 누렸던 '은의 도시' 쿠트나 호라에 온 기분이었다. 해골 납골당과는 다른 분위기였다. 도시의 전성기를 볼 수 있을 거란 기대를 안고 은세공업자들의 작업장 이탈리안 코트로 향했다. 쿠트나 호라의 번영은 300년 남짓이었다. 은이 고갈되고 설상가상으로 30년 전쟁이 터졌다. 도시는 대책 없이 쇠퇴했다. 300년은 인간이 살아온 유구한 시간의 흐름 속에서는 순간일 뿐이다. 짧은 영화를 위해 그렇게 아등바등할 필요가 있을까.

어쨌든, 이탈리안 코트Italian Court는 쿠트나 호라의 전성기를 함께 했다. 이곳은 은화를 제조하던, 지금의 조폐공사 역할을 했다. 작은 왕궁이었던 이탈리안 코트는 바츨라프 2세의 화폐 개혁 후 조폐국으로 바뀌었다. 그 과정에서 받은 이탈리아 전문가들의 도움을 기념하기 위해 '이탈리안'이라는 이름이 붙었다. 예나 지금이나 돈줄을 쥐고 있는 곳에는 돈벌레들이 꼬이기 마련이다. 중부 유럽에서 폭넓게 통용되었던 그로센 은화의 주 생산 장소인 이탈리안 코트에 지방 귀족뿐만 아니라 왕까지 달라붙었다. 부귀영화는 끝이 없을 것 같았다.

하지만 은의 고갈과 함께 조폐국의 역할을 상실하며 황폐해졌다. 도시의 자랑스러운 상징은 애물단지가 되었다. 철거의 위기를 넘어 19세기 후반에 간신히 재건축에 들어갈 수 있었다. 소박하고 깔끔한 이탈리안 코트의 얼굴 뒤에 흥망성쇠의 사연이 고스란히 담겨있는 셈이다.

이탈리안 코트의 외관은 작은 성처럼 보였다. 수수하고 평범한 외관보다 내부가 더 궁금했다. 가이드를 따라 지정된 몇 개의 방만 볼 수 있었다. 가이드는 주로 은화 제조에 관한 일화들과 이탈리안 코트에서 있었던 역사적 사건들을 설명해주었다. 이탈리안 코트에서 일하던 은세공업자들은 엄청난 돈을 벌었지만 과도한 노동에 시달렸다. 열 명 중 한 명은 은을 두드릴 때 나는 날카로운 금속 소리 때문에 청력을 잃었다. '인생은 곧 건강' 이라고 생각하는 나는 그들이 불쌍했다. 하지만 가이드의 생각은 달랐다.

"엄청난 돈을 벌었는데 무슨 대수겠어요. 신경 쓸 필요 없죠."

냉소적인 말투였지만 여행자들은 유쾌하게 웃어댔다. 투어가 끝난 후 바깥으로 나와 소박한 외관과 마주쳤다. 왠지 모를 쓸쓸함이 느껴졌다. 하지만 이탈리안 코트 투어 동안 나는 다른 세상에 가 있었다. 파란만장한 쿠트나 호라의 역사도, 흥망성쇠의 이탈리안 코트의 역사도, 그녀 앞에 무릎 꿇었다.

부드러운 목소리를 가진 짧은 금발의 가이드는 미소가 환상이었다. 재미있는 농담은 기본이었다. 내내 그녀의 미소만 뚫어지게 보다 투어가 끝나버렸다. 그녀에게 다가가 말을 건넸다.

"덕분에 너무너무 재미있었어요."

"들어줘서 제가 고맙지요."

환상적인 미소가 다시 한 번 작렬했다. 이탈리안 코트는 가이드의 환상적인 미소로만 기억될 것 같았다. 포장된 낭만이었지만, 나는 분명 그녀의 미소 속에서 쿠트나 호라의 전성기를 엿볼 수 있었으니까.

✱ 루싸드카의 무서운 전설

이탈리안 코트를 나와 몇 걸음 걸으니 아름다운 중세풍의 돌길이 눈앞에 펼쳐졌다. 루싸드카Ruthardka라는 이름의 거리였다. 아름다운 겉모습 뒤에 무서운 전설이 담겨있었다. 옛날 이 거리에 '지리 루싸드'라는 사람이 화려한 집을 짓고 살았다. 그에게는 '로지나'라는 딸이 있었다.

지리는 구두쇠여서 '딸을 시집보내 아까운 돈을 쓰기보다는 지하실에 가둬버리자!'는 이상한 결심을 했다. 로지나는 지하실에서 추위와 배고픔에 시름하다 굶어죽었다. 지리도 곧바로 로지나를 따라갔다. 로지나의 죽음 후, 이 거리에 가끔씩 그녀가 나타난다는 소문이 돌았다. 돌아온 로지나는 지옥이 찾아올 거라 예언했다. 그리고 1648년의 어느 날, 그녀가 살았던 집이 거짓말처럼 갑자기 무너졌다. 15명이 로지나의 동반자가 되었다.

마을 입구에서는 인간 뼈의 광기가 펼쳐졌고 도시의 가장 아름다운 거리에는 저주의 전설이 깃들어 있었다. 이 동네, 분명 정상이 아니었다. 하지만 루싸드카의 괴담은 흥망성쇠를 경험한 쿠트나 호라다운 이야깃거리였다. 도시의 화려한 시절이 막장에 다다를수록 흉흉한 분위기와 함께 곳곳에서는 알 수 없는 소문들이 떠다니기 마련이다. 17세기는 쿠트나 호라의 쇠퇴가 본격화되던 시기였다. 괴담에 등장하

이탈리안 코트에서 바라본 성 바바라 대성당의 모습.

는 1648년이라는 구체적 연도는 이 도시의 운명을 은유하는 상징적 숫자일지도 모를 일이었다.

카를교를 닮은 다리 건너 깎아지른 언덕 위에 성 바바라 대성당이 보였다. 쿠트나 호라의 가장 위대한 건축물로 평가받는, 도시의 상징이었다. 성 바바라는 광산 노동자들의 수호 성인이자 쿠트나 호라의 수호 성인이다. 규모면에서 프라하 성의 성 비투스 대성당과 맞먹지만 모양새는 소박하고 깔끔했다. 경건함을 풍겼고 내부의 절제된 아름다움이 색다른 느낌을 주었다.

천사들이 은세공업자를 보호하는 벽화와 은을 채굴하는 노동자의 모습이 그려진 벽화도 보였다. 은의 무게를 재는 저울을 왼손에 들고, 은을 채굴하는 곡괭이를 오른손에 든 노동자의 동상도 있었다. 성당 곳곳에서 광산 노동과 노동자들의 흔적을 볼 수 있었다. 노동자를 중심에 세워놓은 성 바바라 성당이 조금은 특별해 보였다. 성당 주위를 천천히 돌며 쿠트나 호라의 경치를 감상했다. 작은 강의 곡선을 따라 드문드문 들어선 붉은 지붕이 지는 햇살에 금빛으로 물들어 평화로웠다. 광기와 저주는 옛 이야기일 뿐이었다.

프라하에 도착하니 어둑어둑해지고 있었다. 7년 전 유럽 여행 때, 나는 무조건 돈을 아껴 많은 것을 보기 위해 맛없는 햄버거 조각과 슈퍼마켓의 샌드위치에 만족하자는 주의였다. 돌아와서 후회했다. 맛도 맛이었지만, 각 나라의 음식에 새겨진 역사와 사회, 문화의 흔적을 놓친 게 후회스러웠다.

"어느 나라든 미각은 그 나라의 지역적 풍토나 기후 같은 자연 조건, 역사적 경위 등에 바탕을 두고 오랜 생활 습관의 일부인 식생활로부터 생겨난 거야. 어떤 민족이 맛있다고 늘 즐기는 요리를 맛없다며 일방적으로 일축해버리는 건 진짜 오만불손한 말이고 듣기 거북해."

- 《마녀의 한 다스》, 요네하라 마리

체코는 원래 음식 값이 싸기로 유명한 나라다. 7년 전에도 프라하에서 만큼은 아주 싸고 맛있는 요리를 먹었다. 하지만 날이 갈수록 늘어나는 여행자들 때문인지 프라하의 음식 값이 예전만큼 저렴하지는 않았다. 바가지도 빈번했다. 그래도 프라하를 의심할 필요는 없다. 프라하에는 여전히 저렴하고 맛있는 음식이 골목마다 숨어있었다.

카를교 근처의 '트리 스토레티' 라는 레스토랑에 들렀다. 깔끔하고 한적했지만 분위기는 격조있었다. 레스토랑 안의 손님들은 으스대지 않았다. 마치, 동네 마실 나온 분위기였다. 가격 역시 합리적이었다. 종업원에게 전통음식 추천을 부탁했다.

"내가 생각하기에 우리 음식은 다 먹을 만해요. 당신이 어떤 종류의 재료를 좋아하느냐에 따라 추천은 달라질 거예요."

오리나 돼지고기보다는 소고기가 먹고 싶었다.

"그럼 크림소스와 크랜베리 잼이 얹어진 로스트 비프를 드세요. 크림이나 크랜베리를 싫어하지만 않는다면 말이죠."

"좋아요. 그럼, 수프는 여기 메뉴에 체코식 수프라고 되어있는 Kulajda? 이거 발음을 어떻게 하는 거죠? 아무튼 이걸로 먹을래요."

"좋은 선택이에요! 아마 마음에 드실 거예요."

그녀의 안내를 받아 체코식 고기 요리 스빅코바Svickova와 발음하기 어려운 쿠랴다Kulajda를 주문했다. 식사 전에 빵과 함께 크림 치즈와 햄 조각이 나왔다.

"이거, 무료인가요?"

기어들어가는 목소리로 물었다. 그녀가 어떤 일을 당했는지 알겠다는, 조금은 미안하고 씁쓸한 표정으로 대답했다.

"걱정 말아요. 빵을 포함해 모두 무료니 마음껏 즐기세요."

멋쩍게 웃을 수밖에 없었다. 고깃국에 버섯과 계란 프라이가 든 쿠랴다가 나왔다. 갈색 눈동자를 반짝거리며 평가를 기다리는 그녀 앞에서 조심스럽게 한 숟가락 떴다. 고깃국과 계란 프라이도 훌륭한 조화를 만들어낼 수 있다는 걸 처음 알았다. 메인 요리도 낯설긴 마찬가지였다. 로스트 비프 위의 크림 소스와 크랜베리 잼의 범벅은 느끼해보였지만 의외로 맛있었다. 소고기와 크림 소스, 크랜베리 잼의 균형 잡힌 조화가 훌륭했다. 느끼함은커녕 입 안에는 달콤함만 남았다.

"어때요. 괜찮나요?"

"아, 좋아요. 정말 맛있어요. 훌륭해요."

"맛있다니 뿌듯하네요."

호들갑스럽고 과한 감탄에 그녀가 미소를 지었다. 그건 분명, 자랑스러움과 뿌듯함이 섞인, 그런 미소였다.

체스키 크룸로프 ^{Český Krumlov}
_체코

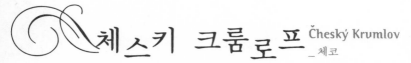

체스키 크룸로프 구시가는 작은 집들이 다닥다닥 붙어있어 좁은 골목이 많았다. 돌길과 좁은 골목이 운치를 만들어냈다. 모나지 않은 채 조용하게 빛나는, 진주다운 풍경이었다.

운치 만점, 보헤미아의 진주

✳ 기분 좋은 설렘

4월의 첫 날. 낯선 곳에서 경험하는 달의 변화가 색달랐고 짜릿했다. 오랜 지인인 황 박사가 칭찬을 늘어놓았던 체스키 크룸로프에 갈 계획이었다. 유머로 점철된 삶을 살아가는 사람이라 온전히 믿긴 힘들었지만, 어쨌든 그의 평가는 대체로 정확한 편이었다. 민박집 실장이 체스키 크룸로프에서 자고 오겠다는 나를 말렸다.

"아니, 왜 그런 곳에서 자려고 해요? 반나절만 돌아도 다 볼 텐데. 차라리 여기에서 프라하의 야경을 한 번 더 보는 게 나을 텐데?"

가봐야 알 일이었다. 헤매고 헤매 플로렌스 버스정류장에 도착했다. 시간은 10시 10분 전, 10시 버스를 탈 수 있을 거란 기대를 안고 매표소에 길게 늘어선 사람들 뒤에 자리를 잡았다. 표 한 장 달라는 말에 매표소 직원이 통명스럽게 대답했다.

"시간 다 됐거든? 버스 차장에게 직접 사."

5분 남았다. 배낭을 들고 냅다 뛰었다. 하지만 직원이 알려준 플랫폼 번호를 찾을 수 없었다. 어느새 시계 바늘은 10시를 넘었다. 다음 버스는 1시였다. 허탈했지만 배낭을 짊어지고 프라하 구시가로 갔다. 길이 왠지 낯익다. 어젯밤 길을 헤매다 지나친 곳이었다. 밤에는 인적이 없어 꽤 무서웠는데 사람들로 붐비는 유명한 쇼핑가였다. 고급호텔도 늘어서 있었다. 어젯밤에 이곳에서 겪은 일이 생각나 아찔했다. 웬 2인조가 친절하게 말을 걸었다.

"너, 일본인? 우리, 그리스인. 반가워."

"아, 난 한국인이야. 어쨌든 반가워."

"오, 한국! 나 유도 알아! 유도는 허리띠를 매는 운동이잖아?"

"유도는 일본 운동이지. 한국은 태권도. 허리띠를 매는 건 똑같지만."

"미안. 난 사실 태권도 검은 띠야. 너도 허리띠를 매고 있냐?"

앞뒤가 맞지 않는 말이었다. 한 사내가 내 허리띠를 보자며 잡으려고 했다. "됐으니까, 즐거운 여행해."라며 손을 흔들며 피했지만 따라올 모양새였다. 앞에서 사람들이 시끌벅적하게 다가오는 모습을 보더니 어깨를 으쓱하고 반대 방향으로 사라졌다. 숙소에 돌아와 들은 이야기에 조금 놀랐다.

"큰일 날 뻔 했어요. 그거 신종 강도 방식이거든. 허리띠 보여 달라 그랬죠? 그거 복대했는지 보는 거야. 복대를 확인하면 강도로 돌변하죠."

나는 고급 호텔이 즐비한 번화가에서 뻔한 수법에 강도를 당한 최고로 멍청한 여행자가 될 뻔했다. 어쨌든 근처에는 프라하의 대표적 아르누보 건물인 시민회관이 있었다. 웅장하면서도 세밀한 건축이 구시가와 제법 잘 어울렸다. 프라하 구시가는 두 번에 걸친 세계대전에도 불구하고 파괴된 부분

54

없이 잘 보존되어 있었다고 한다. 여행자로서 이 아름다운 도시를 훼손없이 즐길 수 있는 건 큰 행운이었지만, 체코인들에게는 때로 열등감을 유발하기도 했나보다.

"바르샤바, 드레스덴, 베를린, 쾰른, 부다페스트 — 이들 도시는 모두가 지난 세계대전 때 비참하게 파괴되었다. 그러나 주민들은 이들 도시를 재건했다. …… 프라하 주민들은 이들 도시에 대해 열등감을 지니고 있었다. 전쟁이 파괴시킨 유일한 유명한 건물이 구시가의 시청이었다. 주민들은 폴란드인이나 독일인들이 자기들이 충분한 고통을 겪지 않았다고 비난하지 않도록, 이 시청의 폐허를 경고의 표시로서 그대로 방치해 두기로 결의했다."

- 《참을 수 없는 존재의 가벼움》, 밀란 쿤데라

'와, 당신들은 큰 전쟁에도 불구하고 도시를 참 잘 보존했군요.' 생각 없이 이런 말을 꺼냈다가는 욕먹을지도 모를 일이었다.

시민회관 앞 광장에서 시간을 죽이는데 젊은 체코 여성이 말을 걸었다.

"안녕. 바로 뒤에서 만화 전시회를 열고 있는데 구경 오지 않을래?"

"미안. 버스 시간도 얼마 남지 않았고 내 배낭 때문에 전시회 구경하는 사람들에게 방해될 거 같아. 다음에 갈게."

"할 수 없지. 근데 어디로 가?"

"체스키 크룸로프."

"와! 거기 정말 아름다워. 보헤미아의 진주야. 정말 좋은 곳에 가네. 막을 수 없겠어. 여행 잘 해!"

보헤미아의 진주. 솔직히 좀 촌스럽지만 뜻하는 바는 명확했다. 체스키 크룸로프에 대한 기대를 높이기는 충분했다. 기분 좋은 설렘이었다.

* 중세의 도시를 산책하다

체스키 크룸로프까지는 세 시간이 걸렸다. 체스키 크룸로프 버스정류장은 매표소도 없고 대합실도 없어 주차장처럼 보였다. 전혀 진주의 관문답지 않았다. 하지만 길을 따라 올라가며 서서히 보이는 구시가는 결코 허름하지 않았다. 아름다운 곡선을 이루는 블타바 강을 중심으로 성과 오밀조밀한 건물이 작은 마을을 이루고 있는 풍경은 딱 중세 유럽이었다.

아름다운 풍경이었지만 어깨가 너무 아파 숙소를 먼저 찾았다. 크룸로프 하우스는 작고 귀여운 나무문에 앙증맞은 초인종이 달려있었다. 초인종을 눌렀다. 얼굴에 웃음 가득 나를 반기는 매니저의 모습을 보고 깜짝 놀랐다. 미국 드라마 〈하우스〉에 나오는 닥터 하우스와 똑같이 생겼다. 부리부리한 눈에 수염을 기른 모양새가 어찌나 비슷하던지, 하마터면 '안녕하세요. 하우스 박사님' 이라는 실없는 소리를 할 뻔했다. 하우스 박사를 보니 맨발이었다. 신발을 벗어 신발장에 넣었다.

"오, 당신 정말 굿!"

"별 말씀을요. 이건 우리나라 관습이에요."

하우스 박사가 씩 웃으며 너무 좋아했다. 왠지 뿌듯했다. 하우스 박사에게 받은 호스텔 광고지에 예쁜 지도가 그려져 있었다. 간단한 묘사로 주요 명소, 식당, 쇼핑, 슈퍼마켓 등이 표시되어 있었다.

"이 지도만 보고 찾아다니라고?"

"걱정 마. 이 도시는 이 지도로도 충분하니까."

하우스 박사가 의미심장한 미소를 보냈다. 그의 말은 사실이었다. 길을 헤맬 일이 없는 도시였다. 작고 아담했으며, 모든 곳이 오밀조밀하게 모여 있었다. 거리가 너무 한산했다. 거리를 활보하는 대다수 사람들의 피부 색깔이 나와 비슷했다. 대부분 중국계 여행자들인 것 같았다.

체스키 크룸로프 구시가는 작은 집들이 다닥다닥 붙어있어 좁은 골목이 많았다. 돌로 만들어진 길과 좁은 골목이 조용한 분위기와 어울려 운치를 만들어냈다. 구시가 중심지인 스보르노스티 광장에서도 사람의 흔적을 찾기 힘들었다. 너무 조용해 블타바 강의 물소리가 도드라졌다. 모나지 않은 채 조용하게 빛나는, 진주다운 풍경이었다. 보헤미아의 진주는 조용해서 생긴 별명인 게 확실했다.

마을 한쪽을 높게 막아서고 있는 체스키 크룸로프 성은 아름다웠다. 체코에서 프라하 성 다음으로 큰 성이다. 네 개의 정원과 40개가 넘는 건물로 이루어져 있다. 성의 건물 사이사이와 정원을 천천히 돌며 마냥 걸었다. 성의 테라스에서 체스키 크룸로프의 전경을 볼 수 있었다.

작고 아담한 빨간 지붕 집들이 아름답게 휘어진 강을 끼고 좁게 붙어있는 모양새가 무척 정겨웠다. 인적 드문 산책로를 따라 커다란 이탈리아식 정원에 도착했다. 조경은 근사했지만 이른 봄이라 아직 푸르지는 않았다. 정원 한 곳에 자리한 큰 호수에는 오리들이 조용히 헤엄치고 있었다. 황 박사가 유치한 자랑을 한 적이 있다.

"거기 가면 말이지, 노를 저을 수 있어."

"무슨 소리예요?"

"아, 거참, 배를 탈 수 있다니까. 유유히 헤엄치는 오리 떼를 옆에 끼고."

"배는 경주에서도 탈 수 있어. 심지어 서울에서도 탈 수 있다고."

"거참, 체스키 크룸로프라니까. 어쨌든 꼭 노를 저어 봐."

지금은 주인 없는 배 한 척이 조용히 서 있을 뿐이었다. 오늘 따라 유난히 쌀쌀했다. 이따금 훑고 지나가는 차가운 바람이 체감 온도를 더 떨어뜨렸다. 점점 더 배가 고팠다. 아침에 먹은 맛없는 베이컨 조각으로 하루를 버티기에는 힘이 부쳤다. 연두색과 핑크색으로 채색된 체스키 크룸로프의 둥근 탑조차 힘이 없어 보였다. 탑 주변의 건물은 희한한 모양새였다. 멀리서 보니 벽돌을 쌓아놓은 것처럼 보였는데, 가까이서 보니 벽에 벽돌그림을 그려 놓은 것이었다. 르네상스 양식 중 하나인 즈그라피토Sgrafito라고 했지만, 뭔가 키치적이었다.

요깃거리를 찾아보았지만 어디도 문을 열지 않았다. 일본어로 요란스럽게 '체코식 과자! 맛있어요! 싸요!' 라는 간판을 내건 작은 가게만이 보였다. 가판에 과자가 달랑 하나였다. 젊은 종업원은 문 닫을 채비를 하고 있었다.

"과자 주세요. 얼마죠?"

영어가 서툰 듯 종업원은 웃으며 손짓으로 그냥 가져가라고 했다. 고맙다는 인사에 쑥스러운 듯 머리를 긁적였다. 딱딱해진 시나몬 향의 과자였지만 이번 여행 중 먹은 어떤 군것질거리보다 맛있었다. 다시 천천히 걸어 성의 테라스로 돌아갔다. 노을 지는 풍경과 야경을 구경할 생각이었다.

아름다운 동화 속 성에도 사람들이 살고 있었다. 벤치 뒤에 늘어선 집에서는 굴뚝을 타고 나오는 연기와 맛있는 냄새가 흘러나왔다. 어느새 주변이 어둑어둑했다. 마을에 하나 둘 불이 들어오고 벤치 옆 가로등에도 오렌지색

빛이 들어왔다. 프라하의 밤이 활기 그 자체였다면 체스키 크룸로프의 밤은 조용함, 그리고 쓸쓸함이었다. 지나칠 정도로 조용한 이 도시는 어둠과 함께 더 깊고 고요한 적막에 휩싸였다.

구시가에는 여전히 사람이 없었다. 거리의 카페도 술집도 모두 불이 꺼져있었다. 조금 이른 시간에 숙소로 갔다. 문을 열고 들어서자 굉장한 소란스러움이 나를 덮쳤다. 하얀 피부색 무리가 술판을 벌이고 있었고 동양인 여성 두 명은 체스에 심취해 있었다. 나만 고립된 느낌이었다. 근사하게 생긴 백인 청년이 말을 걸어왔다.

"괜찮다면 우리랑 같이 맥주 한 잔? 맥주 아주 많아."

"좀 피곤해. 잠시만 누워 있다가 괜찮아지면 나갈게."

침대에 누웠다. 창문 틈으로 체스키 크룸로프의 밤바람이 들어왔다. 바깥에서 들리는 대화소리가 점점 아득해졌다. 배고픔과 쓸쓸함이 점점 잠에 파묻히는 기분이었다.

* 하얀 괴물과의 사투

열 시간, 아주 깊은 잠에 빠졌었나보다. 주위에는 사람들이 말 그대로 널브러져 있었다. 간단히 씻고 짐을 챙겼다. 아직 잠에서 깨지 않은 하우스 박사에게 짐을 맡아달라는 메모를 남긴 후 숙소를 빠져나왔다. 이른 아침 공기가 상쾌했다. 문을 연 슈퍼마켓이 사람들로 북적였다. 체스키 크룸로프에서도 월요일은 월요일이다. 프라하보다 싼 물가에 감사하며 빵과 잼을 샀다.

아침 시간 보낼 곳을 찾아보았다. 구시가 바깥 언덕의 하얀 건물이 눈에 들어왔다. 체스키 크룸로프가 한눈에 보일 것만 같았다. 지도에 표시되지 않은 곳이지만 무작정 걸어갔다. 차도를 건너고 늘어선 민가를 지나 언덕 위 하얀 집을 향해 걸었다. 더 이상 길이 보이지 않았다. 무릎까지 오는 낮은 갈대들이 늘어선 가파른 언덕이 앞을 가로막고 있었다.

마음 속 깊은 곳에서 가당찮은 오기가 솟아올랐다. 신발 끈을 동여매고 갈대를 헤치며 꿋꿋하게 올랐다. 없는 길은 만들었고 힘든 길은 힘으로 밀어붙였다. 무식했지만, 어쨌든 목적지에 도착할 수 있었다.

언덕 위의 하얀 집은 작은 예배당 건물이었다. 창문은 군데군데 깨져있고 입구에는 묵직한 쇠사슬이 채워져 있었다. 하지만 예배당에서 바라보는 체스키 크룸로프 전경은 제법 근사했다. 낮은 언덕에 둘러싸인 구시가와 체스키 크룸로프 성, 촘촘한 빨간 지붕 옆으로 성냥갑 같은 아파트와 병원도 보였다. 그저 작은 관광도시 정도로 보이던 체스키 크룸로프였지만, 이 작은 도시도 만 오천 명이 각자의 삶을 꾸려가는 일상의 공간이었다. 예배당 앞 벤치에 앉아 빵과 잼을 꺼냈다. 중세의 아름다운 도시를 내려다보며 아침 식사를 하는, 되도 않은 낭만에 빠져있었다. 갑자기 등 뒤에서 요란한 소리가 들렸다.

"왕! 왕! 크르렁."

갑자기 나타난 하얀 괴물이 내 빵과 잼을 강탈하려 했다. 당혹감에 한국말로 "저리 가!"라고 소리쳤지만 자기 덩치랑 비슷한 내가 만만한 것 같다. 안절부절못하는 우스꽝스러운 모습이 계속되었다. 그때, 구원의 목소리가 들렸다. 개 이름을 부르는 소리였다. 부드러운 여자의 목소리였다. 하얀 괴물은 갑자기 꼬리를 흔들며 달려갔다. 살랑거리는 놈의 뒷모습을 보니 잘 다듬어진 하얀 털이 눈부신, 귀여운 그레이트 피레니즈였다. 여자는 손을 들어 사과의 뜻을 전한 후 개를 데리고 유유히 사라졌다.

저 여자는 어떻게 여기에 올라왔을까? 여자가 사라진 자리로 가니 언덕 아래로 이어지는 근사한 산책로가 있었다. 내가 헤쳐 온 너저분한 길과 몇 발자국도 떨어지지 않은 곳이었다.

** 공산주의 박물관의 비애

하우스 박사에게 작별 인사를 건넸다.

"남은 여행에 행운을 빌어주지. 팸플릿 몇 개 가져 가서 다른 여행자들에게 소개 좀 해줄 수 있겠어?"

"물론이죠.."

하우스 박사의 집이라고 꼭 소개해 줄게요. 프라하로 돌아왔다. 겨우 하루였지만, 쓸쓸하고 외로운 기분이 들어서 그랬을까. 프라하 숙소에서 만난 한국인들이 반가웠다.

"체스키 크룸로프는 좋았어요? 거기서 하루 자는 한국 사람은 드문데."

"조용해서 푹 쉬다 왔어요."

사실, 좀 심심하기는 했다. 오늘은 프라하에서의 마지막 밤이었다. 민박집 실장에게 은근슬쩍 오늘 밤의 일정에 대해 물어보았다.

"오늘 밤에 뭐 특별한 일은 없나요?"

"그냥 우리끼리 맥주 한 잔 할 생각인데 생각 있으면 저녁에 오세요."

쾌재를 불렀다. 그리고 프라하 구시가로의 마지막 여정, 공산주의 박물관을 찾아갔다. 공산주의 박물관은 그 위치부터 묘한 아이러니가 느껴졌다. 프라하에서 가장 큰 맥도날드 매장과 건물을 공유하고 있었고 거대한 카지노와 입구를 대치하고 있었다. 자본주의의 상징인 맥도날드와 카지노의 유혹을 견뎌내야만 들어갈 수 있는 곳이었다. 박물관 입구는 매표소와 기념품 가게로 꾸며져 있었다.

입장료가 다른 박물관보다 고가였다. 누구나 볼 수 있는 저렴한 가격을 꿈꿨던 환상이 무참히 깨져버렸다. 더 이상 만인을 위한 공산주의란 없었다. 하긴, 공산주의 박물관은 미국의 젊은 사업가가 주인이란다. 그가 어떤 목적으로 박물관을 세웠는지는 모르겠지만 입구의 기념품 가게에는 돈을 벌기 위한 냄새가 쾨쾨하게 났다.

체 게바라 얼굴이 새겨진 티셔츠, 사회주의 시대의 프로파간다 그림이 그려진 엽서, 포스터를 판매하고 있었다. 소련의 상징인 붉은 별이 그려진 두 종류의 티셔츠가 사회주의를 그리워하는 사람들을 유혹하고 있었고, 공산주의 관련 연구서도 몇 권 보였다. 하나같이 비쌌다. 엽서는 프라하 주요 명소에서 판매하는 관광엽서의 두 배 가까운 가격이었다. 미국인 사업가가 사회주의의 옛 유물을 팔아 돈을 버는 모습, 어떠한 것도 돈으로 만들 수 있는 자본주의 시대의 상징으로 무척이나 어울렸다. 서글펐고 비위 상했다.

박물관 입구에 들어서니 거대한 레닌 동상과 붉은 소련기가 입구를 지키고 있었다. 당당하게 서 있는 마르크스의 거대한 동상도 볼 수 있었다. 본관은 크게 세 부분으로 나뉘었다. 첫 구역은 이상적인 공산주의 달성을 위해 노력하던 초창기를 보여줬다. 교육, 노동, 정치, 역사, 일상생활 등의 관련 전시를 통해 초기 공산주의 사회 모습을 볼 수 있었다. 한국전쟁 포스터가 눈길을 끌었다. "한국에 평화를! 자유와 독립을 위해 싸우는 한국인들에게 승

리를!" 이라는 표어가 보였다. 인민군 옷을 입은 중국인 외모의 여성이 벌레로 묘사된 미국 대통령 트루먼을 잡는 그림이 그려져 있었다.

두 번째 구역은 공산주의 시대의 비참함이었다. 산업 붕괴에 따른 빈곤, 비밀경찰, 고문 등의 전체주의적 압제에 대한 전시가 을씨년스러웠다. 사회주의 시대에 사용되던 도청 장치나 군사용품의 실물을 직접 볼 수 있었다. 마지막은 프라하의 봄에서 벨벳 혁명으로 이어지는 구 체코슬로바키아의 민주화 운동에 초점이 맞추어져 있었다. 프라하의 봄과 벨벳 혁명의 생생한 현장을 볼 수 있는 감동적인 다큐멘터리가 반복 상영되었다. 다큐멘터리에서 재현되는 자유를 위해 처절하게 투쟁한 체코인들의 모습에 존경심이 느껴졌다.

공산주의 박물관의 전시는 흥미로웠다. 하지만 무언가 찜찜한 기분도 들었다. 시간 순으로 구성된 전시를 따라가다 보면 자연스럽게 공산주의의 몰락 과정을 보게 된다. 어린 시절 받던 반공 교육을 다시 받는 느낌이었다.

공산주의도, 박물관도, 모두 돈을 벌기 위한 하나의 수단으로 전락해버린 느낌이었다. 억압적이던 현실 사회주의의 모습을 좀 더 냉철하게 비판하고 반성하는 동시에 자본주의 시대의 무차별적 경쟁과 불평등, 물질 만능주의를 견제할 수 있는 공산주의의 이상을 살릴 수 있는 방법에 대한 고민 따위는 어디에서도 볼 수 없었다.

박물관을 나오자 카지노와 맥도날드가 나를 반겼다. 그들의 음흉한 모습에 오히려 투쟁심이 끓어 올랐다. "대지의 저주받은 땅에 새 세계를 펼칠 때 어떠한 낡은 쇠사슬도 우리를 막지 못해." 라는 인터내셔널가의 한 구절이 들린 건 단지 우연이었을까.

✳ 체코식 족발, 꼴레뇨를 맛보다

겨우 5일이 지났음에도 한국인과 대화다운 대화를 나누지 못해 조금 답답했다. 처음에는 의식적으로 피했지만, 점점 한국어 대화가 그리웠다. 프라하 한 영화관에서 평소 싫어하는 김기덕 감독의 〈사마리아〉 포스터를 보고 반가움을 느꼈을 정도니 상태가 심각했다. 게다가 숙소의 장기 투숙객인 요리사 P아저씨가 미역국 만드는 모습을 보니 그리움이 더해졌다.

P아저씨는 세계 곳곳을 돌아다니며 요리를 한다고 자신을 소개했다. 구소련의 우크라이나부터 아프리카의 남아프리카 공화국까지 곳곳을 다녔다고 했다. 주로 한국 기업에 고용되어 그곳 직원들을 위해 요리를 했다며 체코에서 식당을 내볼 생각으로 장기 투숙 중이라고 말했다. P아저씨는 내가 숙소에 온 첫날부터 스트립 클럽에 같이 갈 생각이 없냐고 물어 되도록 거리를 두고 지냈다. 하지만 요리하는 모습을 보니 경계심이 조금 풀렸다.

"아저씨, 아직 체코식 족발을 못 먹어봤는데, 맛이 어때요?"

"우리나라 돼지 족발이랑 비슷한데, 맛있어요. 아직 못 먹어봤어?"

"제가 계속 혼자 다녔거든요. 혼자 먹기는 힘들 거 같더라고요."

"그럼, 밤에 먹으러 가자. 내가 며칠 전에 가봤는데 맛이 괜찮은 데가 있더라고."

속으로 쾌재를 불렀다. 돼지 무릎으로 만들었다는 체코식 족발 꼴레뇨는 한국에서도 유명했다. P아저씨와 민박집 실장, 그리고 프라하에 막 도착한 한국인 대학생 K군과 함께 체코식 족발 집으로 향했다.

아저씨가 안내한 '우 플레쿠'라는 식당 이름은 낯이 익었다. 여기저기 여행책에서 추천하는 식당이었지만, 유명세를 빌미로 한국인에게 바가지를 씌워 평판이 나빠진 곳이다. 불안감이 들었지만 민박집 실장이 능숙하게 주문하는 모습을 보니 안심이 되었다. 꼴레뇨가 나왔다. 맛은 한국의 족발과 비슷했지만 된장이나 쌈장이 없으니 어딘가 허전했다. P아저씨도 "정말 쌈장이 있어야 하는데!"라며 작은 탄식을 내뱉었다.

어쨌든 족발은 뼈만 앙상하게 남았고 종업원이 계산서를 들고 왔다. 불안감은 현실이 되었다. 계산서에는 테이블 위에 놓여있던 빵과 과자류에 대한 요금이 덕지덕지 붙어있었다. 무료냐고 물었을 때 그렇다고 대답하더니. 종업원은 바가지에 팁까지 요구했다. 열 받은 P아저씨가 종업원에게 차분하게 말했다.

"유 세이, 프리. 와이, 머니? 위 캔 낫 페이."

"노. 유, 이트? 깁 미 더 머니."

어법에 맞지 않는 엉터리 영어였지만 두 사람은 서로의 말을 완벽하게 이해하며 실랑이까지 벌였다. 반복되는 실랑이 끝에 P아저씨는 짜증 섞인 목소리로 상황을 정리했다.

"오케이. 벗, 팁, 낫띵."

"팁, 와이? 깁 미 더 팁!"

절규에 가까웠다.

"팁? 잇츠 낫 마이 듀티."

"노! 유어 듀티!"

"콜 미 매니저. 라잇 나우."

매니저를 불러오라는 P아저씨의 말에 종업원은 잠시 침묵을 지켰다. 짜증 섞인 표정으로 '오케이'라며 팁 없이 계산을 해주었다. P아저씨의 자세와 배짱에서 오랜 타지 생활 경험이 배어났다.

아저씨는 돈을 내려는 나와 다른 두 명을 말렸다. "맛있게 먹었으면 그 걸로 됐어. 원래 누가 사주면 그냥 고맙게 먹으면 되는 거야."라며 한사코 돈 받기를 마다했다. 체코식 족발은 프라하의 마지막 선물이었던 셈이다.

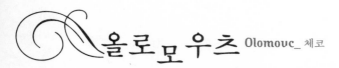

올로모우츠 Olomouc_ 체코

올로모우츠가 좋았다. 한적한 거리, 아름답고 독특한 문화유산, 싸고 맛있는 음식, 카페 87과
줄리 델피, 모든 게 너무 좋았다. 미리 끊어둔 바르샤바행 기차표가 원망스러울 정도였다.

모라비아의 젊은 대학 도시

* 아담하고 소박한 멋을 풍기는 도시

프라하를 떠날 시간이었다. 다음 목적지인 폴란드의 바르샤바까지는 10시간 이상을 기차에서 보내야했다. 반나절을 기차에서 보내긴 싫었다. 그래서 중간 지점의 도시를 찾았다. 다행히 올로모우츠가 눈에 들어왔다. 론리 플래닛은 이 도시를 체코에서 가장 훌륭한 여행지인 동시에 가장 과소평가 받는 여행지라 주장했다. 어쨌든 올로모우츠는 프라하에서 바르샤바로 향하는 기차의 중간 기착지라 하루를 보낸 후 야간열차를 타기에 딱 적당했다.

P아저씨와 작별인사를 나누며 폴란드에 간다고 했다.

"폴란드? 거길 왜 가? 나는 폴란드 정말 싫어. 도시는 지저분하고 냄새 나지, 사람들은 음흉한 데다 사기꾼, 도둑놈 천지야. 가지 마, 거기."

"하하. 조심할게요. 건강하세요."

지저분하고 냄새 나는, 사기꾼과 도둑놈 천지의 폴란드. 오히려 기대감이 막 솟았다. 화려하고 깔끔하고 단정한 체코와는 분명 다른 분위기를 느낄 수 있을 것 같았다.

올로모우츠행 기차는 체코를 가로질렀다. 보헤미아를 지나 모라비아를 향해 동쪽으로 달렸다. 체코를 크게 동서로 나눠 서쪽을 보헤미아, 동쪽을 모라비아라 불렀다. 보헤미아는 체코 여행의 중심지다. 프라하, 체스키 크룸로프, 카를로비 바리 등 주요 관광지가 보헤미아에 있기 때문이다. 게다가 보헤미아는 체코의 정치, 경제, 산업의 중심을 이루고 있다니 모라비아는 상대적으로 소외감을 느낄 법도 했다. 하지만 밀란 쿤데라의 《농담》에서 모라비아를 '이국적'으로 표현하는 부분을 찾아볼 수 있었는데, 보헤미아 여행과는 다른 느낌을 기대하게 만들었다.

> "사실상 자연과학대에서 진짜 모라비아 사람은 나 하나였으며, 그것이 여러 가지 특권을 가져다주었다. … 전통 모라비아 음악을 흉내 내어 보도록 청하곤 했다. … 그는 민속 의상을 빌려 입고 행진하면서 춤을 추었고, 두 팔을 높이 들고 노래를 했다. 모라비아에 한 번도 가본 적이 없는 이 프라하 토박이가 신이 나서 우리 지방의 멋쟁이 노릇을 했고, 나는 아득히 먼 시절 민속 예술의 천국이었던 내 작은 고향의 음악이 그토록 사랑받는 것에 흐뭇함을 느끼며 그를 우정 어린 시선으로 바라보곤 했다." —《농담》, 밀란 쿤데라

올로모우츠는 1640년까지 모라비아의 수도였다. 지금은 대학 도시로 알려져 있다. 올로모우츠의 첫인상은 쌀쌀한 찬바람과 우중충한 날씨, 그리고 멋지게 휘어들어오는 트램이었다. 동양인이 한 명도 보이지 않았다. 왠

지 보헤미아의 여행지와 달리 사람들이 나를 좀 더 주목하는 것 같았다.

모라바 강을 건너 올로모우츠 구시가 입구에 도착했다. 바츨라프 광장이었다. 프라하의 바츨라프 광장과는 달리 올로모우츠의 바츨라프 광장은 아담하고 소박했다. 하지만 이 광장을 둘러싼 건물들은 올로모우츠에서도 가장 유서 깊은 유적들이라고 했다.

하얀 첨탑 두 개가 우뚝 솟은 하얀 성당이 보였다. 성 바츨라프 대성당이었다. 조금 떨어져서 네오 고딕 양식의 외관을 보니 하얀 빛깔을 띠었다. 멋대로 '백색의 교회'라 부르며 호들갑을 떨었다. 성당 근처의 대주교 박물관에도 들렀다. 바로크와 로코코 양식의 인테리어 사이로 다양한 모라비아 문화유산을 전시하고 있었다. 이 건물의 주인이었던 올로모우츠 대주교의 컬렉션과 올로모우츠 지방에서 발견된 고고학 유물이었다. 중국과 일본에서 건너온 동양의 유물도 보였다. 오래 전에 올로모우츠와 아시아 사이에 교류가 이루어졌다는 것이 새삼 흥미로웠다.

대주교 박물관에서 기획 전시중인 후기 바로크기 체코 화가 페트르 브란들Petr Brandl의 그림을 보러 갔다. 입구에서 안내를 하던 할머니가 말을 걸어왔다.

"곤니치와."

"도브리 덴Dobry den 안녕하세요. 근데, 저는 한국인이에요."

"어머, 이거 미안해라. 주로 일본인이 오거든. 한국인은 처음 봐요. 한국말로 안녕하세요, 가 뭐죠?"

"안.녕.하.세.요."

"아아, 뉴우웅, 하아, 아, 어렵네. 곤니치와도 배우는 데 한참 걸렸어. 여기 영어로 좀 적어줘요. 다음에 오면 내가 확실히 발음해 줄게."

"하하. 잘 부탁드립니다."

할머니가 페트르 브란들의 그림은 독특하니 주의 깊게 보라고 권했다. 브란들은 동시대에는 유명한 화가였으나 냉전 시기에 서구에서는 완전히 잊힌 작가라고 했다. 주로 타락한 인간 군상의 모습을 그렸다. 담배, 음주, 섹스 등 중세 가톨릭에서 죄악시 하는 것들을 거리낌 없이 묘사하고 있었다. 대주교 관저에서 하는 전시치고는 좀 과격했다. 나는 타락한 인간군상을 보며 종교적 억압 속에서도 표출되는 인간의 자유 의지를 보았다. 전시 기획자는 탄식할지도 모를 일이었지만.

"아안.니엉.하.세.요."

할머니는 아까보다 훨씬 좋은 발음으로 인사했다.

"도브리 덴."

체코어로 '안녕히 계세요.'를 몰라 또 '안녕하세요.'라며 인사를 했다. 이상한 인사법이었지만 대충 마음은 통한 것 같았다.

* 올로모우츠의 줄리 델피

우리식으로 따지면 시청 앞 광장인 호르니 광장으로 향했다. 온통 공사 중이라 중세의 돌길을 느끼긴 힘들었다. 하지만 대학의 도시, 학생들의 도시라 그런지 유난히 서점이 많았다. 파울로 코엘류의 소설들과 《다빈치 코드》 등이 진열된 것을 보니 세계적 베스트셀러의 위력을 느끼게 된다.

유네스코 세계문화유산인 삼위일체 석주가 호르니 광장을 압도하고 있었다. 중부 유럽에서 가장 오래된 바로크 조각상이었다. 높이만 35미터라니

크기가 대단했다. 성서에 등장하는 성인과 선지자, 사도, 성모 마리아가 차례대로 조각되어 있었고 삼위일체 조각상이 꼭대기를 장식했다.

석주에 조각된 인물들 하나하나의 표정과 손동작이 살아있어 생동감이 느껴졌다. 처음에는 그 웅대한 크기에 놀라지만 점점 그 섬세하고 아름다운 조각에 감탄하게 되고, 마침내 사람들의 종교적 믿음이나 열망에 대해 생각하게 되는, 그런 기분이었다. 삼위일체 석주는 여러 사람의 노력과 희생을 통해 높이 올라간 종교적 신념에 대해 말하고 싶었던 건 아닐까 싶었다. 나는 종교가 없었지만 그 신념과 열정에는 잠시 경의를 표했다.

호르니 광장은 무척 평화로웠다. 건물은 깔끔하고 아름다웠으며 소박한 분위기였다. 광장 곳곳을 차지한 7개의 바로크 분수는 신화적 분위기를 더했다. 평화로운 광장을 울리는 조용한 시계소리가 들렸다. 시청 건물에는 프라하와는 사뭇 다른 느낌의 천문시계가 있었다. 프라하 구시가의 천문시계는 시간마다 12사도 인형이 춤을 췄고 닭이 운다. 올로모우츠의 천문시계는 시간마다 노동자들이 일을 했고 색소폰을 불었다. 사회주의 향취가 물씬 풍겼고 유머러스했다.

시간을 알려주는 인형들은 철을 제련하고 일터에서 삽을 푸며 요리를 하거나 악기를 연주하는 등 각자의 일을 했다. 인형들의 동작이 은근히 귀여운 맛이 있었고 조금 웃기기도 했다. 꿈과 희망이 있던 사회주의 초창기 1950년대 중반에 만들어진 시계였다. 모두가 평등하고 조화롭게 사는 사회에 대한 강한 낙관주의가 배어있었다.

궁금했던 올로모우츠의 대학을 찾아보았다. 올로모우츠에는 체코에서 두 번째로 오래된 대학이 있다. 1573년에 예수회에서 만든 대학이라고 했다.

지금은 팔라키 대학이 그 건물을 차지하고 있다. 한국의 대학 같은 커다란 캠퍼스는 없었다. 유서 깊은 건물에 강의실, 세미나실, 교수실이 한자리씩 차지하고 있었다. 역사 속에서 공부하는 느낌이 들 것 같았다. 하지만 거대한 건물의 텅 빈 복도는 무섭기까지 했다.

황량한 일직선 복도에 서 있으니 어디선가 〈샤이닝〉의 잭 니콜슨 같은 인물이 도끼를 들고 쫓아올 것만 같다. 영화 좀 작작봐야지. 하여튼 지금은 세계의 대학생들과 학문적 교류 보다는 우선 살고 볼 일이었다.

대학 근처의 현대 미술관에 들렀다. 전시 관람이 아니라 끝내주게 맛있다는 초콜릿 파이를 먹기 위해서였다. 론리는 현대 미술관 1층에 자리한 카페 87의 초콜릿 파이를 비장하게 소개했다. "당신은 선택해야만 한다. 다크 초콜릿이냐 화이트 초콜릿이냐?" 카페 87의 분위기는 홍대 근처의 아담한 카페와 비슷했다. 친숙한 분위기에 긴장이 풀렸다.

다크와 화이트 중 무엇을 고를까 고민하며 계산대에 섰다. 계산대에 선 그녀는 줄리 델피를 꼭 닮았다. 쿠트나 호라의 미인 가이드를 가볍게 제압할 정도의 미모였다.

"아, 저, 저, 커, 커피……."

그녀는 미소 띤 얼굴로 손을 들어 내 말을 막았다. 가늘고 긴 손가락이 부드럽게 테이블을 가리켰다. '앉아있으면 내가 주문 받으러 갈게.' 라는 손짓이었다. 다크와 화이트를 고민할 필요는 없었다. 카페 87은 우유부단한 나를 위해 새로운 파이를 제안했다. 화이트 초콜릿 크림이 층층이 쌓인 위에 다크 초콜릿 가루를 뿌려놓은 파이였다. 줄리 델피가 주문을 받으러 왔다.

"아, 커, 커, 커피 하고 초, 초, 초콜릿 파, 파이 하, 하나요."

그녀는 영어를 못하는지 알겠다는 제스처만 취했다. 그게 또 환상적인 천사의 몸짓이었다.

'미쳤나봐.'

나는 여행지에서 이루어지는 로맨스는 모두 망상이라 생각했다. 〈비포 선라이즈〉는 말 그대로 판타지 중의 판타지라 생각했다. 분명, 나는 현실주의자다. 그런 내가 줄리 델피와의 로맨스를 상상하다니. 그녀가 줄리 델피를 닮은 건 어떤 계시일지도 모를 일이었다. 하지만 초콜릿 파이는 망상을 단번에 깰 정도로 달았다.

편안한 카페 분위기, 혀를 자극하는 초콜릿 파이, 그리고 줄리 델피. 카페 87에서 세 시간을 보냈다. 아마 카페 폐장 시간이 아니었다면 두세 시간 더 게으름 피웠을 게 틀림없었다. 계산을 하는데 정확히 99코룬이 나왔다. 1코룬을 돌려주는 줄리 델피에게 양 손을 들어 괜찮다는 제스처를 취했다. 1코룬은 우리돈으로 44원이었다. 줄리 델피는 화사한 미소를 지으며 청바지 주머니에 동전을 쏙 넣더니 찡긋 윙크를 했다. 나를 죽이려고 작정한 게 틀림없다.

올로모우츠가 좋았다. 한적한 거리, 아름답고 독특한 문화유산, 싸고 맛있는 음식, 카페 87과 줄리 델피. 모든 게 너무 좋았다. 미리 끊어둔 바르샤바행 기차표가 원망스러울 정도였다. 올로모우츠는, 체코를 떠나는 나를 붙잡는 치명적인 유혹이었다. 그 유혹을 견뎌낸 내가 대견스러울 뿐이었다.

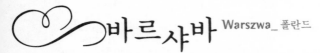 바르샤바 Warszwa_폴란드

전쟁의 아픔을 딛고 되살아난 폐허 위의 도시. 사회주의와 자본주의의 경계에 선 채 다채로운
표정을 짓는 도시. 아름답다거나 좋다, 라는 표현만으로는 이 도시를 다 담아내지 못할 것 같다.

모던하고 특별한, 불멸의 바르샤바

* 현대적 활기 가득한 바르샤바

육중한 소리와 함께 바르샤바 행 기차가 올로모우츠 역으로 들어왔다. 밤 12시. 인자한 미소로 차장은 "오, 당신이 이 역의 유일한 승객이군요!"라며 나를 반겼다.

수백 명을 태운 기차가 여행자 한 명을 위해 서다니, 황송했다. 좁은 객실에는 삼단 침대 두 개가 마주보고 있었다. 간신히 잠에 빠지려는 순간, 시끄럽게 문 여는 소리와 함께 객실에 불이 들어왔다. 국경이었다. 체코 국경 경찰이 별 다른 확인 없이 여권에 도장을 찍고 객실을 나갔다.

몇 분 후 폴란드 국경 경찰이 여권 확인을 했다. "오, 꼬레아! 웰컴." 국경 경찰은 싱글싱글 웃으며 건성으로 여권을 촤라락 넘기더니 바로 돌려주었다. 뭐가 그렇게 좋은지 경찰은 차장과 싱글싱글 말을 주고받더니 말 걸 틈도 없이 나가버렸다. 도장을 받지 못한 것 때문에 찜찜한 기분이 들었지만 뭐, 별 일 없겠지. 국경을 지난 후 졸음이 쏟아져 단잠을 청할 수 있었다.

쌀쌀한 새벽 공기에 잠을 깬 통로를 서성이니 차장이 30분 정도 남았다는 제스처를 보냈다. '폴란드는 말이죠, 대우 자동차가 하도 개판을 치고 나가버려서 한국인에게 되게 적대적이래요.' 바르샤바에 가까워질수록 프라하 민박집 실장의 목소리가 귓등을 울렸다. 민박집 실장과 P아저씨는 폴란드에 무슨 원수라도 진 것처럼 겁을 주었다. 하지만 그럴수록 폴란드에 대한 관심은 높아졌다. 뭔가 특별한 게 있을 것 같은 기분이었다.

기차가 바르샤바 중앙역에 도착했다. 바르샤바 중앙역은 악명이 높다. 어마어마한 크기에 미궁 같은 구조 때문에 길을 헤매기 십상이라는 이야기를 들었다. 하지만 의외로 간단히 방향을 잡고 바깥으로 나왔다. "너무 복잡해 폴란드 사람들은 이 역을 부술지 말지 고민 중이다."라는 론리 플래닛의 과장에 코웃음이 나왔다. 왠지 폴란드는 여러 가지 가당찮은 오해에 시달리는 것 같았다.

'지저분하고 냄새 나는 폴란드' 라는 P아저씨의 말이 다시 한 번 귓속을 맴돌았다. 하지만 중앙역 부근에 펼쳐진 광경은 아저씨가 바르샤바에 온 적이 있나 의심케 만들었다. 이곳은 역삼동이었다. 하늘을 찌르는 마천루들이 역 부근을 차지하고 있었다. 메리어트, 인터콘티넨탈 등 세계적 호텔 체인이 도시 한쪽을 완전히 차지하고 있다.

깔끔하고 현대적으로 설계된 바르샤바의 마천루들은 중세를 헤매던 나를 단숨에 서울 역삼동 한복판으로 옮겨 놓았다. 그러나 남쪽을 북쪽으로 착각하는 바람에 14킬로의 배낭을 메고 숙소를 찾기 위해 두 시간 이상을 헤맸다. 덕분에 웬만한 여행자들은 눈길조차 주지 않을 것 같은 바르샤바 남서쪽을 실컷 구경했다. 그래봐야 일렬로 늘어선 아파트 단지였지만, 왠지 내가 사는 동네에 온 것 같이 친숙하게 느껴졌다.

이 도시는 왠지 낯이 익었다. 은근히 정이 갔다. 폴란드는 한국과 비슷한 부분이 많다. '단일 민족'에 가깝고 그런 만큼 사람들은 공통된 역사와 언어를 가지고 있다. 80년대 노동조합의 강력한 힘으로 사회 개혁을 이뤄낸 것도 그렇고, IMF의 경제적 간섭을 받은 후 거기에서 벗어난 것도 비슷했다. 무엇보다 외세의 침략과 저항의 반복, 이 역사야말로 폴란드 사람과 한국 사람이 맞장구치며 이야기하기 가장 좋은 소재일 것 같았다.

일단 바르샤바 거리의 풍경이 너무 익숙했다. 거리의 익숙함도 익숙함이었지만, 거리를 메운 사람들의 모습도 낯이 익었다. 그다지 크지 않은 키에 세련된 옷을 걸치고 거리를 활보하는 사람들의 모습은 출근길 광화문의 풍경과 비슷했다. 어디에서도 로만 폴란스키가 〈피아니스트〉에서 묘사한 비참한 바르샤바의 옛 흔적을 찾을 수 없었다. 현대적 활기가 물씬 풍기고 있었으며 사람들은 멋지고 아름다웠다. 도대체 어디가 지저분하고 냄새난다는 건지.

쇼팽, 불멸의 로맨티스트

점찍어 놓은 오키도키라는 호스텔을 간신히 찾았다. 번잡한 호스텔이었다. 짐을 풀고 본격적인 바르샤바 여행을 준비하는데 웬 갈색 머리 남자가 말을 걸었다.

"바르샤바는 처음이야?"

"응. 폴란드도 처음이야."

"그래? 나는 바르샤바에 벌써 세 번째야."

"그럼, 어디 좋은 곳 좀 추천해 줄 수 있어?"

남자는 잠깐 멍한 표정으로 고민하더니 회심의 미소를 띠며 대답했다.

"바르샤바는 나이트클럽이 최고지! 좋은 나이트클럽이라면 리스트를 만들어 줄 수도 있어."

속으로 구시렁거리며 바르샤바 최고의 관광 루트라는 '왕의 길'로 갔다. 왕의 길은 북쪽의 왕궁부터 남쪽의 와지엔키 공원 Łazienki Park과 빌라노프 궁전Wilanow Palace까지 이어지는 약 10킬로미터의 종단 도로다. 애초부터 '왕의 길'로 만들어진 것은 아니었다. 몇 세기에 걸친 노력의 성과였다. 성, 교회 등의 오래된 건물과 함께 사회주의 시대 건물과 현대식 건물도 보였다. 바르샤바의 과거와 현재를 모두 즐길 수 있는 곳이었다. 나는 덤으로 공사 때문에 완전히 파헤쳐 놓은 먼지 휘날리는 왕의 길까지 봤으니, 그야말로 '동시대성'을 최고로 느낀 행운아라고 할 수 있겠다.

파헤쳐진 왕의 길에 좌절하며 성 십자가 성당으로 갔다. 쇼팽의 심장을 보기 위해서였다. 17세기에 지어진 것 치고 너무 깨끗하다 싶었는데, 2차 세계대전 중 완전히 파괴되어 전후에 새롭게 지은 것이라 했다. 바르샤바의 깔끔함은 전쟁이 남긴 상처의 흔적일지 모른다는 생각에 알싸한 기분이었다.

성 십자가 성당에서 쇼팽의 심장이 보관되어 있는 기둥을 찾는 건 생각보다 쉬웠다. 기둥 한쪽 면에 쇼팽의 흉상과 함께 그의 이름Chopina이 크게 새겨있고 꽃으로 장식되어 있었다. 쇼팽은 그의 피아노 연주곡들만큼이나 낭만적인(혹은 소심한) 사람이었다. 바르샤바에서 태어난 그는 19살 때 바르샤바 음악학교 성악과의 콘스탄치아라는 여성에게 반했지만, 사랑을 고백

성 십자가 성당에 안치된 쇼팽의 심장.

하지 못했다. 쇼팽은 지독한 상사병 끝에 그녀를 잊기 위해 프랑스, 이탈리아로 여행을 떠났는데 그 길로 영영 폴란드에 돌아오지 못했다. 여행 중 폴란드에서는 독립 혁명이 일어났고 러시아 군대에 의해 진압되었다.

쇼팽은 그 진압에 분개해 러시아 법을 거부하며 정치적 망명자의 길을 택했고 두 번 다시 폴란드로 돌아갈 수 없었다. 남은 생을 타지에서 보낸 쇼팽은 폐결핵으로 39세에 요절했다. 그가 폴란드를 떠나던 이십여 년 전 그의 친구들은 조국을 잊지 말라는 의미로 한줌 흙을 주었다. 쇼팽은 그 흙을 파리의 자기 묘지에 뿌리고 자신의 심장은 고향 바르샤바로 보내라는 유언을 남겼다. 유언대로 쇼팽의 심장은 바르샤바 성 십자가 교회에 안치되었다. 폴란드인들은 나라를 끔찍이도 생각했던 쇼팽의 심장에 여전히 경의와 축복을 보내고 있었다.

쇼팽에 대한 가장 최근 기억은 일본 드라마 〈노다메 칸타빌레〉에서 노다메가 콩쿠르에서 아주 제대로 망쳐버렸던 에튀드 작품 10의 4 연주 장면이었다. 엄청난 속도와 기교가 필요했던 이 곡은 노다메의 천재성과 어린 시절 트라우마를 동시에 드러내는 곡으로 사용되었다. 시대를 앞서간 천재였지만 평생 고향에 돌아오지 못한 채 타지에서 폐결핵으로 요절한 쇼팽. 그의 삶을 알고 나니 천재성 속에 숨어있는 고통을 드러내는데 쇼팽의 곡이 제법 잘 어울린다는 생각이 들었다.

내친 김에 쇼팽 박물관도 찾아갔다. 10분 정도 걸어 도착한 쇼팽 박물관 정면에 걸린 장난기 가득한 쇼팽의 캐리커처가 무척 귀여웠다. 바로크 양식의 건물 안으로 들어서니 높은 천장에 지나칠 정도로 조용한 분위기 때문에 썰렁했다. 2층 전시실은 바르샤바의 쇼팽, 파리의 쇼팽, 노앙Nohant의 쇼팽이라는 세 가지 테마로 방이 나누어져 있었다. 각 방마다 은은히 반복되는 쇼팽의 피아노곡과 함께 쇼팽의 친필 편지, 악보, 초상화 등이 빽빽한 설명과 함께 전시 중이었다. 쇼팽이 마지막으로 사용한 피아노도 전시되어 있었다.

쇼팽 박물관에서도 쇼팽의 낭만적이라면 낭만적이고, 소심하다면 소심하고, 우울하다면 우울한 사랑 이야기가 구구절절 펼쳐졌다. 특히, '노앙의 쇼팽'에서 본 러브 스토리가 압권이었다. 쇼팽은 파리에서 마리아 보친스키라는 여성과 사랑에 빠졌다. 그 무렵 한 파티에서 프랑스의 문호 조르주 상드도 만났다. 상드는 쇼팽에게 애정을 느꼈다. 그녀는 보친스키와의 결혼에 실패한 쇼팽에게 적극적으로 구애했고 두 사람은 사랑에 빠졌다. 쇼팽은 상드를 만난 후 창작의 절정기를 맞았다. 건강 악화로 상드의 고향인 프랑스 중부 노앙으로 거처를 옮긴 쇼팽은 그의 삶에서 가장 훌륭하고 깊이 있는 작품들을 썼다.

박물관에는 쇼팽과 상드가 주고 받은 연애편지들이 전시되어 있었다. 사랑의 밀어와 함께 병으로 인해 성생활을 할 수 없었던 쇼팽의 고뇌와 그를 달래는 상드의 모습도 교차되었다. 믿음직한 누나, 혹은 애정 넘치는 어머니의 모습이었다. 그들의 구구절절한 애정의 메시지가 안내 팸플릿의 영어 번역을 거치며 어떻게 퇴색됐는지 알 길은 없었으나, 결국 사랑의 빛이 바랬음은 쉽게 짐작할 수 있었다. 영원한 사랑, 영원한 창작, 그리고 영원한 생명도 없으니 상드와 헤어진 쇼팽은 별다른 작품을 남기지 못한 채 2년 뒤 폐결핵으로 죽었다.

평생을 이루어지지 않는 사랑에 괴로워하고, 항상 나라를 그리워했지만 돌아갈 수 없었던 쇼팽. 그가 남긴 아름답지만 실험적이고, 낭만적이지만 복잡한 음악들은 순탄치 못했던 사랑과 삶의 결정체인지도 모르겠다. 영화 〈우리들의 행복한 시간〉에 쓸쓸하게 흘러나왔던 쇼팽의 에튀드 '이별곡'이 귓속에서 맴도는 느낌이었다. 기분 탓이겠지. '역사적인' 로맨티스트에 빠져 어울리지도 않는 감상을 부리는 걸 보니 제정신이 아닌 게 틀림없다. 불멸의 로맨티스트, 영원히 행복하세요.

* 독실한 신앙심을 가진 폴란드 사람들

쇼팽 박물관을 나와 왕의 길로 돌아갔다. 왕의 길 북쪽 끝의 바르샤바 구시가를 목표로 걸었다. 도중에 바르샤바 대학이 보였다. 여행 오기 전에 대학 시절 스승님을 찾아가 동유럽 여행을 한다고 자랑을 했었다. 그랬더니 꼭 바르샤바 대학에 가 보라고 추천해 주셨다.

폴란드도 아니고 바르샤바도 아니고, 바르샤바 대학이었다. 궁금했다. 바르샤바 대학은 한국의 많은 대학처럼 여러 건물이 모여 캠퍼스를 이루고 있었다. 캠퍼스 내 건물 중 상당수가 과거에 궁전으로 사용되던 역사적 건물이라는데, 그다지 낡아 보이지 않았다. 역시 2차 세계대전 때 불탄 건물이 많아 전후 똑같은 형태로 다시 지어진 게 많다고 했다.

굉장히 아름다운 캠퍼스였다. 게다가 곳곳에 심어 놓은 나무와 건물의 넓은 창, 자연스러운 환기 시스템 등으로 환경 친화적 캠퍼스를 만들어냈다고 하니, 아름다움 이상의 상상력을 엿볼 수 있었다. 녹지를 줄여가며 무작정 새 건물만 지어대는 내 모교가 보고 배웠으면 좋겠다는 생각도 들었다.

오랜만에 학생들이 바글거리는 곳에 있으니 학생 기분이 좀 났다. 벤치에 앉아 쇼팽 박물관 근처에서 산 슈크림을 먹고 있는데 한 남학생이 전단지를 주며 알아들을 수 없는 말을 했다.

"미안. 나 폴란드 말 못해. 여행 중."

"아, 미안. 어디서 왔어?"

순간 폴란드인들이 한국인에게 적대적이라는 프라하 민박집 실장의 말이 떠올랐다. 일본인이라고 할까. 설마 지성의 전당인 대학인데 때리기야 하겠어.

"응. 한국에서 왔어."

냅다 뛸 생각을 했지만 남학생은 기분 좋은 미소와 함께 말을 건넸다.

"오. 한국? 반가워. 우리 학교에 한국학과가 있는데! 근데, 유감스럽게도 난 한국말을 전혀 못해."

"나도 폴란드 말을 못하는데 뭐. 근데, 그 전단지는 무슨 내용이야?"

"……. 나 영어가 많이 부족해. 그냥 좀 정치적인 내용. 미안."

"아니, 괜찮아. 열심히 해."

남학생은 학생들이 관심이 없어 전단지를 돌리는 게 좀 힘들다고 했다. 힘내라며 슈크림을 나눠줬다. 고맙다는 인사를 하는 남학생을 뒤로 한 채 바르샤바 대학을 나왔다. '지저분하고 냄새나는 폴란드' 처럼 '한국인에게 적대적' 이라는 이야기는 아무래도 거짓인 것 같다. 바르샤바 대학을 나와 몇 걸음 더 올라갔다. 웬 할아버지가 대통령 궁 사자상 앞에서 글자가 큼지막이 적힌 종이를 들고 우두커니 서 있었다. 모양새가 한국의 '일인 시위' 와 비슷했다. 할아버지에게 아무도 관심을 보이지 않았다. 정치적 행동에 무심한 것마저 비슷하다는 생각이 들었다. 그래도 예전에는 세계에서 손꼽는 적극

대통령 관저로 사용되고 있는 라지비우 궁.

적 노조 운동을 하던 국가들이었는데 말이다.

1994년 이래 대통령 관저로 사용되고 있는 라지비우 궁Radziwiłł Palace 앞이 갑자기 소란스러워졌다. 사이렌 소리와 함께 검은색 벤츠 몇 대가 요란하게 궁 안으로 들어갔다. 10분 전부터 대통령 궁 앞에서 폴란드 국기를 든 의장대가 계속 연습을 하더니 고위급 인사의 행차가 있는 모양이다. 의장대를 사열하는 검은 양복의 사나이가 폴란드 대통령일지도 모르겠다. 대통령 거처가 도시의 대표적 관광지 길목에 있으니 신기했다. 대통령 관저의 위치만큼 지도자가 탈권위적인지는 모르겠지만 말이다. 주워든기로는 현재 폴란드 대통령은 보수적 민족주의자라던데.

왕의 길을 따라 구시가로 올라가는 동안 성당 세 개를 들렀는데 세 가지 공통점을 발견했다. 성당 앞에는 도움의 손길을 요청하는 걸인이 꼭 한 명씩 있었고 2년 전에 세상을 뜬 폴란드 출신 교황 요한 바오로 2세를 추모하는 단을 어김없이 찾아볼 수 있었다. 하지만 가장 인상 깊은 것은 성당 안의 경건한 분위기와 기도하는 사람들이었다. 폴란드는 국민의 85퍼센트 이상이 가톨릭 교도로 유럽에서 가장 독실한 신앙심을 가진 국가 중 하나이다. 기도하는 사람보다 관광객이 훨씬 많던 체코의 성당과 달리, 바르샤바 성당 안은 무릎 꿇고 기도하는 사람들로 가득했다.

체코의 성당에서는 아무렇지 않게 카메라 셔터를 눌러댔는데 이곳에서는 그 분위기에 압도돼 도저히 그럴 수 없었다. 성당 안의 사람들에게서 느껴지는 분위기는 그야말로 경건한 신앙심이었다. 4일 앞으로 다가온 부활절의 영향도 있을 듯싶었다. 부활절 즈음에는 폴란드에서 가장 종교적인 도시라는 크라쿠프에 머물 예정인데 무척 기대가 됐다.

나는 폴란드 출신의 크쥐시토프 키에슬롭스키Krzysztov Kieslowski라는 감독을 좋아한다. 한 때 신부가 되려고 했다는 이 감독의 대표작 〈블루〉, 〈레드〉, 〈화이트〉는 우리나라에도 잘 알려져 있다. 푸른 바탕에 줄리엣 비노슈의 아름다운 얼굴이 큼지막이 새겨진 〈블루〉의 포스터는 한때 한국의 모든 카페에 걸려있다는 소리를 들을 정도로 유행하기도 했다.

하지만 개인적으로 가장 좋아하는 작품은 텔레비전 영화로 제작된 10부작 〈십계〉다. 영화감독 박찬욱은 〈십계〉에 대해 "믿을 수 없게도 이 열 편은 어느 것 하나 버릴 것 없는 순수한 걸작들"이라고까지 평했다. 이 시리즈는 성서의 십계명을 바탕으로 80년대 폴란드 사회를 풀어낸다. 제목과 달리 종교적 교리를 설파하는 영화는 아니다. 오히려 종교적, 윤리적 규범만으로는 해결할 수 없는 사람과 사회의 갈등, 딜레마를 보여준다.

나는 이 영화를 보며 종교와 윤리, 사회에 대해 이토록 성찰적 질문을 던지는 감독을 배출한 폴란드라는 나라가 궁금했다. 십 년 가까이 지니고 있던 궁금증을 미약하게나마 해소한 기회가 된 것 같다. 종교에 대한 진지한 자세가 종교에 대한 깊은 고민을 만들어낸 게 아닐까 싶었다. 믿음에 대한 일방적 강요가 아니라 말이다. 어쨌든 무신론자인 나를 감동시킨 폴란드 사람들의 신앙심에는 뭔가 특별한 게 있었다.

＊ 폐허 위에 세워진 도시

왕의 길이 끝났다. 왕궁 광장 한 가운데 높이 솟아있는 지그문트 3세 바자가 거만한 자세로 내려다보고 있다. 22미터 높이의 지그문트 3세 바자 기념비는 바르샤바에서 가장 오래된 기념비라고 했다. 지그문트 3세 바자는 1569

년 폴란드의 수도를 크라쿠프에서 바르샤바로 옮긴 인물이다. 이 기념비는 1644년에 세워졌지만 1945년에 파괴되어 1949년에 다시 만들어졌다.

바르샤바 구시가에는 그 이름과 달리 오래된 건물이 별로 없었다. 구시가의 역사는 13세기부터 시작되었다. 하지만 도시를 가득 채운 아름다운 건물들은 2차 세계대전 동안 독일군에 의해 85퍼센트 이상이 파괴되었다. 지금의 모습은 전후 복원된 것이다. 바르샤바는 프라하처럼 도시 곳곳에서 역사 유적을 보긴 힘들다. 대부분 구시가에 모여 있고 다른 구역에서는 주로 사회주의식 건물이나 자본주의식 건물을 찾아볼 수 있다. 완전히 파괴된 도시를 재건하는 과정에서 역사적 복원은 복원대로, 도시의 근대화는 근대화대로 동시에 이루었기 때문이다. 그래서 바르샤바는 중세, 사회주의, 자본주라는 세 가지 얼굴을 갖고 있다.

바르샤바 구시가의 중세풍 건물은 체코의 화려한 건물에 비하면 소박하기까지 했다. 하지만 불과 60년 전에 이곳이 부서진 건물 잔해와 시체가 뒹굴던 곳이었음을 알고 난 후 모든 것이 달라 보였다. 특히, 폐허를 과거의 모습과 최대한 비슷하게 복원해 낸 것이 사람들의 '기억'과 '노력'이라는 사실을 알게 되면서 시선은 한층 더 관대해졌다.

폐허의 바르샤바를 재건해낸 것은 바르샤바 사람들이었다. 그들은 전쟁이 끝난 후 아무것도 남아있지 않은 삶의 터전으로 돌아와 필사적으로 재건에 나섰다. 기록으로 남아있던 사진, 그림을 이용해 도시의 모습에 대한 기억을 떠올렸고, 사람들의 기억 한 조각 한 조각을 모아 새롭지만 새롭지 않은 바르샤바를 만들어냈다. 바르샤바 구시가는 도시와 자신의 삶을 사랑하던 사람들이 만들어낸 '작품'이었다. 그렇기에 건물마다 붙어있는 복원 전의 폐허 사진은 흉물스럽기보다는 감동적이었다.

돌길 따라 쭉 걸어올라 바르샤바에서 가장 오래된 성당인 사도 요한 대성당에 들렀다. 깔끔한 붉은 빛 외관을 보니 전후 재건축된 곳임을 쉽게 알 수 있었다. 이 성당은 바르샤바 봉기의 격전지 중 한 곳으로 1944년에 파괴되었다. 바르샤바 사람들에게는 성당 그 이상의 의미를 지닌 곳이라 할만 했다. 성당에서 몇 걸음 더 옮기니 구시가 시장 광장이 보였다. 좁고 낮은 건물들이 한 치의 양보도 없이 다닥다닥 붙어 광장을 에워쌌다. 광장 한 가운데 인어상과 거리를 배회하는 마차, 그리고 그림과 장신구를 잔뜩 펼쳐놓고 파는 사람들의 모습이 얽혀 독특한 분위기를 만들어냈다.

시장 광장에는 두 가지 전설이 있다. 하나는 광장에 단출하게 서 있는 인어에 대한 전설이다. 매일 저녁 어부들에게 아름다운 노래를 들려주던 인어가 있었다. 어느 날 욕심 많은 부자가 인어를 잡아 가뒀고 인어는 노래 대신 울음소리만 냈다. 인어의 울음소리를 들은 젊은 농부와 어부의 아들은 친구들의 도움을 얻어 인어를 구했다. 인어는 도움에 대한 보답으로 마을 사람들이 위험에 처하면 언제든 그들을 지키러 오겠다고 맹세했다. 광장의 인어상이 칼과 방패를 들고 있는 건 인어가 그 맹세를 지켜 지금도 바르샤바를 보호하고 있기 때문이다.

다음, 바실리스크 전설. 뱀의 왕 바실리스크는 《해리 포터와 비밀의 방》에도 등장한다. 소설에서 헤르미온느가 찾아낸 책에는 "바실리스크는 눈초리가 매서워 그 눈을 바라보는 사람은 모두 그 자리에서 즉사하게 된다."고 적혀있다. 바르샤바의 바실리스크도 똑같은 기술을 가지고 있었다. 숨겨진 보물을 노리는 자들은 바실리스크를 쳐다본 후 모두 돌로 변했다. 무시무시한 뱀의 왕을 재단사 견습생인 한 청년이 물리쳤다. 그는 거울을 들어 바실리스크를 비추었고 거울 속 자신의 눈을 본 바실리스크는 돌이 되었다. 두 전설 모두 평범한 바르샤바 소시민들의 용기를 담고 있다는 점에서 흥미로웠다.

체코의 우중충한 날씨에 시달린 내게 바르샤바의 눈부시게 푸른 하늘은 또 하나의 선물이었다. 온 세상이 밝으니 사람들마저 밝아보였다. 체코에서 만난 한 여행자는 이런 말을 했었다.

"폴란드 사람들은 말이야, 묘하게 우울해 보여."

그는 폴란드 역사를 제법 잘 알고 있었다. 그로 인한 선입견이었을지도 모르겠다. 매번 '슬픈 역사'니 '한恨의 정서'니 하며 한국을 우울함으로 덧칠하려는 사람들과 비슷한 생각을 했던 게 아닐까. 역사가 아픈 만큼 아픔에 더 강하고, 우울한 시대를 통과한 만큼 더 밝게 살기 위해 노력한다는 생각은 해보지 않았던 걸까. 어쨌든 바르샤바는 정말 묘하게 한국을 생각나게 했다.

구시가를 몇 바퀴나 돌았다. 우리 역시 전쟁으로 철저히 폐허가 된 도시에서 새롭게 시작했지만 옛 도시에 대한 사랑의 크기는 조금 달랐나 보다. 역사적 기억의 복원보다는 효율과 실용을 앞세우는 한국의 모습을 보면, 한국인들에게 바르샤바 사람들의 옛 도시에 대한 자부심과 애정은 쉽게 이해할 수 없는 것인지도 모르겠다. 바르샤바의 사회주의가 자본주의 근대화의 무시무시한 속도전을 늦춘 덕도 있었다. 덕분에 우리는 폴란드보다 두 배 이상의 국민 소득을 얻게 되었지만, 누가 더 행복한 삶을 살고 있는 걸까. 하긴, 이제는 바르샤바에도 글로벌 대자본의 유입과 함께 엄청나게 세련되고 높은 건물들만 들어서고 있다. 100년 뒤 이 도시는 또 어떻게 변할까. 부디 돈의 힘에 의해 또 다른 폐허가 되지 않기를.

* 기념비 찾아 삼만 리
*

바르샤바 공식 가이드북을 건성으로 넘기다 한 페이지에 시선이 꽂혔다. 바친스키Baczyński라는 폴란드 시인의 '(폴란드 소년에게 바치는) 엘레지' 라는 시의 일부가 인용되어 있었다.

> 소년이여. 그들은 네게서 꿈을 빼앗아갔다.
> 한 마리 나비처럼 발기발기 찢은 채.
> 소년이여. 그들은 네게 피맺힌 슬픈 눈동자를 수놓았다.
> 그들은 도시를 노란 불꽃으로 칠했다.
> 그들은 끝없는 나무의 바다에 사람들을 목매달아 장식했다.

시인이자 바르샤바 봉기에 참여했던 바친스키는 1944년 독일군 저격수에 의해 구시가에서 살해당했다. 2차 세계대전 중 바친스키처럼 살해된 폴란드인은 유대인을 포함해 6백만 명에 이른다. 1944년에 일어난 바르샤바 봉기 때 사망한 바르샤바 시민만 20만 명이 넘고 추방된 사람은 70만 명 이상이었다. 가이드북에는 이런 역사적 비극을 기리는 기념비들에 대한 소개가 있었다. 안 보고 지나칠 수 없었다. 겹겹이 쌓인 폴란드 역사의 비극을 무심히 지나치면 내 폴란드 여행이 반쪽짜리가 될 것 같은 기분이었다.

구시가 북쪽에 있는 '바르샤바 봉기' 기념비.

먼저 바르샤바 봉기 기념비를 찾아갔다. 구시가 북쪽 입구 근처였다. '바르샤바 봉기'는 바르샤바 시민들이 1944년 8월 1일부터 10월 2일까지 63일간 독일군을 상대로 일으킨 무장 봉기다.

2차 세계 대전 막바지에 이르러 독일군 전력이 약화되자 폴란드인들은 독립을 쟁취하기 위해 독일군과 싸웠다. 독일군은 대규모 병력을 투입해 잔인하게 진압했다. 봉기군은 항복했지만 이후에도 독일군은 닥치는 대로 건물을 파괴하고 물건을 약탈했으며 70만 명 이상의 시민들을 수용소로 보내 버렸다. 기념비에는 총을 든 봉기군뿐만 아니라, 아이를 안고 있는 여성과 성직자도 조각되어 있어 바르샤바 봉기에 참여한 사람들의 면면을 짐작할 수 있었다.

바르샤바 봉기 기념비와 5분 거리에 있는 몬테 카시노 전투 기념비를 찾았다. 2차 세계 대전 중 연합군 최대 패배 중 하나인 몬테 카시노 전투에 참여한 폴란드 군인들을 기리는 기념비였다. 연합군 사상자만 12만 명이 넘었고 폴란드 군인들도 많이 죽었다. 하지만 이 전투에서 연합군은 천 년이 넘은 수도원을 파괴하고 도시를 잿더미로 만드는 등의 악행을 저질렀다.

나라의 독립을 위해 연합군에 참여한 폴란드 군인들의 넋은 위로받아 마땅하겠지만, 바르샤바 봉기 기념비와 묘하게 다른 느낌이었다. 잿더미가 된 카시노 사람들의 연합군에 대한 감정은 독일군에 대한 바르샤바 사람들의 감정과 다르지 않을 것 같다. 전쟁은 누구에게나 비극이기 마련이다.

아파트 단지 안에 숨어있는 게토 영웅비도 찾았다. 1943년 4월 19일부터 5월 13일까지 벌어진 바르샤바 게토 봉기Warsaw Ghetto Uprising를 기념하는 비다. 나치는 유대인을 '절멸'하기 위해 체계적으로 계획을 세웠다. '게토'는 유대인들을 손쉽게 강제수용소나 학살 장소로 보내기 위해 만든 유대인 집단 거주지다. 영화 〈피아니스트〉에서 주인공 스필만이 가족과 함께 살던 곳이 바로 바르샤바 게토다. 바르샤바 게토에 살던 유대인들은 이웃들이 하나둘 사라지는 것을 보며 저항 단체를 조직했다. 이를 진압하기 위한 독일군의 대대적인 공습이 시작되었고, 4월 19일 봉기가 일어났다. 이들이 외친 "우리는 인간답게 죽을 준비가 되어 있다."는 선언문은 유명하다.

만 3천 명의 유대인이 죽었고 남은 5만 명은 강제수용소로 보내졌다. 바르샤바 게토 봉기는 2차 세계 대전 기간 동안 일어났던 가장 큰 유대인 저항이었다. 유대인들은 이 봉기를 자신들의 용기와 의지를 보여주는 상징으로 여긴다. 그래서 매년 4월 19일 전 세계에서 모인 수천 명의 유대인들은 아우슈비츠에서 행진을 한다. 아이러니한 것은 4월 20일은 유대인 최대 명절인 유월절인 동시에 히틀러의 생일이라는 점이다. 역사는 때로 너무 짓궂다. 하긴, 끔찍한 고통과 아픔을 경험했던 유대인들이 지금은 팔레스타인 사람들에게 비슷한 종류의 고통과 아픔을 주고 있으니, 정말 한치 앞도 내다볼 수 없는 인간사다.

게토 영웅비 앞에서 한 아저씨가 어린 딸에게 무언가를 열심히 설명하고 있었다. 바르샤바 봉기 기념비부터 계속 마주쳤다. 나처럼 '기념비 투어'를 하고 있는 것 같았다. 여자 아이가 아버지의 설명이 지루했는지 나를 빤히 쳐다봤다.

마지막 남은 기념비 하나는 찾기 힘들었다. 길을 잘못 든 것 같았다. 같은 자리만 계속 맴돌고 있을 때 경찰 두 명이 다가왔다. 한 명이 굉장히 서툰 영어로 말을 걸었다.

"뭐, 도와줄까요?"

"이 기념비를 보고 싶은데, 어딘지 못 찾겠어요."

경찰 두 명이 내 가이드북을 유심히 봤다.

"홈. 이런 기념비가 있긴 해요? 난 처음 보는데.어쨌든, 이 지도를 보면 지하철을 쭉 따라가면 되는데, 지하철역이 어딘지 알아요?"

"아뇨."

"나도 잘 모르겠는데. 저 길 따라 한 번 쭉 올라가 봐요."

경찰이 동네 지리를 잘 모르는 게 좀 우스웠지만 어쨌든 큰 길로 갔다. 게토 영웅비에서 만났던 여자 아이 가족이 큰 길을 따라 걷고 있었다. 몰래 따라갔다. 예상대로 그들은 내가 찾고 있던 '동쪽에서 죽거나 살해당한 사람들을 위한 기념비' 로 가던 길이었다.

폴란드는 1795년 이래 100년 이상 프로이센, 러시아, 오스트리아에 지배당하다 1918년에야 겨우 독립했다. 하지만 이 독립은 1939년 독일 침공과 함께 금방 막을 내렸다. 독일의 침공을 견제한다는 이유로 소련도 폴란드를 침공했고 결국 폴란드 서쪽은 독일, 동쪽은 소련에 점령당했다. '동쪽에서 죽거나 살해당한 사람들을 위한 기념비' 는 소련의 폴란드 침공 56주년이 되던 1995년에 만들어졌다. 수레 위에 십자가를 겹겹이 쌓아놓은 모양새가 지금까지 본 조각상 중 가장 을씨년스러웠다. 전후 40여 년 가까운 소련의 간섭에 대한 앙금을 새겨 넣었을지도 모를 일이었다.

✱ 문화과학 궁전과 초현대식 건물 사이

야경을 보기 위해 거리로 나섰다. 거대한 문화과학 궁전이 보여 카메라 셔터를 눌러댔다. 폴란드에서 가장 크고 높은 문화과학 궁전은 바르샤바 현대사를 압축하는 상징적 건물이다. 1955년에 완성되었는데, 소련에서 동유럽 국가들에 무상 지원을 하던 시기에 지어진 이른바 '우정의 선물' 중 하나였다.

하지만 이 건물이 단순히 소련의 강요에 의해 지어졌다고 보기는 힘들다. 1950년대 바르샤바는 전쟁의 폐허 위에 도시를 새롭게 만들던 시기였다. 당시에는 '사회주의 리얼리즘'이라고 불리는 양식이 유행이었다. 사회주의의 힘과 미래에 대한 낙천주의를 분명히 느낄 수 있는 양식의 건축물들이 유행처럼 지어졌다.

강력한 힘을 상징하는 것으로 딱딱하고 거대한 건물이 많이 만들어졌고, 이 건물들에는 평범한 노동자를 비롯한 마르크스, 레닌 등 사회주의 영웅들의 조각상이 설치되어 상징성을 높였다. 문화과학 궁전의 외벽에도 이런 인물 조각이 장식되어 있었다. 전 세계 노동자의 모습을 조각해 치마저고리를 입고 있는 북한 여성의 모습도 찾아볼 수 있었다.

한때 바르샤바 사람들은 소련에 대한 반감과 함께 바르샤바의 분위기와 어울리지 않는 문화과학 궁전에 많은 불만을 가졌다. '바르샤바에서 가장 행복한 사람은 문화과학 궁전에서 일하는 사람'이라는 농담도 있었다는데, 문화과학 궁전 안에 있는 사람은 이 건물을 볼 수 없기 때문이다.

하지만 지금은 각종 문화 시설부터 공공 기관까지 다양한 시설이 들어서 있어 많은 바르샤바 사람들이 이곳을 찾는다. 결연한 표정의 노동자 상위에 나이트클럽의 간판이 걸려있는 모습이 색달랐다. 사회주의와 자본주의를 모두 경험한 바르샤바 현대사를 상징하는 묘한 풍경이었다. 문화과학 궁전은 흉물이기 전에 바르샤바가 지나온 역사의 편린이었다.

밤의 문화과학 궁전은 낮의 무미건조한 콘크리트 건물이 아니었다. 화려한 조명을 받아 노란 빛을 띠는 건물은 카메라에 담기에 아주 좋은 피사체였다. 인적이 드문 거리에서 연신 셔터를 눌러대는데 갑자기 소형차 한 대가 급하게 멈췄다. 운전자가 알아들을 수 없는 말로 나에게 말을 건네기에 웃으며 말했다.

"이봐요, 나 여행자거든요. 영어로 말해줄래요?"

"나 독일 사람인데 독일어 할 줄 몰라요?"

"모르는데요."

"나 영어 잘 못하는데. 클럽, 이 나이트클럽, 어디요?"

"전혀 모르겠는 걸요."

"흠. 고마워요. 안녕."

독일 운전자는 급하게 차를 몰고 가버렸다. 서양 여행자들이 아침부터 밤까지 계속 나이트클럽, 나이트클럽 하는 걸 보니, 바르샤바 나이트클럽이 유명하긴 한가보다. 하긴, 론리 플래닛에도 '바르샤바에는 좋은 클럽이 많다.'고 소개되어있으니, 뭐.

문화과학 궁전 근처에는 그와 맞먹는 높이의 초현대식 건물들이 경쟁하듯 늘어서 있었다. 낮에는 '지저분한 폴란드'라는 P아저씨에 대한 반발심에 현대적 세련됨으로 채색해 바라보았는데, 밤이 되니 그 삭막한 마천루에서 을씨년스러움이 느껴졌다. 낮에는 문화과학 궁전 덕에 도시의 풍경이 삭막했고 밤에는 그들 덕에 삭막했다. 사회주의든 자본주의든 거대병은 아름답지 않았다.

✳ 와지엔키 공원과 빌라노프 궁전

아침부터 햇빛이 쨍쨍했다. 바르샤바 중심부를 벗어나 와지엔키 공원을 찾기에는 최고의 날씨였다. 들뜬 마음으로 180번 버스에 올랐다. 버스는 왕의 길을 따라 남쪽으로 달렸다. 와지엔키 공원은 폴란드의 마지막 왕 포니아토프스키Stanisław August Poniatowski의 여름 별장이다.

그는 1764년 이래 30여 년에 걸쳐 자신의 영지인 와지엔키에 궁전과 극장을 짓고 공원을 가꾸었다. 와지엔키 공원은 유럽에서 가장 아름다운 공원 중 하나로 손꼽힌다. 그 말이 과장은 아니었다. 무성한 나무 사이로 다람쥐가 활보했고 공작은 느긋하게 꼬리를 펼치고 있었다. 멀리 작은 궁전 하나가 보였다. 마치 물 위에 떠있는 것 같았다. 이름도 '섬 위의 궁전'이었다. 마지막 왕 치고는 너무 호사스럽게 산 게 아닌가 싶기도 했다.

포니아토프스키 왕은 러시아의 여제 예카테리나 2세의 애인 중 한 명이었다. 그가 폴란드 왕이 된 것도 예카테리나 2세의 군사적 도움이 컸다. 그러니 그에게 실권이 있을 리 만무했지만, 왕은 나름대로 근대적 군대 훈련과 교육 시설을 도입하고 미술, 출판 등의 문화를 장려하려 노력했다. 하지만 힘없는 왕의 처지는 뻔했다. 그는 정치보다는 와지엔키 공원의 조경을 가꾸거나 미술품, 조각상 등을 수집하는데 열중했다. 결국 러시아, 프로이센, 오스트리아가 삼국 분할 지배를 결정하며 폴란드 사람들은 100년 이상 나라를 잃었다. 포니아토프스키 왕은 말년에 애인인 예카테리나 2세의 연금을 받으며 살았다고 하니, 그래도 사랑이 밥을 먹여주긴 했나 보다.

와지엔키 공원을 벗어나 더 남쪽에 있는 빌라노프 궁전을 찾아갔다. 180번 버스를 타고 한참을 달려 종점에 도착한 후에야 궁전 입구에 다다를 수 있었다. 빌라노프 궁전은 폴란드의 가장 위대한 왕 중 하나라는 얀 3세 소비에스키Jan III Sobieski가 17세기 말에 짓기 시작한 여름 궁전이다.

얀 3세는 유럽의 '영웅' 중 한 명으로 1683년 오스트리아의 수도 빈을 포위한 오스만 제국 군대를 물리친 인물로 유명하다. 이슬람 사회가 당시 유럽 기독교 사회의 중심을 점령하기 직전에 구해냈으니 얀 3세에 대한 유럽 세계의 찬사는 짐작할 만했다. 하지만 얀 3세가 만들어 놓은 번영을 이용한 정복 전쟁의 잇따른 실패는 훗날 폴란드 몰락의 서막이었다. 결국 그가 구한 오스트리아가 100여 년 뒤 폴란드를 몰락시켰으니 역사는 냉혹한 법이다. 노란 빛의 빌라노프 궁전의 외양은 독특했다. 촌스럽지는 않았지만 그렇다고 입이 벌어질 정도로 화려하거나 아름답지도 않았다. 내부 구경까지 하기에는 시간이 촉박했다. 바르샤바 봉기 박물관을 꼭 가보겠다는 결심을 한 터라 발걸음을 옮겨야만 했다.

다시 180번 버스를 타고 바르샤바 시내로 돌아왔다. 트램으로 갈아 탄 후 바르샤바 서쪽의 바르샤바 봉기 박물관을 찾아갔다. 입구의 육중한 철문이 박물관의 무게감을 전하는 것 같았다. 2004년에 개관한 바르샤바 봉기 박물관은 바르샤바 봉기가 일어난 1944년 63일 간의 기록을 각종 사진, 신문 기사, 서류, 무기 등의 사료와 영상, 오디오 등을 활용한 시청각 자료로 전시해 놓았다.

절박했던 당시의 분위기를 느낄 수 있게 재현해 놓아 현장감이 넘쳤다. 처절한 하루하루에도 불구하고 사람들이 웃고 울고 서로 의지하는 모습들이 가장 인상적이었다. 총알이 빗발치는 와중에도 시, 소설을 쓰고 영화를 찍거나 서로의 비상식량을 나눠먹는 모습들. 비극 속에서 피어나는 인간의 강인한 생명력이었다. 하지만 이 생명력이 인간의 또 다른 면, 잔인함에 의해 무너지는 모습 - 독일군의 처형과 도시 파괴 - 도 보게 되니, 자연스럽게 인간이 지닌 깊은 이중성에 대한 고민을 불러냈다. 박물관 입구에 줄지어 서 있는 어린이 단체 관람객이 보였다. 바르샤바를 비롯한 전 세계 어디에서도 두 번 다시 이런 비극이 일어나지 않기를.

바르샤바 봉기 박물관을 마지막으로 바르샤바 여행도 끝이 났다. 묘하게 한국을 생각나게 했지만, 분명 한국의 도시와는 다른 바르샤바. 사람들의 활기와 경건한 신앙심이 조화를 이루는 도시. 전쟁의 아픔을 딛고 사람들의 노력으로 되살아난 폐허 위의 도시. 사회주의와 자본주의의 경계에 선 채 다채로운 표정을 짓는 도시. 아름답다거나 좋다, 라는 표현만으로는 이 도시를 다 담아내지 못할 것 같다. 바르샤바는 특별했으니까.

크라쿠프 Kraków_ 폴란드

성당 앞에서 신나게 비틀즈의 '헤이, 쥬드'를 연주하는 사제 밴드와, 이들에게 연신 카메라
플래시를 터뜨리는 사람들. 이것이 크라쿠프의 부활절이었다. 모두에게 신의 축복이 함께 하길!

크라쿠프를 사랑한 그들

＊ 로망을 실현한 민박집 부부

"이봐, 숙소 안 찾아요? 싸고 좋은데, 어때요?"

"미안해요. 나 예약한 곳 있어요."

사방이 깜깜해진 크라쿠프 역에 도착했을 때 제일 먼저 나를 반긴 건 두 걸음마다 한 명씩 붙는 숙소 호객꾼이었다. 귀가 아플 정도로 귀찮게 했다. 고장난 전자사전 마냥 같은 말만 반복하니 나중에는 괜히 미안해졌다. 아, 내가 왜 미안해해야 하냐고!

호객꾼들의 공세를 피해 역을 빠져나오니 엄청나게 큰 대형백화점이 보였다. 루이비통, 아디다스 등 온갖 유명 브랜드와 맥도날드, KFC 간판이 번쩍거리는 풍경에서 폴란드 제일의 종교, 문화 도시라는 크라쿠프의 모습을 찾긴 힘들었다. 어두컴컴한 골목을 지나 구시가 광장에 들어선 후에야 폴란드 제일의 문화 도시라는 별칭이 실감났다. 중세의 풍취를 가득 담은 건물들이 은은한 조명을 품고 차분하게 서 있었다. 거리를 가득 메운 노점상들은 묘한 활기를 불어넣고 있었다. 30분 가량을 헤맨 후 간신히 약도와 얼추 비슷해 보이는 길목을 찾으니 오로라 민박이 보였다. 벨을 누르니 반가운 한국어가 들렸고 내 또래로 보이는 남, 여 한 쌍이 나를 반겼다. 반가운 마음에 끌어안을 뻔했다. 저녁상을 차려준 후, 두 사람은 장을 보러간다며 나를 남겨두고 밖으로 나갔다. 미친 듯이 맛있었다. 이것만으로도 오로라 민박은 최고의 선택이었다. 씻고 짐 정리를 마치니 두 사람이 돌아왔다. 양손 가득 맥주와 과자를 든 채였다.

"밥은 맛있었어요? 배고프면 피자라도 시켜드릴까요?"

"아뇨. 정말 맛있게 잘 먹었어요."

"그럼, 맥주나 한 잔 해요. 과일이랑."

10일 만에 처음 먹는 과일이었다. 맥주는 또 왜 이렇게 맛있는지. 민박집 주인인 영주와 은정은 부부였다. 나랑 동갑이어서 이런 저런 이야기를 편하게 할 수 있었다. 두 사람이 민박을 시작한 지는 1년 정도 되었단다. 이게 또 참 낭만적인 이야기였다.

"어떻게 민박을 하게 됐어요?"

"우리가 초등학교 동창이거든요. 은정이가 배낭여행 노래를 불렀는데, 제대하고 같이 여행을 하게 됐죠. 생각해보면, 왜 같이 했나 몰라."

은정이 잠시 눈을 흘겼다.

"아무튼, 서유럽을 돌고 크라쿠프에 잠깐 들를 생각으로 왔어요. 하필 몇 년만의 폭설이 온 거지. 아주 펑펑 내렸어요. 덕분에 우리는 일주일 동안 크라쿠프에 완전히 갇혀버렸고. 그때 이 도시에 반한 거예요. 눈이 쌓인 조용한 크라쿠프가 어찌나 아름답던지. 그래서 장난처럼 우리 여기서 민박집이나 차릴까라는 얘기를 했는데, 보시다시피 이렇게 됐죠."

두 사람은 한국에 돌아와 결혼을 한 후, 가지고 있던 돈을 탈탈 털어 크라쿠프에서 민박집을 차렸다. 그런 용기가 부러웠고, 이런 낭만이 근사했다. 그들에게는 잠깐 들르는 여행자들이 최고의 친구였고 대화 상대였다. 손님이 한 명 오더라도 맥주를 잔뜩 사서 같이 마시고 이야기 나누는 것에서 민박집을 연 보람과 즐거움을 느낀다고도 했다.

"민박집을 차리니 어디 여행도 못 가게 되더라고요. 그래서 여행자들의 여행 이야기를 들을 때 무척 신나요."

활발하고 성격 좋은 동갑내기 부부와 몇 시간 동안 이야기를 나누니 기분이 너무 좋았다. 여행 10일째, 조금 지친 느낌이었다. 이들에게서 느낀 따뜻함에 몸이 다시 덥혀졌다. 좋은 숙소 주인들 덕에 여행 시작도 안한 크라쿠프가 벌써부터 최고의 여행지가 될 것 같은 예감이 들었다.

✲ 바벨 성과 용은 서럽다

"바벨 성을 제대로 보려면 아침 일찍 가야해요. 입장객 수를 제한하는 데가 좀 있거든."

은정의 말을 듣고 아침 일찍 바벨 성을 찾았다. 바벨 성은 바벨 언덕에 자리 잡고 있다. 언덕이라고는 하지만 계단을 잘 만들어놓아 올라가는 게 힘들지 않았다. 매표소에는 장소 별 입장 가능 인원수가 실시간으로 줄어들고 있었다. 인원수 제한 때문에 여러 장소를 묶어 한 장으로 해결하는 패키지 입장권이 없었다. 문화재 보호를 위해 편의성을 포기한 걸까. 마음에 드네.

바벨 성이라기에 첨탑이 우뚝 솟은 중세풍의 고성을 상상했는데, 실제로 보니 작은 마을 같다. 잘 가꾸어진 정원과 붉은 지붕 건물들, 그리고 아름다운 성당이 조화를 이룬 제법 '있어 보이는' 마을 말이다. 사실 바벨 성은 언덕 위에 자리 잡은 건물 중 하나였다. 편의상 그 주변의 대성당과 여러 건물을 묶어 바벨 성이라 부를 뿐, 정확하게 표현하자면 '바벨 성을 중심으로 만들어진 언덕 위 마을' 정도 되겠다.

사람들은 바벨 성보다 바벨 대성당에 더 관심을 가졌다. 대성당은 독립적으로 운영되는지 입장권도 따로 팔고 있었다. 14세기에 건설된 바벨 대성당은 폴란드 왕들의 대관식이 거행되던 곳이다. 또한 폴란드 왕가 무덤의 역할도 해 지금도 왕가의 석관을 볼 수 있다. 요한 바오로 2세가 교황이 되기 전 사제생활을 한 곳이기도 하다.

대성당에는 총 20개의 예배당이 있는데, 그 중 가장 유명한 곳이 지그문트 예배당이다. 유난히 튀는 황금색 지붕이 '난 좀 달라.' 라고 으스대는 것 같았다. 지그문트 예배당이 유명한 것은 황금색 지붕 아래 있는 종 때문이다. 16세기에 제작된 지그문트 종은 폴란드에서 가장 큰 종이다. 국가적 행사나 종교적 행사가 있을 때 이 종을 치기 위해 10명 이상이 동원된다고 하니, 말 다했다. 이토록 유명한 종이건만, 입장하는 사람이 보이지 않았다. 출입문 앞에 서 있는 할아버지께 다가갔다.

"지그문트 종, 볼 수 없나요?"

"오, 형제여, 곧 부활절이라 입장 제한 중이에요."

아쉬움을 삭이며 바벨 성으로 향했다. 인원수 제한을 피해 미리 끊어놓은 바벨 성 '왕의 처소Royal Private Apartments' 입장 시간이 다 되었기 때문이다.

바벨 성 건물은 몇 개의 박물관으로 사용되고 있는데 왕의 처소는 가이드 투어만 가능했다. 입장권에는 선명하게 '11시 50분'이라고 적혀 있었다. 이런 식으로 시간과 인원수를 제한하는 모습에서 문화재 보호를 위한 노력을 엿볼 수 있었다. 하지만 바벨 성은 대성당에 비해 관광하는 사람이 적었다. 성이 성당을 위해 존재하는 모양새랄까. 왠지 바벨 성이 꽤나 서러워할 것 같다는 생각도 들었다.

영어 투어가 없어 폴란드어 투어를 했다. 영어 팸플릿을 받았지만, 가이드의 설명을 듣고 한바탕 웃어대는 다른 여행자들이 부러울 뿐이었다. 바벨 성 1층에 위치한 '왕의 처소'는 왕의 침실과 손님용 방을 전시하고 있었다. 고전적인 장식물들로 꾸며진 침실이 기품 있다. 특히 방을 구성하는 재료들이 나무, 대리석 등으로 조금씩 다르고, 장식품들도 양탄자, 그림 등으로 다양해 방마다 색다른 분위기를 느낄 수 있었다.

바벨 언덕 위에서 내려다보는 크라쿠프 시내의 풍경은 근사했다. 바로 아래 보이는 비스와 강을 중심으로 정렬된 시내가 한눈에 들어왔다. 경치 구경을 하며 용의 동굴로 향했다. 용의 동굴은 바벨 성의 출구이기도 하다. 이 동굴은 크라쿠프 탄생 전설과 닿아있다.

원래 이 동굴에는 대식가 용이 살고 있었다. 이 용은 매일 엄청난 양의 소를 먹었는데, 사람들이 소의 숫자를 채우지 못하면 그만큼의 사람을 잡아먹었다. 참다못한 크라쿠스 왕은 두 아들을 불러 용을 퇴치할 것을 명했다. 수많은 시행착오 끝에 두 아들은 소의 피부 아래 유황을 넣어 용에게 바쳤다. 이 소를 먹은 용은 숨이 막혀 죽었지만 용과 함께 형도 죽었다. 동생은 용이 죽어가는 틈을 타 형을 죽였고 죄를 숨긴 채 아버지에 이어 왕이 되었

바벨 대성당. 바벨 성과는 비교할 수 없을 정도로 관광객의 사랑을 듬뿍 받고 있다.

다. 그러나 동생의 죄는 결국 밝혀졌고 그는 영원히 추방당했다.

그 후, 용이 살던 동굴 위에 도시가 지어졌고 크라쿠스의 이름을 따 크라코비아라 불려졌다. 어떤 사람들은 이 도시를 크라쿠프Cracow라 불렀는데, 용의 시체를 보고 몰려온 까마귀crows의 울음소리crow때문이라고 한다.

용이 똬리를 틀고 살았다는 이야기가 나오는 게 충분히 이해되는 구불구불한 동굴은 제법 으스스했다. 위에서는 물이 뚝뚝 떨어지고 공기는 무척 축축했다. 계단은 미끄러웠고 조금 전부터 내 뒤를 졸졸 따라오는 꼬마 아이가 내는 울음소리가 온 사방에 울렸다. 좋게 말하면 분위기 있고 나쁘게 말하면 정말 괴기스러웠다. 하지만 동굴 밖으로 나오자 실소를 금할 수 없었다. 아주 귀여운 용 한 마리가 하늘을 올려보고 있었기 때문이다. 핸드폰으로 문자 메시지를 보내면 불도 뿜는다는데 왠지 서글퍼서 차마 못했다.

인간들의 속임수에 죽은 용은 얼마나 억울할까. 게다가 유황 넣은 소라니. 유황을 통째 먹었으니 말 그대로 속에 불이 나는 그 고통, 아픔은 상상하는 것조차 끔찍했다. 거기에 후대에는 문자 메시지를 받으면 불을 뿜는 쇼까지 해야 하다니. 참, 바벨 성의 용은 서럽겠다.

✱✱ 비엘리츠카 소금 광산

"심심했는데 잘 됐다. 같이 구경하지 않을래요?"

비엘리츠카에서 만난 K씨의 첫인상은 날카로움 그 자체였다. 깡마른 몸매에 안경 너머 번뜩이는 호기심 가득한 눈초리, 직설적인 말투에서 요즘 말로 '포스'가 느껴졌다. K씨와 만난 건 우연이었다. 비엘리츠카 소금광산에서 한국 단체 관광객을 본 후 한국어로 설명을 듣고 싶다는 생각이 간절했다.

"저기요, 뒤에 붙어 같이 좀 가면 안 될까요?"

"남자분이 책임잔데 그 분께 물어보세요."

가이드는 황급히 소금광산 안으로 뛰어 들어갔다. '남자 분'은 어디에도 없었다. 할 수 없이 영어 투어를 기다리는데 K씨가 다가와 말을 걸었다. 같이 구경하자는 제안을 마다할 이유가 없었다.

비엘리츠카 소금광산은 세계에서 가장 유명한 광산 중 하나다. 먼 옛날 이곳은 바다였는데 시간이 흘러 물이 증발하며 소금만 남았고, 그 소금들이 지형의 변화를 거쳐 다채로운 형태의 소금층을 만들어냈다. 1978년, 유네스코 문화 및 자연 세계유산 1호로 선정될 정도로 그 가치를 인정받았다.

이 소금의 보고는 어김없이 상상력이 가미된 전설을 품고 있다. 헝가리 출신의 킹가Kinga 공주는 크라쿠프 귀족과의 혼인을 앞두고 아버지에게 소금 광산을 지참금으로 받았다. 그녀는 이 광산에 약혼반지를 던져 넣고 비엘리츠카로 왔다. 비엘리츠카에 도착한 후 공주는 광부들에게 어떤 장소를 파라고 지시했다. 놀랍게도 그곳에서 소금이 발견되었고 그 소금 사이에 킹가 공주의 약혼반지가 반짝이고 있었다. 그 후 폴란드에는 소금이 끊이지 않았다고 한다. 킹가 공주가 광산의 수호자가 된 건 당연한 수순이었다.

소금광산에는 킹가 공주의 전설을 소금으로(정확하게는 암염 덩어리로) 조각해놓은 방이 있다. 이곳에는 총 3000여 개의 방이 있는데, 그 중 소금광산 투어를 통해 20여 개의 방을 공개했다. 플라스틱 모자를 눌러쓴 가이드의 안내에 따라서만 돌아볼 수 있었다. 나와 K씨는 수염을 제법 멋지게 기르고 목소리가 환상적인 가이드의 인도를 받았다. 소리가 울리는 동굴 구조와 좋은 목소리의 조화는 정말 끝내줬다. 소금광산의 벽은 짠 맛이 날까. 혀를 대 확인해보고 싶었지만 참았다. 이곳의 공기는 소금기 때문에 세균류가 적고 미네랄이 풍부해 치료 효과도 있다고 한다. 지하에 기관지, 알레르기 환자 요양소까지 있다고 하니 믿어서 손해 볼 건 없을 것 같았다. 이 이야기를 K 씨에게 해줬다.

"정말? 정말이지? 숨을 깊게 깊게 들이쉴 수 있도록 해요."

숨쉬기 운동 시늉까지 했다. 대체 이 아주머니의 정체는 뭘까?

소금광산에서도 폴란드인의 신앙심을 느낄 수 있었다. 광부들은 위험한 광산 노동의 안전을 기원하기 위해 17세기에 소금을 파 성 안토니 예배당을 만들어 매일 아침마다 미사를 보았다. 하지만 소금 광산의 진짜 유명한 예배당은 따로 있었다. 소금광산의 하이라이트인 성 킹가 예배당은 그야말로 입이 딱 벌어질 정도로 압도적이었다. 크기와 깊이가 웬만한 다이빙 전용 수영장을 능가하는 것 같았다.

1896년에 처음 설계된 길이 54미터, 넓이 18미터, 높이 12미터의 지하 예배당은 소금 덩어리를 파서 만들었다. 이곳은 광부 조각가들의 손을 거쳐 70여 년에 걸쳐 완성되었다. 그 솜씨가 정말 놀라웠다. 킹가 공주의 소금상부터 성경에서 모티프를 얻은 각종 조각들을 소금 덩어리로 만들어놓았다.

소금 결정들이 반짝거려 무척 아름다웠다. 특히 레오나르도 다 빈치의 '최후의 만찬'을 암염으로 조각한 작품은 정교한데다 입체감 또한 대단했다. 정면에서 보니 제법 원근감을 느낄 수 있었는데 옆에서 보니 상당히 '얇게' 조각되어 있음을 알 수 있었다. 천장에는 소금 결정으로 만든 샹들리에까지 있다. 쿠트나 호라에서 본 인간 뼈로 만든 샹들리에의 음침함과 대조되는 깨끗한 아름다움이 반짝거렸다. 1999년에 만들어진 교황 요한 바오로 2세의 소금 조각상도 보였다.

소금 광산 투어를 마치고 덜컹거리는 초속 4미터의 초스피드 엘리베이터를 타고 지상으로 나왔다. 2시간 정도를 지하에 있다 보니 조금 눈이 부셨다. 피부가 매끄러워진다는 기념품 가게의 미용 소금이 나를 유혹했다. 하지만 기념품 같은 거 관심 없다, 라고 단호하게 말하는 K씨가 겁이 나 선물용으로 작은 소금 결정 몇 개만 샀다. K씨의 기氣는 왠지 '압도적'인 데가 있었으니까.

소금광산은 한때 물이 차는 바람에 유네스코에서 '위험에 처한 문화유산'으로 지정하기도 했다. 하지만 폴란드 정부의 철저한 보존 노력으로 1998년 그 지정에서 벗어날 수 있었다. 파괴된 바르샤바 구시가의 복원, 문화재 보존을 위한 바벨 성의 입장객 제한, 끊임없는 소금광산 보수. 폴란드 사람들은 자신들의 문화에 대한 자부심뿐만 아니라, 문화재가 얼마나 소중한지, 그리고 그것을 왜 잘 보존해야 하는지를 깊이 고민하는 것 같다. 소금광산 안의 나무 기둥 한쪽을 가득 채우고 있던 한국어 낙서가 떠올라 부끄러웠다. 게다가 'Korea Fighting'이라는 영어까지 써 놓았으니 오가며 그 낙서를 보는 폴란드 사람들은 한국에 대해 어떻게 생각할까?

＊ K씨의 정체

아침 일찍 일어나 아우슈비츠를 돌아보고 바로 소금 광산으로 왔다는 K씨는 부활절 방학을 맞아 크라쿠프를 여행 중이라고 했다.

"원래는 한국에서 음악 선생 했어요. 시립 교향악단 지휘도 하고. 지금은 헝가리의 케치케메트^{Kecskemét}에서 지휘 공부를 하고 있어요."

K씨와 이야기를 나누다 보니 어느새 크라쿠프 구시가에 도착했다.

"오늘 밤에 헝가리로 돌아가는데, 시간 되면 같이 저녁이나 먹을래요? 피에로기가 맛있고 싼 데가 있다던데."

잠시 고민을 했다. 소금광산 투어 중의 일이 생각났기 때문이다. 소금광산에서 K씨는 대뜸 이런 질문을 했다.

"혹시, 종교 있어요?"

"예. 성당 다녀요."

세례도 받고 영성체도 받았으니까 백 퍼센트 거짓말은 아니었다. 하지만 "어머님께 효도한다는 생각으로 군대 있을 동안만이라도 열심히 다녀요."라는 훈련소 신부님의 말에 감동 받아 군 생활 2년 동안 열심히 다닌 걸 제외하면, 거의 15년 동안 성당 근처도 안 간 무신론자였다. 그럼에도 반사적으로 '성당 다닌다.' 고 말한 건, K씨의 질문에서 '익숙한' 기독교 선교의 분위기를 느꼈기 때문이었다.

"아, 그래요? 왠지 예수 믿게 생겼어."

자, K씨를 어떻게 해야 하나. 한국이라면 분명 작별 인사를 나눴을 테지만, 여기는 폴란드, 매정하게 뿌리치기에는 내 안의 붉은 피가 날뛰었다. 게다가 첫 질문 이후, K씨는 나에게 교회의 '교' 자도 꺼내지 않았다.

"와, 정말요? 오늘 피에로기 꼭 먹으려고 했는데 잘 됐네요."

가식을 좀 떨었다.

많이 들어와 봐야 열 두세 명 남짓한 크기의 식당은 한산했다. 수프에 피에로기까지 시키니 15즈워티(약 5,000원)가 나왔다. '러시아 만두' 라 불리는 피에로기는 밀가루 속에 고기, 생선, 야채, 치즈 등을 넣고 구운 음식인데 만두랑 비슷하게 생겼지만 맛은 달랐다. 만두 보다 조금 느끼하고 퍽퍽했지만, 제법 괜찮은 맛이었다.

"앞으로 일정이 어떻게 돼요?"

"한 달 정도 동유럽을 돌아볼 예정이에요. K씨는요?"

"나는 방학이 끝났으니 이제 돌아가서 공부해야죠. 오늘 헝가리행 야간 열차 티켓도 끊어놓았어요."

"야간 열차라 힘드시겠어요."

"아니, 괜찮아요. 올 때는 승객이 별로 없어서 컴파트먼트 하나 잡아 문 잠가 놓고 혼자 잤어요. 혹시 루마니아도 가요?"

"불친절하고 위험하다고 해서 고민 중이에요."

"아직도? 1990년이었나. 왜, 공산정권 붕괴되고 거의 바로 갔어요. 나 갈 때는 진짜 위험했었지."

"와, 그때는 정말 위험했을 텐데."

"무서워 죽는 줄 알았다니까. 도시들도 말이 아니었고."

"여행 하셨어요?"

"아니, 선교하러 갔어요. 같이 갔던 선교사는 아직 루마니아에 있어요."

역시, 그녀의 정체는 선교사였다! 어쩐지 가본 나라가 특이하고 영어를 기막히게 잘한다 싶더니. 아프리카에서 일 년 이상 있었다고 할 때 눈치 챘어야 했다.

"루마니아는 동방정교 신앙심이 강하다던데. 선교는 어땠나요?"

"실패했지. 같이 갔던 선교사는 15년 동안 30명 선교했다고 하던 걸요."

"K씨는 선교 활동을 아직도 하세요?"

"이제 학교도 퇴직했으니까, 시간 나는 틈틈이 다녀야지."

K씨에 대한 존경심이 들었다. 오십 가까운 나이에도 자신의 신념에 따라 삶의 방식을 포기하지 않고 열심히 살아가는 사람에게는 그만한 대접을 해줘야만 했다. 믿는 것도, 생각하는 것도, 살아가는 방식도, 모두 나와는 너무 달랐지만. 구시가 한복판에서는 부활절 행사 리허설이 한창이었다. 바람이 제법 쌀쌀했지만 K씨의 기차 시간인 9시까지 함께 시간을 보냈다.

"헝가리에 오면 케치케메트에 꼭 들러요. 거기 K음악원에 한국인이 세 명 있는데 K라고 말하면 알 거예요. 가난한 유학생이라 맛있는 건 못 사주지만, 세상에서 제일 맛있는 라자냐 정도는 대접할 수 있어요. 일요일에 오면 더 좋겠네. 같이 예배드리러 가는 것도 괜찮으니까."

같이 예배보자는 은근한 선교를 대수롭지 않게 넘기는 걸 보니, 짧은 시간 동안 K씨에게 제법 호감을 느끼게 된 거 같았다. 케치케메트에 꼭 들러야 겠다는 생각을 하며 작별 인사를 했다.

하지만 마지막 말이 결정타였다.

"예수 믿으세요, 꼭!"

* 인간의 죄가 묻어있는 아우슈비츠

마음이 그냥 무거운 정도가 아니었다. 정말 지옥이었다. 책에서 보던 것보다 더 끔찍했고 가슴 아팠고 괴로웠다. 깨끗하게 정리된 전시실에서도 이런 느낌이 드는데 당시 이곳에 살던 사람들은 얼마나 고통스러웠을까. 연합군 비행기가 아우슈비츠 상공을 지날 때마다 이곳을 폭격해 우리를 죽여줬으

아우슈비츠 수용소의 정문. 수용자들이 '일하면 자유로워진다.' 문구에 대한 저항으로 'B'를 거꾸로 걸어 놓았다.

면 좋겠다고 간절히 기도했다는 그들. 그들의 고통을 이해한다고 쉽게 말하는 것조차 죄가 될 것 같았다. 여기는 아우슈비츠, 돌이킬 수 없는 인간의 죄가 묻어 있는 아픈 기억의 장소였다.

오늘 하루를 아우슈비츠 수용소, 정확히 오시비엥침^{Oswięcim} 수용소에서만 보내기로 했기에 게으름을 피웠다. 숙소에서 빈둥대다 11시가 다 되어서야 크라쿠프 버스 정류장에 도착했다. 한 시간 반 정도 버스를 타니 아우슈비츠 제1수용소가 보였다. 바글거리는 사람들과 늘어선 관광버스 때문에 정신이 없었다. 16개국 언어로 번역된 안내서를 팔고 있었다. 그 중에는 반가운 한국어도 보였다. 3즈워티(약 1,000원)를 주고 한국어 팸플릿을 구입하니 노랑머리 직원이 유창하게 '감사합니다.' 하고 인사했다.

아우슈비츠 입장료는 무료였다. 하지만 입구에서 상영 중인 다큐멘터리를 보기 위해서는 2.5즈워티(약 800원)를 내야 했다. 800원짜리 다큐멘터리는 만만치 않았다. 1945년 1월 27일, 소련의 붉은 군대에 의해 아우슈비츠 수용소가 해방되는 순간을 담은 다큐멘터리는 아우슈비츠의 참상을 고스란히 보여줬다. 왜 아우슈비츠 박물관이 "14세 이하의 입장은 되도록 권하지 않습니다." 라는 문구를 걸어 놓았는지 알 수 있었다. 잔인하다. 끔찍하다. 이 두 단어 외에는 달리 표현할 길이 없었다.

시작부터 무거운 마음을 안고 수용소 정문으로 향했다. "Arbeit macht frei", 일하면 자유로워진다는 문구가 정문에 박혀있었다. 이런 게 제일 싫다. 내일의 희망도 없이 매일매일 강제 노동에 끌려가는 사람들에게 열심히 일하면 자유로워질 것이라는 말은 얼마나 역겨웠을까.

아우슈비츠에는 평균 13,000명에서 16,000명 정도가 수감되었다. 이 중에서 하루의 반을 꼬박 강제노동으로 보내는 수감자들이 몇 천 명이나 되었다. 나치 친위대(SS)는 수감자들의 출입을 쉽게 통제하기 위해 수용소 오케스트라가 행진곡을 연주하게 했다. 가족을, 친구를, 동포를, 내키지 않는 노동현장으로 밀어 넣는 음악을 연주하던 오케스트라 단원들은 또 얼마나 참담한 기분이었을까.

아우슈비츠 박물관은 2차 세계대전 당시에 사용되던 실제 수용소를 전시실로 개조해 놓았다. 아우슈비츠 하면 유대인이 먼저 떠오른다. 이곳은 유럽 최대의 유대인 학살 장소였다. 아우슈비츠에서 대략 150만 명이 학살당했다고 하는데 그중 90퍼센트가 유대인이었다. 하지만 이곳은 애초에 1940년 폴란드인 사회주의자, 정치범 등을 수용하기 위해 만들어진 곳이다.

또한, "이곳에 수감된 사람들 중에는 체코인, 슬로바키아인, 구 유고슬라비아인, 프랑스인, 오스트리아인, 그리고 독일인도 있었다(공식 안내서 p. 3)." 물론, 가장 큰 피해자는 유대인이겠지만 이 끔찍한 죽음 속에 '최대' 가 무슨 의미일까. 아우슈비츠에서 희생된 수많은 국적, 인종 모두에게는 똑같은 무게만큼의 비극일 텐데 말이다. 박물관도 그렇게 생각했을까. 아우슈비츠에는 유대인뿐만 아니라 국가별 전시실을 따로 만들어 이곳에서 희생된 '모든' 사람을 기렸다.

아우슈비츠에서도 시각적으로 가장 끔찍한 건 머리카락과 신발이었다. 아우슈비츠가 소련군에 의해 해방되던 때, 창고에서 약 7톤의 머리카락이 발견되었다. 가스실에서 죽은 여성들의 머리카락을 뽑아 독일에서는 매트리스와 천을 만들었다. 전시실 하나를 가득 채운 머리카락 묶음과 불에 그은 신발을 보니 토할 거 같은 기분이었다. 속이 쓰리고 가슴이 아팠다.

학살과 관계된 전시만 끔찍한 건 아니었다. 아우슈비츠에서의 일상생활을 전시해 놓은 곳이 끔찍하다면 더 끔찍했다. 50인용 방에 200명을 집어넣는 열악한 주거시설, 매일매일 생체실험에 불려가는 아이들, 먹지 못해 비쩍 마른 여성, 휴식 없이 이루어지는 중노동, 때리고 비틀고 찢는 고문의 연속. 이 모든 참상을 사진과 수감자들이 몰래 그린 그림, 남아있는 물건 등을 통해 볼 수 있었다.

'아!' 라는 소리가 절로 나오는 반인륜적 범죄들을 연달아 보니 점점 머리가 이상해지는 것 같았다. 인간은 이토록 허약한 존재인데, 당시 나치는 그 끝없는 잔인함을 대체 어디에서 끌어낸 걸까. 이성과 감정을 마비시키는 약이라도 있었던 걸까. 이유 없는 증오, 집단의식은 언제라도 이성과 감정을 마비시킨다. 아우슈비츠의 참상 이후 60년도 더 지났지만, 아직도 세계 곳곳에서 그런 '마비'의 모습을 심심치 않게 볼 수 있다. 심지어 아우슈비츠의 가장 큰 피해자인 유대인들조차 팔레스타인 사람들을 지독하게 괴롭히고 있으니까.

이 곳에서 느낀, 아니 느낄 수밖에 없는 절절한 아픔을 세계 모두가 잊지 않았으면 좋겠다. 독일인이든, 유대인이든, 한국인이든, 그 누구든. 아우슈비츠의 한 전시실에는 이런 말이 쓰여 있었다.

"역사를 기억하지 못하는 자는 반드시 그 역사를 다시 겪게 된다."

쓸쓸한 마음으로 아우슈비츠 수용소를 걸었다. 한 할머니가 '총살의 벽' 앞에서 고개를 숙인 채 연신 눈물을 훔쳤다. 아우슈비츠 하면 주로 가스실을 떠올리지만 총살, 아사도 빈번했다. '총살의 벽'은 주로 폴란드인을 총살하던 장소다. 바로 옆 11블록에서 근무하던 나치 친위대원들은 매일 그 소리를 들으며 어떠한 죄책감도 느끼지 않았을까. 모든 게 이해할 수 없는 것뿐이었다. 지금, 내가 이곳에서 이해할 수 있는 건 '총살의 벽' 앞에서 한없이 흐느끼는 할머니의 눈물뿐이다.

11블록에서 놀라운 광경을 볼 수 있었다. 온갖 고문 장면과 지하 감옥을 전시해 놓았지만, 정작 놀라운 건 2층의 전시물이었다. 이곳에서는 아우슈비츠 수용소 안에서의 저항운동 관련 사진, 문서, 물건 등을 전시하고 있었다. 저항 조직과 수감자의 상호 협약 내용이 인상적이었다.

아프고, 연약하고, 특별히 보호가 필요한 사람들을 돌본다.
음식, 약, 옷 등으로 도움을 준다.
수감자들의 사기를 유지한다.
수용소의 서류를 위조하고 수감자를 다른 수용소로 이송해
죽음으로부터 구한다.

이들은 수용소 부근에 사는 폴란드인들과 은밀히 연락해 음식과 약을 밀반입하기도 하고, 나치의 만행을 알릴 수 있는 자료를 암호 편지로 만들어 밀반출하기도 했다. 나치는 저항하는 사람에게는 가족이나 주변 사람을 눈앞에서 몰살하는 잔인한 방법을 썼다. 그럼에도, 온갖 위험을 감수하며 저항을 조직, 활동하는 사람의 뿌리까지 뽑지는 못했다. 극한의 상황에서도 인간은 저항을 포기하지 않는다.

마지막으로 가스실과 하루 350구의 시체를 태웠다는 화장터를 보았다. 잔인한 상상력이었다. 좀더 차분히 이곳의 전시실 하나하나를 돌아보고 싶

123

주로 폴란드인을 총살하던 장소인 '총살의 벽'. 10블록과 11블록 사이에 있다.

었지만 시간이 부족했다. 아침에 숙소에서 빈둥거린 시간이 후회스러웠다.

아우슈비츠 1수용소를 나와 마지막 셔틀버스를 타고 아우슈비츠 2수용소 비르케나우Birkenau(폴란드어로 브제진카Brzezinka)로 향했다. 5분 정도 달리니 빛바랜 붉은색 벽이 보였다. 비르케나우는 아우슈비츠의 수용인원이 넘치자 새롭게 지은 제2수용소다. 아우슈비츠와 비교할 수 없을 정도로 컸다. 약 53만 평에 300동 이상의 건물(아우슈비츠 28동)이 들어선 최대 규모의 수용소였다. 웬만한 대학 캠퍼스보다 컸다.

하지만 퇴각하는 독일군이 증거 인멸을 위해 불을 질러 약 70여 개의 건물만 남아있었다. 정문에 위치한 SS 중앙 위병소 탑에서 비르케나우가 한눈에 보였다. 이 큰 공간을 오로지 사람을 죽이기 위해 사용했다. 타고 부서졌지만 굴뚝만은 앙상하게 남아있는 건물 잔해가 그 잔인한 흔적을 짐작케 했다. 맑은 하늘과 푸르게 잘 자란 잔디들이 야속하다는 생각마저 들었다.

1수용소가 전시물 위주로 구성되어 있는 반면, 2수용소는 말 그대로 '있는 그대로' 보여주었다. 비르케나우에 비해 아우슈비츠는 '양반'이었다. 튼튼해 보이는 아우슈비츠의 빨간 벽돌 건물과 달리, 비르케나우의 칙칙한 목조 건물들은 이곳의 위생상태가 1수용소보다 확연히 나빴음을 짐작케 했다. 그저 죽기 전에 잠깐 '처넣는 곳'으로 밖에 보이지 않았다. 말 그대로 외양간 보다 못했다. 실제로 일부 수용소 건물은 외양간을 고친 곳이었다.

퇴각하는 SS 대원들이 폭파했다는 가스실의 잔해가 을씨년스러웠다. 비르케나우 한쪽에는 곧고 높게 뻗은 나무들이 숲을 이루고 있었다. 숲 앞에 안내문이 붙어있었다. 대부분의 유대인은 비르케나우에 도착하자마자 가스실로 보내졌는데 그 수가 워낙 많아 가스실도 정체되었다. 이 숲은 가스실에 들어가기 전에 강제로 대기하던 장소로 정체가 심해지면 이 자리에서 바로 총살했다. 안내문에 붙어있는 사진 안의 울상 짓는 아이들의 표정에 가슴이 미어졌다. 바로 옆에서, 앞과 뒤에서, 사랑하는 사람이, 가족이, 친구가 총에 맞아 죽어나가는 모습을 본 사람이 어떤 표정을 지을 수 있을까.

아우슈비츠로 돌아가는 셔틀버스는 이미 끊겼고 하늘도 조금씩 어두워졌다. 머리가 너무 복잡했다. 인간이 인간에게 얼마나 증오심을 가지고 해코지를 할 수 있는지를 직접 보고 나니 절로 몸서리가 쳐졌다. 비르케나우에서 아우슈비츠로 돌아가는 길에 잔디에 뒤덮인 철로가 보였다. 유럽 곳곳에 퍼져있는 유대인들을 데려오기 위해 유럽 주요 도시의 철로가 아우슈비츠와 연결되었다. 무성한 잔디들에 덮여있었지만 잔디 아래 그 흔적이 여전히 남아있었다. 서글펐다. 철로를 따라 30분쯤 정처 없이 걸으니 아우슈비츠 1 수용소가 보였다. 만원이 된 크라쿠프 행 버스 한 대를 보내고 멍하게 앉아 다음 버스를 기다렸다. 30분을 기다리니 다음 버스가 왔다. 또 만원이 될 것 같았다. 줄을 서 내 차례를 기다리는데 바로 앞이 소란스러웠다. 점잖아 보이는 중년 아저씨 한 분이 단단히 화가 나 소리를 지르고 있었다.

"이봐, 아가씨. 왜 새치기해요?"

여성은 아저씨가 자기한테 하는 소린지 모르는 것 같았다. 더 화가 난 아저씨는 목소리를 더 높였다.

"당신, 미국인이지? 싸가지 없는 걸 보니 미국인이 틀림없어."

또 못 들은 것 같은 미국인(?). 아저씨는 체념한 듯 알아들을 수 없는 말로 소리를 지르고 한바탕 크게 웃었다. 버스 운전사와 폴란드 사람들이 다같이 크게 웃었다. 분위기를 보니 미국 욕을 한 것 같았다. 폴란드 사람들은 미국을 무척 싫어한다고 했다. 사소한 이유로 적대하는 사람들, 증오의 씨앗들. 예사로워 보이지 않았다.

크라쿠프 시내로 들어올 때 쯤에는 칠흑같이 어두웠다. 그 어둠 속 창문 너머 작고 예쁜 촛불들이 반짝였다. 넋을 놓은 채 쳐다보는 나에게 친절한 앞자리 아주머니가 간단하게 설명해주었다.

"죽은 사람들의 부활을 바라는 폴란드 사람들의 마음이라오."

아우슈비츠에서 희생된 사람도, 전쟁 중에 희생된 사람도, 그리고 인간의 증오 때문에 죽어간 사람도, 모두 그 촛불을 타고 당신들이 믿는 신의 나라로 가시길.

✳ 부활절의 크라쿠프

머리가 깨질 것 같았다. 꿀꿀한 기분으로 민박집으로 돌아오니 숙소는 만원이었다. 그들과 함께 늦게까지 맥주를 마셨다. 쓸쓸히 혼자 잤으면 침대에 머리를 묻고 울었을지도 몰랐다. 그만큼 아우슈비츠의 충격은 컸다.

지금까지 동유럽에서 만난 한국인 여행자들은 대부분 유럽에서 생활하는 사람들이었다. 오로라 민박에서 만난 사람들도 마찬가지였다. 영국에서 비행기 제작 회사에 다니는 아저씨, 프랑스에서 선박 회사에 다니는 아저씨, 폴란드에서 교환 학생 중인 대학생까지, 대부분이 유럽에서 길게 혹은 짧게 생활하는 사람들이었다. 이들의 공통점은 모두 부활절 휴가를 받아 짧은 여행에 나섰다는 것이다. 가톨릭 문화권에서 부활절이 얼마나 큰 행사인지 부활절 휴가를 통해 짐작해볼 수 있었다.

드디어, 부활절이다. 아무 생각 없이 여행을 왔으면 낭패볼 뻔했다. 부활절에는 웬만한 박물관, 상점이 모두 문을 닫았다. 자칫 잘못했으면 소금 광산과 아우슈비츠를 못 볼 수도 있었다. 민박집에 머무는 몇 명은 아우슈비츠가 휴관이라는 소리에 울상이었다. 하지만 크라쿠프에서의 부활절은 그야말로 내가 기다리던 날이었다. 부활절 미사를 볼 수 있으니 말이다. 이 신앙심 깊은 나라에서, 신앙심을 가장 고양시킨다는 부활절 미사는 어떤 모습일까. 결코 다른 날, 다른 나라에서는 경험할 수 없는 순간이었다.

폴란드의 부활절 미사는 일출과 함께 성당 종을 울리고 폭죽을 터뜨리며 시작한다. 예수가 부활했을 때 밝은 빛이 비치고 천둥치는 소리가 들린 것을 기념하기 위해서다. 그리고 미사가 시작되기 전에 신도들이 행렬을 이루어 교회를 세 번 돈다. 제자들이 예수의 시체를 찾으려 했던 행동을 보여주기 위해서다.

여행 전에 이 정보를 보고 꼭 새벽부터 성당을 찾으리라 결심에 결심을 했었다. 하지만 아우슈비츠와 숙취는 아침 미사를 물 건너가게 해버렸다. 다행히 미사는 계속 있었다. 800년 된 성 마리아 성당에서 미사를 지켜보았다. 아이부터 노인까지 입추의 여지없이 빽빽하게 성당을 채우고 있었다. 폴란드인들의 종교를 존중하자는 생각에 경건히 미사를 보았다. 미사 형식은 순서나 방식 등이 한국과 거의 똑같았다. 장엄하게 울려 퍼지는 오르간 소리와 사람들의 기도 소리가 기분을 묘하게 했다. 7년 전에 서유럽 여행 중 만난 한 여행자가 이런 말을 했었다.

"유럽의 성당을 보다 보면, 그 분위기에 가톨릭 신자가 돼야 할 것 같은 기분이 들어요. 그래야 벌을 피할 수 있지 않을까, 그런 생각이 들어요."

천장이 높고 소리는 울리며 살짝 으슬으슬한 느낌을 주는 성 마리아 성당은 그런 기분을 느끼게 하기에 더할 나위 없이 좋은 장소였다. 순간적으로 '아멘'을 입으로 되뇌고 사람들 따라 무릎을 꿇는 내 모습을 보면 어머니가 무척 좋아하시겠다 싶었다. 이번 여행을 떠날 때 어머니께서 이런 말씀을 하셨다.

"거기에는 성당도 많으니까. 부활절에는 꼭 미사 보렴. 꼭!"

분명 전혀 모르는 말로 미사를 보았는데, 모든 기도와 기억이 한국어로 머릿속에 남았다. 미사의 형식은 익숙했지만 기분은 조금 달랐다. 바르샤바에서부터 느껴온 폴란드인들의 남다른 신앙심 때문일까. 이들의 신앙심은 '특별한 것'이기라보다는 그냥 '일상'처럼 보였다. 나라 잃은 설움과 전쟁의 고통을 수백 년 동안 경험한 폴란드에서 가족의 안녕을 빌고 내일의 희망을 기도하는 건 말 그대로 일상이 아니었을까.

성당 밖으로 나오니 성 마리아 성당 꼭대기에서 나팔 소리가 들렸다. 중간에 갑작스럽게 나팔 소리가 끊겼다. 13세기에 적의 침입을 나팔 소리로 알려준 나팔 연주자가 타타르족의 화살에 목이 뚫린 것을 기억하기 위해서라고 했다. 곳곳에 남아있는 외세의 침입과 그 아픔을 기억하려는 흔적들이 폴란드 사람들의 신앙심의 원천을 보여주는 것 같았다. 성당 꼭대기의 나팔수는 손을 흔드는 관광객에 화답하며 또 신나게 손을 흔들었다.

대부분의 상점이 문을 닫았지만, 구시가는 부활절 시장 덕에 활기찼다. 크라쿠프에서 수세기 동안 이어온 '엠마우스'라 불리는 부활절 특별 장이었다. 음식은 기본이고 아기자기한 장신구와 나무로 깎은 장난감, 계란으로 만든 장식물 등이 눈을 즐겁게 했다. 거리에는 사람들이 많았다. 미사를 마치고 쏟아져 나오는 폴란드 사람들과 수많은 관광객, 거리를 가득 메운 노점

수세기 동안 이어온 부활절 특별 장, 엠마우스.

상으로 광장은 북새통을 이뤘다. 느릿하게 걸어 다니는 마차와 곳곳에서 코스프레를 선보이는 거리의 예술가들은 색다른 분위기를 만들어냈다.

성당 앞에서 신나게 비틀즈의 '헤이, 쥬드'를 연주하는 사제 밴드와, 이들에게 연신 카메라 플래시를 터뜨리는 사람들. 경건함과 축제가 뒤섞였다. 이것이 크라쿠프의 부활절이었다. 모두에게 신의 축복이 함께 하길!

❊ 모든 이의 평화를 기원하다

조용했다. 쌀쌀한 바람만큼 거리가 썰렁했다. 크라쿠프의 카지미에르즈 Kazimierz 유대인 지구에는 정적만이 돌고 있었다. 애초 계획은 이랬다. '부활절에 크라쿠프 구시가 박물관, 상점은 모두 문을 닫겠지. 유대교는 부활절과 상관없잖아. 그럼 부활절에 유대인 지구를 돌아보는 게 좋겠군. 탁월한 생각이야!' 하지만 모든 시나고그가 문을 닫았다. 핫 초콜릿을 연거푸 두 잔 마시며 생각했다. 무엇이 잘못된 걸까. 크라쿠프의 유대인에게도 부활절은 그냥 휴일인 걸까. 아니면 단지 일요일은 쉬는 날이라 그런 걸까. 알 수 없었다. 어쨌든, '유대인 레스토랑'이라는 간판을 보고 들어온 카페 알레프의 핫 초콜릿은 끝내주게 맛있었다. 유대교 안식일에 먹는다는 홀렌트Czulent라는 음식도 먹었다. 감자, 콩, 보리 등이 재료라는데 맛이 좀 독특했다. 질퍽질퍽한 씹는 느낌도 특이했다.

시나고그를 포기하고 영주가 도움이 될 거라며 준 《크라쿠프의 카지미에르즈》라는 책을 펼쳤다. '쉰들러 리스트 루트'가 눈에 띄었다. 스티븐 스필버그의 영화 〈쉰들러 리스트〉의 배경이 크라쿠프의 유대인 지구라고 했다. '쉰들러 리스트 루트'는 몇몇 영화 촬영 장소와 쉰들러가 유대인을 고용했던 공장을 포함하고 있었다.

'쉰들러 리스트 루트'를 돌기 위해 남쪽으로 비스와 강을 건넜다. 서울과 달리 크라쿠프의 '강남'은 '강북'에 비해 개발이 뒤처진 곳이었다. 이 차이에는 2차 세계대전 중 나치의 계획도 한몫했다. 나치는 폴란드를 점령한 뒤 크라쿠프에 나치의 군정청을 설치하고 '가장 깨끗한 도시'로 만들 계획을 세웠다. 바르샤바와 달리 크라쿠프의 역사적 유적들이 전혀 파괴되지 않은 이유였다. 영주가 이런 말도 했었다.

"크라쿠프는 우리로 따지면 친일파가 득실거리던 도시라고나 할까. 뭐, 그랬다 하더라고요."

나치는 '깨끗한 도시 만들기'의 일환으로 카지미에르즈에 모여살던 유대인들을 강 남쪽의 포드고르제Podgórze로 몰아내 게토를 만들었다. 그리고 이곳을 벽으로 둘러싸 도시의 다른 지역과 완전히 격리시켰다. 전쟁 끝 무렵에는 게토에 살던 사람들을 아우슈비츠를 비롯한 강제 수용소로 이송하며 도시를 파괴했다. 크라쿠프 중심가에 비해 개발의 속도가 더딘 게 당연하게 느껴졌다. 휑한 거리에 침침한 날씨와 쌀쌀한 바람이 나를 주저하게 만들었다. 쉰들러 공장으로 향하는 골목 앞에서 잠시 고민에 빠졌다.

'어쩌냐. 〈쉰들러 리스트〉 잘 기억 안 나는데.'

다시 《크라쿠프의 카지미에르즈》를 펼쳤다. 그냥 구시가로 돌아갈 생각에 책을 건성으로 넘기는데 '홀로코스트 돌아보기'가 눈에 띄었다. 특히 마지막 문장이 가슴을 때렸다.

"특별히, 젊은 세대에게 이 루트는 이런 비극이 다시는 일어나지 않기 위해 잊어서는 안 되는 것에 대한 살아있는 역사교육이 될 것이다."

아우슈비츠의 연장선에서 홀로코스트를 돌아보며 크라쿠프 여행의 방점을 찍자. 분명 또 우울해지겠지만 이참에 왕창 우울해보는 것도 나쁘지 않을 것 같았다. 방향을 틀어 과거 게토였던 곳으로 향했다. 《크라쿠프의 카지미에르즈》에서 눈을 떼지 못했다. 단순히 여행 루트만 안내하는 게 아니라 건물과 장소마다 깃들어있는 역사를 세세히 풀어내 무척 흥미로웠다.

지금은 피자 가게인 유대인 저항군 본부부터 시작했다. 네다섯 걸음 정도 더 옮기면 보이는 자물쇠가 굳게 채워진 옛 병원 건물 벽에는 총알 자국이 선명했다. 나치가 '게토 제거' 때 환자들을 사살하며 생긴 흔적이었다. '홀로코스트 돌아보기' 루트는 대부분 이런 흔적을 찾아가도록 구성되어 있었다. 유대인 지식인들이 모여 은밀히 토론을 하고 학습을 했던 약국, 게토 내 유대인을 통제하던 유대인 의회 사무실, 유대인들이 일하던 공장, 고아원, 법원 등을 돌아보았다. 나치의 격리 정책 속에서도 게토 자체를 하나의 독립적인 도시로 기능할 수 있게 한 유대인들 노력의 흔적을 조금이나마 엿볼 수 있었다.

영화 〈피아니스트〉의 감독 로만 폴란스키가 2차 세계대전 당시 살던 집도 있었다. 어린 폴란스키는 '게토 제거' 당일 가까스로 이곳에서 탈출했다. 하지만 그의 어머니는 아우슈비츠로 보내져 그곳에서 죽었다. 애초 스필버그는 폴란스키에게 〈쉰들러 리스트〉 연출을 부탁했는데, 폴란스키는 이 영화의 주제가 너무 '개인적인 것'이라 거절했다. 그는 〈쉰들러 리스트〉 개봉 후 10년 뒤 〈피아니스트〉를 찍었다. 폴란스키는 이 영화를 찍으며 자신의 트라우마를 극복했을까. 홀로코스트 루트를 돌며 계속 머릿속을 떠나지 않는 질문이었다. 그들 모두가 어디에서든 과거의 아픈 상처를 극복하고 편안한 일상을 보냈으면 좋겠다.

프와쉬프^{Pr aszów} 강제 수용소로 향하는 길에 게토를 둘러쌌던 벽의 잔해를 볼 수 있었다. 무감각한 회색의 두꺼운 돌 벽이 마음을 무겁게 했다. 찻소리가 귀 옆을 스치는 도로를 옆에 끼고 30분 정도 걸었다. 프와쉬프 강제 수용소 터가 보였다. 이곳은 영화 〈쉰들러 리스트〉의 주 무대였다.

프와쉬프 강제 수용소는 지독한 강제 노동과 여자, 아이 할 것 없는 총살로 악명이 높았다. 하지만 수용소의 흔적이 남아있지 않았다. 1945년 소련의 붉은 군대가 크라쿠프로 향한다는 소식을 접한 나치가 수용소를 아예 없앴기 때문이다. 땅에 묻혀있던 대량의 시체를 모두 파내 불에 태우기까지 했다니, 증거인멸까지도 참 비인간적이었다.

프와쉬프 강제 수용소 터 아래에서 2차 세계대전 동안 나치 친위대의 본부로 사용된 '회색집'이 보였다. 이곳에서 온갖 잔혹한 고문들이 행해졌다. 회색집 근처에는 일명 '붉은집'이라 불리는 강제 수용소장 아몬 괴트의 별장도 있었다. 아몬 괴트는 〈쉰들러 리스트〉에서 랄프 파인즈가 소름끼치게 연기한 그 유명한 악당이다. 나는 이 영화가 잘 기억나지 않음에도 괴트가 창문에 기대어 유대인들을 '사냥'하는 장면은 생생하다. 괴트가 바로 이 집 커튼 뒤에서 일하러 가던 유대인들 머리를 향해 총을 쐈다. 괴트가 직접 쏴 죽인 유대인 수만 500여 명에 이른다.

그는 전후 폴란드 법정에서 '성서의 사탄이 현대에 되살아났다.'는 판결을 받고 교수형에 처해졌다. 그의 처형은 세 번의 시도 끝에 성공했다. 과연 괴트는 그 시간 동안 자신의 행동이 얼마나 무서운 것인지 깨달았을까.

회색집과 붉은집 사이에 난 작은 길로 들어가니 유대인들이 아침마다

점호를 받던 광장 터가 나왔다. 지금은 잡초만 무성했다. 해가 완전히 져 하늘은 짙은 남색이 되었다. 어둠 속에 강제 수용소 터에 서 있자니 두려움이 몰려왔다. 루트의 마지막만 남아 있어 조금 더 용기를 내어 안쪽으로 들어갔다. 눈앞에 거대한 석상이 보였다. '고통 받은 사람들을 위한 기념비'로 1943년에서 1945년 사이 나치에게 학살당한 사람들을 기리는 것이었다.

석상의 모양이 마치 여기에서 희생된 사람들의 영혼을 지키는 것 같았다. 석상 앞에 서니 강제 수용소 터가 한눈에 보였다. 아우슈비츠와 홀로코스트를 기억했다. 그리고 앞으로의 평화를 기원했다.

이 글을 쓰고 있는 2008년 초, 이스라엘은 팔레스타인 가자 지구에 연일 맹폭을 퍼붓고 있다. 1주일 동안 130여 명의 민간인이 폭격으로 사망했다. 팔레스타인 무장단체의 보복도 이어지고 있다. 레바논 기자 림 하다드는 저서 《아이들아, 평화를 믿어라》에서 간절한 바람을 유대인에게 보낸다.

"잊지 말아라. 유대인도 아랍인도 서로를 증오하면 안 된다는 사실을. …… 무엇보다 아랍인과 유대인이 친구가 될 수 있으며, …… 언젠가는 평화를 이룰 수 있다는 것을 믿어라. 정의롭고 공정한 평화 말이다. 내 사랑하는 아이들아, 평화를 믿어라."

자코파네 Zakopane_ 폴란드

자코파네는 타트라 산맥 앞에 자리 잡은 산악마을이다. 폴란드 최고의 겨울 스포츠 도시이기도
하다. 깨끗한 하늘 위 멋진 구름 행렬은 눈 덮인 산과 함께 근사한 풍경을 연출했다.

타트라 산맥의 눈 덮인 산악 마을

** 자코파네의 네 사람

"S누나. 자코파네 안 가실래요?"

오로라 민박에 묵고 있는 S누나에게 말을 건넸다. 은정이 거들었다.

"크라쿠프 남쪽에 있는 산악 마을이에요. 경치도 좋고 공기도 좋고 남자들도 완전 멋있어요."

이미 영주, 은정과는 합의를 봤다. 이 부부는 자코파네를 너무 좋아한다며 내 제안을 흔쾌히 수락했다. 다만 S누나 혼자 두고 가기가 조금 미안한 것 같았다. 숙소에는 한바탕 여행자들이 썰물처럼 빠져나가 S누나와 나만 남아 있었다.

"좋아요. 혼자 여행 하는 거 은근히 심심했는데, 잘됐네."

자코파네는 타트라 산맥 앞에 자리 잡은 산악마을이다. 폴란드 최고의 겨울 스포츠 도시이기도 하다. 크라쿠프에서 두 시간 거리인데 한 시간 반 정도 지나니 평야 천지이던 폴란드에서 높은 산들이 보이기 시작했다. 심지어 눈도 쌓여있다.

눈 덮인 타트라 산맥의 정경을 보는 순간, '여기오길 정말 잘했어' 라는 생각이 절로 들었다. "우리, 여기서 민박집 할까?"라는 영주, 은정, 그리고 만족한 표정의 S누나를 보며 다행이라는 생각도 들었다. 마침 날씨도 기막히게 좋았다. 깨끗한 하늘 위 멋진 구름 행렬은 눈 덮인 산과 함께 근사한 풍경을 연출했다.

하룻밤 묵을 숙소를 잡은 후 시내로 갔다. 시내는 '물 뿌리기' 때문에 요란스러웠다. '물에 젖은 월요일Lany Poniedziarek' 이라는 이름의 폴란드 풍습이었다. 부활절 다음날 젊은 남자들이 젊은 여자들에게 물통으로 물을 끼얹거나 물총을 쏘았다. 가톨릭이 도입되기 전부터 있던 풍습이란다. 먼 옛날에는 짝짓기의 의미도 있었다지만, 내 눈에는 조금 심해 보였다. 대체로 혼자 다니는 여성에게 인정사정없이 물을 뿌렸다. 하지만 '저걸 참아?' 라는 생각이 들 정도로 심하게 물벼락 맞은 여성들조차 대수롭지 않게 넘겼다. 은정과 S누나는 물만 뿌려 봐라, 한국 여자가 얼마나 무서운지 보여주겠다며 단단히 별렀다. 다행히 그런 불상사는 없었다.

간단히 요기를 마치고 구바와카Gubarówka 산으로 향했다. 구바와카 산은 타트라 산맥 반대편에 위치한 1,120미터 정도의 산이다. 산으로 향하는 길은 시장통이었다. 산악 지방답게 양털이나 가죽으로 만든 모자, 옷 등의 방한 용품이 많았다. 은정과 영주는 자코파네 가죽 슬리퍼가 예전부터 탐났다며 몇 개를 샀다.

시장에서 가장 많이 볼 수 있는 것은 오스취펙Oscypek이라는 훈제 치즈였

타트라 산맥의 고산족인 구랄레족이 양 젖으로 만든 치즈, 오스취펙. 발 냄새가 나지만 구워 먹으면 제법 맛있다.

다. 15세기부터 타트라 산맥의 고산족인 구랄레^{Gorale}족이 양 젖으로 만든 치즈였다. 겉모양은 꼭 빵 같이 생겼고 훈제치즈 특유의 '발 냄새'도 났다. 시식용으로 내어놓은 한 조각을 먹었는데 약간 질기면서 제법 짰다. 은정이 불에 구워 먹어야 제 맛이 난다며 저녁에 먹으라고 했다.

구바와카 산은 쉽게 올라갈 수 있었다. 근사한 케이블카가 정상까지 연결되어 있어 편했다. 정상에 올라 타트라 산맥 쪽으로 눈을 돌리니 끝없이 출렁이는 산의 바다 위 백설이 기막히게 하얀 포말을 뿌리고 있었다. 이번 여행 중에 산다운 산을 보는 건 처음이었다. 정상에서 내려다보는 멋진 풍광과 2, 3도는 더 차갑게 느껴지는 바람만으로도 산은 산이었다.

산 정상에는 유흥거리가 갖추어져 있었다. 영주가 마차를 타자고 강력하게 주장했다. 자코파네 여행의 진수는 마차 타기라나. 붉디 붉은 얼굴의 마부 청년이 1인당 10즈워티(약 3,300원)라 했다. 자코파네 시내에 비해 오분의 일 정도 가격이니 안 탈 수가 없었다. 네 명이 한꺼번에 마차에 올랐다.

원래 마차 정원은 두 명이었다. 좀처럼 힘을 쓰지 못하던 말은 극도의 스트레스와 함께 흥분한 모습을 보였다. 달래느라 진땀을 빼는 마부에게 '내려야 하는 거 아니냐.'고 거듭 물었지만 끝까지 괜찮다 했다. 본의 아니게 동물 학대를 한 기분이었다.

산을 내려가 은정, 영주가 안내한 자코파네 시내의 챠르니 스타브에서 저녁을 먹었다. 고기와 감자를 끝없이 구워대는 불판 옆에서 구랄레 전통의 상을 입은 네 명의 미청년이 음악을 연주하고 있었다. 은정은 마냥 신나는 표정이었다.

"저 음악이 구랄레 전통음악이래요. 신나면서도 약간 쓸쓸한 느낌도 들고. 아무튼 음악 참 좋죠? 게다가 얼마나 미남이야. 원래 구랄레족이 잘생겼다는 얘기도 있어요."

구랄레족 만큼이나 잘생긴 영주가 거들었다.

"얼마 전에 구랄레 전통음악 하는 밴드가 폴란드에서 앨범 순위 1위도 하고 그랬어요. 그 밴드 멤버들 비주얼이 또 아주 좋아요."

즐거운 기분에 돼지 족발인 골롱카와 고기와 야채로 만든 꼬치구이인 샤시웍, 구운 오스취펙에 피에로기, 구운 감자까지 좀 과하게 주문했다. 구운 오스취펙은 확실히 그냥 먹는 것보다는 제법 괜찮았다. 일단, 발 냄새가 나지 않아 좋았다. 바삭하게 튀겨진 껍질도 괜찮았고 다른 음식과 곁들여 먹으니 훨씬 나았다. 골롱카는 체코에서 먹었던 꼴레뇨와 비슷한 맛이었다. 역시 쌈장 생각이 간절했다. 최고의 맛은 샤시웍이었다. 고기 맛이 좋았다.

어느새 밖은 완연한 어둠이었다. 세 사람과 헤어질 시간이었다. S누나와는 부다페스트에서 다시 만나기로 했다. 짧은 시간이었지만 나를 장기 투숙객 '친구'로 대해준 영주, 은정 부부에게 마음 깊이 감사 인사를 보냈다. 아쉬웠지만, 수많은 사람과 만나고 헤어지는 건 여행의 익숙하고 당연한 일상이었다.

✻ 국경을 넘어라!

알록달록한 스키 복장의 사람들이 한참이나 서 있었다. 티켓을 사기 위해 두세 시간은 족히 걸린다는 이야기를 듣고 일찍부터 나왔다. 하지만 나보다 부지런한 사람은 세상에 차고도 넘쳤다. 카스프로베 비에르흐^{Kasprowy Wierch} 정상으로 향하는 케이블카 매표소는 일찍 일어난 새들로 가득했다. 카스프로베 비에르흐는 폴란드 쪽 타트라 산맥 최고 관광지였다. 높이 1,987미터의 산이었고 스키장이었다. 케이블카를 타기 위해 30분 이상을 기다려야 했지만 이른 아침 산 공기는 나쁘지 않았다.

10명 정도가 탄 작은 케이블카가 정상을 향했다. 창문 밖으로 보이는 세상은 온통 하얗다. 정상은 겨울의 한복판이었다. 매서운 바람이 얇은 외투를 뚫고 들어와 온몸이 덜덜 떨렸다. 그리고 눈 앞에는 아무것도 없었다. 짙은 안개와 두꺼운 구름으로 산의 경치는 보이지 않았다. 안개 속에서도 끝없이 스키 행렬이 이어진다는 게 신기할 뿐이었다.

깊은 시름을 안고 산 정상의 레스토랑에서 간단하게 요기를 했다. 그 사이 지독한 안개가 조금 걷히고 만년설에 뒤덮인 타트라 산맥의 경치를 조금이나마 볼 수 있었다. 시야가 넓어지니 스키 슬로프도 눈에 들어왔다. 크게 경사지지 않은 슬로프에 긴 리프트까지, 훌륭한 스키장이었다. 끝없는 스키 행렬에는 다 이유가 있었다. 산 정상은 금방 다시 안개에 휩싸였다. 이런 오락가락한 상태를 즐길 기분이 아닌지라 입구로 내려갔다. 입구 매표소에는 한 시간 전보다 훨씬 긴 줄이 늘어서 있었다. 날씨 아주 안 좋아요, 라고 말해줄까. 아, 이 승자의 여유란.

슬슬 폴란드 여행을 마무리할 때다. 그동안 너무 편하게 여행을 해 긴장이 풀리고 있었다. 그런 나에게 론리 플래닛이 약간의 자극을 줬다. 슬로바키아로 걸어가는 법을 안내했다. 자코파네에서 슬로바키아 타트라 산맥 마을 중 하나인 타트란스카 롬니카로 가기 위한 가장 빠른 방법은 국경을 걸어 넘는 것이었다. 폴란드 버스를 타고 국경까지 간 후 걸어서 국경을 통과하고 다시 슬로바키아 버스를 타면 됐다. 활자만 보고는 감이 오지 않았지만 어쨌든 한 번 해보기로 했다.

자코파네 버스 정류장에서 위자 폴라나 Łysa Polana행 버스에 올랐다. 우선, 위자 폴라나에 내려 국경을 걸어 넘어야 했다. 위자 폴라나는 종점이 아니었다. 버스 운전사에게 손짓발짓으로 설명했다. 하지만 운전사 아저씨는 고개를 끄덕이며 '위자 폴라나'를 반복할 뿐이었다. '이 버스 위자 폴라나 가는 거 맞아' 라 말하는 것 같았다. 위자 폴라나에서 내리지 못하면 아무것도 할 수 없었다. 마침 뒤에서 유창한 영어가 들렸다.

"영어 할 수 있죠? 나 폴란드어 할 줄 아니까, 나한테 영어로 말해줘요."

"정말 감사합니다. 운전사 아저씨에게 버스가 위자 폴라나에 도착하면 '위자 폴라나' 라고 말해주실 수 있나 부탁 좀 해주세요."

백발의 아저씨가 몇 마디 하자, 운전사는 호탕하게 웃었다. 그리고 운전사는 백발 아저씨에게 몇 마디 했다. 아저씨가 통역을 해주었다.

"도착하면 말해줄 테니 걱정 말고 버스 여행을 즐기라는군요."

백발 아저씨와 운전사 아저씨에게 땡큐와 지엥꾸예 dziękuje, 고맙습니다를 연발했다. 버스는 구불구불한 산길을 쉼 없이 올라갔다. 앞으로 들어갔다 다시 뒤로 빠졌다 하며 온 마을을 헤집고 다녔다. 이 숱한 마을 중 위자 폴라나가 어디인지 내가 어찌 알 수 있나. 바짝 긴장한 채 귀를 열고 구경하기를 30분. 운전사 아저씨가 '위자 폴라나' 라고 호쾌하게 외쳤다.

위자 폴라나 정류장은 대기석은커녕 작은 입간판 하나 보이지 않았다. 바로 눈앞에 국경검문소가 보였다. 국경을 걸어 넘는다기에 제법 걸어야 할 줄 알았는데 코 앞이었다. 소형차 한 대가 국경검문소를 통과한 후로 개미

폴란드와 슬로바키아의 국경선 위에서.

새끼 한 마리 찾아볼 수 없었다. 나는 당당하게 여권을 국경 경찰에게 건넸다. 그는 신기한 물건 보듯 나를 쳐다봤다.

그 신기한 눈빛은 곧 의심스러운 눈초리로 바뀌었다. 10분이 흘렀다. 착한 인상을 주려고 생글생글 웃고 있었지만 국경 경찰은 여권을 계속 이리저리 돌려보기만 할 뿐이었다. 마침내 경찰이 어설픈 영어로 말을 걸었다.

"어디에서 폴란드로 들어왔어요?"

"체코에서 왔는데요."

"근데 도장이 왜 없어요?"

"오, 꼬레아! 웰컴." 이라며 싱글거리던 그 아저씨가 도장을 안 찍었지.

"그, 그게, 도장 안 찍어주던데요."

다시 쑥덕대더니 이번에는 계급이 높아 보이는 경찰이 말을 걸었다.

"폴란드 다시 올 거예요?"

"아뇨. 당분간 다시 올 계획 없는데요."

다시 또 쑥덕쑥덕. 계급 높아 보이는 경찰이 뭔가를 결심한 듯 내게 여권을 돌려줬다.

"국경 넘어도 되나요?"

"예. 안녕히 가세요."

휴. 슬로바키아 검문소에서 입국 도장을 받았다. 두 나라를 가르는 국경선 위에 한발씩 걸치고 발 사진을 찍었다. 걸어서 국경을 넘은 유치한 기념이었다. 한참을 그렇게 선 채 혼자 뿌듯해 한 후에야 폴란드를 등졌다. 비록 일주일의 짧은 시간이었지만 폴란드와 뭔가 묘한 일체감을 느꼈다. 아쉬움에 자꾸 뒤를 돌아보게 되었다.

2장 슬로바키아 Slovakia 헝가리 Hungary

타트란스카 롬니카 ^{Tatranská Lomnica} _슬로바키아

밤새 무슨 마술이 벌어진 걸까. 쇠락한 놀이공원은 아름다운 동유럽의 알프스가 되어있었다.
쨍쨍한 햇빛 아래 깨끗한 거리와 집이 새하얀 산과 함께 근사한 풍경을 연출했다.

눈부신 동유럽의 알프스

✱ 해발 2634미터, 환상의 눈세계

비가 계속 부슬부슬 내렸다. 타트란스카 롬니카행 버스를 기다린지 30분. 정류장에 어설프게 붙은 종이 시간표는 비에 젖어 알아볼 수 없었다. 사람도 없었다. 괜히 걸어 국경을 넘었나, 라는 후회가 조금씩 커져갈 때 멀리서 낡은 버스 한 대가 보였다.

"타트란스카 롬니카?"

운전사가 고개를 끄덕였다. 버스는 구불구불 산길을 따라 내려갔다. 갑자기 온 몸의 기운이 쫙 빠졌다. 버스가 데려다준 타트란스카 롬니카는 조용했다. 펜션 엔시안이란 숙소에 싱글 룸을 잡았다. 이번 여행 중 처음으로 써보는 싱글 룸이었다. 방이 무척 깨끗했다.

군것질도 하고 필요한 물건도 사려고 나갔더니 동네가 너무 조용했다. 슬로바키아 최고의 겨울 스포츠 휴양지라는 말이 거짓말 같았다. 마트에도 사람이 별로 없었다. 제법 대형마트인데 장보는 아주머니 두 명만 보일 뿐이었다. 하지만 물건 값이 너무 싸 기분이 좋아졌다. 폴란드도 제법 물가가 쌌는데 슬로바키아는 더 쌌다. 필요한 물건을 잔뜩 사고 기분 좋게 나왔는데 썰렁한 거리를 보니 또 우울하다. 여기가 정말 '동유럽의 알프스' 라 불리는 비소케 타트리Vysoké Tatry가 맞는 걸까.

다음날 아침, 밤새 무슨 마술이 벌어진 걸까. 쇠락한 놀이공원은 아름다운 동유럽의 알프스가 되어있었다. 쨍쨍한 햇빛 아래 깨끗한 거리와 집이 새하얀 산과 함께 근사한 풍경을 연출했다. 순전히 날씨 때문일까. 애초 타트란스카 롬니카에 온 이유는 롬니츠키 봉우리Lomnický štít에 오르기 위해서였다. 롬니츠키 봉우리는 타트라 산맥에서 두 번째로 높은 해발 2,634미터의 산이다. 숙소에서 5분도 안 되는 거리의 케이블카 정류장은 깔끔한 최신식이었다. 어제의 개미 새끼 한 마리 보이지 않던 마을은 완전 거짓말 같았다. 넓은 주차 공간에는 빈자리 하나 없었고, 다들 스키 하나씩 메고 케이블카 매표소 앞에 진을 치고 있었다.

케이블카 티켓은 엄청나게 비쌌다. 우선 해발 1,751미터에 위치한 스칼나테 호수Skalnaté pleso행 티켓을 끊고 스칼나테 호수에서 롬니츠키 봉우리로 향하는 티켓을 또 끊어야 했다. 합쳐서 왕복 940코룬(약 35,000원), 이건 뭐, 거의 내 하루 여행비에 맞먹는 액수였다.

스칼나테 호수로 향하는 4인용 케이블카에 혼자 탔다. 느긋하게 경치 구경을 하는데 나무가 어찌나 잔인하게 뽑혔는지 처참할 지경이었다. 하지만 위를 향할수록 경치가 점점 달라졌다. 처참한 광경은 어느새 빽빽한 푸른 삼림으로 변하고, 그 푸른 삼림은 또 어느새 하얀 눈밭이 되었다. 봄에서 겨울

롬니츠키 봉우리 정상. 눈과 구름의 조화가 근사하다.

로 변했다.

스칼나테 호수 정류장에는 스키장이 마련되어 있었다. 해발 1,751미터보다 더 높이 올라가는 스키 리프트가 신기했다. 하지만 스키장은 스칼나테 호수가 점점 생명력을 잃어가는 데 일조하고 있다. 사람들이 이 주변에서 활동한 이후 스칼나테 호수 면적이 점점 줄어들고 있단다. 지금은 물이 언데다 눈 속에 완전히 파묻혀 호수를 전혀 볼 수 없었다.

스칼나테 호수 주위에서 사진을 찍은 후 롬니츠키 봉우리로 향하는 케이블카에 몸을 실었다. 스칼나테 호수행 케이블카와는 달리 빽빽한 사람들 틈에 서서 가야 했다. 롬니츠키 봉우리에서는 35분의 시간이 주어졌다. 정상에는 카페와 테라스, 야외 전망대가 마련되어 있었다. 카페 밖으로 나가니 환상의 눈세계였다. 차디찬 바람과 따가운 햇살은 별세계 느낌을 주었다. 구름 바다는 '뛰어내려도 죽지 않을 거야.' 라는 환각까지 불러일으켰다.

자연의 풍경은 위대함 그 자체였다. 그리고 이토록 험한 곳에 케이블카를 건설한 인간은 무서웠다, 정말. 인터넷도 설치되어 있고 화상 카메라까지 갖춰져 있어 얼굴 사진을 첨부한 이메일을 동생에게 보냈다.

"여기는 해발 2,634미터. 완전 최고로 멋진데. 부럽냐?"

35분은 금방 지나갔고 여행자들이 아쉽다는 듯 구시렁댔다. 마음이 깨끗해졌다 말하면 거짓일 테지만, 그런 착각이 드는 건 사실이었다. 아쉬움을 안고 다시 마을로 내려왔다. 도대체 이 마을의 정체는 뭘까. 어제의 쇠락한 놀이공원? 오늘의 환상의 눈세계? 케이블카 정류소를 벗어나니 언제 그랬냐는 듯 마을은 다시 침묵 속에 잠겨 있었다.

스칼나테 호수 근처, 따가운 햇살을 마다 않는 사람들.

브라티슬라바 Bratislava_ 슬로바키아

브라티슬라바 중앙 광장은 고즈넉하다는 표현이 무척 잘 어울렸다. 활기는 부족했지만 정갈한 아름다움이 그것을 메우는 느낌이었다. 여행의 쉼표를 찍기에 무척 좋은 곳이었다.

고즈넉한 아름다움이 넘치는 도시

* 기차 안의 두 여배우

아까부터 계속 곁눈질을 했다. 폽라드Poprad에서 탄 브라티슬라바Bratislava행
기차에는 커스틴 던스트가 있었다. 그녀를 만난 건 우연이었다. 타트란스카
롬니카에서 버스로 30분 정도 달려 폽라드에 도착한 후, 바로 브라티슬라바
행 기차표를 끊었다. 창 밖으로 그녀가 어머니와 헤어지는 모습이 보였다.
아마 부활절 방학을 맞아 고향집을 방문했을 테고 개학을 맞아 학교로 돌아
가는 길일 것이다. '와, 커스틴 던스트랑 똑같이 생겼네.' 라는 생각을 하고
있을 찰나, 그녀가 내게 다가왔다.

　'응? 서, 설마…….'

　"죄송한데요, 티켓 좀 확인할 수 있을까요? 여기 제 자리 같아서요."

　가까이서 보니 더 닮았다. 거기에 유창한 영어까지. 진짜 커스틴 던스트
가? 할리우드 별께서 이런 누추한 기차엔 어인 일로?

"죄송합니다. 제가 티켓을 볼 줄 몰라서."

"괜찮아요. 제가 대신 봐드릴까요? 음, 좌석이 지정되어 있지 않네요. 빈 자리 아무 데나 앉으셔도 상관없을 것 같아요. 자리 많이 빌 테니까요."

수줍게 '땡큐'로 감사의 마음을 전했다. 커다란 트렁크를 끙끙거리며 짐칸으로 올리며 힘들어하기에 대신 올려줬다. 상냥한 미소로 '땡큐.' 나를 죽이려는 게 틀림없었다. 올로모우츠의 줄리 델피 이후 두 번째다. 노트북을 꺼내 열심히 뭔가를 두드리는 그녀와 대화나 나눠볼까 심각하게 고민했다. 너무 전형적인 작업 모드 같았다. 그리고 그녀는 영어가 거의 원어민 수준인데 나는 원어민과 대화하면 순식간에 꿀먹은 벙어리가 된다. 바보 취급당하기 전에 그만두자. 이럴 땐 눈 감고 자는 게 최고다.

눈을 뜬 건 대충 두 시간 후. 잠에서 깨어 무심코 옆을 돌아보고 화들짝 놀랐다. 첩첩산중이었다. 옆자리에 사라 미셸 겔러가 앉아있었다. 앞에는 커스틴 던스트, 옆에는 사라 미셸 겔러. 시련이었다. 브라티슬라바까지 남은 두 시간, 슬로바키아여, 제게 왜 이런 시련을.

론리 플래닛은 슬로바키아의 유명한 것으로 아이스하키, 산악 하이킹, 민속 문화 그리고 '미인'을 꼽았다. 슬로바키아 여성뿐만 아니라 동유럽 여성들이 미인이라는 속설은 여기저기서 제법 들을 수 있다. 오랜 시간 '철의 장막' 뒤에 숨어있던 곳이니 호기심이 그런 속설을 부채질했을지도 모르겠다.

게다가 나디아 코마네치라든가 카타리나 비트 같은 출중한 외모의 동구 출신 유명 스포츠 스타들이 그 속설에 환상까지 덧붙였을 테다. 동유럽에 며칠 있어본 결과 대체로 날씬하고 얼굴 갸름한 여성들이 많았다. 생각해보니, 줄리 델피에 커스틴 던스트, 사라 미셸 겔러라니, 미인이 많다는 말이 나올 만도 했다. 브라티슬라바 역에 도착한 후 커스틴과 사라를 비롯해 컴파트먼트를 같이 사용했던 사람들과 서로 잘 가라는 인사를 했다. 이들은 숱한 만남 중에 짧게 인연이 닿은 평범한 사람들일 뿐이었다. 미인이든 아니든, 그런 건 아무 상관없었고 중요하지도 않았다.

브라티슬라바에 도착했을 때는 이미 밤 9시였다. 다행히 숙소를 쉽게 찾을 수 있었다. 다운타운 백패커스 호스텔은 배낭여행자들의 활기와 낯선 이에 대한 친절이 가득한, 말 그대로 여행자들의 쉼터였다. 늦은 시간이었지만 저녁도 먹고 야경도 볼 겸 밖으로 나갔다. 브라티슬라바의 명물이라는 KGB 바를 찾아갔다. 바 안은 레닌과 스탈린 흉상, 사진으로 도배되어 있었다. 전형적 미국 록큰롤이 흘러나왔고 테이블 곳곳에서 사람들은 맥주와 와인을 마시고 있었다. 벽에 걸린 깨진 레닌 초상화 액자에는 사람들이 집어넣은 동전이 넘쳤다. 입구에는 커다란 성조기와 소련국기가 스탈린 초상화를 사이에 두고 사이좋게 걸려있었다. 한때 미국과 어깨를 나란히 한 소련에 대한 향수일까. 아니면 조롱일까. 이 모든 게 이미지의 향연 같았다. 전 세계에 넘쳐나는 체 게바라 티셔츠처럼. 어쨌든 맥주는 시원하고 맛있었다.

늦은 밤의 브라티슬라바는 이중적이다. 깔끔한 조명이 켜진 조용한 거리에, 붉은 네온 빛의 성매매 업소 간판이 구시가 골목마다 버젓이 자리 잡고 있다. 사회주의 붕괴 후, 슬로바키아뿐만 아니라 많은 동유럽 국가들에 성매매 업소가 기하급수적으로 증가했다. 동유럽이 유럽 성매매 사업의 중심지가 되어가고 있다는 말이 흘러나온다. 이런 성매매 업소는 주로 서유럽인을 비롯한 외국인 관광객이 목표였다.

나도 길을 걷다 영어로 소개된 성매매 업소 광고지를 한 여성에게 받았

다. 이런 변화를 지금의 슬로바키아 사람들은 어떻게 생각할까. 해결할 수 없는 의문임을 뻔히 알고 있음에도 궁금증은 커져만 갔다.

** 중세와 자본주의, 사회주의가 뒤섞인 도시

브라티슬라바에 오래 머물 생각은 없었다. 이미 여행 속도는 늦어질 대로 늦어진 상태였기에 서둘러야만 했다. 게다가 스쳐 지나간 많은 여행자가 입에 침이 마르게 칭찬한 부다페스트를 빨리 보고 싶었다. 아침부터 서둘렀다. 일찍 일어나 슬라빈 언덕을 찾아갔다.

　슬라빈 언덕에는 1945년 4월, 나치로부터 브라티슬라바를 해방시킨 소련 병사들을 위한 무덤과 기념탑이 마련되어 있었다. 7,000여 명의 소련 병사들이 이곳에 묻혀있다. 40미터에 달하는 오벨리스크 형태의 기념탑 꼭대기에는 깃발을 높이 든 소련 병사 조각상이 있고 서로가 서로에게 의지하는 병사들의 모습도 사실적으로 조각되어 있었다. 꽃을 들고 그들을 환영하는 여성의 조각상도 역동적이다. 사회주의 리얼리즘의 냄새가 물씬 났다.

　슬라빈은 정말 경치가 좋았다. 높은 언덕 위에 자리 잡은 덕에 브라티슬라바 시내가 한눈에 보였다. 도시 전체를 조망할 수 있는 알짜배기 땅에 소련군을 위한 기념탑이라. 동유럽 곳곳에서 소련에 대한 애증을 느낄 수 있었다. 한편에는 자신들을 철의 장막 속에 가두고 위성국가로 부린 소련에 대한 원망이 있다. 다른 한편에는 나치로부터 독립할 수 있게 해 준 소련에 대한 애정이 있고, 한때 '동구 사회주의'라는 이름으로 전성기를 누리던 시절에 대한 향수가 있다. 이 묘한 애증의 얽힘이 앞으로 어떻게 변할지 호기심이 생겼다.

한때 소련의 상징이 차지했던 슬라빈 언덕이 지금은 부자동네가 된 것 같았다. 높은 담벼락의 집들과 고급차들이 즐비했다. 체제가 변해도 금싸라기 땅은 여전히 금싸라기 땅이었다.

슬라빈에서 내려다보는 브라티슬라바는 동유럽의 다른 도시들과 마찬가지로 중세와 사회주의, 자본주의가 묘하게 엉켜있었다. 특히 브라티슬라바에는 제법 유명한 사회주의식 건축물이 많았다. 가장 눈에 띄는 것은 일명 'UFO 다리'라 불리는 뉴 브릿지Nový Most였다.

브라티슬라바는 다뉴브 강(슬로바키아어로는 두나이 강)이 도시 가운데를 통과한다. UFO 다리는 다뉴브 강 위에 설치되어 도시의 남쪽과 북쪽을 연결했다. 단순한 직선 디자인과 UFO 모양의 거대 교탑 구조물에서 단순명쾌한 사회주의 리얼리즘의 흔적을 볼 수 있다. 강의 남쪽으로 시선을 돌리니 대단위 아파트 단지가 보였다. 1977년부터 정부의 지도 아래 계획적으로 조성된 브라티슬라바의 대표적 주거 단지인 페트르잘카Petržalka였다.

아파트가 끝도 없이 늘어서 있었다. 인구 40만의 브라티슬라바에서 대략 115,000명이 이곳에 거주한다니 그 규모를 짐작해 볼 수 있다. 강 북쪽의 구시가 근처에서는 슬로바키아 라디오 본부 건물이 사회주의의 흔적을 느끼게 했다. 별다른 장식 없이 거대한 회색 피라미드를 엎어놓은 모양새가 독특했다. 전면을 통유리로 만든 현대적 건물과 나란히 서있는데, 사회주의 도시 계획 위에 자본주의 도시 계획이 끼어들고 있는, 동유럽 도시가 아니면 볼 수 없는 풍경이었다. 두 가지 이념이 충돌하는 현대의 도시 계획 사이에 끼인 구시가가 중세의 모습도 보여주고 있으니, 삼중의 풍경이라 할만 했다.

브라티슬라바 성은 슬라빈 만큼이나 그 삼중의 풍경을 보기에 좋은 곳

다뉴브 강을 낀 고지대에 자리한 한적한 브라티슬라바 성.

이다. 다뉴브 강을 낀 고지대에 자리 잡은 브라티슬라바 성은 화려하지 않지만 깔끔한 매력이 있다. 지금의 성 모습은 1957년 이후에 복원된 것이라고 했다. 브라티슬라바는 오랫동안 오스만 제국에 쫓겨 온 헝가리의 지배를 받았는데, 브라티슬라바 성은 국경 요새로 사용되었다. 1811년 이곳에 기거하던 병사들의 실수로 성이 타버렸고 1953년에 이르러서야 재건이 결정되었다. 성에는 한적한 공기가 감돌았다. 관광객을 실은 투어용 장난감 기차 소리가 요란스럽게 들릴 정도였다. 갑자기 또렷한 한국말이 들렸다.

"위험해. 거기 올라가면 안 돼."

반사적으로 고개를 돌리니 한 아주머니가 어린 아들에게 주의를 주고 있었다. 여기서 한국 사람을 만날 줄이야. 그녀는 남편이 슬로바키아 공장으로 파견되는 바람에 브라티슬라바에서 몇 개월째 살고 있다고 했다. 아는 사람이 없어 심심하다며 이런 심심한 곳에 왜 여행 왔느냐고 물었다.

"조용하고 깔끔해서 좋은 데요, 뭘."

그녀는 애매한 표정을 지었다. 나에게 여행 잘 하라는 말을 남긴 후 아들 손을 잡고 아기가 곤히 잠들어있는 유모차를 끌고 사라졌다. 좀 지쳐보였다. 브라티슬라바 곳곳에서 한국의 흔적을 볼 수 있었다. 대통령궁 맞은편 큰 호텔 앞에는 태극기가 슬로바키아, 유럽 연합, 미국, 영국, 독일, 체코, 폴란드, 일본 국기와 함께 나란히 게양되어 있었고 그 건너편에는 거대한 기아 자동차 광고판이 붙어있었다. 'Made in Slovakia' 라는 말장난 광고가 유치해 보였지만. 삼성 휴대폰과 LG 휴대폰 광고도 경쟁하듯 걸려있었다. 특히 삼성 애니콜 광고는 구시가 가로등마다 징글징글하게 걸려있어 피할 수가 없었다. 한국 기업의 발빠른 동유럽 진출에 감탄하는 동시에 자본주의 최전선에 서 있는 한국의 처지가 슬펐고 비위 상했다.

브라티슬라바 성에서 내려와 구시가로 들어섰다. 중심지이지만 한산했다. 오히려 북적거리는 곳은 카페였다. 노천 카페의 천국이라 할 만큼 골목골목 노천 카페가 자리를 펴고 손님 맞을 준비를 하고 있었다. 나도 롤란드 카페에서 운좋게 중앙 광장을 한 눈에 볼 수 있는 자리를 잡았다. 바로 눈 앞에서 브라티슬라바에서 가장 유명한 롤란드 분수가 조용하게 물을 흘리고 있었다.

관광객을 실은 장난감 미니버스, 책 읽는 사람, 손을 꼭 잡고 걷는 노년의 부부와 분수대 근처에서 뛰노는 아이들까지, 브라티슬라바 중앙 광장은 고즈넉하다는 표현이 무척 잘 어울렸다. 활기는 부족했지만 정갈한 아름다움이 그것을 메우는 느낌이었다. 타트라 산맥도 그렇고 브라티슬라바도 그렇고, 조용히 한숨 돌리며 여행의 쉼표를 찍기에 무척 좋은 곳이었다. 그래도 여전히 부다페스트가 궁금했다. 저 다뉴브 강을 쭉 따라가면 부다페스트였다. 아쉽지만, 브라티슬라바, 이제 그만 안녕이다.

부다페스트 Budapest_ 헝가리

동유럽의 파리 라 불리고, 그 화려함이 너무 대단해 다뉴브의 진주 라 불린다는 부다페스트.
말 그대로였다. 화려하기로는 정말 비교할 도시가 없을 것 같았다. 거기에 웅장했다.

요란하고 과시적인, 그리고 우울한…

* 정체 모를 찜찜함

부다페스트의 민박집 주인 L아저씨가 대뜸 내게 말했다.

"예약 신청 글이 예의 발라 인상적이었는데, 예의 바르게 생겼네요."

그거 칭찬이죠? 제가 원래 좀 가식을 잘 떨어요. 속으셨네.

"하하. 감사합니다. 그럼, 있는 동안 잘 부탁드려도 되는 거죠?"

"물론이죠. 제가 헝가리에서 17년 넘게 살고 있으니까 궁금한 거 있으면 물어보세요. 많이 바빠서 자주 뵙지는 못하겠지만."

"와! 17년이요?"

"네. 여기 리스트 음대 나왔어요. 헝가리 최고의 음대죠. 한국의 중요 인사가 오면 통역도 도맡고 있어요. 웬만한 기업 사장님들은 다 제가 안내해요. 민박은 어머니가 심심해하시기에 차렸어요. 〈파리의 연인〉 쓴 작가도 저희 민박집에서 묵었어요. 차기작으로 프라하랑 부다페스트랑 놓고 고민하다 결국 〈프라하의 연인〉을 썼지만요."

네, 네. 자신에 대한 자긍심이 대단한 사람 같았다. 간단히 짐을 풀고 야경을 보기 위해 나설 준비를 하는데 아저씨가 다시 들어왔다.

"야경 보러 간다 그랬죠? 볼 일 있어 나가는데 차 태워드릴까요?"

고마운 제안이었다. 차를 타고 가는 동안에도 아저씨의 자랑은 끝이 없었다. 이곳은 뭐가 최고, 저곳은 어째서 최고, 잘 기억해두었다가 꼭 가볼 생각에 열심히 들었다. L아저씨는 부다페스트 야경의 뷰 포인트라며 세체니 다리 근처의 인터콘티넨탈 호텔 앞에 내려주었다.

부다페스트. 다들 칭찬하기 바쁜 도시. 아름답기가 파리에 필적한다 하여 '동유럽의 파리'라 불리고, 그 화려함이 너무 대단해 '다뉴브의 진주'라 불린다는 부다페스트. 화려하기로는 정말 비교할 도시가 없을 것 같았다. 거기에 건물들이 어찌나 큼직큼직한지 거인국의 걸리버가 된 기분이었다. 한때 중동부 유럽을 지배했다는 마자르족의 후손다운 스케일이었다. 아름답고 웅장하고, 다 알겠다. 근데, 왜 이렇게 정이 안 가는 걸까. 아까부터 계속 찜찜한 기분이었다. 예의 바르고 나한테 잘 해주지만 왠지 죽어도 정이 안 가는 사람을 만난 느낌이랄까.

이 도시는 너무 컸다. 숙소로 걸어가는데 가도 가도 끝이 보이지 않았다. 도로는 어찌나 넓고 차들은 얼마나 빨리 달리는지, 다른 도시에서처럼 무단횡단을 했다가는 바로 비명횡사할 것 같다. 네오 르네상스풍 건물만 아니라면 서울 같았다. 8차선 도로와 쌩쌩 달리는 차들로 가득한 복잡한 서울. 정체를 알 수 없는 찜찜함과 관계있을지도 모를 일이었다.

숙소에 돌아왔을 때는 기진맥진한 상태였다. 숙소에는 크라쿠프에서 만난 S누나가 와 있었다. 그녀는 원래 서유럽 패키지여행을 하다 혼자 기간을 연장해 동유럽을 둘러보는 중이었다. S누나와 이야기하는 중에 남자 두 명이 들어왔다. 서로 인사를 나눴다.

K와 D는 파리에서 의상을 공부하는 학생이었다. K는 귀여운 미소년 스타일이었고 D는 사람 좋게 웃는 모습이 호감 가는 스타일이었다. S누나가 피곤하다며 먼저 자러 들어간 후에 두 사람과 좀 더 대화를 나누었다.

"제 외사촌도 얼마 전까지 파리에서 유학했어요."

"전공이?"

"비디오 아튼가, 뭐 그럴 거예요. 외사촌 옛 여자 친구는 파리에서 옷 사서 한국에 파는 인터넷 쇼핑몰을 한다던데."

"제가 아는 누나 중에도 그런 사람 있어요."

"음. 혹시 이름이 B?"

"맞아요! 와, 신기해라. 하하."

세상 진짜 좁다. 항상 착하게 살아야 한다니까. 한국인 민박의 좋은 점이자 나쁜 점이다. 대화가 쉽게 풀리지만 때로는 알게 모르게 관계가 얽혀 복잡하고 피곤해지는 경우도 있다. 이 두 친구는 너무 친한 척도 하지 않고 너무 예의없이 행동하지도 않으며 적당히 거리를 유지할 것 같았다. 헝가리를 벗어나면 당분간 한국인을 만나지 못할 것 같아 내일 함께 돌아보겠냐는 두 사람의 제안을 흔쾌히 받아들였다.

✳ 세체니 온천은 천국!

"어휴, 난 더 잘래요. 잘 갔다 와."

더 자겠다는 S누나와 저녁에 세체니 다리에서 만나기로 약속하고 D, K와 숙소를 나섰다. 어제 부다페스트를 좀 돌아봤다기에 감상을 물었다.

"부다페스트 어때요?"

"좀 실망스러워요. 좋다는 이야길 많이 들었는데, 잘 모르겠네요."

"파리랑 좀 비슷한 거 같기도 하고, 뭐, 그래요."

사실, '동유럽의 파리'라는 말에는 은근히 파리보다 못하다는 뉘앙스가 들어있다. 그러니 파리에 사는 이들이 무슨 흥미를 느낄까 싶기도 했다. 하지만 영웅 광장에 도착하자 D는 감탄사를 연발했다.

"와. 진짜 멋있다. 힘이 막 느껴지네. 금방이라도 뛰어나올 것 같아."

영웅 광장은 마자르족의 헝가리 건국 천 년을 기념하기 위해 1896년에 만들어졌다. 훈족의 침입으로 고향에서 쫓겨난 마자르족은 오랜 방랑 끝에 896년, 헝가리에 정착했다. 영웅 광장의 중심에는 대천사 가브리엘을 가운데 두고 헝가리를 건국한 아르파드를 포함한 7부족장의 동상이 서 있었다. 뒤쪽에는 반원 모양의 아치에 헝가리 민족 영웅 동상이 줄지어 조각되어 있었다. 하나같이 무표정한데다 눈초리도 어찌나 매서운지 살짝 위축되는 기분이었다.

나는 호전적 느낌의 영웅 광장에서 침략자의 흔적이 느껴져 정이 가지 않았다. 사실, 헝가리는 침략자라고 말하기에는 꽤 부침이 심한 역사를 겪었다. 용맹하고 사납기로 소문난 마자르족은 한때 중부 유럽을 호령했지만 오스만 제국에 패하며 300년 이상 오스만 제국과 합스부르크가의 지배를 받았다. 1867년이 되어서야 오스트리아 - 헝가리 제국이라는 이중 제국의 일원이 되어 주권을 찾을 수 있었다. 그러니 어쩌면 영웅 광장은 침략자의 위세를 드러내기 보다는 콤플렉스가 스며든 장소일지도 모르겠다.

이후, 1차 세계대전에서 패하고 2차 세계대전에 독일에 동조했다가 전 국토가 전쟁터가 되고 전후 많은 영토를 잃었으니, 민족영웅들이 헝가리를 지켜주지는 못했나 보다. 아니, 어쩌면 그 민족 영웅을 흉내내다 더 큰 비극을 경험한 걸지도 모를 일이었다.

영웅 광장 뒤편에는 큰 공원이 있었다. 공원 안에는 바쟈훈야드 성이 자리 잡고 있었다. 이 성은 지금의 루마니아 후네도아라Humedoara에 있는 성의 일부를 본 따 만든 것이라 했다. 후네도아라가 있는 트란실바니아는 1차 세계대전 패전 전까지 헝가리의 영토였으니 그들이 침략전쟁에 동조했다 잃은 게 참 많은 셈이다.

성은 제법 고풍스러움과 아름다움이 잘 조화되어 있었지만 D와 K는 다른 곳에 더 관심을 보였다. 얼굴 없이 사제복만 두르고 있는 모양새가 꼭 〈반지의 제왕〉에서 반지원정대를 지겹게도 괴롭힌 나즈굴 같이 생긴 동상이었다. K가 재미있다는 표정으로 말했다.

"아, 저 동상이 쥐고 있는 펜을 만지면 행운이 온대요."

사제복 아래 텅 빈 얼굴에서 박쥐라도 튀어나올 거 같아 관뒀다. 공원에는 팬티 한 장만 달랑 걸치고 일광욕 하는 사람들이 넘쳐났다. 햇살이 따뜻했지만 아직 4월 중순이라 제법 차가운 바람이 불고 있었다. 일광욕을 하는 그들이 무모해 보였다. 공원 북쪽에는 오늘의 가장 중요한 목표를 책임질 세체니 온천이 있었다. 온천! 이 날을 기다렸다. 나는 온천을 무척 좋아한다. 아니, 사랑한다.

세체니 온천은 온천으로 유명한 부다페스트에서도 가장 유명한 온천 중 하나였다. 1913년에 지어진 유럽에서 가장 큰 온천으로 외관도 제법 멋졌다. 우아하게 뻗은 긴 건물과 멋진 반원의 지붕, 역동적인 조각상이 고풍스러움과 활력을 동시에 느끼게 했다. 하지만 고풍스러운 외관과 달리 온천 탈의실은 그냥 목욕탕 같았다. 수건 한 장 안 주니 서비스 면에서는 한국의 목욕탕보다 못했다.

세체니 온천은 실내와 실외로 나누어져 있다. 실내는 보통 사우나나 목욕탕 비슷하지만 야외로 나가니 다른 세상이었다. 야외 온천에는 나이를 넘나드는 다양한 사람들이 바글거렸다. 한쪽에서는 할아버지들이 물 위에 체스 판을 띄워놓고 체스를 두고 있었고, 다른 한쪽에서는 어린 아이들이 공놀이를 하고 있었다. 젊은 남녀가 삼삼오오 모여 일광욕을 하고 있는 광경도 보였는데 K는 그 모습을 보고 천국이라 표현했다.

부끄러운 고백이긴 하지만 유럽의 목욕탕 하면 앵그르의 명작 '터키 목욕탕'이 먼저 떠오른다. 나신의 여성들이 목욕탕을 가득 채우는 그림의 풍경은 퇴폐적이면서도 관능적이다. 물론, 세체니 온천은 수영복을 꼭 입어야 했다. 따뜻한 햇살 아래 푸른 물과 근사한 노란색 건물의 조화, 이야기를 나누는 사람들의 모습은 온천 특유의 느긋함보다는 활기참에 더 가까웠다.

물의 온도는 생각보다 뜨겁지 않았다. 한국이나 일본의 온천보다는 실망스러운 온도였지만 느긋하게 몸을 담가 휴식을 취하기에 적당한 온도였다. 갑자기 부다페스트가 마음에 들기 시작했다. 하지만 내일 부다페스트를 떠나는 D와 K는 그만 나가자고 했다. 두세 시간 더 있으면 좋겠는데. 천국을 두고 떠나려니 아쉬웠다. 어쨌든, 한 시간 남짓 즐기고 아쉬움을 남긴 채 돌아선 나에게 세체니 온천은 영원히 천국이었다.

부다페스트의 명물, 세체니 온천. 수영복과 수건, 슬리퍼를 가져가는 것이 좋다.

✲ 요란하고 과시적인 숨 막히는 도시

D, K와 부다페스트 거리를 쏘다녔다. 영웅광장에서 엘리자베스 광장까지 뻗어있는 일직선의 안드라시 거리는 무척 컸다. 대로 옆으로 줄지어 선 네오르네상스 건물 구역은 세계문화유산이었다. L아저씨가 "부다페스트는 도시 자체가 세계문화유산이죠."라며 자랑하던 것이 생각났다. 하지만 지금까지 돌아본 동유럽 도시 중 세계문화유산이 아닌 곳은 거의 없었다. 동유럽의 다른 세계문화유산 도시들과 비교해 부다페스트는 겉치장이 요란하고 과시적인 사람 같았다.

부다페스트의 유명한 건축물 중에는 19세기 후반에 만들어진 것이 많다. 오랫동안 외세의 지배에 시달리다 유럽 최대 제국의 한 축이 된 한을 풀기라도 하듯, 1867년 이후에 전례 없이 엄청난 규모의 도시 개발이 이루어졌다. 안드라시 거리는 그 도시 계획의 대표적 산물이었다. 이 거리의 결벽증적 겉모양새에 대한 집착을 잘 보여주는 예가 지하철이다. 1896년에 개통된, 런던에 이은 두 번째이자 유럽 대륙 최초의 지하철인 부다페스트 지하철 1호선이 안드라시 거리 아래를 달리고 있다. 이 지하철은 우아한 안드라시 거리 위에 어떤 종류의 운송 수단도 다니게 할 수 없다는 발상에서 만들어진 것이라고 하니, 곧 죽어도 폼 잡고 으스대고 싶어 하는 욕망은 시대를 초월했다.

"형. 버거킹 가요. 파리에 하나 있던 거 망했어요. 얼마나 먹고 싶던지."

"남들은 한국음식이 그립다는데 나는 버거킹 와퍼가 그리워. 웃기죠?"

버거킹이 그립다는 이 유학생들을 낸들 어쩌겠나. 커다란 사거리를 사이에 두고 골목마다 버거킹, 맥도날드, 서브웨이, 피자헛, T.G.I가 경쟁하듯 자리 잡고 있었다. 그 건물들 위로 삼성과 LG 휴대폰의 커다란 광고 간판이 마주보고 있으니 여기가 서울인지 부다페스트인지 헷갈렸다.

햄버거를 먹은 후 찾아간 바찌 거리Váci utca도 마찬가지였다. L아저씨가 '부다페스트의 명동'이라고 설명했는데, 그냥 명동 같았다. 옷 가게와 카페, 레스토랑의 규칙적 배열과 숱한 사람의 파도. 나에게는 별로 재미없는 동네 였지만 D, K는 의상 전공자들답게 이 동네의 명품이나 옷에 관심을 보였다.

"루이비통이 젊은 이미지를 만들려고 스칼렛 요한슨을 모델로 선택한 것 같은데, 패착 아냐?"

"스칼렛 요한슨은 루이비통과는 이미지가 안 맞아. 너무 지적이야."

안드라시 거리의 루이비통 매장 앞에서 나누던 둘의 대화가 나에게는 안드로메다의 외계인이 나누는 만담 같았다.

부다페스트는 변화가 빨랐다. 론리 플래닛이 부다페스트에서 유독 많이 틀렸다. 없어진 카페나 식당이 많았고, 특히 돈 관련 내용은 거의 안 맞았다. 음식 값, 입장료 등은 예외 없이 더 비쌌다. 헝가리는 사회주의 시절에도 동유럽 국가 중 가장 적극적으로 경제 자유화를 추진한 나라였다. 씨티은행, 코카콜라, 맥도날드를 최초로 받아들였고 제한적이나마 시장경제의 특성을 도입했다.

이를 두고 냉전 시절 서구 언론에서는 '구야쉬 공산주의'라 칭하며 긍정적 의미를 부여했다. 헝가리가 동구권의 붕괴 후 사회적 혼란을 최소화하고 가장 빨리 시장 경제 질서에 편입한 것도 이런 '실용적' 경제정책 때문이라는 주장도 있다. 하지만 정작 헝가리 사람들은 '구야쉬 공산주의'를 자조적 의미로 사용한다고 한다. 이것도 아니고 저것도 아닌, 비겁하기도 하고 나약하기도 한, 언제나 뭔가를 흉내 내기만 하는, 그런 자신들의 위치에 대한 자조였다.

이런 변화 속에서도 꿋꿋이 버티는 곳은 있기 마련이다. 뵈뢰스마티 광장에 위치한 제르보Gerbeaud는 150년이 다 된 제과점이다. 1858년에 문을 열어 1870년에 지금의 장소로 옮겼다. L아저씨가 '유럽에서 제일 오래된 제과점'이라고 말해주었지만 D는 콧방귀를 뀌었다.

"에이. 파리에는 200년도 더 된 제과점이 있어요."

어쨌든, 어제 먹어보니 딱딱하고 퍽퍽해 맛이 없었다. 오늘은 어떨까 싶어 두 사람을 꼬드겨 카페에 자리를 잡았다. 타이밍 좋게 노천 테이블 한 자리가 비었다. 역시 맛은 별로 없었다. 150년 역사를 지닌 제과점만의 독특함이 부족했다. 하지만 따뜻한 햇빛 아래 느긋하게 커피와 케이크를 즐기는 건 나쁘지 않은 선택이었다. 숨 막히는 도시에서 조금 숨통이 트이는 느낌이었다.

✳ 콤플렉스 없는 아름다움

S누나를 만나기 위해 세체니 다리 근처로 갔다. D, K와는 부다 지역에서 다시 만나기로 약속하고 잠시 헤어졌다. 원래 부다페스트는 부다, 페스트로 독립된 도시였다. 1873년 다뉴브 강 서쪽의 부다, 북쪽의 오부다, 동쪽의 페스트가 합쳐지며 부다페스트라는 거대 도시가 되었다. 페스트 지역이 정치, 문화, 상업의 중심지라면 오랫동안 헝가리 수도 역할을 한 부다 쪽은 역사와 전통이 스며든 부다페스트의 자존심이라 할 수 있다.

1849년에 건설된 세체니 다리는 이 두 지역을 연결한 최초의 현수교다. 이 다리를 건설하는데 적극적으로 나선 헝가리의 정치가이자 국민 영웅인 세체니István Széchenyi의 이름을 땄다. 단순한 다리로서의 기능뿐만 아니라 헝가리의 화합과 발전, 그리고 민족적 자각을 상징하는 구조물로 사랑받는다. 다리 양쪽 입구를 지키는 잘생긴 사자 상이 크고 웅장한 세체니 다리와 제법 잘 어울렸다.

멀리 S누나가 보였다. 하루 종일 뭘 했냐고 물었더니 부다페스트 카드로 할인 받을 수 있는 박물관을 돌아다녔단다. 부다 지역으로 가기 위해 세체니 다리를 건너는데 S누나가 잠깐 기다려보라며 사자상을 이리저리 살폈다.

"그거 알아요? 이 사자상에는 슬픈 이야기가 있어. 이걸 만든 조각가가 완벽주의자였는데 깜빡하고 사자 혀를 안 만들었다는 거야. 그걸 비관해서 다뉴브 강으로 뛰어들었대요. 슬프지 않아?"

음. 이걸 말해줘야 하나. 사실, 이 사자상에는 혀가 있다고 했다. 잘 안 보일 뿐이지. 조각가는 자살이 아니라 집에서 조용히 죽었다 하고. 이야기 만들기 좋아하는 사람들이 지어낸 상상력의 산물인 셈이다. 하지만 누나에게는 말하지 않았다. 슬픈 이야기에 빠진 누나에게 굳이 사실을 말해 기분을 망칠 필요는 없었으니까.

부다페스트는 유난히 자살에 대한 이야기가 많다. 8주 만에 187명을 자살로 몰았다는 음악 '글루미 선데이'에 대한 실화를 토대로 만든 영화 〈글루미 선데이〉도 배경이 부다페스트다. 〈글루미 선데이〉에서 그 아름다운 풍경을 자랑한 세체니 다리에 이름을 건넨 세체니 백작도 자살로 생을 마감했다. 헝가리는 지금도 세계에서 자살률이 가장 높은 나라 중 하나다. 헝가리 사람들이 자살을 '서글픈 전통'이라 자조적으로 말할 정도다. 헝가리보다 높은 자살률로 OECD 국가 중 자살률 1위인 한

독특한 아름다움이 느껴지는 마차시 성당과 어부의 요새.

국의 자살 원인도 모르는데 이 낯선 곳에서 내가 그 이유를 어찌 알겠나. 다만, 이 큼직큼직한 거인의 도시는 묘하게 사람을 위축시켜 우울하게 만드는 힘이 있는 건 분명했다. 적어도 나에게는.

부다 지역은 평평한 페스트와는 달리 언덕 위에 대부분의 관광지가 있었다. S누나와 함께 걸어 올라갔다. 부다의 왕궁 언덕은 다른 세상이었다. 웅장한 부다 왕궁과 아담한 중세풍 건물이 다닥다닥 붙어있는 거리의 조화로운 풍경이 페스트 지역과는 다른 느낌이었다. 거리를 두리번거리다 도착한 마차시 성당은 눈부시게 아름다웠다. 보수 공사를 위해 흉한 철골을 덕지덕지 붙여놓았음에도 그 아름다움이 빛바래지 않을 정도였다. D, K와 마차시 성당 앞에서 다시 만났다. D가 대뜸 성당 칭찬을 늘어놓았다. 말 그대로였다. 마차시 성당은 지금까지 본 성당들과 달랐다. 뾰족하게 솟은 고딕 양식의 첨탑이야 흔한 것이었지만 알록달록한 무늬의 지붕은 본 적 없는 것이었다. 햇빛을 받아 불그스름하게 물든 하얀 빛깔의 첨탑은 절로 감탄사를 내뱉게 했다.

마차시 성당은 11세기에 만들어졌다. 부다페스트 사람들에게는 오랫동안 도시의 부를 상징하는 곳으로 여겨졌다. 하지만 그 상징성만큼이나 비극적 이야기도 많다. 13세기 몽고의 침입으로 폐허가 되었고 오스만 제국 점령기에는 모스크로 개조되는 일도 있었다. 화려했던 벽화는 모두 하얗게 칠해졌고 장식물들은 모두 치워진 채 150년 가까이 모스크로 사용되었다. 오스만 제국이 물러난 후 다시 성당이 되었지만 19세기가 되어서야 옛 모습을 완전히 찾을 수 있었다. 독특한 타일 모양의 지붕은 이때 만들어졌다. 이 새로운 지붕을 두고 당시에는 논쟁이 일었다. 지금이야 마차시 성당을 독특하게 만드는 일등공신일 테지만, 조금쯤 이슬람의 향취가 나는 지붕 양식에 대한 당시 사람들의 거부감을 이해할 만도 했다.

마차시 성당 내부는 일반 성당에서 볼 수 있는 스테인드글라스, 벽화와 함께 양탄자를 연상시키는 붉은 빛의 타일 무늬가 벽을 덮고 있었다. 꼭 모스크의 미흐라브를 연상케 하는 움푹 파인 아치형 벽 모양도 독특했다. 마차시 성당은 공연장으로도 유명했다. 오늘도 저녁 7시부터 공연이 예정되어 있었다. 약간 좁고 높은 내부가 음악을 듣기에 나쁘지 않을 것 같아 은근히 세 사람을 떠봤다.

"이런 데서 음악 들으면 분위기 있을 거 같지 않아요?"

셋의 반응이 시큰둥해 포기했다. 마차시 성당과 마주한 어부의 요새 역시 감탄사를 연발할 수밖에 없었다. 요새라기보다는 절벽 위의 테라스 혹은 전망대가 더 어울릴 정도로 작고 아름다웠다.

19세기에 마차시 성당 재건축을 맡았던 건축가 슈렉Friqyes Schulek이 설계했는데, 이 사람의 상상력은 남다른 데가 있는 것 같다. 7개의 작은 탑을 긴 테라스와 계단이 연결하고 있는 모양새였다. 이 7개의 탑은 7개의 마자르 부족을 상징했다. 왜 하필 어부의 요새일까. 어부와 요새가 쉽게 연결되는 것도 아니고. 이런 이야기를 많이 알고 있는 S누나가 설명해줬다.

"설이 두 가진데, 하나는 이 자리 밑에 어시장이 있어서 그렇단 설이 있고, 다른 하나는 중세 때 도시를 지키던 어부 길드의 공을 기리기 위해서래요. 뭐가 맞는 건진 나도 몰라."

후자 쪽이 좀 더 그럴싸했다. 어부의 요새에서는 다뉴브 강과 강 넘어 페스트 지역이 한 눈에 보였다. 전망은 기가 막혔지만 가슴이 답답했다. 스위스의 유명 건축가 르 코르뷔지에는 부다페스트에 대해 이런 표현을 남겼다.

"과장되고 기만적인 형태가 낳은 무질서가 이 거리를 괴이한 것으로 만들어 버렸다……. 그것들은 강을 따라 들어서 있으나 강과 조화로운 풍경을 만들고자 한 배려는 전혀 느낄 수 없다."

- 《유럽 카페 산책》, 이광주

과장, 기만, 정말 공감할 수밖에 없는 표현이었다. 나는 이 도시가 콤플렉스 덩어리라는 느낌이 자꾸만 들었다. 런던 웨스트민스터 궁과 비슷하게 생긴 강 건너 국회의사당은 그런 느낌을 더 끌어올렸다.

어부의 요새와 마차시 성당이 좋은 건, 그런 콤플렉스가 느껴지지 않기 때문이었다. 고딕 양식에 이슬람적인 타일 양식을 과감히 섞어버린 마차시 성당이나 네오 고딕 양식과 네오 로마네스크 양식을 근사하게 섞어 독특한 아름다움을 만들어낸 어부의 요새는, 무언가를 흉내 내겠다는 욕망이 아닌, 내 멋대로 만들어 보겠다는 모종의 의지가 느껴졌다.

이곳은 페스트 지역에서는 느낄 수 없는 해방감과 일탈감을 주었다. 하긴, 끝없는 열등감으로 도시의 풍경을 완전히 망치고 있는 내 나라에 비하면 부다페스트는 훨씬 나았다. 전통도, 역사도, 특색도, 모조리 지우기에 급급한 서울에 비하면 양반이었다. 부다페스트는 자꾸 한국의 안 좋은 면을 생각나게 했다. 그러니 갈수록 이 도시가 싫어지는 건 어쩔 수 없었다.

✱ 와인의 왕, 토카이 아수를 마시다

부다에서 페스트로 가기 위해 세체니 다리를 건너는 길은 고행이었다. 가로

등마다 붙어 미친 듯 앵앵거리는 날파리 떼 때문에 조용히 걷는 것이 불가능했다. 그래도 땅거미가 내려앉은 부다 언덕의 야경은 근사했다. 조명을 받아 노란 빛을 띤 어부의 요새와 마차시 성당은 단연 돋보였다. 세체니 다리와 다뉴브 강도 무척 아름다웠다. 낮의 부다페스트에 비해 밤의 부다페스트는 그렇게 나쁘지 않았다.

일행과 함께 근사한 헝가리식 저녁을 먹기로 하고 식당을 찾아 헤맸다. 조금 괜찮아 보이는 레스토랑은 가격이 상상을 초월했거나 빈자리가 없었다. 지친 일행에게 K가 한 가지 제안을 했다.

"그냥 어제 D형하고 제가 갔던 레스토랑 가요. 거기 나쁘지 않았잖아?"

L아저씨가 소개해준 레스토랑이란다. L아저씨는 나에게도 그 레스토랑을 소개해주었던 참이다.

"영화 〈글루미 선데이〉에 나오는 레스토랑은 실제로 없어요. 하지만 그 레스토랑의 라이벌로 나오는 곳이 '군델'이라고, 헝가리에서 제일 유명한 레스토랑이에요. 영화도 실제로 거기서 찍었고. 근데 거기는 좀 비싸. 아마 배낭 여행자가 가긴 힘들 거야. '휘섹'이라고 원래 예술가 클럽으로 사용되던 곳을 레스토랑으로 개조한 데가 있어요. 리스트 음대 근처에 있는데 맛이 아주 좋은데 가격은 싸. 꼭 가 봐요."

K의 안내를 받아 레스토랑을 찾아갔다. 아주 고급스러워 보이지는 않았지만 천장이 높은 제법 근사한 레스토랑이었다. 나는 '왕의 와인'이라 불리는 토카이Tokaji 와인을 꼭 먹어 보고 싶었다.

헝가리는 동유럽에서 가장 오랜 역사를 지닌 전통의 와인 생산국이다. 세계 10대 와인 생산국 중 하나라고도 하는데, 토카이와 에게르 지방에서 나는 와인이 유명했다. 특히 토카이 와인 중 아수^Aszú라 불리는 화이트 와인은 전 세계적으로 높은 평가를 받는다. 토카이 와인은 우연의 산물이다. 오스만 제국의 침입으로 포도 수확 시기를 놓쳤는데 이 포도에 곰팡이가 피는 바람에 어쩔 수 없이 만든 와인이 지금의 토카이 와인이 되었다나.

단맛과 향이 좋아 러시아 황제들은 토카이 와인을 '생명의 술'이라고 했고 루이 15세는 '와인의 왕이자 왕의 와인'이라는 호들갑을 떨었다 전해진다. 토카이 아수는 당도에 따라 푸토뇨스^Puttonyos라는 등급을 3에서 6으로 나누는데 보통 5가 가장 맛있다. 등급 하나 차이에 가격도 많이 달라지는 편이었는데 이 레스토랑에서는 4푸토뇨스가 가장 높았다. 생각보다 비싸지 않아 토카이 아수 4푸토뇨스를 주문했다. 점잖게 생긴 종업원이 1999년은 작황이 좋은 해였다며 안심하고 마시라 말해주었다.

토카이 아수는 단맛의 디저트 와인이라 식후에 마시는 게 좋다지만 그런 것까지 따질 형편은 아니었다. 잔에 와인을 부으니 맑은 황금색 빛깔이 영롱하고 고급스러웠다. 살짝 과일 향이 나는 와인을 한 모금 들이켰다. 무척 달았다. 싼 단맛도 질리는 단맛도 아닌 우아하고 차분한 단맛이었다. 엄청나게 맛있었다. 이건 말 그대로 환상이었다.

"이게 정말 맛없었어요? 이렇게 맛있는데?"

D와 K는 이상하다는 표정으로 나를 보더니 한 모금씩 입에 부어넣었다.

"어라? 이거 너무 맛있잖아. 형. 우리가 어제 잘못 시켰나봐."

"그러게. 하긴 우리 어제 마신 게 아수는 아니었잖아. 어제 마신 건 되게 떨떠름했는데. 이건 엄청 맛있네."

우리는 호들갑을 떨며 단숨에 한 잔을 들이켰다. 금방 취기가 올랐지만 계속 마셨다. 바닥을 향해 가는 황금빛 와인이 야속하게 느껴질 정도였다. 음식도 맛있었다. 고기 스프는 이번 여행 내내 먹은 음식 중 단연 최고로, 연한 갈비탕 같았다. 국수처럼 생긴 면이 들어있는 것까지 비슷했다. 이어 나온 헝가리식 누들은 감자 수제비 맛이었다. 이 도시, 종일 한국 생각나게 하더니 음식도 완전 한국 음식이었다. 음식 하나만은 정말 기막혔다. 이 도시가 아무리 마음에 들지 않더라도 그것만은 인정할 수밖에 없었다.

* 부다페스트의 전망대, 겔레르트 언덕

이미 해는 중천에 떠있었다. 이번 여행 중 12시 넘어 숙소를 나온 건 처음이었다. 어젯밤 숙소로 돌아와 L아저씨에게 토카이 아수의 칭찬을 늘어놓자 아저씨는 잔뜩 고무되어 헝가리산 샴페인 한 병을 땄다. 이름이 기억나지 않는 샴페인 역시 달달한 맛이 나쁘지 않았다. 술을 마시고 이야기를 나누다보니 새벽 3시가 훌쩍 넘었다.

다음날 S누나는 크라쿠프에서 만난 한국인 영국 유학생과 만날 약속을 했다며 먼저 나갔다. D, K와 근처에서 간단히 점심을 먹고 작별 인사를 나눴다. 두 사람은 빈과 프라하를 여행하고 파리로 돌아갈 예정이었다.

"이제 여기서 헤어져야겠네. 두 사람 덕분에 즐거웠어요."

"저도 즐거웠어요. 근데, 형, 어떻게 해요? 이제 앞으로 한국사람 못 만날 거예요."

"그것도 나쁘지 않아요. 여행 잘 하고 공부도 잘 마쳐요."

아무 목적 없이 부다페스트 골목골목을 누비고 다녔다. 이 도시는 곳곳이 공사 중이라 매캐한 먼지가 날리고 있었다. 거대한 국회의사당 앞에 서니

런던의 웨스트민스터 궁과 비슷하게 생긴 국회의사당의 전경.

기분이 나빠졌다. 아름답지만 지나치게 과시적이라는 느낌이 들었다. 오히려 인상 깊은 건 국회의사당 건너편에 자리한 소박한 1956년 혁명 기념비였다. 꽃과 구멍 뚫린 헝가리 국기로 장식되어 있었다. 이 국기는 헝가리 혁명의 상징이었다(혁명 당시 헝가리 국기의 가운데 부분에는 사회주의를 상징하는 망치와 밀이 그려져 있었다). 국회의사당 앞 광장은 1956년 헝가리 혁명의 도화선이 되었던 곳이다.

1956년 부다페스트에서는 반소 항쟁이 일어났다. 소련의 위성국가로 공산화를 이루던 헝가리 공산당에 반대하며 개혁을 요구한 시민들이 항쟁을 일으켰다. 이 항쟁으로 너지Imre Nagy가 정권을 잡아 다양한 개혁을 시행하는 동시에 바르샤바 조약에서 탈퇴했다. 하지만 소련이 무력 진압하여 시민 2500명이 사망하고 만 3천여 명이 부상을 당했다. 너지는 비밀리에 납치되어 처형되었다. 소련의 잔인한 진압을 통탄하며 멀리 아시아 한쪽에서 김춘수 시인이 〈부다페스트에서 소녀의 죽음〉이라는 시를 쓸 정도였으니 이 혁명의 전 세계적 파장은 제법 큰 것이었다.

"느닷없이 날아 온 수 발의 소련제 탄환은
땅바닥에 쥐새끼보다도 초라한 모양으로 너를 쓰러뜨렸다.
부다페스트의 소녀여."

애초 헝가리 혁명은 사회주의 자체에 대한 부정은 아니었다. 혁명 영웅으로 추앙받는 너지는 자부심 강한 공산주의자였다. 헝가리 혁명은 좀 더 민주화된 사회주의를 요구한 평화적 시위로 출발했으나 헝가리 국가보위부와

185

소련의 잔인한 진압에 의해 무장 항쟁으로 변했다. 소련식 사회주의는 사회주의의 근본 이념과 가장 반대되는 '인간에 대한 억압'을 휘두르다 스스로 무덤을 판 걸지도 모르겠다. 기회가 있을 때 잘했으면 좋았을 것을.

국회의사당을 지나 다뉴브 강을 따라 한참을 걸어 내려갔다. 하얀 빛깔의 현대적 엘리자베스 다리를 건너 겔레르트 언덕 입구에 도착했다. 언덕 정상이 까마득해 보였다. 언덕 중턱쯤에서 멋진 반원의 구조물에 둘러싸인 성 겔레르트 동상을 볼 수 있었다.

성 겔레르트는 헝가리에 파견된 이탈리아인 가톨릭 사제다. 1046년 헝가리 민속 신앙파는 가톨릭의 급속한 보급과 신성로마제국의 간섭에 대항해 봉기를 일으켰다. 봉기 와중에 성 겔레르트는 겔레르트 언덕 꼭대기에서 통에 담겨진 채 던져져 죽었다. 언덕에 그의 이름을 붙인 건 무시무시한 사건에 대한 액땜 차원이었을까. 중턱에서 아래를 내려다보니 아찔했다.

겔레르트 동상에서 십 분 정도 걸어 오르니 정상이 보였다. 정상은 사람들로 북적였다. 드디어 언덕 위의 동상이 무엇인지 알아볼 수 있었다. 부다페스트 시내에서 정상에 있는 동상을 희미한 형체로 볼 수 있었는데, 그 정체는 월계수 잎을 든 거대한 여인상이었다. 애초에는 1945년 헝가리를 나치로부터 해방시키는 와중에 죽어간 소련군을 추모하기 위해 세워진 동상이었다.

하지만 1956년 혁명의 잔인한 진압 이후 급속히 나빠진 소련에 대한 감정으로 동상의 일부가 훼손되기도 했다. 애정과 미움은 한 순간에 뒤집힐 수 있으니, 자기보다 못한 처지의 사람들을 함부로 대해선 안 되는 동서양 공통의 진리를 소련이 몰랐던 게 틀림없다. 하긴 지금도 그런 나라가 있으니, 강한 자가 겸손하기 어려운 것도 동서양 공통의 씁쓸한 진리였다.

겔레르트 언덕 정상에서는 부다페스트 곳곳의 풍경이 한 눈에 보였다. '부다페스트의 전망대' 라 불린다는 말이 과장으로 느껴지지 않았다. 날씨가 좋아 멀리까지 볼 수 있었는데 새삼 부다페스트가 참 큰 도시라는 걸 실감했다. 모나게 높이 솟아 스카이라인을 망치는 마천루가 없다는 것만으로도 어떤 일관성이 느껴졌다. 묘하게 부다페스트에 대한 감정이 좋았다 싫었다를 반복했다. 이런 미친놈 널뛰기 하는 기분은 그만큼 이 도시에 다채로운 모습이 숨겨져 있다는 증거일지도 모를 일이었다. 어쨌든, 애정과 미움이 종이 한 장 차이인 건 변하지 않는 진리임에 틀림없다.

센텐드레 Szentendre_ 헝가리

자전거를 타고 지나치는 사람, 다뉴브 강을 지나는 유람선의 기적 소리와 멀리 들리는 성당의
종소리까지. 작고 아름답고 예술적인 마을은 새삼 '여행하길 잘 했어' 라는 생각이 들게 했다.

헝가리의 작은 예술 마을

* 작고 아름다운 예술 마을

크라쿠프에서부터 거의 일주일 가까이 함께 보냈던 S누나와 아쉬운 작별을
했다. S누나와 헤어진 후 20일 동안 나는 한국인 배낭 여행자를 만나지 못했
다. 센텐드레Szentendre는 부다페스트 북쪽에 위치한 작은 마을이다. 항상 뭔
가를 과장하는 L아저씨가 '헝가리의 몽마르트'라 주장하는 바람에 별로 기
대는 하지 않았다. 몽마르트를 보고 싶으면 파리에 가면 되지. 짝퉁의 운명
은 가혹한 법이다.

어쨌든 부다 지역 다뉴브 강 근처에서 히브HÉV라 불리는 교외 열차를 탔
다. 45분 정도 달려 센텐드레에 도착했다. 끝없이 강을 따라 올라가는 열차
에서 바깥을 내다보니 이 강의 끝이 어딜까 궁금해졌다. 길이만 대충 3,000
킬로미터에 10개국을 지나는 유럽에서 두 번째로 긴 강이라니 궁금증을 거
두는 게 편한 인생을 위해 좋을 듯 싶었다.

천천히 걸어 다니며 본 센텐드레의 풍경은 부다페스트와는 정반대였다. 작은 집과 자갈로 만들어진 도로, 좁은 골목은 부다페스트보다는 쿠트나 호라나 체스키 크룸로프 같은 작은 도시에 더 가까웠다. 마을 중앙 광장을 중심으로 사방으로 골목이 뻗은 구조는 전형적이었지만 충분히 아름다웠다. '헝가리의 몽마르트' 같은 거추장한 수식어가 필요 없는 동네였다.

'이 동네는 뭔가 공기가 틀리군.'

센텐드레는 묘하게 이국적인 데가 있었다. 그도 그런 것이 오스만 제국의 침공으로 쫓겨난 세르비아인들이 정착해 마을의 기초를 다졌다. 오스만 제국이 헝가리에서 물러난 후에는 세르비아인을 비롯해 크로아티아인, 슬로바키아인, 독일인과 그리스인이 모여 마을을 발전시켰다. 19세기 이후 많은 세르비아인들이 고향으로 돌아갔지만, 오랜 시간 다문화의 정취를 마음껏 흡수해 만들어진 마을이었다.

그래서인지 이 작은 마을에는 가톨릭 성당과 동방정교 교회(비록 지금은 가톨릭 성당으로 사용되지만)가 나란히 서 있고 동방정교 특유의 분위기가 나는 구조물도 듬성듬성 들어서 있었다. 키릴 문자도 여기저기서 볼 수 있었다.

센텐드레 특유의 분위기는 예술가들을 자극했다. 20세기 초부터 헝가리의 젊은 예술가들이 센텐드레에 터를 잡고 작품 활동을 했다. 덕분에 골목골목에서 작은 갤러리와 작업실, 박물관을 볼 수 있었다. 센텐드레의 기념품은 하나같이 독특하고 아름다워 탐이 났다. 종류도 다양했다. 유리 공예품부터 헝가리 전통 의상, 와인, 파프리카로 만든 식재료까지 없는 게 없었다. 종일 기념품 가게만 순례해도 심심하지 않을 것 같

센텐드레의 기념품 가게 순례는 그 자체로 매력적이다.

다. 넋을 빼고 구경하다 유리로 만든 공예품이 독특하고 아름다운, 이름 없는 가게 한 곳에 들어갔다. 양해를 구하고 가게 안 사진을 찍는데 중년의 가게 주인이 말을 걸었다.

"어디서 오셨어요?"

"한국에서 왔어요."

"와. 멀리서 오셨네요. 여행 중인가요?"

"예. 배낭여행 중이에요."

"부럽네요. 저는 가게를 비울 수 없어서 배낭여행을 해 본 적이 없어요."

"저는 이런 도시에서 사는 게 더 부러운 걸요?"

"호호."

기념품 몇 개를 사니 고맙다며 가격을 왕창 할인해 주고 초콜릿도 주었다. 문 앞까지 배웅해주는 그녀의 모습을 보니 왠지 뭉클했다. 예술가의 도시에 어울리는 가게 주인이었다. 초콜릿도 끝내주게 맛있었다.

좁은 골목의 계단을 올라 도착한 언덕 정상의 성 요한 성당에서는 센텐드레가 한 눈에 내려다보였다. 다닥다닥 붙어있는 빛바랜 지붕, 길게 뻗은 다뉴브 강과 나무의 조화 덕에 고즈넉한 기분이었다. 언덕을 내려와 강 옆에 늘어선 레스토랑 중 한 곳에 자리 잡고 구야쉬 스프를 주문했다.

구야쉬는 파프리카로 양념을 해 고기, 감자, 야채 등을 넣고 끓인 헝가리를 대표하는 전통음식이다. 육개장과 비슷한 맛이라는 이야기를 듣고 헝가리에 도착하기 전부터 꼭 먹어보고 싶었지만 아직도 먹지 못하고 있었다. 세찬 강바람이 불어 테이블 위로 숱한 나뭇잎을 떨어뜨렸지만, 큰 나무 그늘 아래에서 지나가는 마차와 자전거를 구경하며 먹는 점심은 제법 분위기 있었다.

　드디어 나온 구야쉬 스프는 매콤하고 얼큰했지만 육개장보다 걸쭉했고 감칠맛이 덜 했다. 살짝 느끼하긴 했지만 그런대로 괜찮았다.

　식사를 마치고 강둑에 앉았다. 따뜻한 햇살에 자전거를 타고 지나치는 사람, 다뉴브 강을 지나는 유람선의 기적 소리와 멀리 들리는 성당의 종소리까지 어쩌면 이렇게 마음에 쏙 들까. 이 작고 아름답고 예술적인 마을은 새삼 '여행하길 잘 했어.' 라는 생각이 들게 했다.

　아쉬움을 남긴 채 부다페스트로 돌아왔다. 복잡한 페스트로 돌아가기 싫어 다뉴브 강 한 복판에 떠있는 마르기트 섬에서 시간을 보냈다. 13세기에 이 섬에서 수녀로 평생을 보낸 헝가리의 공주 마르기트를 기리기 위해 이름 붙여진 섬이었다. 섬 전체가 공원이었다. 잘 조성된 가로수와 잔디 사이로 마르기트 공주가 평생을 살았다는 옛 수도회의 흔적과 교회들이 고스란히 남아있어 독특한 분위기를 만들어냈다.

　동물원에 수영장, 온천까지 보였고 멋지고 긴 조깅 트랙도 마련되어 있었다. 일요일을 맞아 소풍 나온 가족이 많았다. 편한 옷차림으로 느긋하게 공원을 활보하는 사람들의 모습을 보니, 콤플렉스니 과시니 멋대로 판단했던 스스로가 부끄러웠다. 이곳도 평범한 사람들이 편한 일상을 보내는 곳일 텐데, 뭐가 잘났다고 이 도시를 비난했을까.

　마르기트 섬을 나와 한참을 걸어 안드라시 거리의 오페라 하우스로 갔다. D, K와 함께 다닐 때는 몰랐는데 리스트 음악원과 오페라 하우스 사이에 예술적 정취가 한껏 느껴지는 조형물들이 골목골목 자리하고 있었다. 1884년에 완성된 오페라 하우스도 흠잡을 데 없이 화려하고 멋졌다. 리스트 광장 근처의 유명한 레스토랑 멘자에서 저녁을 먹었다. 이틀 전 자리가 없어 돌아선 곳이었다. 현대 미술관 같은 세련된 실내장식이 근사했고 파스타 맛은 더 근사했다. 부다페스트의 음식은 인정할 수밖에 없었다.

저녁 시간 내내 이 도시가 어제와는 달라 보였다. 하지만 좋은 기분은 그걸로 끝이었다. 숙소로 돌아오니 짜증나는 메일이 황당한 소식을 전했다.

"이정흠 님의 귀국 비행 편이 항공사의 사정으로 취소되었음을 알립니다. 알 이탈리아 한국 지사에서는 일정 변경을 하시려면 지금 여행 중인 도시의 지사나 이탈리아 본사와 통화를 하는 게 가장 빠른 방법이라고 합니다. 당황스러우시겠지만 그 방법이 이정흠 님이 원하시는 일정으로 바꿀 수 있는 최선의 방법이라는군요. 다시 연락주세요."

부다페스트와 아무 상관도 없는 예상 밖의 일이었지만 부다페스트는 이 일 때문에 단연 최악의 여행지 일순위에 올랐다.

✱ 아쉬움 한 점 없이 부다페스트를 떠나다

숨이 턱턱 막혔다. 제법 여행을 다녔지만 일방적인 비행 편 취소는 한 번도 없었다. 자기들 사정 때문에 취소되었으면 이런 저런 대안이 있고 적절한 보상과 함께 신속하게 처리해주겠다고 제안하는 게 예의 아닌가. 국제전화비는 당신들이 물어줄 거야? 왜 여행사를 통해 항공권을 샀는데? 로밍을 해 핸드폰을 가져온 게 천만 다행으로 느껴졌다. 동생이 "오빠, 여행사에서 메일 확인 좀 꼭 하래."라는 문자를 보내오지 않았다면 여행 끝날 때까지 메일 확인 따위 할 일 없었다.

일단 검색을 통해 알 이탈리아 부다페스트 지사가 페스트 시내에 있다는 걸 알았다. 아침에 일어나자마자 L아저씨에게 도움을 청했다.

"아저씨. 제가 비행 편 취소 때문에 그러는데 의사 소통이 잘 안 될지도 모르니까 부다페스트 지사에 전화할 때 도와주실 수 있어요?"

"나 바빠요. 그러니 무리한 부탁은 하지 말아요."

당연히 도와줄 거라 믿었다. 하지만 돌아온 대답은 다뉴브 강물처럼 탁했다. 할 수 없이 겨우 알 이탈리아 부다페스트 지사를 찾아가 직원에게 사정을 설명했다.

이리저리 알아보더니 3일 뒤 같은 시간에 출발하는 비행기가 있는데 이날로 변경하려면 본사의 허락을 받아야 한단다. 허락까지 3일 이상이 걸릴 테니 부다페스트에서 3일을 더 머무를 수 있냐고 물었다. 당연히 안 되지. 그럼, 자기들이 요청을 걸어놓을 테니 다음 여행지에서 알 이탈리아 지사를 찾아가란다. 그리고 허락이 안 날지도 모른다고 덧붙였다.

'장난쳐요? 댁들 때문에 취소됐으면 당연히 옮겨줘야지. 그걸 두고 허락을 받아야 한다느니 이게 무슨 엿 같은 경우에요?'

국제전화비가 아까웠지만 바로 이탈리아 본사로 전화를 걸었다. 사무실 전화기를 이용하려니 국제전화를 사용하려면 지사장의 허락을 받아야 하는데 지금 사무실에 없단다. 화내는 것도 힘들어 못하겠다. 본사 교환원이 전화를 받았다. 항공편이 취소되어 일정을 바꿔야 한다고 영어로 한참을 설명하니 수화기 너머에서 들려오는 소리가 가관이었다.

"저 영어 못하니까, 영어 할 줄 아는 직원에게 돌려드릴게요."

어휴. 다시 전화를 받은 직원에게 상황을 설명했더니 자기가 담당이 아니라 잘 모르겠다며 담당자에게 전화를 돌렸다. 어휴. 한참을 기다렸다. 하지만 수화기 너머에서는 계속 "지금 담당자를 연결하는 중입니다."로 추정되는 이탈리아 어만 줄곧 나오고 있었다. 3분 정도 그 소리를 듣다보니 인내심이 한계를 넘었다. 국제 전화비가 아까워 동생에게 문자를 보냈다. "여기에서 처리하려면 3일 기다리래. 게다가 처리할 수 있을지 확답도 못해준대. 알 이탈리아 한국 지사와 여행사에게 정말 이게 가장 빠른 최선의 방법이냐고 물어봐. 그리고 그 사람들한테 어차피 전화비 내가 내는 거니까 내 핸드폰으로 전화하라 그래." 글로벌 로밍은 전화를 받아도 내가 요금을 냈다. 하지만 걸 때보다 받을 때가 훨씬 싸기 때문에 차라리 받는 게 나았다. 동생의 "알았어. 전해줄게."라는 답장을 받고나니 조금 진정이 되었다.

원래, 오늘 아침에 헝가리 민속 마을인 홀로쾨Hollókő에 가볼 생각이었다. 여행 정보를 적은 내 노트에 '홀로쾨 꼭 가볼 것'이라는 메모가 있을 정도로 헝가리 여행의 가장 큰 목적 중 하나였다. 하지만 이 마을에 가는 단 한 대의 버스를 놓쳤다. 홀로쾨는 물 건너갔고 어제의 좋은 기분 덕에 부다페스트에 며칠 더 머물겠다는 생각은 쓰레기통에 던져버렸다. 빨리 떠나고 싶었다. 오후 5시 이후에 한 대 있는 류블라나행 기차는 새벽 2시 10분에 류블라나에 도착한다. 차라리 노숙을 하는 것이 나을 것 같았다.

짐을 꾸려 중앙역으로 갔다. 류블라나행 기차표를 끊었다. 헝가리 돈이 조금 부족했다. 하필, 중앙시장에서 먹은 말도 안 되는 점심값과 비슷한 액수였다. 할 수 없이 비상금으로 준비해둔 유로로 계산을 했다. 그런데 매표원이 말도 안 되는 환율을 적용했다. 어쩔 수 없이 표를 끊고 계산을 해보니 7,000원 가까이 손해를 봤다. 기차에 타니 안도의 한숨마저 나왔다. 이번 여행 중에 아쉬운 마음 없이 도시를 떠나긴 처음이었다.

3장 슬로베니아 Slovenia
크로아티아 Croatia
몬테네그로 Montenegro

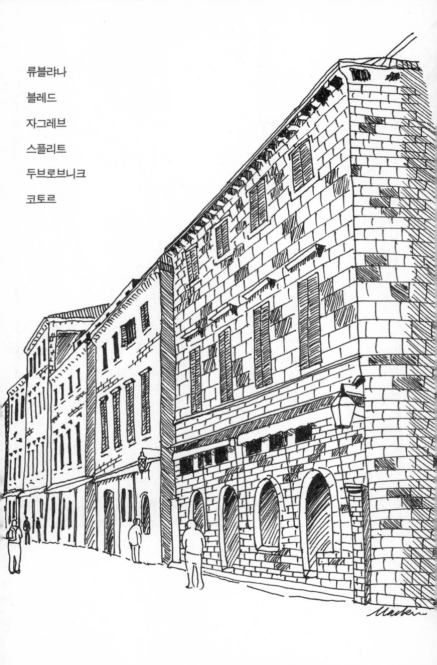

류블랴나 Ljubljana _ 슬로베니아

류블랴나. 이름에서 풍기는 뉘앙스가 사랑스럽다. 복잡함과는 거리가 먼 도시였다. 류블랴나에
살던 《베로니카 죽기로 결심하다》의 베로니카가 심심해서 죽을 생각을 했나 싶을 정도였다.

베로니카의 로맨틱한 도시

* 류블랴나의 감옥 호스텔, 셸리카

"돈 얼마 있어? 신용카드는 가지고 있어?"

'설마, 돈 달라는 소린가? 요즘이 어떤 시댄데.'

크로아티아 국경 경찰이 지갑 상태에 대해 꼬치꼬치 캐물으니 겁이 났다. 지갑을 보여 달라는 요구에 할 수 없이 지갑을 열어 보여주었다.

"그 정도면 충분해. 가방에는 옷만 들어있는 거지?"

조금은 색다른 국경 통과를 경험하며 이곳이 한때 세계의 화약고였던 구유고연방임을 실감했다. 구유고연방은 사회주의의 붕괴 후 숱한 내전 끝에 크로아티아, 슬로베니아, 보스니아 - 헤르체고비나, 세르비아, 몬테네그로, 마케도니아로 분리되었다. 최근에는 코소보가 세르비아로부터의 독립을 준비하고 있다. 애초 민족, 종교, 문화가 제각각인 나라를 하나로 묶어놓았기에 분리할 때 잡음도 심했다. 어느 곳 할 것 없이 심각한 내전을 벌여 아직도 그 상처가 깊게 남아있으니 다른 나라들보다 국경의 긴장감이 높을 수밖에 없다.

크로아티아 국경을 통과한 후 금세 슬로베니아 국경에 도착했다. 류블랴나 역에 도착하니 새벽 2시 20분이었다. 기차에서 혼자 내렸다. 노숙을 염두에 두고 있었지만 기차역 로비는 자물쇠로 꽁꽁 채워져 있었다. 산바람이 불어 은근히 쌀쌀하기도 했다. 게다가 이 늦은 시간에 역 근처 술집에서 진창 술을 마시고 있는 우락부락한 남자들을 보니 겁이 났다. 그냥 숙소나 찾아가자고 마음을 돌려먹었다.

역에서 얼마 떨어지지 않은 곳에 류블랴나의 가장 유명한 호스텔 셀리카가 있었다. 감옥을 개조한 곳으로 유명세를 떨치는 곳이라는데, 역에서 제일 찾기 쉽고 싼 곳이라 다른 선택도 없었다. 스산한 느낌에 호스텔로 달음박질쳤다. 감옥을 개조했다기에 으스스한 건물을 상상했는데 벽에 온갖 그래피티가 그려져 있는 걸 보니 그렇지도 않았다. 호스텔 종업원이 친절하게 맞이해주었다.

"왜 이렇게 늦게 왔어요? 어디서 왔는지 맞춰볼게요. 음, 부다페스트?"

"와!"

"새벽 2시에 도착하는 기차는 부다페스트발 기차뿐이죠. 고생하셨어요. 근데, 어떤 방을 원해요?"

"뭐가 제일 싸죠?"

"당근, 도미토리죠. 마침 자리도 있어요."

"그럼 도미토리로 주세요."

여자 직원에게 여권을 받은 남자 직원이 내게 말을 걸었다.

"한국? 나 한국 6개월 여행했어요."

"정말요? 그렇게 오래 있었어요?"

"일본이랑 왔다 갔다 했어요. 서울은 진짜 컸어요. 인구가 얼마였더라."

"음. 140억이요."

"엥?"

"하하, 농담이에요. 1,400만이요."

fourteen million과 fourteen billion은 알파벳 하나 차이고, 무식함과 농담은 얼굴 빛깔 차이니, 빨개진 얼굴로 들통 다 났겠지, 젠장. 여직원이 도미토리까지 안내하며 친절하게 이것저것 설명해주었다.

"원래 여기가 감옥이었는데, 호스텔로 개조했어요. 저기 보이는 곳이 셀이라고 불리는 방인데요, 예전에는 다 죄수들이 살던 곳이에요. 스무 개가 있는데 다 다른 테마로 꾸며놓았어요. 낮에 셀을 구경할 수 있는 투어도 있으니까 관심 있으면 참여해보세요."

슬로베니아 사람들은 영어를 잘 하는 편이라더니 발음이 또박또박한 게 정말 듣기 편했다. 게다가 어찌나 친절하고 생글거리는지 숙박비가 아깝다는 생각이 조금은 사라졌다. 안내를 받아 찾아간 넓고 깨끗한 도미토리에는 사람들이 널브러진 채 잠에 빠져있었다. 내 침대 뒤쪽에서 웬 아저씨가 미친 듯이 코를 골았지만 잠자리는 더할 나위 없이 편안했다. 어쨌든, 부다페스트를 무사히 벗어난 것만으로도 마음이 편했으니까.

* 수도답지 않은 수도, 베로니카의 류블랴나

류블랴나. 다른 어떤 도시보다 이름에서 풍기는 뉘앙스가 사랑스럽다. '사랑스럽다'는 슬로베니아어가 '류블레나^{ljubljena}'라니 이 언어학적 일치는 우연일까 의도된 걸까. 류블랴나는 슬로베니아의 수도로 슬로베니아 인구의 10퍼센트가 이곳에 살고 있다. 하지만 슬로베니아 전체 인구가 2백만 정도니 복잡함과는 거리가 먼 도시였다. 류블랴나에 살던 《베로니카 죽기로 결심하다》의 베로니카가 심심해서 죽을 생각을 했나 싶을 정도였다.

류블랴나의 중심지인 프레세렌 광장의 프레세렌 동상에는 삼삼오오 모여 앉아 담배를 피우고 노닥거리는 사람들이 가득했다. 프레세렌^{France Prešeren}은 슬로베니아의 민족 시인으로 추앙받는 인물이다. 하지만 그의 삶은 그다지 행복하지 않았다. 생전에 그의 작품은 인정받지 못했을 뿐만 아니라, 사후에는 자유주의 사상에 영향을 받았다는 이유로 가톨릭교회에 의해 원고 대부분이 불태워졌다.

또한, 언제나 만족할 수 없는 사랑에 시달렸다. 특히 율리아라는 여인에 대한 짝사랑은 아직도 회자된다. 광장의 한쪽 건물에는 프레세렌 동상을 몰래 바라보는 율리아의 반신상이 조각되어 있었다. 살아생전의 짝사랑을 뒤집어 놓은 것은 민족 시인에 대한 예의일까, 아니면 사람들의 악취미일까.

프레세렌 광장 바로 앞에는 세 개의 다리라는 의미의 트로모스토비예^{Tromostovje}가 놓여있었다. 플레취니크^{Jože Plečnik}라는 슬로베니아 건축가가 만든 다리는 차도를 중심으로 양 옆의 보행자 전용 도로가 사선으로 뻗어있었다. 플레취니크는 빈과 베네치아 사이에 있는 류블랴나를 상징하기 위해 의도적으로 세 개의 다리를 만들었다. 류블랴나가 빈과 베네치아라는 거대 도시에 밀리지 않고 뻗어가길 바라는 마음이었을지 모르겠지만, 류블랴나는

오스트리아와 이탈리아라는 주변 강국들에게 시달려왔다. 800여 년 가까이 합스부르크가의 지배를 받았으며 2차 세계대전 당시에는 이탈리아 파시스트당이 류블랴나 전체를 철조망으로 둘러싸버리기도 했다.

자연재해도 많아 1895년 진도 6.1의 강진으로 도시의 건물 10퍼센트 정도가 무너졌다. 지금은 그 무너진 자리 위에 큰 노천시장이 들어섰다. 다양한 과일과 생필품을 파는 시장은 사람들로 북적였다. 시장 옆에는 고풍스러운 회색빛 건물이 길게 뻗어있다. 류블랴나 강을 따라 쭉 이어진 건물 안에는 생선 냄새가 넓게 퍼져있었다.

건물 옆 드래곤 다리의 네 마리 용은 앙증맞고 귀엽고 조잡했지만 명색이 이 도시의 마스코트였다. 그리스 신화에 따르면 이아손과 그가 이끄는 아르고호의 영웅들이 류블랴나를 최초로 발견했다고 한다. 그들이 이 도시에서 용을 물리쳤는데 그 덕에 도시의 상징이 되었다. 죽여 놓고 상징으로 삼는 심보가 참 고약하지만 드래곤 다리의 단정하고 소박한 모양새는 정갈한 도시 류블랴나의 상징으로 손색없었다.

드래곤 다리를 건너 쭉 올라가니 류블랴나 성으로 올라가는 케이블카가 보였다. 올해부터 운행이 시작되었다는데 손님이 거의 없었다. 나도 걸어 올라갔다. 10분 정도 오르니 작은 성 하나가 보였다. 한 나라 수도의 성이라고 하기에는 너무 소박했다. 슬로베니아는 거대한 왕국이었던 적이 단 한 번도 없었다. 그러니 성이 클 이유도 없었다. 어느 성에나 있는 그 흔한 근위병도 넓은 정원도 하늘을 찌르는 첨탑도 없다.

성을 둘러보고 있는데 일본인인듯한 여성이 다가왔다. 분명 일본인임이 확실했다. 말을 거는 기척을 분명하게 느꼈지만 나는 고개를 휙 돌려 다른

소박하기 그지없는 류블랴나 성의 모습. 류블랴나를 속속들이 볼 수 있다.

곳으로 가버렸다. 동양인을 오랜만에 봐 반가운 마음에 말을 걸었던 게 틀림 없었다. 그녀를 왜 외면했는지 나도 모를 일이었다.

찜찜한 기분을 안고 오른 성의 망루에서는 류블랴나가 한눈에 들어왔다. 오밀조밀하게 모인 붉은 지붕 몇 개를 제외하면 도시 전체에 현대적인 건물이 가득했다. 멀리 눈 덮인 알프스 산맥도 보였다. 류블랴나는 브라티슬라바보다 더 아담했다. 모든 게 거대하기만 하던 부다페스트와는 너무 달랐다. 류블랴나가 참 로맨틱하고 아름답게 느껴졌다. '부다페스트 반작용'이었다.

성을 벗어나 다시 시내로 돌아왔다. 좁고 길게 뻗은 류블랴나 강 옆은 온통 카페와 레스토랑이 자리 잡고 있었다. 레스토랑 한 곳에 자리를 잡고 점심을 주문했다. 슬로베니아는 동유럽 국가 중 처음으로 유로를 도입한 곳이라 물가에 대한 걱정이 태산이었다. 구유고연방 시절 여섯 개 공화국(크로아티아, 슬로베니아, 보스니아 - 헤르체고비나, 세르비아, 몬테네그로, 마케도니아) 중 가장 먼저 산업화가 진행된 나라이기도 하다.

구유고연방 시절에는 전체 인구 8퍼센트로 20퍼센트 이상의 국내총생산을 책임질 정도였고 지금은 국민소득이 3만 달러에 달한다. 유로에 가입했으니 물가도 서유럽 수준이면 어쩌나 걱정이었지만 음식 값은 그다지 비싸지 않았다. 헝가리와 비교하면 오히려 싼 편이었다. 사람들의 세련된 차림새에서는 여유마저 느껴졌다.

슬로베니아는 구유고연방에서 독립할 때 다른 나라에 비해 긴 내전을 겪지 않았다. '10일 전쟁' 끝에 세르비아가 사실상 독립을 눈감아 줬다. 슬로베니아인이 80퍼센트가 넘는 상황에서 독립을 막을 명분이 없었기 때문이다. 다른 발칸 반도의 국가와 비교되는 슬로베니아의 눈부신 경제 성장을 두고 신자유주의자들은 철저한 시장 경제 도입 덕이라 주장한다.

하지만 슬로베니아는 발칸의 다른 나라들과는 출발부터 달랐다. 사회주의 시절부터 일찌감치 마련된 경제 기반에 짧은 내전, 서유럽과 인접한 지리적 혜택 등을 생각해보면 다른 발칸 국가와 슬로베니아를 비교하는 게 부당하게 느껴질 정도다. 특히 1991년 슬로베니아와 크로아티아의 '성급한' 독립 선언이 발칸 반도를 전쟁과 인종 청소로 내몰았다는 주장을 떠올리면, 이 작은 나라의 성공은 많은 발칸 국가의 피를 밟고 일어선 것일지도 모른다. 안정된 사회를 만들기 위한 그들의 열정과 노력을 비난할 생각은 없지만.

✳ 슬로베니아의 방송 카메라에 잡히다

겨우 오후 세 시인데 그다지 할 일이 없었다. 웬만한 명소는 다 돌아본 것 같은데도 시간은 차고 넘쳤다. 책이나 좀 읽어볼까 하는 생각에 류블랴나 대학을 찾았다. 요즘 전 세계 학계에서 논란을 몰고 다니는 현대 철학자 슬라보예 지젝을 우연히 만날 수 있지 않을까, 라는 기대도 있었다. 대학 건물을 기웃거리며 도서관에 들어갈 방법을 골몰하는 나에게 백발의 대학 경비원이 말을 걸었다.

"미안하지만 여기 돌아다니면 안 돼요. 나가주세요."

대학에서 쫓겨나니 진짜 할 일이 없었다. 시내에서 조금 벗어난 곳에 있는 티볼리 공원Tivoli Park을 찾아갔다. 이 공원에도 플레취니크의 손길이 묻어 있었다. 플레취니크가 1920년대에 이 공원을 새롭게 단장했다. 류블랴나라는 도시가 사라지지 않는 한 그는 영원히 기억될 거라 생각하니 제법 부러웠다. 위대한 예술가의 특권이었다.

아이들과 노인들로 바글거리는 공원 한편에 생뚱맞게도 국립 현대사 박물관이 보였다. 박물관 안에는 관람객이 한 명도 없었다. 갑작스럽게 들어온 동양인 여행자가 신기했는지 매표소 직원이 이것저것 챙겨줬다. 박물관은 '20세기의 슬로베니아 사람들'이라는 테마로 전시 중이었다. 1차 세계대전과 2차 세계대전, 그리고 사회주의 시절의 슬로베니아에 대한 다양한 전시물을 볼 수 있었다.

2차 세계대전 당시 독일에 저항하던 저항군의 처형 장면이나 그들의 버려진 아이들에 대한 사연에 코끝이 찡했다. 붙잡힌 저항군은 나치의 수용소로 보내져 강제 노동에 시달리거나 가스실에서 죽었다. 유럽 어느 나라에서든 홀로코스트는 남의 일이 아니었다. 슬로베니아가 홀로코스트를 경험했으리라는 생각을 단 한 번도 해본 적이 없었다.

하긴, 슬로베니아라는 나라가 어떤 나라인지 관심조차 없었는데, 뭐. 오죽했으면 베로니카가 죽기 전에 한 일이 슬로베니아가 어떤 나라인지에 대한 장문의 편지를 기자에게 보낸 것이었을까. 그래도 나는 일생의 한 순간을 슬로베니아의 수도 류블랴나에 바쳤다. 베로니카에게 미안한 마음을 가질 필요는 없었다.

시내로 돌아오자 해가 뉘엿뉘엿 넘어가고 있었다. 시장은 파했고 프레세렌 광장 한편에서는 웬 남자의 누드 데생이 한창이었다. 그리스 조각상 같이 생긴 느끼한 남자가 팬티 한 장만 걸친 채 광장에 누워 미술학도들의 모델이 되었다. 다른 쪽에서는 백발의 연주자가 신나게 바이올린 연주를 했다. 조용한 도시 류블랴나에 예술적 퍼포먼스가 활기를 불어넣고 있었다. 해가 지고 거리의 예술가들도 총총히 걸음을 옮긴 늦은 시간, 광장의 상징과도 같은 연분홍빛의 성 프란시스칸 성당에서는 오르간 연주와 합창 공연이 한창이었다.

슬그머니 들어가 제일 뒷줄에서 구경하는데 슬로베니아 방송국의 카메라가 나를 뚫어지게 잡았다. 생방송일까? 녹화면 편집될까? 동양인이라는 희소성이 있으니 편집되진 않겠지? 어쨌든 슬로베니아 방송까지 탔으니, 베로니카, 내가 이곳에 왔다는 증거는 확실하지?

블레드 Bled _ 슬로베니아

그 도시의 푸른 언덕에 조용히 안겨있는 거울처럼 잔잔한 호수, 그리고 그 호수가 품고 있는
작은 섬 이곳에서 '그림 같은 풍경'이라는 상투적 표현은 더 이상 상투적 표현이 아니었다.

잔잔한 호수, 그리고 교코

＊ 교코를 다시 만나다

나는 그녀에게 멋대로 교코라는 이름을 붙였다. 차분한 인상에 동그란
눈망울이 왠지 교코라는 이름과 잘 어울렸다. 류블랴나 성에서 말을 걸던 그
녀를 매몰차게 외면한 나는 종일 후회에 시달렸다. 할 일이 별로 없어진 오
후에는 그녀 생각이 더 간절했다. 좋은 여행 친구로 즐겁게 하루를 보낼 수
있었을 텐데, 나는 대체 왜 외면했을까. '사랑스러운' 도시 류블랴나에서 나
의 짝사랑이 시작되었다. 그건 정말 프레세렌의 저주였다.

블레드로 향하는 아침 버스에서 교코를 다시 만났다. 그녀도 나를 알아
보는지 눈을 동그랗게 떴다. 사실 좀 기뻤다. 하지만 다시 외면한 채 제일 뒷
자리에 앉았다. 블레드로 향하는 1시간 20분 동안 머릿속에서 아는 일본어
를 총동원해 시나리오를 만들었다. '곤니치와(안녕하세요)' 로 인사를 한 후
'잇쇼니 료코오 시마스카(함께 여행하지 않을래요)' 로 제안을 해 함께 블레

드 호수를 거니는 망상에 빠졌다. 버스가 블레드에 도착한 후 교코와 함께 내렸다. 하지만 곤니치와는 고사하고 그녀와 눈도 마주치지 못했다. 우물쭈물 하는 사이 교코는 총총히 사라졌다. 안녕, 교코.

블레드는 생각했던 것보다 더 아름다웠다. 백조가 유유히 헤엄치는 블레드 호수와 그 위에 떠있는 작은 섬, 그리고 그 섬 위의 교회, 바위 절벽 위에 자리 잡은 블레드 성, 마왕과 요정과 영웅의 이야기가 이 마을만큼 잘 어울리는 곳도 없을 것 같았다. 기분 좋게 언덕을 올라 블레드 성으로 향하는데 웬 백인 아이들이 기분 나쁘게 인사를 했다. 분명 '헬로우'였지만 적의가 듬뿍 담겼다. 모른 척 지나치자 한층 더 적의를 담아 '헬로우'라고 소리쳤다. 이런 대접을 받은 적이 없어 의아했지만 신경써봐야 나만 손해였다.

가파른 절벽 위에 자리한 블레드 성은 가톨릭 사제가 살던 성이었다. 슬로베니아에서 가장 오래된 성 중 하나다. 성은 평범했지만 성벽에서 내려다보는 풍경은 환상이었다. 잔잔한 호수와 호수를 둘러싼 낮은 언덕에 안겨 외로이 떠있는 작은 섬과 섬 안의 교회, 그리고 이 모든 것을 뒤집어 놓은 호수의 반영은 정말 아름다웠다.

덜덜거리는 핸드폰 진동이 환상을 깨버렸다. 비행기 표 문제가 모두 해결되었으니 안심하고 남은 여행을 즐기라는 여행사의 전화였다. 전화 받은 곳이 블레드가 아니었다면 분명 여행사 직원에게 싫은 소리를 했을 거다. 내 마음은 잔잔한 호수요, 그러니 그는 블레드에 감사해야만 했다.

블레드 성을 내려와 호수를 한 바퀴 돌았다. 저 멀리서 교코가 보였다. 이번에는 기필코. 그녀가 다가왔다. 열 걸음 거리에서, 다시 다섯 걸음 거리에서, 그리고 드디어 마주선 교코와 나.

"헬로우."

기어들어가는 목소리로 그녀에게 인사를 건네니 의외라는 표정을 한 채 작은 목소리로 대답했다.

"하이."

수줍은 목소리는 상상 이상으로 예뻤지만 그걸로 끝이었다. 그렇게 반 나절의 짝사랑은 멀리 사라졌다. 마음을 달래기 위해 언덕을 오르고 또 올랐다. 600미터 높이의 오소니카Osojnica 뷰 포인트를 향해 험난한 산길을 헤쳤다. 뷰포인트에서 내려다보는 블레드 호수의 풍경은 블레드 성에서 내려다본 풍경보다 더 환상적이었다.

멀리 눈 덮인 율리안 알프스에 둘러싸인 작은 도시 블레드, 그 도시의 푸른 언덕에 조용히 안겨있는 거울처럼 잔잔한 호수, 그리고 그 호수가 품고 있는 작은 섬. 이곳에서 '그림 같은 풍경' 이라는 상투적 표현은 더 이상 상투적 표현이 아니었다. 완벽한 작품이었다. 자연과 인간이 만들어낸 조화로운 작품. 이런 로맨틱한 공기가 마을 전체를 감싸고 있으니 짝사랑에 빠진 것도 무리가 아니었다.

뷰 포인트를 내려와 조용히 거니는 블레드 호수는 평화로움 자체였다. 놀라울 정도로 잔잔한 호수는 모든 세상을 그대로 품고 있었다. 물 위를 노니는 백조도 눈 덮인 율리안 알프스도 외로이 떠있는 작은 교회도. 그 반영은 현실의 풍경과 정확히 대칭을 이루며 호수 아래 또 하나의 세계를 만들었다. 블레드 호수를 한 바퀴 돌고 나니 저 멀리 교코의 뒷모습이 보였다. 또 하나의 세계에 머무는 그녀. 버스 정류장으로 향하는 걸 보니 이 마을을 떠나는 것 같았다. 어떻게 하나. 이제는 정말 마지막 기회일 테니 따라잡아 류블랴나로 함께 돌아갈까. 하지만 아직은 이 아름다운 마을을 떠나고 싶지 않았다. 안녕, 교코. 당신은 블레드가 만들어낸 환상, 마음 속 다른 세상에 사는 반영.

* 블레드 호수에서 만난 일본인 아주머니

교코와 헤어진 후 아쉬움을 달래며 호수 근처 벤치에 앉았다. 금방이라도 비가 쏟아질 거 같은 하늘이 우울하고 몽환적이었다. 그때, 반백의 동양인 아주머니가 다가와 말을 걸었다.

"저기, 섬까지 가는 곤돌라 타지 않을래요? 사람이 다섯 명은 모여야 출발한다는데 좀처럼 모이지가 않네요."

"곤돌라 가격은 얼만가요?"

"10유로요."

"너무 비싸요. 저는 안 탈래요."

아쉬운 표정으로 돌아서는 아주머니의 뒷모습이 쓸쓸해 보여 따라갔다. 곤돌라에 타고 있던 다른 아주머니가 나에게 손짓을 하며 "함께 타요."라고 외쳤다. 에이, 10유로 정도. 곤돌라에 올라탔다. 두 분이 나를 열렬히 환영해주었다. 아주머니 두 분은 일본인이었는데 영어가 완벽했다.

"영어를 정말 잘 하시네요."

"우리 둘 다 런던에서 30년 넘게 살고 있어요. 두 사람 다 남편이 영국인이거든. 그쪽은 한국인?"

"네."

"반가워요. 나 한국 드라마 광팬이에요."

"와. 저는 한국 드라마로 논문 썼어요. 어떤 드라마 좋아하세요?"

"난 〈겨울연가〉는 별로였어요. 불치병이니 이런 거 딱 질색이야. 하지만 좋은 드라마도 정말 많아요. 내가 좋아하는 드라마는 〈대장금〉, 〈다모〉, 제일 좋아하는 드라마는 〈모래시계〉! 시대의 아픔이 절절히 녹아있어 감동적이었어요."

드라마 이름을 능숙하게 이야기하는 일본인 아주머니가 무척 신기했다. 보답 차원에서 일본어로 몇 마디 했다. 일본 영화를 좋아한다느니, 오키나와는 내 최고의 여행지였다느니. 교코에게 말 걸 생각에 오랜만에 일본어를 떠올린 게 도움이 되었다.

"일본 영화 좋아한다는 거 진짜예요? 예의상 하는 말 아니야? 난 요즘 일본영화 다 별로던데. 어떤 배우 좋아해요?"

"요즘 영화들 중에는 기타노 다케시나 이와이 슌지 같은 감독들 영화 좋아하구요, 배우는 아오이 유우 좋아해요."

"응? 아오이 유우가 누구죠? 난 요즘 젊은 일본 배우는 하나도 몰라. 나보다 더 잘 아네요. 호호. 근데, 여행한 지는 얼마나 됐어요?"

"20일쯤 됐어요."

"길게 여행 중이네요. 나는 겁이 많아서 혼자 여행은 못해요. 내 딸도 긴 배낭여행이 소원이라는데 내가 말리고 있어요."

"20일째면 그 소식은 모르겠네요. 혹시, 미국 버지니아 공대에서 한국계 미국인이 총기난사해 30명 이상 죽은 사건 이야긴 들었어요? 이틀 전에."

"아뇨. 끔찍한 뉴스네요. 왜 그랬대요?"

"모르겠어요. 복잡한 이유가 있겠죠."

아침에 백인 아이들이 적대적으로 '헬로우'를 보낸 게 이 사건 때문인가 싶었다. 아주머니 두 분은 그는 한국인이 아니라 미국인이며 이건 한국인의 문제가 아니라 미국 사회의 문제임을 거듭 강조했다. 일본과 미국에서 잊을만하면 터지는 끔찍한 사건들은 두 나라 사회가 뭔가 잘못된 것임을 보여준다는 말도 했다.

두 사람은 한국의 역사와 세계정세에 굉장히 해박했다. 미국과 영국의 이라크 침공을 무의미한 전쟁이라 비판했고 최근 일본의 지나친 친미 외교에도 날을 세웠다. 왠지 두 사람에게서 좋아하는 일본 작가 요네하라 마리의 모습이 엿보여 신이 났다. 내 마음속에서 교코는 점점 희미해지고 있었다. 어설픈 영어와 일어를 섞어가며 신나게 수다를 떠는데 다른 손님이 올 기미가 보이지 않았다. 곤돌라 조타수도 더 이상 오지 않을 거라 생각했는지 그냥 출발했다.

"곤돌라 노 젓는 게 보기보다 엄청 힘들어요. 그래서 보통 세 명만 데리고는 잘 안 가요. 블레드는 일 년 중 비오는 날이 더 많아요. 겨울에는 호수가 얼어 곤돌라 운행도 못하고요. 별로 좋은 직업은 아니죠."

'힘내요!' 라는 아주머니들의 유쾌한 격려에 신이 났는지 잘생긴 곤돌라 조타수는 이런 저런 이야기를 했다. 이야기를 듣던 아주머니 한 분이 품에서 사진 한 장을 꺼내 조타수에게 보여주었다. 사진에는 젊은 시절의 아주머니와 조정 선수 한 사람이 나란히 포즈를 취하고 있었다.

"혹시 이 사람 아세요? 64년 도쿄 올림픽 조정 에이트에서 금메달 딴 사람인데. 유고슬라비아 시절에."

블레드의 멋진 풍경은 비현실적이다.

"당연히 알죠. 블레드 출신 선수예요."

"제가 블레드에 온 건 이 선수 때문이에요. 도쿄 올림픽 때 만나서 팬이 됐는데 고향이 블레드라 하더라고요. 이제야 찾아 왔어요. 40년도 더 넘어서 말이에요. 이 분 아직 블레드에 사시나요?"

"아뇨. 그 사람은 이제 슬로베니아 사람이 아니에요. 캐나다 사람이에요. 이민 가서 캐나다에서 코치하고 있어요."

조타수는 그가 캐나다 사람임을 유난히 강조했다. 뭔가 안 좋은 감정의 뉘앙스가 풍겼다. 곤돌라 조타수도 조정 세계선수권에 출전한 적이 있다고 했다. 은메달 정도 땄다는 것 같았다. 곤돌라 주인인 형도 조정 선수 출신이란다. 블레드의 잔잔한 호수가 많은 조정 선수를 배출한다며 자랑스러워했다. 며칠 뒤에 이곳에서 조정 대회가 열리니 관심 있으면 구경하라는 말을 덧붙였다.

단 한 번 만난 스포츠 스타에 대한 기억을 40년이 지나도록 잊지 않고 소중히 간직한 아주머니가 참 멋져 보였다. 블레드 호수를 보았을 때 그녀는 얼마나 감개무량했을까. 가슴 속에 품은 기억을 꺼내고 실현하는 사소하지만 위대한 순간과의 만남. 이것이 여행의 진수라는 생각이 들었다. 백 명의 사람에게 백 개의 여행이 존재하는 이유였다.

짧은 곤돌라 여행 끝에 도착한 블레드 섬에는 작은 교회와 긴 계단 하나가 있을 뿐이었다. 섬의 성모승천 교회의 입장료를 내려는데 아주머니들이 막았다.

"여기까지 온 건 다 이상 덕분이에요. 그러니 입장료는 우리가 낼게요."

감동이었다, 진심으로. 교회 안에는 종루의 종을 칠 수 있는 긴 줄이 있었다. 아주머니가 종을 치면 행운이 따른다는 전설이 있다며 꼭 쳐보라 권했다. 줄을 잡아당기니 은은한 종소리가 울려 퍼졌다. 곤돌라 조타수가 곧 비가 잔뜩 내릴 것 같다며 돌아갈 것을 재촉했다.

블레드 섬은 특별한 게 없는 그저 작은 섬과 교회였다. 이렇게 사소한 섬도 주변의 풍경에 조화롭게 둘러싸이면 특별한 곳이 된다. 자연스러운 어울림의 그 작은 진리, 블레드는 그 작은 진리를 세상에서 가장 아름답게 보여주고 있는 셈이었다.

곤돌라 정류소에 도착하니 거짓말처럼 비가 내렸다. 곤돌라 조타수는 '굿 타이밍' 이라며 작별 인사를 건넸다. 일본인 아주머니 두 분과 아쉬운 이별의 시간이었다. 아주머니가 내 한자 이름을 어떻게 쓰는지 물었다. 수첩을 꺼내 열심히 기록한 후 나에게 보여주며 작별의 말을 전했다.

'4월 18일. 블레드. 드라마를 좋아하는 한국인 이정흠상.'

"돌고 도는 게 인연이니, 언젠가 다른 여행지에서 또 만나요."

나는 일본어로 '사요나라' 라 말했고 아주머니들은 한국어로 '안녕히 가세요' 를 말했다. 기분 좋은 인연을 건넨 블레드에게 '흐발라hvala. 고맙습니다' 라는 감사의 인사를 전하며, 류블랴나행 버스에 몸을 실었다.

자그레브 Zagreb _ 크로아티아

언덕 위의 카프톨과 그라데츠의 모습은 시원시원한 현대적 대로와 공원, 웅장한 건물들을
붙들고 있는 남쪽 평지와 묘한 경계를 이루며 자그레브를 색다르게 만들었다.

무뚝뚝한, 하지만 따뜻한 자그레브

＊ 크로아티아의 수도, 자그레브

이른 아침의 상큼한 공기는 작고 낭만적인 류블랴나를 뒤로 해야만 하는 아쉬움을 돋우었다. 하지만 류블랴나에 대한 아쉬움을 곱씹을 틈도 없이 자그레브에 도착했다. 류블랴나에서 자그레브는 세 시간도 채 걸리지 않았다. 자그레브 중앙역 앞은 사람들로 북적였다. 왠지 시골에서 도시로 온 느낌이었다. 이름을 가지고 멋대로 판단하는 게 우습긴 하지만, 류블랴나와 자그레브는 이름의 뉘앙스가 극과 극이었다. 사랑스러운 류블랴나에 비해 자그레브는 투박한 느낌이었다.

거리에는 현대적 느낌의 트램이 끝없이 스쳐 지나가고 있었다. 자전거가 넘쳤던 류블랴나와는 판이한 풍경이었다. 라비니체 호스텔로 가기 위해 트램에 올랐다. 한참을 달렸다. 자그레브는 생각보다 컸다. 도시의 외곽은 아파트 천지였고 그 아파트 사이에서 호스텔 찾기는 쉽지 않았다. 지나가는 아주머니를 붙들고 호스텔 이름을 말하자 조용히 따라오라 손짓했다. 한 마디 말도 없이 무뚝뚝하게 안내하던 아주머니가 노란색 건물을 손가락질했다. 그리고 고맙다는 인사를 할 틈도 없이 왔던 길을 돌아 올라갔다. 무뚝뚝한 친절이라고나 할까.

호스텔에 짐을 풀고 시내로 나갔다. 자그레브는 큰 도시지만 작은 도시기도 했다. 트램으로 돌아볼 때는 제법 크게 느껴졌지만 관광지가 모여 있어 돌아다니기가 불편진 않았다. 예라치카 광장을 중심으로 북쪽의 언덕과 남쪽의 평지에 역사적 건축물과 박물관이 모여 있다.

예라치카 광장 바로 북쪽에는 도락Dolac이라는 넓은 노천 시장이 있다. 빨간색 파라솔 아래 딸기, 오렌지, 바나나, 토마토 등 색색의 과일이 가판 위에 뿌려져 있다. 크로아티아는 중공업이 발달하지 않아 비교적 깨끗한 자연환경을 누린다. 무공해 환경과 따뜻한 햇빛이 만들어낸 탐스러운 짙은 색 과일의 맛이 궁금했다. 곳곳에서 '베리 테이스티'를 연발하며 여행자를 끌어들이기에 분주했다. 한 곳을 골라 15쿠나(약 2,500원)를 내니 딸기를 한아름 안겨주었다. 종이 봉투에 담긴 딸기를 한입 베어 물었다. 딱딱하고 푸석푸석한데다 과즙도 단맛도 전혀 없었다. 새빨간 겉모양은 거짓이었다.

음식으로 버린 입은 음식으로 회복해야 하는 법. 도락 근처 레스토랑에서 해물 리조또를 주문했다. 아드리아해에서 나는 풍부한 해산물은 크로아티아의 명물 중 하나다. 내륙 깊숙이 위치한 자그레브에서 팔딱거리는 싱싱함을 느끼긴 어려웠지만 딸기로 버린 입맛을 회복하기엔 충분했다.

지도에서 크로아티아를 찾아보면 마치 초승달 같은 모양이다. 이 초승달 중 절반은 내륙에서 4개국 국경과 맞닿아 있고 나머지 절반은 푸른 아드리아해에 접해 있다. 아드리아해는 크로아티아의 자랑이다. 아드리아해와 맞닿아 있는 이탈리아 연안이 단조로운데 비해 크로아티아의 연안은 굴곡이 심할 뿐만 아니라, 1,200여 개의 작은 섬들이 무수히 흩어져 있다. 가감 없이 딱 절경이라는 표현이 잘 어울리는 곳이니 크로아티아 여행은 사실상 해안가에 전부가 있다 해도 과언이 아니었다.

전형적 도시인 자그레브는 바다로 나가기 전에 잠시 마음을 가다듬으며 도시의 냄새를 잔뜩 맡기에 어울리는 곳이었다. 예라치카 광장 바로 남쪽 거리에는 끝없이 늘어선 노천카페와 세기 힘들 정도로 많은 레스토랑, 그리고 가게들이 즐비했다. 복잡한 쇼핑 거리를 벗어나니 자그레브 역까지 넓은 잔디밭과 시원시원한 가로수, 웅장한 네오 르네상스 건물이 일렬로 세워진 채 쭉 뻗어있었다. 자그레브는 오랫동안 오스트리아 - 헝가리 제국의 영향 아래 있었기에 도시 남쪽은 아담한 부다페스트 같았다. 조금 덜 아름다웠지만 더 여유롭고 더 한가했다. 다시 발길을 돌려 예라치카 광장 북쪽 언덕으로 걸음을 옮겼다.

자그레브 북쪽 언덕에 자리 잡은 카프톨Kaptol과 그라데츠Gradec라는 구시가 지역에서는 고전적 아름다움을 만끽할 수 있었다. 동쪽의 카프톨과 서쪽의 그라데츠는 과거에는 각기 다른 도시로 경쟁심을 불태우며 대립했다. 카프톨이 가톨릭 고위 사제 거주지로 종교적으로 발전했다면 그라데츠는 장인, 상인 등 시민들을 중심으로 발전했다.

여전히 이런 차이를 찾아볼 수 있었다. 카프톨의 대표적 건축물인 성모 승천 성당이 첨탑이 우뚝 솟은 웅장하고 종교적인 건물이라면, 그라데츠의 이정표인 성 마르코 성당은 지붕에 자그레브와 크로아티아의 문장을 모자

이크로 꾸며놓아 좀 더 정치적 색채가 짙어 보였다. 그라데츠 지역에는 크로아티아 의회와 대통령궁도 있으니 과거의 전통을 어느 정도 계승하고 있는 셈이었다.

카프톨과 그라데츠는 16세기 오스만 제국의 침입에 대항하며 대립을 멈추고 하나로 뭉쳐 지금의 자그레브의 토대를 만들었다. 하지만 오랫동안 다른 사회를 추구한 만큼 각각 독특한 외관을 보여주었다. 그라데츠가 좁은 골목, 촘촘히 들어선 집들로 분주한 모습이라면 카프톨은 넓은 길과 높은 교회의 첨탑으로 잔뜩 위세를 부리는 모양새였다. 어쨌든 언덕 위의 카프톨과 그라데츠의 모습은 시원시원한 현대적 대로와 공원, 웅장한 건물들을 붙들고 있는 남쪽 평지와 묘한 경계를 이루며 자그레브를 색다르게 만들었다. 이 크기도 하고 작기도 한 도시는 세 가지 색을 품고 있는 셈이었다. 무뚝뚝한 이름으로도 숨길 수 없는 역사와 삶의 흔적이었다.

* 크로아티아 초대 대통령, 투지만의 무덤

카프톨의 성모승천 성당 앞에서 탄 106번 버스가 20분 후에 내려준 곳은 애매한 삼거리였다. 미로고이Mirogoj를 어떻게 찾아가야 하나 막막한 기분이었다. 마침 유모차를 밀며 가는 아저씨가 보여 길을 물었다.

"죄송한데요, 미로고이 어떻게 가죠?"

"응?"

어설픈 발음이 이상했나 보다. 론리 플래닛을 펼쳐 철자를 보여주니 살짝 고개를 끄덕이더니 따라오라 손짓했다. 조용히 따라가다 보니 온통 담쟁이 넝쿨에 휘감긴 채 돔을 얹은 탑을 일렬로 세워둔 아름답고 웅장한 건물이

유럽에서 가장 아름다운 공동묘지 중 하나인 미로고이.

보였다. 아저씨는 손가락으로 그곳을 가리킨 후 또 고개를 끄덕였다. '고맙다'는 인사에 무뚝뚝한 표정으로 별 거 아니라는 손짓을 한 후 유모차를 끌고 멀리 사라졌다. 이곳 사람들, 무뚝뚝했지만 친절한 것만큼은 의심할 필요가 없었다.

미로고이는 '유럽에서 가장 아름다운 공동묘지 중 하나'라는데 길쭉한 원형 모양의 지붕, 이국적인 진한 분홍빛 건물과 짙푸른 담쟁이넝쿨의 조화는 그런 표현을 부끄럽지 않게 했다. 건물 안도 아름다웠다. 공동묘지의 음습함과는 한참 거리가 먼, 공원 같은 느낌이었다. 미로고이에는 크로아티아의 위인들이 많이 잠들어 있었지만 크로아티아의 위대한 예술가나 정치가의 이름은 생소해 아는 사람이 없었다. 게다가 커도 너무 큰 공동묘지를 구석구석 돌아보기는 어려웠다. 그중에 유일하게 아는 사람이 있어 그의 묘지를 찾아보려 했으나 좀체 찾을 수가 없다. 크로아티아 초대 대통령인 프란요 투지만Franjo Tuđman의 무덤이었다.

하지만 투지만의 무덤은 지나치려야 지나칠 수 없을 정도로 눈에 확 띄었다. 미로고이에서 제일 큰 교회 바로 앞에 검고 반듯한 거대한 대리석으로 만들어져 있었다. 예쁜 화단이 있고 싱싱한 화환과 초가 듬성듬성 놓여 있었다. 예순은 넘어 보이는 할아버지, 할머니들이 새로운 추모 초와 꽃을 내려놓는 모습도 보였다. 투지만은 역사적 논쟁거리를 안고 있는 인물이다. 세르비아와의 전쟁 끝에 크로아티아의 독립을 이루어낸 국부로 추앙받지만 극우 민족주의자에 독재자, 전쟁 범죄자로 비판 받기도 한다.

솔직히, 구유고연방의 현대사는 정리가 안 된다. 여행 출발 전에 1991년 이후 내전에 휩싸인 이 지역의 역사를 정리해보려 노력했지만 인종, 종교,

문화가 복잡하게 얽혀있는데다 역사적 기원마저 제각각이라 머리가 아팠다. 특히 한국에서는 구유고연방의 현대사를 기술한 역사서나 번역서를 찾기도 힘들었고, 언론 보도는 대체로 중립적이지 못한 느낌이었다. 요네하라 마리는《프라하의 소녀시대》와《마녀의 한 다스》에서 왜 국제사회는 세르비아만만 악질로 손가락질 하는지 의문을 제기했다. 실제로 구유고연방 내전은 세르비아계뿐만 아니라 크로아티아계와 보스니악(보스니아 무슬림), 알바니아계가 얽히고 설켜 서로 극악무도한 짓을 저질렀다. 하지만 서방 언론에서 세르비아보다 친서방적인 크로아티아의 전쟁 범죄는 세르비아의 그것보다 자주 언급되지 않는다.

크로아티아와 슬로베니아가 잽싸게 독립 선언을 할 수 있었던 것은 서방세계가 발칸이라는 새로운 시장에 서유럽 자본주의를 재빨리 이식해 경제적 주도권을 잡기 위해서라는 주장도 있다. 오랫동안 오스트리아 - 헝가리 제국, 이탈리아의 영향권 아래 가톨릭 문화권으로 살아온 데다 서유럽과 인접한 슬로베니아, 크로아티아는 더할 나위 없이 좋은 징검다리였다. 주로 서방세계의 관점을 따르는 한국의 언론에서 세르비아계 이외의 전쟁 범죄를 접하기는 힘든 일이었다.

1999년 뇌출혈로 갑자기 죽은 투지만은, 그가 살아있었다면 헤이그 전범재판소('발칸의 도살자'라 불리는 세르비아의 밀로셰비치를 기소한)에서 기소되었을 거라는 이야기가 나올 정도로 잔인한 전쟁 범죄를 주도했다. 슬로베니아가 10일 전쟁, 66명의 희생으로 독립할 수 있었던 것에 비해 크로아티아는 7개월 동안의 전쟁으로 1만 명이 죽고 70만 명이 난민이 되는 참혹한 희생을 치렀다.

마침내 1992년 독립을 성취했지만 크로아티아 내의 세르비아인들은 극하게 반발했다. 그들은 세르비안 크라이나 공화국(RSK)으로 독립을 선언했고 크라이나 지역의 크로아티아계 주민들에 대한 잔인한 '인종청소'를 자행해 약 8만 명의 크로아티아계 주민을 추방하고 그중 일부는 살해했다.

이에 대항해 1995년 크로아티아 군대가 RSK에 공격을 가했다. 이 공격의 성공으로 크로아티아는 크로아티아 내 세르비아계를 제압한 후 15만 명에서 20만 명에 이르는 세르비아계를 추방했다. 이 과정에서 세르비아계 시민들에 대한 집단 학살, 약탈, 강간 등의 인종청소가 자행되었다. 이로 인해 크로아티아 군대의 책임자들은 헤이그 전범재판소에서 기소를 당했지만 군 통수권자였던 투지만은 이미 죽은 후였다.

분명, 일부 크로아티아인들에게 투지만은 크로아티아 민족 국가를 만들어낸 영웅일 테다. 여전히 투지만 무덤을 찾아 꽃을 바치고 추모의 기도를 올리는 할아버지, 할머니처럼. 하지만 세르비아인에게 그는 잔혹한 전쟁 범죄자일 뿐이다. 발칸의 내전은 누가 누가 더 잘못했나를 가리는 경쟁이 아닌 그 자체로 비극이다. 세르비아계든 크로아티아계든 보스니악이든 알바니아계든 자신들의 수백 년 터전에서 쫓겨나야 했으며 가족, 친구의 잔혹한 죽음을 가까이에서 지켜봐야만 했다.

이런 상황에서 국제 정치의 논리 아래 어느 한 민족에게만 일방적으로 비난의 화살을 돌리는 건 공정치 못하다. 밀로셰비치와 세르비아계가 주창한 '대세르비아주의'라는 극단적 세르비아 민족주의가 발칸 내전을 촉발한 원인 중 하나임은 분명하지만 그 과정에서 희생된 사람들에 대한 추모와 전쟁 범죄 처벌에 우선 순위가 있어서는 안 될 것이다. 서로를 비난하기 전에 자신들의 잘못을 인정하고 서로 책임지는 모습을 보일 때 평화로 가는 길이 열리지 않을까. 어쨌든, 역시 정리가 안 된다. 미로고이의 투지만 무덤은 앞으로의 발칸 여행이 얼마나 골 아플지를 알리는 시작종 같았다.

** 무릉도원, 플리트비체 국립공원

자그레브를 떠나 스플리트로 가는 길에 플리트비체 호수 국립공원을 들르기로 마음먹었다. 호스텔 로비에서 본 플리트비체의 사진 한 장이 내 마음을 움직였다. 깊은 산 속의 맑은 청록색 호수와 하얀 물살의 폭포는 사진만으로도 시선을 훔치기에 충분했다.

이른 아침 버스를 탔다. 배낭을 짐칸에 실은 후 보관비로 7쿠나(약 1,200원)를 냈다. 크로아티아 버스는 운전사와 차장이 따로 있었다. 티켓 판매, 짐 보관, 정류장 안내 등의 서비스는 차장이 했고 운전사는 운전만 했다. 플리트비체에 도착하는 세 시간 동안 차장은 운전사와 계속 이야기를 주고받았다. 심심한 운전사의 대화 상대로 차장을 고용하는 게 틀림없었다. 플리트비체에서 제법 많은 사람이 내렸다. 스플리트행 버스는 4시에 한 대가 있었다. 대충 세 시간 정도 돌아보면 딱이었다.

"저, 세 시간 정도로 돌아볼 수 있는 표가 있나요?"

"여기 들어가는 티켓은 한 종류뿐이에요. 다섯 가지 코스 중 하나를 마음대로 골라 돌아보면 돼요. 플리트비체 국립공원은 무척 크답니다. 다 돌아보려면 종일 걸려요. 하루 묵는 건 어때요?"

"아쉽지만 그건 좀 곤란할 거 같아요."

"그럼, 다 돌아보진 못하겠지만 세네 시간짜리 코스가 있어요."

'네. 그렇게 해야겠네요. 배낭은 보관해주실 수 있나요?'

친절한 안내원이 준 열쇠를 받아 알려준 곳으로 갔다. 허름한 통나무 건물에 자물쇠 하나가 달랑 채워져 있었다. 열쇠를 열고 선반을 보니 '없어져도 책임지지 않습니다.' 라는 무책임한 안내문만 덜렁 놓여있다. 다른 배낭은 하나도 없었다. 나처럼 당일치기 하는 여행자는 없는 것 같았다. 열쇠를 돌려주고 매표소에서 입장권을 끊은 후 플리트비체 호수 국립공원으로 들어갔다. 걸음을 조금 빨리하면 괜찮을 것 같아 4~6시간 코스를 선택했다.

크로아티아의 아름다운 자연은 유명하다. 오염되지 않은 깨끗한 바다와 무성한 숲 덕에 크로아티아는 막대한 관광 수익을 얻는다. 국립공원이 8개인데 그중 플리트비체가 으뜸이라 했다. 유네스코 세계문화유산으로 지정된(1979년) 유일한 국립공원이기도 하다. 내전 중에 곳곳에 매설된 지뢰 때문에 한때 '위험에 처한 세계문화유산' 으로 관리를 받았지만, 내전이 끝난 후 크로아티아 정부에서 지뢰 제거 작업에 노력을 기울여 98년에 원래의 지위를 회복할 수 있었다.

입이 다물어지지 않았다. 여기가 바로 도원경이었다. 깨끗하다 못해 눈이 부신 청록의 호수가 곳곳에 펴져있었다. 호수는 기이한 모양으로 깎인 회색빛 바위를 타고 흘러내리며 작은 폭포를 만들었다. 폭포가 만들어낸 하얀 물거품은 숨이 멎을 지경이다.

아래로 이어진 계단을 내려가니 호수가 눈 앞에 보였다. 정말 눈이 부셨다. 터키색 호수는 밑바닥까지 훤히 까발렸다. 손을 담가보고 싶었지만 호수 앞에 '이곳에서는 다양한 생태환경 관찰이 이루어지고 있습니다. 제발 손을 넣지 말아주세요.' 라는 간판이 부릅뜨고 있었다. 이런 경고가 없어도 손을 넣을 수 없었다. 햇빛에 반짝이는 투명한 호수가 손을 갈가리 찢어놓을 것만 같아 겁이 났다.

깊숙이 들어갈수록 점점 더 신비로운 풍경이었다. 온갖 야생초가 피어있었고 난생 처음 보는 신기한 벌레들이 활개치고 있었다. 유람선을 타고 큰 호수를 건너 더 깊은 곳으로 들어갔다. 깊이 들어갈수록 폭포와의 거리는 가까워졌고 물방울이 점점 더 많이 몸에 튀었다. '대자연의 품에 안기다.' 라는 상투적인 표현이 떠올랐다.

줄어드는 시간이 미칠 듯 아까웠다. 4~6시간 코스는 걸음을 재촉하면 세 시간으로 충분할 것 같았지만 그것은 분명 플리트비체를 즐기는 옳은 방법이 아니었다. 4~6시간 코스는 실은 6~8시간 코스가 되어야 했다. 다 돌아보려면 종일이 걸린다는 안내원의 말이 떠올랐다. 하루를 묵어야할까, 갈등은 푸른 호수처럼 깊어졌다. 그러나 나는 영락없이 성급한 현대인이다. 여행의 일정이 어그러지는 것은 불안해서 참기 힘들었다.

종착점에서 탄 셔틀버스가 공원 입구 근처에 내려주었다. 공원에서 나와 배낭을 찾으러 갔다. 여전히 다른 배낭은 하나도 없었다. 여기서 당일치기하는 불행한 놈은 나뿐이었다. 버스를 기다리며 카메라를 켜 플리트비체를 담은 사진을 보았다. 속상했다. 내 똑딱이는 이곳의 놀라운 풍경을 담는 걸 버거워했다. 어떤 카메란들 이 풍경을 다 담을 수 있을까.

스플리트로 향하는 길도 절경이었다. 가파른 벼랑과 그 벼랑 사이로 얼굴을 내미는 독특한 모양의 계곡은 버스 안의 여행자들이 창가에 얼굴을 바짝 대게 만들었다. 해가 져 완전히 깜깜해질 때까지 창에서 눈을 떼지 못했다. 예로부터 발칸 반도는 고르지 못한 지형 때문에 이동이 어려웠다. 역사

학자 마크 마조워가 《발칸의 역사》에서 척박한 자연 환경이 발칸 국가들의 고단한 역사의 원인 중 하나라 주장할 정도다.

크로아티아인들이 이 험준한 지형에 고속도로를 만든 것을 자랑으로 여길 정도니 험한 지형은 이들에게 제법 스트레스였을 것이다. 하지만 그런 고단한 지형이 이 나라의 아름다운 자연을 지켜준 걸지도 모르겠다.

최근에는 관광객의 급증으로 자연 파괴와 환경 오염에 대한 우려도 커지고 있다 한다. 산업 인프라가 부족한 크로아티아가 관광 수익을 포기할 순 없을 테니 오염에 대한 걱정은 갈수록 커질 게 분명하다. 10년 후의 플리트비체는 지금의 모습을 지켜내고 있을까. 과연 자연과 자본주의의 싸움에서 승자는 누가 될까. 그저 전 세계 누구나 아는 '뻔한' 결과가 아니기만을 바라는 수밖에.

스플리트 Split _ 크로아티아

짙푸른 색에 쨍쨍한 햇빛이 내리쬐는 아드리아해라니, 이런 호사를 누려도 되나 싶었다.
스플리트는 크로아티아에서 두 번째 큰 도시로 해상 무역의 중심지다.

짙푸른 아드리아해의 바다, 하늘, 사람들

✱ 아드리아해의 스플리트, 스플리트 속 로마

아무리 찾아도 보이지 않았다. 짙은 어둠, 10시를 넘어간 시계바늘, 인적 없는 거리, 떼로 몰려다니는 10대들. 작은 지도 하나 믿고 이 밤에 도시 외곽의 호스텔을 찾는다는 생각 자체가 어처구니없는 것이었다. 버스정류장으로 돌아가 삐끼의 손을 꼭 붙들고 '아깐 제가 미안했어요.' 라며 자비를 구하고 싶었다. 마침 차에서 내리는 남자가 보였다.

"저, 죄송한데요, 이 호스텔이 어디 있는지 아세요?"

남자는 호스텔 주소를 물끄러미 본 후 따라오라 손짓하더니 작은 골목으로 쏙 들어갔다. 그리고 손가락으로 작은 건물 하나를 가리키더니 손을 흔들고 사라졌다. 이렇게 가까이 두고 한참을 헤맸나 싶었고, 이런 구석진 골목이니 죽어도 못 찾았구나 싶었다. 호스텔 스플리트의 벨을 누르니 아무도 나오지 않았다. 두 번, 세 번. 불이 꺼져있는 걸 보니 겁이 덜컥 났다. 그때 등 뒤에서 누군가 말을 걸었다.

"예약 안 하셨죠? 오늘 예약 손님 없어서 주인이 자리 비웠어요."

"그럼, 여기서 묵을 수 없나요?"

"아뇨. 제가 체크인 해드릴게요. 주인 부탁으로 뭐 좀 가지러 잠깐 들렀는데 운이 좋으셨네요."

주인의 친구라는 남자는 체크인을 해주고 푹 쉬라는 인사를 건넨 후 나갔다. 주인도, 종업원도, 손님도 없는 호스텔에서 S누나가 준 라면을 끓여먹은 후, 깊은 잠에 빠졌다.

아침에 일어나니 주인이 와 있었다. 그녀의 이름은 다이애나였다. 스플리트에 대해 친절하게 이것저것 설명해주었고 오늘 오후에는 예약 손님이 좀 있다며 스플리트 야간 투어를 할 테니 관심 있으면 참여하라고도 했다. 한국에 대해 궁금한 것도 있으니 꼭 왔으면 좋겠다는 말을 덧붙이며. 영어로 설명할 자신이 없었지만 꼭 참석하겠다고 말한 후 호스텔을 나섰다.

얼마만의 바다 냄샌가! 근 2년 만의 바다였다. 짙푸른 색에 쨍쨍한 햇빛이 내리쬐는 아드리아해라니, 이런 호사를 누려도 되나 싶었다. 스플리트는 크로아티아에서 두 번째 큰 도시로 해상 무역의 중심지다. 덕분에 정박해 있는 배들로 해안선이 분주했다. 커다란 여객선과 호화로운 개인 요트가 바다를 독점하고 있었다.

마침, '크로아티아 보트 쇼'라는 큰 행사가 있어 바닷가는 난장판이었다. 멋대로 정의 내려 보자면 바다에는 두 종류가 있다. 조용하고 한적해 절로 쓸쓸함과 감상에 젖게 하는 감성적 바다, 분주하고 시끄러워 아무나 붙잡고 어울려 놀고 싶은 활동적 바다. 전자는 청승의 메타포인 겨울 바다일 테고, 후자는 사람 지옥을 만끽할 수 있는 한여름의 해수욕장일 것이다. 스플리트는 말 그대로 활동적 바다의 모든 특성을 갖추고 있었다.

긴 해안선의 반은 온갖 종류의 배들이 오가느라 분주했고 나머지 반은 때 이른 해수욕을 즐기는 사람들로 붐볐다. 구름 한 점 없는 하늘 아래 미친 듯 내리쬐는 맨 얼굴의 햇빛도 매력적이었다. 야자나무가 줄지어 선 해안가는, 지금까지 여행한 도시와 사뭇 다른 동네에 왔음을 노골적으로 알려주었다.

구시가의 풍경은 나의 여행 시계를 로마 시대로 돌려놓았다. 스플리트는 그리스인들의 식민지로 역사를 시작했다. 하지만 스플리트를 유명하게 만든 사람은 로마의 황제 디오클레티아누스다. 시오노 나나미가 《로마인 이야기》에서 로마를 로마답지 않게 만든 황제라며 신랄하게(그리고 조금은 부당하게) 비난하는 그 디오클레티아누스 말이다.

디오클레티아누스는 은퇴 후 삶을 준비하며 자신의 고향 근처인 스플리트에 거대한 궁전을 짓고 황제에서 퇴임한 후 305년부터 이곳에서 지냈다. 스플리트 구시가는 디오클레티아누스 궁전 그 자체였다. 궁전의 거대한 돌벽이 구시가의 틀을 만들었고 그 벽 안 궁전의 옛 흔적 사이사이로 온갖 상점과 사람들을 볼 수 있다. 특히 원기둥 사이에 둘러싸인 작은 광장(그리스 로마 시대 건축 양식인 페리스타일Peristyle)은 성의 중심지인 동시에 여행자들의 중심지이기도 했다.

아마추어 합창단은 아카펠라를 하며 자작 CD를 홍보하기에 여념이 없고 사람들은 그 음악에 맞춰 옛 로마의 흔적을 카메라에 담고 있었다. 카페는 광장의 돌계단에 붉은색 방석을 내놓았고 사람들은 그 위에 앉아 커피와 맥주를 마시고 있었다. 1,700여 년이나 된 유적을 카페의 일부로 이용하는 권리는 누가 주는 걸까. 어쨌든 광장은 활기 넘쳤고 사람들은 모두 즐거워 보였으며 나도 덩달아 즐거워졌다.

광장 바로 옆에는 엄청난 높이의 네오 로마네스크 양식 교회 탑이 있었다. 티켓을 끊어 위로 올라갔다. 정상에 오르니 시원한 바닷바람을 맞으며 스플리트를 한눈에 볼 수 있었다. 남쪽으로는 드넓은 수평선 위에 자리한 희미한 섬의 행렬이 보였다. 그 섬으로 향하고 있을 배들의 느릿한 항해도 눈에 들어왔다. 북쪽에는 낮은 산 아래 빽빽한 건물의 현대적 도시가 자리하고 있었다. 높은 곳에서 내려다본 스플리트는 바다든 도시든 여유보다는 분주함이 더 어울리는 곳이었다.

탑을 내려와 들른 탑 옆의 대성당은 원래는 디오클레티아누스의 무덤이었다. 무덤을 개조해 성당을 지었는데 이곳에 남아있는 디오클레티아누스의 흔적은 기둥 아래 보이는 그의 머리 조각상이 유일하다고 했다. 디오클레티아누스는 기독교 박해로 유명한 인물이다. 그는 303년 기독교 탄압을 위한 칙령을 발표해 수많은 기독교인을 고문하거나 죽이고 교회와 성물을 파괴한 황제로 악명이 높다. 이에 대한 억하심정으로 그의 잠을 방해하며 교회로 만든 것이라면, 복수치고는 좀 많이 속 좁다는 생각도 들었다.

디오클레티아누스 성의 대리석 길을 밟고 대리석 기둥을 손으로 만지는 것만으로도 기분이 묘했다. 1700년도 더 된 유적인데 이래도 되는 걸까. 이건 마치 모나리자에 뺨을 부비는 것과 같은 행동이었다. 하지만 이런 걱정이 무색하게 광장에서 결혼식 피로연이 열렸다. 순백의 웨딩드레스와 근사한 턱시도를 입은 남녀 한 쌍이 대성당에서 결혼식을 마친 후 광장에서 손님들에게 축하를 받고 있었다. 여행자들의 카메라 세례가 쏟아졌다.

결혼식 피로연은 살짝 무섭다는 생각도 들었다. 건장한 남자 여럿이 광장 곳곳에 자리를 잡은 후 붉은 연막을 피워 올리는 와중에 하객들은 굉장히 과격한 노래를 불러댔다. 한 아저씨가 크로아티아 국기를 죽을힘을 다해 휘두르는 걸 보니 국가인 모양이다. 외지인인 나는 이런 분위기에 겁이 났다.

과민 반응이라는 생각도 했지만 어디든 민족적 세레모니가 들어가면 과격해지기 마련 아닌가. 2002년 월드컵 당시 이탈리아를 여행하던 동생은 이탈리아가 한국에 패한 다음날, 대낮에 버스에서 칼을 들고 한국은 비겁한 승리자라고 위협하는 이탈리아인을 만났다고 했다. 더구나 여기는 민족이라는 이름 아래 끔찍한 내홍을 겪은 지 얼마 안 되는 발칸 반도다. 다행히 연막탄이 꺼지고 분위기는 다시 화기애애해졌지만 나는 급히 광장을 벗어나 바닷가로 돌아갔다.

✳ 스플리트의 노신사

바닷가 벤치에 앉아 세 시간 넘게 《발칸의 역사》를 읽었다. 발칸에 들어오기 전에 꼭 이 책을 다 읽겠다는 굳은 다짐은 여행의 피로 속에 슬그머니 사라졌다. 하지만 이 복잡한 역사의 땅은 완독을 재촉했고 마침내 스플리트의 바닷바람과 함께 마음의 짐을 덜어낼 수 있었다. 마지막 장을 덮으며 뿌듯해하는데 백발의 노신사가 옆에 앉더니 유창한 영어로 말을 걸었다.

"안녕하세요. 지금 한가한가요?"

"네. 무슨 일이신지?"

"그냥 이야기 좀 하고 싶어서요. 여행자죠? 어디서 왔어요?"

"한국에서 왔어요. 남한이요."

시끄럽고 호화로운 스플리트의 바다.

"아, 반가워요. 나는 남한은 가본 적 없고 북한만 가봤어요."

"무슨 일로?"

"젊을 때 배 전속 요리사였거든요. 배 타고 여기저기 다녔었죠."

"예. 옛날이었으면 저는 이 나라 여행도 못 했어요. 하하."

노신사는 이유를 궁금해했다. 이걸 어떻게 설명해줘야 하나. 생각해보니 발칸의 역사만큼 한국의 역사도 복잡했다.

"체제와 이념 때문이죠. 남한과 북한은 서로를 인정하지 않거든요. 불과 20여 년 전만 해도 남한은 사회주의 국가들이 북한 편이라고 교류를 하지 않았어요. 유고슬라비아도 마찬가지였구요."

"그렇군요. 남한과 북한은 아직도 싸우는 중인가요?"

"예. 아직도 총을 들고 싸우고 있어요. 비극이죠."

"애초부터 갈라진 게 덜 비극일 수도 있어요. 서로 다른 민족을 억지로 붙여놓았기 때문에 우리는 끔찍한 비극을 겪어야 했어요. 정말, 끔찍했죠."

노신사는 잠시 허공을 쳐다봤다. 눈빛이 무척 슬퍼 보였다.

"아, 근데 남한과 북한은 원래 한 나라였어요. 옛날 동독과 서독처럼 말이에요. 왜 갈라졌는지를 설명하자면 100년 정도 거슬러 올라가야 하는데 제 영어 실력으로는 설명하기가 힘드네요. 어쨌든, 민족도 언어도 역사도 문화도 다 똑같았어요. 이제는 많이 달라졌지만요."

노신사는 고개를 끄덕이더니 화제를 돌렸다.

"스플리트는 마음에 들어요?"

"예. 좋아요. 여기 사세요?"

"아뇨. 지금은 이탈리아에 살아요. 스플리트에 사는 여동생이 병원에 입원해 잠깐 들렀어요. 저기 배들 보이죠. 저 배들 중 많은 수가 이탈리아로 가요. 이 도시도 로마와 이탈리아의 영향을 많이 받았구요."

"실례가 아니라면 왜 이탈리아에서 사시는지 여쭤 봐도 될까요?"

"고향은 스플리트 근처 다른 도시예요. 음, 그냥 지쳤다고 할까요. 그 책, 발칸 역사책인가요?"

노신사는 'The Balkans'라는 영어 원제목이 표지에 큼지막하게 쓰인 《발칸의 역사》를 가리켰다. 나는 말없이 고개를 끄덕였다.

"그럼 이 나라 현대사도 대충 알겠죠? 그냥 지쳤다고만 말해둘게요."

노신사는 잠시 침묵을 지켰다. 역시, 눈빛이 무척 슬퍼 보였다.

"근데, 스플리트의 어떤 점이 마음에 들어요?"

"사람들이 활기차서 좋아요. 자그레브 사람들은 친절한데 좀 무뚝뚝한 면이 있었거든요."

"하하. 바다 사람들의 특징이에요. 바닷가에 사는 사람들은 대체로 시끄럽고 낯을 안 가리는 편이에요. 나를 봐요. 하하."

이런 저런 이야기를 하다보니 8시가 가까워왔다. 다이애나가 투어에 참여하고 싶으면 8시 전까지 호스텔로 돌아오라 했었다. 하지만 노신사와 계속 이야기하고 싶었다. 한국에 대한 설명을 다이애나 대신 노신사에게 해줬다 치면 될 일이었다. 1시간 정도 더 노신사와 이야기를 나눴다.

"같이 저녁이라도 먹으며 이야기하면 좋겠는데 병원에 여동생 혼자 둘 수가 없네요. 스플리트는 언제 떠나요?"

"내일 두브로브니크로 갑니다."

"아쉽네요. 두브로브니크는 정말 아름다운 도시예요. 바이런이 '아드리아해의 진주'라고까지 했으니까요. 즐거운 여행되길 바랄게요."

"예. 고맙습니다. 동생분이 빨리 나았으면 좋겠네요."

"고마워요. 참, 그리고 남한과 북한이 평화롭게 다시 하나가 되길 기도할게요. 저는 무신론자지만 진심으로 기원할게요."

"감사합니다. 건강하세요."

노신사의 뒷모습을 물끄러미 바라봤다. 이 나라의 오랜 내전은 평범한 사람들의 삶을 얼마나 할퀸 걸까. 사실, 멀리서 찾을 필요도 없었다. 내 할머니는 전쟁 통에 할아버지를 잃고 아버지와 큰아버지를 홀로 키우셨다. 세 살 때 할아버지를 잃은 아버지는 20년 동안 나에게 할아버지 이야기를 단 한 번도 하지 않으셨다. 내가 대학에 들어갔을 때 비로소 할머니에게 들은 할아버지 이야기를 짤막하게 해주셨다.

운 좋게도 남한군 장교로 참전했다 전사하신 걸로 처리된 덕에 집안이 풍비박산 나는 걸 피했지만, 할아버지는 분명 월북하셨다고. 그 이야기를 하시는 아버지의 목소리에서 희미하게 새어 나오는 애증을 느낄 수 있었다.

나와 아버지는 정치적인 의견이나 인생의 가치관 차이로 사사건건 충돌하지만 아버지를 진심으로 미워해본 적은 단 한 번도 없었다. 그게 어쩔 수 없는 부모, 자식 간의 정일 테니까. 분명, 할아버지에 대한 아버지의 감정도 마찬가지일 것이다. 이처럼 평범하고 모두가 당연히 누릴 수 있어야만 하는 감정을 망친 대립, 그리고 전쟁은 얼마나 많은 사람의 삶을 헝클어 놓았을까. 두 번 다시 어디에서도 그런 일들이 벌어지지 않았으면 좋겠다. 스플리트 노신사의 기도가 부디 헛되지 않기를 기원했다. 나 역시 무신론자지만, 진심으로.

두브로브니크

Dubrovnik _ 크로아티아

갈매기 떼와 노랗게 물든 두브로브니크의 조화가 정신을 아득하게 했다. 노천카페에서 커피를
마시며, 노랗게 물든 두브로브니크를 보는 것만으로도, 여기는 지상의 천국이었다.

독특한 아름다움이 빛나는, 지상 천국

✻ 두브로브니크의 루치 아줌마

아침 일찍 호스텔을 나오며 다이애나에게 편지 한 장을 남겼다. 어제 투어에
참석 못해 미안하고 급하게 인사도 없이 떠나는 무례를 용서해달라고. 투어
를 마친 다른 여행자들이 호스텔로 돌아온 시간이 대충 새벽 5시 정도였으
니 앞으로의 여행을 위해 참석 못한 게 차라리 잘된 일 같았다. 두브로브니
크로 향하는 아침 버스에서 밤새 스플리트의 지독한 모기떼에 시달려 퉁퉁
부은 팔을 연신 긁어댔지만 마음은 더없이 설레었다.

영국의 극작가 버나드 쇼는 1929년 두브로브니크를 방문한 후 이런 말
을 남겼다고 한다. "당신이 지상의 천국을 보고 싶다면, 두브로브니크로 가
라." 아드리아해의 진주에 지상의 천국이라니, 나는 대체로 이런 과도한 수
식은 여행사들의 얄팍한 상술로 먼저 의심해보기 마련이었다. 하지만 사진
으로 본 바닷가의 단단한 요새 두브로브니크는 그야말로 독특하고 아름다

왔다. 게다가 중학교 때 열광했던 게임 〈대항해시대〉에서 베네치아와 경쟁하던 해상 공화국 라구사가 두브로브니크의 옛 이름이라니, 기대할 이유는 충분했다.

스플리트에서 두브로브니크로 향하는 길에 국경검문소를 통과했다. 네움Neum이라는 도시로 크로아티아가 아닌, 보스니아 - 헤르체고비나의 땅이었다. 17세기 베네치아 공화국은 아드리아해 연안의 달마티아 지방(지금의 크로아티아 해안 지역) 대부분을 지배했는데 달마티아 최남단의 두브로브니크만은 예외였다. 두브로브니크의 원류인 라구사 공화국은 베네치아 군대의 진군을 막기 위해 오스만 제국에게 해안가의 일부를 팔았는데, 그곳이 지금의 네움이다. 그 협약이 아직도 이어져 네움은 구유고연방에서 갈라진 보스니아 - 헤르체고비나의 유일한 해안 도시가 되었다.

덕분에 두브로브니크는 크로아티아 최남단에 홀로 고립된 모양새가 되어버렸다. 크로아티아 정부는 네움을 통과하지 않기 위해 2,374미터에 달하는 다리를 건설할 계획이라고 한다. 하지만 이 다리는 바다의 생태 파괴뿐만 아니라 보스니아 - 헤르체고비나 정부와의 외교적 갈등까지 안고 있어 가까운 미래에 발칸의 또 다른 갈등 요소가 될 가능성이 있다.

네움의 해안선은 단지 21킬로미터밖에 되지 않는다. 마라톤 하프 코스 정도의 길이다. 이 짧은 바닷가는 발칸 반도가 얼마나 복잡한 역사 속에 놓여있으며 앞으로도 그 역사에서 자유로울 수 없음을 보여주는 상징이라 해도 될 것 같았다. 어쨌든 이 작은 마을에는 국경검문소는 물론이요 면세점도 있었다. 버스는 네움의 휴게소에서 30분 정도의 휴식 시간을 가졌다. 버스에서 내려 바다를 내려다봤다. 국경이 어떻든 그 국경을 만들어낸 인간의 목적이 무엇이든, 아드리아해는 푸르고 아름다웠다.

두브로브니크로 향하는 고속도로는 해안 절벽 위에 아슬아슬하게 걸쳐있었다. 험준한 지형은 그 자체로 절경이었다. 크로아티아는 이동하는 순간조차 즐거운 관광 코스를 제공해 잠을 잘 수 없었다. 투지만 다리라 불리는 엄청나게 큰 현수교를 건너 두브로브니크 버스정류장에 도착했다.

12시가 조금 넘은 두브로브니크는 작열하는 태양과 버스정류장에 가득한 삐끼로 인사를 청했다. 사실 삐끼라 부르기 미안한 중년의 아저씨, 아주머니들이 진을 치고 앉아있었다. 두브로브니크는 개인 민박이 최고의 숙소라 들었기에 스플리트에서처럼 삐끼를 뿌리칠 생각은 없었다. 나름의 상도덕이 있는지 한 사람에 두세 사람이 붙어 경쟁하지는 않았다. 살찐 로버트 드 니로를 꼭 닮은 중년의 아저씨가 먼저 말을 걸었다.

"구시가 성벽 위의 방에서 자고 싶지 않나요? 푸른 바다가 훤히 보이는, 당신이 두브로브니크에서 볼 수 있는 모든 것. 어때요? 1박 30유로."

시인이 따로 없다.

"20유로로 안 될까요?"

"오, 구시가에서 20유로는 절대 구할 수 없다오."

아저씨는 잠시 고민을 하더니 저 멀리 앉아있는 아주머니를 불렀다.

"루치. 이 사람이 구시가에 20유로짜리 방 찾아요."

숙소 주인들이 버스에서 내린 여행자들에게 집요하게 달라붙을 때 머뭇거리며 멀찌감치 떨어져 서 있던 아주머니였다. 루치는 영어를 잘 못했다.

"구시가, 20유로? 3일 자면, 가능해요. 나랑 같이 가요."

"방에서 바다가 보이나요?"

"바다? 바다, 보여요."

어차피 두브로브니크에서 3일은 머물 생각이었고 사진 속 방도 깔끔해 괜찮아 보였다. 루치를 따라갔다. 그녀는 살쩐 로버트 드 니로에게 고맙다고 인사를 한 후 걸음을 재촉했다. 버스정류장에서 구시가까지는 시내버스를 이용했다. 루치는 말을 걸고 싶어 했지만 영어가 잘 안 돼 답답해하는 것 같았다. 두브로브니크 구시가 입구의 거대하고 두꺼운 성벽 사이에 난 작은 문을 지날 때 루치가 '필레'라고 말해주었다.

필레를 지나 들어선 두브로브니크의 구시가는 반짝이는 대리석 바닥 위에 탄탄하고 아름다운 돌 건물이 줄지어있는 아름다운 도시였다. 아이스크림 가게 앞에 자전거를 세워둔 채 아이스크림을 먹던 웬 까무잡잡한 동양 남자가 반갑게 손을 막 흔들며 말을 걸었다.

"일본 사람?"

"아니, 한국 사람."

"반가워. 어디 가?"

"숙소에 짐 풀려고. 거기 계속 있을 거야?"

"이 근처에 계속 있을 거야. 짐 풀고 와. 쉽게 찾을 수 있을 거야."

"알았어. 조금 있다 봐."

루치는 좁은 골목으로 들어가더니 한참을 위로 올라갔다. 가는 길에 근처 레스토랑을 가리키며 싸다, 맛있다며 정보를 주었다. 지나가는 사람들과 쉼 없이 인사를 나누는 걸 보니 이곳에서 제법 오래 산 것 같았다. 가파른 계단을 오르고 또 올라 꼭대기에 다다르자 루치가 '당신 집'이라며 소개했다.

자기는 구시가 바깥에 집이 하나 더 있어 거기 산다는 설명을 덧붙였다. 이렇게 높은 곳에 있으면 바다가 정말 잘 보이겠다는 기대감이 충만했다. 숙소는 방 두 개에 거실과 부엌이 딸린 크고 깔끔한 곳이었다. 그러나 닫힌 창문을 열어젖히자 하얀 성벽이 가로막고 서 있었다.

"루치, 바다가 안 보이네요."

"바다? 보여. 조금만 가면, 카페 있어. 바다, 보면 돼."

방안에서 바다가 보이냐는 내 말이 전달이 잘 안되었나 보다. 친절한 루치 아줌마를 실망시킬 수 없어 그냥 묵기로 했다.

바다는 보이지 않았지만 넓고 푹신한 침대는 그야말로 최고였다. 이 정도면 충분했다. 숙소 곳곳에는 독특한 기념품들이 놓여 있었다. 중국제 부채도 있었고 아프리카 토산품으로 보이는 물건도 있었다. 신기해하는 나에게 루치가 설명해주었다.

"내 아들, 뱃사람. 여기저기 다녀."

루치는 방이 하나 더 비었다며 다른 손님을 받으러 다시 버스정류장으로 간다 했다. 그리고 전화번호 하나를 알려줬다.

"내 아들 전화. 나, 독일어 잘 하지만 영어 못해. 하지만 아들, 잘 해. 배타고 세계를 누벼. 그래서 잘 해. 무슨 일 있으면 아들에게 전화. 아들이 나에게 다시 전화."

두브로브니크에서 숙소 하나는 잘 고른 것 같았다.

* 자전거 여행자 이와사키

1991년 10월 1일. 크로아티아가 독립을 선언한 4개월 남짓. 세르비아가 주축이 된 구유고연방 군대가 두브로브니크를 포위했다. 아드리아해로부터 해군의 함포 사격이 쏟아졌고 산 위에서는 연일 포탄이 날아왔다. 아름다운 항구 도시의 상징인 두꺼운 성벽은 날아오는 포탄을 막기에 힘이 부쳤고 성벽 안 주민들은 머리 위로 날아오는 포탄을 피하지 못해 거리에서, 주방에서, 거실에서 속절없이 죽어갔다.

물, 음식, 전기는 일찌감치 끊겨 사람들은 매일 두려움에 떨어야만 했다. 보스니아 - 헤르체고비나, 몬테네그로에 둘러싸인 이 항구 도시는 크로아티아 군대의 지원도 받지 못한 채 속수무책으로 당할 수밖에 없었다. 국제사회의 맹비난에도 포위는 7개월 가량 지속되었고 구유고연방 군대는 보스니아 - 헤르체고비나가 전화에 휩싸이자 비로소 물러났다. 시민 117명이 사망했으며 수백 년을 버텨온 구시가의 건물 70퍼센트가 포격에 상처를 입었다.

2킬로미터에 달하는 두브로브니크의 명물인 성벽을 걸으며 내려다보는 구시가 풍경은 전쟁의 상처를 좀처럼 느낄 수 없는 아름다운 광경이었다. 최소 4미터에서 6미터 두께인 성벽은 두브로브니크의 상징이다. 두브로브니크 구시가는 곡선과 직선이 근사한 조화를 이루는 성벽 안에 단단히 숨겨져 있었다.

성벽은 바다와 도시 사이 거대한 장벽을 만들어 안과 밖을 전혀 다른 세상으로 만들었다. 푸른 바다와 아름다운 붉은 지붕은 근사한 조화를 이루고 있었다. 성벽 너머 보이는 건물 곳곳에 빨래가 널려있고 주민들은 여행자의 시선에 아랑곳 않은 채 식사를 하거나 텔레비전을 보고 있었다. 내가 머무는 방도 보였다. 벽 너머 이토록 근사한 바다의 풍경이라니 방이 조금만 더 높

대리석 바닥이 반짝이는 플라차 거리. 깨끗하고 매끈하고 아름답다.

은 곳에 있었으면 얼마나 좋았을까.

두브로브니크는 유네스코의 지원 하에 복구 작업이 이루어졌지만 아직도 포격의 흔적을 발견할 수 있었다. 새빨간 붉은 지붕과 빛바랜 붉은 지붕이 묘하게 섞인 것은 전후 복구된 기와와 고래로부터 이어온 기와의 차이 때문이라 했다. 검은 포탄 자국과 함께 무너진 모습 그대로의 건물 잔해도 볼 수 있었다.

두 시간 정도의 성벽 유랑을 마치고 내려오는 길 아래 조금 전에 만났던 일본인이 보였다. 건물에 자전거를 기댄 채 동전을 숨기는 간단한 마술을 하고 있었다. 노부부가 신기하게 쳐다보자 그는 신난다는 표정으로 웬 스크랩북 하나를 그들에게 보여주었다. 스크랩북에는 신문 1면에 실린 그의 사진이 있었다.

"네팔의 작은 지방 도시 신문이에요. 글을 읽을 수가 없어서 기사가 무슨 내용인지 정확히는 모르지만 아무튼 제 자전거 여행을 취재했어요."

"와, 멋져요. 우린 독일인인데 독일에는 안 오나요?"

"가야죠. 자전거로 천천히 가야 하니까 몇 달 뒤에 도착할 예정입니다."

"행운을 빌어요."

노부부가 떠난 후 그와 인사를 나눴다.

"안녕. 난 한국에서 온 이정흠이야."

"안녕. 난 일본에서 온 이와사키 케이이치야."

"자전거로 여행하는 거야?"

"응. 지금 6년 째."

"와! 정말? 6년 동안 자전거로?"

"응. 아직 4년 더 남았어. 10년 계획으로 출발했거든."

이 모험심 가득한 여행자의 여행 이야기가 궁금했다. 이와사키가 자전거를 끌고 앞장섰다. 플라차 거리를 지나 렉터 성 지붕 아래 자리를 잡았다.

"왜 여행을 시작한 거야?"

"거창한 목적이 있었던 건 아니고. 엔지니어로 몇 년 일했는데 지겹더라고. 그래서 무일푼으로 여행을 시작했어. 첫 여행지가 부산이었어. 자전거 한 대랑 부산행 뱃삯만 들고 여행을 시작해 부산, 경주, 서울, 인천을 거쳐 중국으로 넘어갔지."

"숙박은 어떻게 해결해?"

"캠핑장에서 텐트 치고 자기도 하고, 호스피탈리티 클럽이라는 게 있어. 서로 공짜로 자기 집에서 재워주는 거. 만약 내가 한국에서 너희 집에서 자면, 너는 일본 우리 집에서 잘 수 있는 거야. 우리 집에서 자려면 최대 10년이 걸릴지도 모르지만 말이야. 하하. 참, 한국에서는 히치하이킹을 했는데 차태워준 아저씨가 자기 집에서 재워주더라구."

"정말? 한국 사람들 잘 그러지 않는데."

"한국 사람들이 처음에는 무뚝뚝해. 자전거 타고 고속도로 달릴 때는 욕도 많이 먹었어. 근데, 조금만 친해지면 너무 친절해. 최고였어. 벌써 6년 전인데 그 가족은 잘 지내고 있으려나."

"운이 좋았던 거야, 하하. 먹는 건?"

"간단하게 해서 먹어. 가끔 얻어먹기도 하고. 아까 마술하는 거 봤지? 길거리에서 종일 마술해서 돈 벌 때도 있고. 여기 오기 전에 몬테네그로에 갔었는데, 거기는 유로더라? 1유로가 동전이잖아. 여행자들이 유로를 막 던져

주더라고. 꽤 벌어서 완전 행복했어."

"정말 대단하다. 난 한두 달 여행도 힘든데. 다음 여행지는 어디야?"

"대단하긴. 생각 없는 미친놈이지. 난 내가 미쳤다고 생각해. 하하. 내일 스플리트로 가."

"자전거로? 길이 진짜 험하던데. 절벽에, 구불구불 계속 오르막이야."

"괜찮아. 히말라야도 자전거로 넘었는걸. 익숙해."

"제일 인상 깊었던 곳은 어디야?"

"네팔. 사람들이 너무 좋았어. 밥 같은 거 공짜로 막 줘. 자잘한 선물도 되게 많이 주고. 근데, 내 노트북이랑 카메라 같은 거, 그런 거 막 달라고 그러기도 해서 좀 곤란했어. 내 것, 네 것이라는 개념이 없는 거 같더라구."

"즐거웠겠다. 네팔이면 에베레스트 산도 가 봤어?"

"그럼! 에베레스트 산 정상까지 올라갔어."

이와사키는 주섬주섬 스크랩북을 꺼내더니 신문 하나를 보여줬다. 수염이 얼어붙은 이와사키의 사진이 보였다. 스크랩북에는 이와사키의 여행을 보도한 세계 곳곳의 신문이 빼곡히 끼워져 있었다. 한자, 알파벳, 아랍어도 보였다.

"기사의 내용을 몰라 안타깝지만, 기사 실리면 꼬박꼬박 스크랩했어. 내 여행의 기록이니까."

"와. 정말 계속 감탄이다. 가족들 하고는 어떻게 연락해?"

"내 고향은 도쿄에서 한 100킬로 정도 떨어진 군마야. 전화는 비싸서 못하고 가끔 공짜로 인터넷 되는 곳에서 이메일 보내."

"걱정은 안 하시고?"

"항상 미안하게 생각해. 하지만 내 인생이니까. 솔직히, 10년 계획으로 왔지만 돌아가서 어떻게 살지 생각해본 적이 없어. 당장은 어떻게 하면 유럽 여행을 싸게 할까, 라는 생각뿐이야. 동유럽 물가는 어때?"

"헝가리와 크로아티아가 좀 비싼 거 같아. 다른 나라들은 싼 편이야. 체코도 비싸지 않고."

"헝가리가 여기보다 비싸? 불가리아 가 봐. 최고야. 물가가 진짜 싸. 알바니아는 너무너무 싸. 진짜 말로 설명할 수 없는, 특이한 나라야."

"알바니아는 이번에는 못 갈 거 같아. 유럽에는 얼마나 있을 예정이야?"

"원래는 1년 정도 계획했는데, 있어 봐야지. 유럽 이후에는 아메리카 대륙으로 가서 나머지 여행을 하고 집으로 돌아갈 거야. 이제 반도 안 남았네."

서글서글한 미소에 뾰족한 구석이라고는 없는 그의 외모로 6년 여행을 상상하기 어려웠다. 다만 까무잡잡한 피부와 산전수전 다 겪어 생겼을 여유로운 태도에서 장기 여행자의 분위기가 느껴졌다. 2시간 넘게 그의 여행 이야기를 듣는 게 전혀 지루하지 않았다. 나도 그의 표현처럼 '미친놈'이 될 수 있을까 상상해봤지만 쉽게 떠오르지 않았다. 어쨌든, 자기 욕망에 충실히 사는 사람들은 언제나 동경의 대상이다. 우리는 서로의 카메라로 함께 사진을 찍은 후 이메일 주소를 교환했다.

이와사키의 수첩에는 6년 동안 세계 곳곳에서 만난 사람들의 이메일 주소가 빼곡히 적혀있었다. 내가 오래 기억될 일은 분명 없을 거다. 하지만 상관없다. 이와사키는 아름다운 두브로브니크에서 이야기를 나눈 한국인 정도는 기억할 테고, 나는 그를 쉽게 잊지 못할 테니까. 서로에게 낯선 장소와 함께 일생 동안 기억된다는 것, 여행의 길 위가

아니라면 결코 경험할 수 없는 사소한 호사일 것이다. 남은 여행 동안 항상 건강하길, 이와사키.

** 여기는 정말, 지상의 천국

이건 중대한 고민이었다. 삼십 걸음도 안 되는 곳에 자리한 두 개의 아이스크림 가게 중 어디를 선택해야 할까. 한쪽은 앤 해서웨이를 꼭 닮은 종업원이 있었고 다른 한쪽은 아이스크림 맛이 두 배는 더 좋았다. 반나절 동안 두 곳을 번갈아 가며 먹은 아이스크림만 네 개. 다섯 번째 아이스크림을 사먹기 전에 결심했다. 두 배로 맛있는 곳에서 아이스크림을 사먹으며 앤 해서웨이가 있는 아이스크림 집 앞을 꼭 한 번은 지나가기로. 배탈 걱정이 없지 않았지만 두브로브니크의 아이스크림은 그 정도는 감수할 만큼 탁월한 맛이었다.

두브로브니크의 풍경은 아이스크림처럼 달콤하지는 않다. 오래 숙성한 깊고 은은한 와인에 가깝다고 할까. 7세기 라구사 공화국으로 시작된 두브로브니크의 역사는 1,300년이 넘는다. 이 오래된 도시는 아이스크림처럼 쉽게 녹아 흘러내리지도 않았다. 두브로브니크는 많은 고난의 역사를 견뎌왔다. 발칸 내전이 그랬고 도시 전체를 박살낸 1667년의 대지진이 그랬다. 그때마다 고난을 딛고 일어서 도시를 복원했다. 덕분에 16세기 이곳에 당도한 포르투갈 망명자들을 매혹시킨 도시는 400년 넘어 이곳을 찾는 여행자에게도 여전한 감동을 주고 있다. '아드리아해의 진주', '지상의 천국'은 결코 과한 찬사가 아니었다.

육중한 성벽이 아름다운 항구 도시의 외관을 만들어냈다면, 구시가의 풍경은 플라차 거리가 만들어냈다. 플라차 거리는 대리석 바닥이 반짝이는 아름다운 거리다. 7세기, 로마의 도시 에피다우르스가 이민족의 침입으로 곤경에 처하자 라틴 민족은 라우스라 불린 바위섬으로 도망갔다. 라구사의 시작이었다. 라구사 건너 언덕에는 슬라브족의 도시, 두브로브니크가 있었다. 라구사와 두브로브니크는 사이좋게 지내다 12세기 두 도시 사이 습지를 메워 길을 만든 후 하나의 도시로 통합했다. 15세기에 그 길을 포장했고 1667년의 대지진을 겪은 후 새롭게 단장했다. 그 길이 지금의 플라차 거리다. 이 거리에 두브로브니크의 오랜 역사가 녹아있는 셈이다.

플라차 거리의 시작점에 1438년에 만들어진 오노프리오 분수가 있다. 오노프리오 분수는 라구사가 얼마나 발달한 도시였는지를 짐작케 한다. 라구사는 일찌감치 수도 시설이 발달했다. 1436년 장장 20킬로미터에 이르는 수도 시설을 건설했는데 오노프리오 분수는 그 종착점이었다. 지금도 사람 얼굴로 조각된 구멍에서 조금씩 물이 흘러내렸다. 분수 주위에는 한손에 아이스크림을 들고 더위를 식히는 사람이 제법 많이 보였다.

한적한 듯 북적이는 이 놀라운 모순, 두브로브니크는 그런 도시였다. 오노프리오 분수 뒤에는 르네상스 양식의 고풍스러운 성 구세주 성당이 있었다. 소박한 모양새였지만 대지진에도 살아남은 몇 안 되는 건물 중 하나라니 나름대로 강단이 있는 셈이다. 분수 건너편에 보이는 프란체스코회 수도원의 아름다운 돌벽과 높은 탑은 플라차 거리 입구를 아름답게 장식했다.

수도원 안에는 유럽에서 세 번째로 오래된(1317년) 약국도 있었다. 타고난 지리적 이점을 바탕으로 해상무역도시로 번영을 누리던 라구사는 유럽에서 최초로 노예제를 폐지했으며(1418년) 각종 의료 서비스와 요양원, 고

아원 등의 사회 복지 시스템을 일찌감치 갖춘 높은 사회의식과 문화의식을 지닌 도시였다. 지금도 운영되고 있는 약국은 일반 대중에게 개방된 유럽 최초의 약국이었다. 라구사가 추구했던 사회적 가치를 보여주는 상징이었다.

플라차 거리 양쪽으로 갈래갈래 뻗은 좁은 골목길과 노천 카페, 계단의 행렬은 두브로브니크의 은밀한 매력이었다. 와인 맛 깊숙이 숨겨진 과일 향이라고나 할까. 이 도시 사람들은 아름다운 풍경만큼이나 친절하고 예의가 발랐다. 누구나 쉽게 인사를 받아줬고 누구나 친절하게 길을 알려줬다. 그런 사람들 속에서 깨끗한 플라차 거리를 걷는 것만으로도 두브로브니크와 사랑에 빠지기에 충분했다. 플라차 거리 끝에 도착하니 다른 모습의 건물들이 보였다. 르네상스 양식의 스폰자 궁전과 렉터 궁이 높이 오른 시계탑을 사이에 두고 반듯한 아름다움을 선보였다. 그들에게 둘러싸인 독특한 바로크 양식의 성 블라시오 성당은 한창 보수 중이었다.

두브로브니크의 다양한 모습은 아이러니하게도 대지진이 남긴 유산이었다. 1667년 대지진은 라구사의 쇠퇴와 절묘하게 맞물려 있다. 새로운 무역로의 개척과 함께 라구사는 해상무역 중심지로서의 이점을 잃어 쇠퇴했고 대지진은 결정타였다. 고딕과 르네상스 양식의 건물이 많던 도시의 풍경도 대지진 이후 바로크 양식으로 새롭게 단장되었다. 스폰자 궁전과 렉터 궁은 지진을 견뎌낸 몇 안 되는 생존자였고 성 블라시오 성당은 지진으로 폐허가 된 도시 위에 새롭게 태어난(1715년) 신생아였다. 수백 년이 흘러 노인과 아이는 사이좋게 노인이 되어 도시를 고풍스럽게 만들고 있었다.

시계탑 아래 후문을 지나자 푸른 아드리아해에 작은 요트의 행렬이 펼쳐졌다. 요트 너머 멀리 언덕 중턱에 자리 잡은 작은 집들이 지는 햇빛을 받으며 고즈넉한 분위기를 흘렸다. 육중한 성 외벽을 따라 둘러진 길 위에서 많은 사람들이 그림 같은 두브로브니크의 풍경을 하얀 종이 위에 담고 있었다. 백발의 동양인 할머니가 유화 물감을 열심히 풀고 있기에 말을 걸었다.

"화가신가요?"

"아니. 취미."

할머니가 일본어로 짧게 대답했다. 차분히 두브로브니크 성벽을 바라보던 할머니는 어색한 듯 짧은 영어로 내게 말을 했다.

"여긴, 해질 무렵이 진짜 최고야."

조금씩 지는 햇빛을 받은 두브로브니크 성 밖 풍경은 정말 아름다웠다. 옅은 색 성벽에 차분히 햇살이 스며들었다. 아드리아해도 노랗게 물든 채 약하게 떨었고 언덕 위 집들은 노란 빛을 굴곡 있게 뿜어냈다. 자잘하게 갈린 구름의 모양까지 예술이었다.

낮의 두브로브니크가 깊은 맛의 와인이라면, 해질녘 두브로브니크는 달콤하고 낭만적인 맛의 아이스크림이었다. 지금까지 이만큼 비너스의 축복을 받은 도시를 본 적이 없었다. 두브로브니크의 갈매기 떼는 황혼이 짙어지자 날기 시작했다. 요란한 소리를 내는 갈매기 떼와 노랗게 물든 두브로브니크의 조화가 정신을 아득하게 했다. 아무것도 필요 없었다. 플라차 거리의 노천카페에서 커피를 마시며, 노랗게 물든 두브로브니크를 보는 것만으로도 여기는 지상의 천국이었다.

✱ 푸른 섬 플레트는 죄가 없다

아침 일찍 일어나 빨래를 했다. 빨래를 너는 게 보통 힘든 일이 아니었다. 숙

262

소 창틀과 성벽 사이 길게 늘어진 빨랫줄을 당겨 빨래집게로 고정한 후 다시 당기는 간단한 원리였지만 시간이 한참 걸렸다. 이대로 빨래를 널었다간 믈 레트Mljet 섬으로 향하는 배를 놓칠 게 뻔했다. 마침 루치 아줌마가 들어왔다. 아줌마는 낑낑거리는 나를 안쓰럽게 보더니 빨랫줄을 잡았다.

"이거, 어려워. 안 해 본 사람은 못해. 내가 해줄게."

빨래 하나 너는데 5분 이상 걸렸던 게 무안하게 루치 아줌마는 순식간에 해치웠다.

"두브로브니크, 햇빛 쨍쨍해. 빨래 금방 말라. 빨래는 걱정 마."

아줌마 덕에 여유가 생겨 구시가 바깥의 도시 풍경도 볼 겸 걸었다. 구시가 밖은 넓은 대로가 해안을 따라 뻗어있는 현대적 모습이었다. 30분 정도 걸어 페리항에 도착해 페리에 올랐다. 페리 안에는 어제 만난 살찐 로버트 드 니로가 소피아 로렌 같이 생긴 중년의 아주머니와 함께 앉아있었다. 제법 근사한 중년 커플이었다. 그가 나를 알아보고 먼저 말을 걸었다.

"오, 마이 프렌드, 사우스 코리아."

마이 프렌드? 오버하시긴. 하긴, 그새 단골이 된 구시가 아이스크림 가게 남자 종업원도 나에게 마이 프렌드 운운 하더라만.

"루치의 집은 어때?"

"아주 좋아요. 루치가 너무 친절해요."

"응. 루치는 친절하지. 다만 그녀 집은 너무 계단을 많이 올라가야 하는 게 좀 그렇지. 우리 집이 더 지내기 편하고 경치도 더 좋아."

"다음에 두브로브니크에 오면 꼭 아저씨 집에서 묵을게요."

미안, 마이 프렌드. 제가 거짓말을 좀 해요.

"오, 마이 프렌드. 너는 정말 협상을 잘 하는 거 같아. 어제도 그렇고."

"칭찬이죠? 고마워요."

로버트 드 니로와 수다를 떨다보니 페리가 출발했다. 고속 페리는 푸른 아드리아해에 하얀 물살을 내며 쏜살같이 달렸다. 강한 뱃바람이 온몸을 쳤지만 시원하고, 기분이 좋았다. 1시간 반 남짓 후, 페리는 믈레트 섬의 소브라Sobra에 도착했다. 청정한 아드리아해의 작은 항구는 내가 타고 온 고속 페리 한 척과 조각배 몇 척만이 정박한 한적한 모습이었다.

믈레트는 두브로브니크 북서쪽에 자리한 작은 섬이다. 믈레트의 북서 지역은 크로아티아의 8개 국립공원 중 하나로 호수와 숲의 조화가 근사하다는 이야기를 들었다. 소브라에서 국립공원으로 가기 위해서는 45분 가량 버스를 타고 포메나Pomena로 가야만 했다.

항구 앞에는 포메나로 향하는 작은 미니버스가 손님을 기다리고 있었다. 버스 이동 시간만 1시간 반, 왕복 버스비 100쿠나(약 17,000원). 두브로브니크 페리 왕복 비용이 44쿠나(약 7,500원)인 걸 생각하면 대단한 부담이었다. 게다가 두브로브니크로 돌아가는 배 시간이 4시라 이동시간을 제외하면 국립공원을 둘러볼 수 있는 시간은 3시간이 채 안됐다. 국립공원 입장료는 90쿠나(약 15,000원). 머릿속에서 돈 계산과 효용성, 본전을 둘러싼 복잡한 싸움이 벌어졌지만 미니버스 운전사의 한 마디로 정리가 되어버렸다.

"안 타면 출발합니다!"

에라, 여기까지 왔는데 봐야지. 로버트 드 니로 커플은 버스에 오르지 않았다. 버스로 이동하는 길은 크로아티아 여느 고속도로 못지 않게 험했다. 믈레트 섬의 72퍼센트 이상이 숲으로 이루어져 있다는데 이동하는 내내 보

믈레트 국립공원의 벨리코 제제로. 믈레트에서는 모든 것이 푸르다.

이는 거라곤, 숲, 나무, 절벽, 바다뿐이었다. 플리트비체에서 스플리트로 가는 고속도로만큼 절경은 아니었지만 45분은 금세 지나갔다. 포메나에 도착하자 운전사가 오늘 두브로브니크로 돌아가는 사람이 있는지 물었다. 나뿐이었다. 운전사는 세 시까지 지금 장소로 와야 하며 버스를 놓치면 믈레트에서 하루 묵어야 한다는 친절한 충고를 덧붙였다.

입장권을 산 후 국립공원으로 들어갔다. 믈레트 국립공원은 작은 호수라는 뜻의 말로 제제로Malo Jezero와 큰 호수라는 뜻의 벨리코 제제로Veliko Jezero, 두 개의 호수를 중심으로 이루어져있다. 호수를 둘러싼 소나무 숲과 그 숲에 서식하는 수많은 동식물에 대한 연구가 진행 중이라 했다. 숲 속 깊숙이 들어가는 건 금지되어 있었지만, 호수를 둘러싼 작은 산책로를 걸으며 소나무 냄새와 호수 내음을 맡는 것도 나쁘진 않았다. 호수 근처에서 일광욕을 하는 사람도 제법 눈에 띄었고 자전거를 타고 하이킹을 하는 사람도 많았다. 이것저것 보러 다니기보다는 느긋하게 쉬기에 좋은 곳이었다.

믈레트 섬의 호수는 바닷물 호수다. 아드리아해의 물이 스며든 소금기 있는 물이다. 실제 호수 물을 살짝 찍어 입에 대보니 짠맛이 났다. 이 바닷물 호수가 명물 취급을 받고 있긴 하지만, 이건 인간이 만들어낸 재앙에 가깝다. 믈레트에는 나폴레옹이 1809년 이 섬을 점령해 수도원을 해산할 때까지 베네딕트 수도회가 자리를 잡고 있었다.

섬의 수도사들은 이동을 편리하게 하기 위해 호수와 바다를 연결하는 수로를 만들었는데, 이로 인해 호수의 신선한 물에 바닷물이 섞여버렸다. 덕분에 믈레트만의 독특한 바닷물 호수가 만들어졌겠지만 애초 터전을 잡고 살던 동식물들에게는 분명 끔찍한 재앙이었을 테다.

게다가 중세에는 이 섬에 들끓는 뱀을 없애기 위해 몽구스를 대량으로 풀었다. 몽구스는 뱀을 먹는 것에 더해 새와 새의 알들 역시 닥치는 대로 먹어치웠다. 그 영향은 오늘날까지 이어져 플레트에는 참새를 비롯한 텃새들이 부족해 환경적 어려움을 겪고 있다. 〈노다메 칸타빌레〉의 귀여운 마스코트 몽구스는 플레트 생물들에겐 철천지 원수인 셈이다. 뭐, 엄밀하게 따지면 몽구스보다는 그 몽구스를 푼 인간이 문제지만.

'악의 근원'이라 할 만한 베네딕트회 수도원이 저 멀리 보였다. 벨리코 제제로 안에는 작은 섬이 하나 있다. 소나무와 가시나무에 둘러싸인 고립된 섬은 수도사들이 고행을 하기에 안성맞춤이었을 테다. 덕분에 그 섬 위에는 작은 수도원이 지어졌다. 소나무에 둘러싸인 수도원의 하얀 돌벽은 제법 분위기 있어 보였다.

국립공원 입장권으로 섬까지 가는 작은 보트를 무료로 이용할 수 있었지만, 시간이 문제였다. 섬에서 돌아오는 배편은 2시 50분이었다. 섬까지 대충 5분 정도 걸린다 계산하고 5분 만에 버스정류장으로 돌아갈 수 있을지 곰곰이 계산해봤는데 미친 듯이 뛰어가면 아슬아슬하게 가능했다. 단 길을 한번도 헤매지 않는다는 전제하에. 고민하고 있는 와중에 역시 조타수의 한 마디로 정리가 되어버렸다.

"안 타면 출발합니다!"

묘하게 1, 2분의 행운이 따르는 크로아티아에서의 내 운을 믿어보기로 했다. 섬까지는 5분도 채 안 걸렸다. 수도원은 그다지 볼 게 많진 않았다. 베네딕트회 수도원은 나폴레옹에 의해 폐쇄된 후 오스트리아 - 헝가리 제국 점령기에는 산림청으로 사용되었다. 그 후 세계대전 중에 두브로브니크 교구가 들어섰다. 사회주의 시절인 1960년에는 호텔로 바뀌었고 1998년이 되어서야 다시 교구가 되었다. 하지만 소유권만 교구에게 돌아간 건지 수도회 건물은 레스토랑으로 사용되고 있었다. 정말 별 볼일 없는 레스토랑이었다.

호숫가에 자리를 잡고 앉았다. 호수는 바닥이 훤히 드러날 만큼 맑고 투명했다. 깊이에 따라 층이 진 호수는 햇빛을 받아 반짝였다. 바닷물 유입으로 오랫동안 고통을 겪은 놈 치고는 꽤 도도했고 참을성이 있었다.

2시 반이 넘어가자 점점 불안해지기 시작했다. 나는 과연 오늘 루치 아줌마를 다시 만날 수 있을까? 레스토랑에 앉아 있는 조타수를 설득해 10분만 일찍 출발하자고 말해볼까. 불행 중 다행으로 조타수가 5분 일찍 출발한다는 신호를 보냈다. 잽싸게 배에 타 더 빨리 가면 안 되겠냐는 무언의 요청을 했지만, 당연히 눈치채지 못했다. 어쨌든 배는 2시 45분에 출발했고 조타수 덕에 48분에 도착했다. 내리자마자 있는 힘을 다해 뛰고 또 뛰었다. 멀리 버스정류장이 보였다. 시간은 이미 3시 2분이었다. 하얀색 미니버스가 보였다. 살았다! 하지만 버스는 나를 그냥 지나쳤다. 왈칵 눈물이 쏟아지려는 순간, 뒤에서 구원의 목소리가 들렸다.

"이봐요! 여기에요!"

또 다른 하얀 미니버스가 정류장에 서 있었다. 이곳에 올 때 나를 태우고 왔던 백발의 운전사 아저씨가 빨리 오라 손짓했다. 아저씨를 거의 끌어안을 뻔했다. 크로아티아의 1, 2분 행운이 나를 구했다. 버스 승객은 나뿐이었고 아저씨는 내가 버스에 오르자마자 쏜살같이 달렸다. 왕복 2차선의 고갯길을 아슬아슬하게 달리는 미니버스는 금방이라도 뒤집어질 것 같았지만 노련한 운전사는 잘도 달렸다. 페리항에 도착했을 때는 3시 반이 조금 넘었다. 갈 때보다 15분이나 단축되었다. 아저씨께 고맙다는 인사를 세 번이나 했다. 백발의 운전사는 그저 사람 좋은 미소를 보낼 뿐이었다. 페리에 올라 마음을 가라앉히자 살찐 로버트 드 니로가 소피아 로렌과 함께 들어왔다.

"오, 마이 프렌드, 사우스 코리아. 플레트는 어땠어?"

여러 대답이 머릿속을 스치고 지나갔다. 힘들었어요. 일촉즉발의 위기였죠. 국립공원을 왜 갔을까요, 제가 바보 같아요. 어떤 대답을 골라야 하나.

"아름답고 깨끗하고, 좋았어요."

역시 이게 정답이었다. 내가 아무리 바보짓을 해도 아름답고 깨끗한 자연은 아름답고 깨끗한 자연인 것이다. 문제가 있다면 그걸 충분히 이해하고 아끼며 즐기지 못한 내 탓일 뿐이다. 푸른 섬 플레트는 죄가 없다.

✱ 외로운 천국의 밤

지상 천국의 밤은 외로웠다. 아름답기에 공유하고 싶은 마음 간절했고, 간절한 마음을 풀 길 없으니 외로운 건 당연했다. 밤거리의 사람들은 모두 쌍쌍이었다. 어깨를 맞댄 채 밤의 아드리아해를 바라보거나 노랗게 물든 대리석 길을 나란히 걷는 사람들이 염장을 질렀다. 갑자기 두브로브니크를 떠나야겠다는 생각이 들었다.

숙소로 돌아가 방문 앞으로 갔다. 방문 앞에는 잘 개어놓은 빨래가 놓여 있었다. 반듯하고 정성스럽게, 그리고 옷에 구김이 가지 않게 신경 써서 개어놓은 게 분명한 모양새였다. 루치 아줌마의 '빨래 걱정마.' 라던 말은 이걸 의미했나. 친절과 배려에 눈물이 핑 돌았다. 어머니 생각이 났다. 한국의 어머니께 짧은 문자를 보냈다.

15세기 수도 시설의 일부인 오노프리오 분수.

"엄마. 아들, 건강히 잘 있어요. 봄 감기 조심하세요."

곧 답장이 왔다.

"밥 잘 챙겨먹고 있지? 위험한 짓은 하지 말고."

이십 년 전이나 지금이나 어머니의 말은 별로 달라진 게 없다. 어머니의 사소한 잔소리가 왠지 마음을 편하게 했다. 외로움은 곧 조용한 여유가 되었다. 밀린 일기를 정리하다 남은 시간이 얼마 남지 않았음을 깨달았다. 두브로브니크 같은 도시를 볼 날도, 루치 아줌마 같은 사람을 만날 날도, 모두 얼마 남지 않았다. 덕분일까. 갑자기 긴장이 풀렸고 더없이 깊은 잠에 빠질 수 있었다.

다음날 아침, 몬테네그로의 코토르Kotor에 가기 위해 숙소를 나섰다. 애초 코토르는 내 계획에는 없던 곳이다. 기내에서 본 〈007 카지노 로얄〉 때문에 생각이 바뀌었다. 몬테네그로를 배경으로 한 영화 속 풍경이 너무 근사했다. 산과 성에 둘러싸인 모습이 코토르를 연상시켜 꼭 가볼 결심을 했다. 그러나 일정 때문에 이틀 이상 머물 수는 없었다. 코토르를 하루만 보는 법은 두브로브니크에서 당일치기 하는 방법뿐이었지만 이번에는 버스 시간이 나를 망설이게 했다.

두브로브니크에서 코토르 행 버스는 10시 30분 한 대였고, 코토르에서 두브로브니크로 돌아오는 버스는 3시 한 대 뿐이었다. 두브로브니크에서 코토르까지는 두 시간 반, 코토르를 여행할 수 있는 시간은 단 두 시간이다. 왕복 다섯 시간을 투자해 두 시간 여행? 아무리 생각해도 비효율적이었다.

하지만 어제 플레트 여행을 마친 후 코토르에 갈 결심을 굳혔다. 어디를 가든 충분히 즐기고 만족하면 되지, 머무는 시간은 그리 중요한 게 아니다.

긴 여행은 긴 여행대로 의미가 있고 짧은 여행은 짧은 여행대로 의미가 있다. 그것이 블레트에서 얻은 교훈이었다.

아침 대신 단골 아이스크림 가게에서 아이스크림 하나를 산 후 구시가를 나설 참이었다. 그때 오노프리오 분수 앞에서 한국말이 들렸다. 딱딱한 가이드 말투였지만 분명 한국어였다. 10일 만에 처음 들어보는. 한국인 단체 여행객이었다. 아주머니 두 분께 말을 걸었다.

"안녕하세요. 한국에서 오셨어요?"

"어머, 깜짝이야. 한국에서 왔어요. 학생은 혼자 왔어?"

"예. 혼자 동유럽 여행 중이에요."

"며칠이나?"

"지금 28일 정도 되었어요."

"대단하네. 동유럽 안 위험해요? 엄마가 그냥 보내줬어?"

"하하. 여긴 언제 오셨어요? 이 도시, 정말 아름답지 않나요?"

"으응. 우린 어젯밤에 와서 이제 보는 거야. 근데 12시에 다른 데로 간다네. 제대로 보지도 못해요. 패키지 여행이 다 그렇지 뭐."

"그러지 말고 우리 버스 타고 가자. 빈자리 있어. 내가 말해줄게. 아들 같아 걱정돼 그래."

"하하, 감사합니다."

기분 좋은 농담이었다. 아주머니 두 분은 정말 아쉽다는 표정으로 내게 건강히 여행 잘 하라는 말을 건네고 먼저 가버린 일행을 황급히 쫓아갔다.

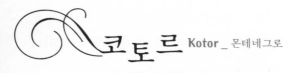 코 토 르 Kotor _ 몬테네그로

코토르 피오르의 근사함은 예상을 뛰어넘었다. 뾰족하게 돌출한 항구, 항구 주변의 붉은
지붕들, 바다를 양쪽에서 막고 있는 첩첩의 산 어느 것 하나 튀지 않은 채 묘한 조화를 이루었다.

다채로운 풍경의 요새 도시

✳ 산과 바다와 성과 코토르

몬테네그로는 2007년 4월 현재, 지구상에서 가장 어린 나라다. 2006년 6월 3일, 공식적으로 독립을 선언했으니 돌도 안 지난 셈이었다. 그러나 몬테네그로는 1000년의 역사를 지니고 있다. 큰 위세를 누린 적은 한 번도 없었지만 발칸 반도의 국가 중 오스만 제국에 끝까지 저항한 몇 안 되는 나라 중 하나기도 했다.

2차 세계대전 이후 구유고연방 여섯 개 공화국의 일원으로 자치를 누리다, 구유고연방 붕괴 후 슬로베니아, 크로아티아, 마케도니아, 보스니아 - 헤르체고비나가 독립을 선언할 때 세르비아와 함께 신유고연방을 수립했다. 하지만 세르비아에 대한 잇단 국제사회의 제재로 덩달아 경제가 어려워진 데다 세르비아와의 내부적 갈등도 심해져 독립을 모색하기에 이르렀다.

독립에 대한 열망에도 불구하고 북쪽의 보스니아, 크로아티아, 남쪽의 알바니아에 둘러싸인 지리적 취약성과 약한 국력에 대한 두려움, 또 다른 전쟁을 우려한 유럽연합과 미국의 반대, 그리고 인구의 30퍼센트 이상을 차지하는 세르비아계의 반발은 독립을 미루게 했다.

일단 2003년 세르비아 - 몬테네그로 국가연합으로 이름을 바꾸고 3년 뒤 독립선택권을 가지는 협약을 체결했다. 그리고 2006년 국민투표에서 투표율 86.5퍼센트, 찬성률 55.5퍼센트가 나와 독립을 선포했다. 이는 '투표자 중 55퍼센트 찬성이면 독립'이라는 UN의 조건을 단 2,300여 명 넘는 찬성률이었으니 몬테네그로 내부에서도 독립으로 인한 갈등이 어느 정도 있음을 짐작할 수 있다. 세르비아가 독립을 인정하고 조용히 물러난 게 불행 중 다행이었다.

구유고연방에 들어와 벌써 크로아티아 국경만 다섯 번 넘었다. 이곳 사람들은 45년 동안 아무렇지 않게 지나다니던 곳에서 갑자기 여권 검사를 받게 되었을 때 어떤 생각이 들었을까. 접경지대에 사는 사람들은 문화적 다양성과 혼종성을 자연스럽게 체득한다고 들었다. 하지만 처절한 내전 속에 만들어진 국경 위에 사는 사람들에게 그런 이야기는 사치일지도 모르겠다.

조촐한 몬테네그로 국경검문소를 통과한 후 아드리아해를 따라 달리는 버스 창 밖 풍경은 근사했다. 푸른 아드리아해와 높은 산 사이 좁은 길을 달리는 버스는 말 그대로 산과 바다를 한번에 보여주고 있었다. 그것도 제법 멋지게. 사실 몬테네그로라는 이름 자체가 산의 나라임을 드러내고 있다. 몬테네그로의 원래 이름은 '검은 산'을 뜻하는 세르비아어 '츠르나 고라^{Crna Gora}'다.

베네치아인들이 멋대로 몬테네그로라 부르며 서유럽에 알려져 현재까지 이어진 것이다. 몬테네그로의 산들은 푸른 산의 전형성을 거부했다. 회색빛 바위로 이루어진 높은 산과 하얀 구름 뭉치의 조화는 지금까지 봐온 산의 풍경과는 확연히 달랐다. 한층 더 신비로워 보여 인간 세상과 거리를 두는 느낌이었다.

예상보다 30분 일찍 도착한 코토르는 산과 바다와 구름의 근사한 조화에 멋진 성까지 가세해 한층 깊이 있는 풍경을 보여주었다. 바깥쪽 성벽 아래 자리 잡은 시장에서는 바다를 마주한 채 각종 야채와 과일을 파는 노점상들이 늘어서 있었고 성벽 안 구시가에는 고풍스러운 중세 건물 사이사이 세련된 현대식 노천카페가 자리를 차지했다.

좁은 골목을 헤매다 막다른 곳에 이르면 교회가 보이고 골목을 빠져나오면 카페가 보였다. 걸어 다니는 것만으로도 시대를 거스르는 착각이 일 정도다. 비록 〈007 카지노 로얄〉 속 모습과는 전혀 달랐지만 충분히 아름다웠다. (여행 후 알게 된 사실인데, 〈007 카지노 로얄〉에서 몬테네그로의 도시로 나오는 곳은 체코의 '카를로비 바리'라고 한다. 요즘 표현으로 '낚인' 셈이다.)

코토르 구시가는 1979년 대지진으로 구시가의 반 이상이 파괴되었다. 유네스코는 그해에 코토르를 세계문화유산과 '위험에 처한 문화유산'으로 동시에 지정했다. 그 후 유네스코의 도움 아래 복원에 힘써 2003년에 '위험에 처한 문화유산'에서 벗어날 수 있었다. 요즘 한국에서는 관광 활성화라는 명목으로 유네스코 세계문화유산 지정을 받기 위해 열을 올리고 있다. 관광 활성화 운운보다는 가치 있는 문화유산을 보호하고 복원하려는 유네스코 세계문화유산의 근본 정신부터 배우면 좋으련만.

느긋하게 배회할 입장은 아니라 급하게 발걸음을 옮기는데 웬 여행자가 론리 플래닛을 한 손에 든 채 말을 걸었다. 짜증 섞인 표정이었다.

　"안녕. 뭐 좀 물어볼게."

　내게 짜증은 내지 말아줘.

　"너 혹시 여기서 어디에 묵고 있어?"

　"난 당일치기 여행 중이야. 두브로브니크에서 왔어. 그 론리 플래닛에 보면 숙소 나와 있지 않아?"

　"응. 사실 내가 너한테 묻는 것도 네가 나랑 같은 론리 플래닛을 들고 있어서였어. 못 찾겠거든. 어쨌든, 난 숙소 좀 찾아봐야겠어. 배낭이 무거워서 말이야. 안녕."

　그는 황망히 걸음을 옮겼다. 이 작고 작은 구시가에서 숙소를 못 찾겠다니 좀 어리바리하시네, 싶었다. 숙소 찾기가 그렇게 힘든가 싶어 펼친 론리 플래닛에서 이런 구절이 보였다. "힘이 넘치는 사람은 산에 자리한 요새를 올라가보자. 코토르가 감춰둔 큰 피오르를 꼼꼼히 볼 수 있을 테니." 힘은 별로 안 넘쳤지만 피오르는 보고 싶었다. 분명 낭만적일 테지. 대충 1시간 반 정도의 여유가 있으니 시간을 잘 계산해 올라가면 될 듯 싶었다.

　코토르의 요새 도시로서의 경력은 1,500년 가까이 된다. 비잔틴 제국의 황제 유스티니아누스 1세가 6세기에 처음으로 코토르에 요새를 만들었다. 산과 바다에 둘러싸여 있으니 요새로 더할나위없는 조건이다. 하지만 중세 코토르는 요새 도시라는 이름에서 느껴지는 폐쇄성과는 달리 상인과 무역, 그리고 문화와 예술의 도시였다.

　고대 세르비아 왕국 해상무역의 요충지로 근처 라구사 공화국과 경쟁할 정도였다. 또한 요새 도시라는 이름에서 느껴지는 철옹성 같은 느낌과는 정

반대의 역사를 걸어야만 했다. 지리적 이점 때문에 불가리아 제국, 세르비아 왕국, 베네치아 공화국, 오스만 제국, 나폴레옹의 프랑스, 오스트리아 - 헝가리 제국, 이탈리아 등 다양한 침략의 역사를 겪어야만 했다. 다양한 민족의 손이 거쳐가며 코토르는 다채로운 모습을 갖추게 되어 후대의 찬사를 받으니 참 역사의 아이러니다.

힘을 내 올라간 덕에 30분 만에 성터의 정상에 도착했다. 찢어진 몬테네그로 깃발이 세찬 바람에 정신없이 흔들렸다. 산의 요새는 말 그대로 폐허였다. 하지만 성벽에서 내려다보는 코토르 피오르의 근사함은 예상을 뛰어넘었다. 구불구불한 만에 뾰족하게 돌출한 항구, 항구 주변의 붉은 지붕들, 좁고 긴 바다, 바다를 양쪽에서 막고 있는 첩첩의 산과 뿌옇고 하얀 구름까지. 어느 것 하나 튀지 않은 채 묘한 조화를 이루었다.

자연과 인간이 힘을 합쳐 만들어낸 작품이었다. 이 풍경만으로도 5시간의 이동 시간을 충분히 보상받을 수 있었다. 긴 여행은 긴 여행대로 의미가 있고 짧은 여행은 짧은 여행대로 의미가 있다. 이것을 앞으로는 플레트와 코토르의 교훈이라 불러야겠다. 버스 시간에 늦지 않기 위해 서둘러 내려갔다. 내려가는 길에 누군가 부르는 소리에 잠시 걸음을 멈췄다. 우아한 백발의 노인이 성터에 걸터앉은 채였다.

"한국인입니까? 반갑습니다. 난 영국에서 왔습니다."

"와, 어떻게 아셨어요? 보통 중국인, 일본인과 헷갈려 하는데."

"알 수 있습니다. 한국인은 중국인, 일본인 보다 머리가 좀 더 큽니다."

"하하. 그런가요? 근데 다른 한국인에게 머리 크다는 이야긴 하지 마세요. 한국에서는 욕으로 생각하거든요."

"머리 큰 게 욕이 됩니까? 몰랐습니다. 그럼, 제가 실례한 겁니까?"

"아뇨. 전 별로 신경 안 써요."

전 별로 머리 안 크다고 생각하거든요. 자기만족입니다.

"다행입니다. 전 한국에 몇 번 가봤습니다. 정말 아름다운 나랍니다."

"어디 가보셨어요?"

"최고는 제주도였습니다. 7년 전에 갔었는데 너무 아름다워 아직도 기억에 생생합니다. 한라산도 바닷가도 모두 최고였습니다. 설악산이나 북한에 있는 금강산도 만만치 않게 아름다웠습니다."

"와, 전 아직 금강산은 못 가봤어요."

"꼭 가보십시오. 그렇게 아름다운 나라에 산다는 건 정말 행운입니다."

잠시 말문이 막혔다. 설악산을 유네스코 생물권 보전 지구로 지정하기 위해 찾아온 유네스코 실사단을 근처 상인들이 규제만 늘어난다고 펼침막을 걸고 반대했다는 일화는 차마 부끄러워 말 못하겠다. 이제야 관광 수입에 도움이 된다는 걸 알아 다시 지정해 달라 요청한다는데 그게 우리 사회가 아름다운 자연을 대하는 참모습일지도 모를 일이다.

산을 깎고 동계올림픽을 유치하겠다느니, 그린벨트를 당장 해제하라느니, 산보다 골프장이 더 중요하다느니, 부끄러운 예는 수도 없이 많다. 하긴, 나무고 산이고 식물이고 동물이고 다 밀어 운하, 그것도 대운하를 뚫겠다는 사람도 있으니 100년 뒤에 이 영국인의 손자의 손자가 와서 한국 땅을 본 뒤에도 '이런 아름다운 나라에 산다는 건 정말 행운' 이라 말할 수 있을까. 걱정된다, 진짜.

"네. 정말 행운이죠. 아직은요."

조만간 한국을 또 찾을 계획이라는 할아버지께 꼭 그러시라고 이야기한 후 인사를 하고 내려왔다. 실망시켜드리지 않아야 할 텐데. 생각해보니 산과 바다의 근사한 조화는 코토르만의 매력은 아니었다. 나는 마음만 먹으면 집에서 몇 시간 걸리지 않고 그런 곳을 여러 군데 갈 수 있었다.

한국에서 태어난 걸 행운이라고 생각해본 적이 없었는데 새삼 행운이라는 생각도 들었다. 해외여행을 가면 모두가 애국자가 된다는 말도 있지만, 이건 그런 문제는 아니었다. 그 아름다움을 아주 조직적으로 파괴하는, 그것도 부끄럽게 돈벌이 운운하며 파괴하는, 그런 나라라면 애국심 따위 정말 영원히 노 땡큐다.

* 지상천국에서의 마지막 노을

모든 일들이 두브로브니크에서의 마지막 밤과 썩 어울렸다. 코토르에서 돌아와 지상 천국의 마지막 노을을 즐겼다. 누군가 이 도시에서 가장 기억에 남는 게 무엇이냐 묻는다면, 나는 주저 없이 해질녘 미친 듯 울어대며 머리 위를 빙빙 돌던 갈매기 떼를 꼽을 것이다. 찰나의 시간 동안, 노랗게 물든 하늘에서 울어대는 갈매기 떼는, 천국의 입구를 여는 요란스러운 제의로 느껴질 정도였다.

낭만적인 도시는 사람들마저 낭만적으로 만든다. 어둠이 내린 두브로브니크의 성 블라시오 성당 앞에 즉석 아카펠라 합창단이 꾸며졌다. 처음 세 사람이 모여 멋진 화음을 선보이자 지나던 두 사람이 합류했고, 다섯 명이 한 곡을 멋지게 소화하자 계속 사람들이 붙는다. 결국 스무 명 넘는 사람들이 모이고 지휘자가 생겼으며 점점 멋들어진 화음이 되었다. 그들은 앙코르 곡까지 다섯 곡의 아름다운 화음을 선보였다.

공연이 끝난 다음, 거리는 유난히 조용했다. 지나다 보니 펍에서 사람들이 삼삼오오 모여 앉아 맨체스터 유나이티드와 AC 밀란의 유럽챔피언스리그 중계를 보고 있었다. 정말이지 축구는, 무섭다. 덕분에 조용하게 가라앉은 두브로브니크가 마지막 밤과 더 어울렸으니 불만은 없었지만.

어젯밤에도 루치 아줌마를 만나지 못했다. 모스타르로 가는 아침 버스는 8시였다. 루치 아줌마에게 짧은 편지를 남겼다.

'친애하는 루치. 루치가 없었다면 두브로브니크를 이토록 즐길 순 없었을 거예요. 루치가 보여준 친절과 배려, 영원히 잊지 않을게요. 정말 정말 감사드려요. hvala, hvala.'

루치가 영어를 읽을 수는 없겠지만 아들이 돌아오면 물어볼 게 틀림없다. 그리고 'hvala(고마워요)' 만으로도 내 마음은 충분히 전해졌을 게다. 단골 아이스크림 집에서 마지막 아이스크림을 사먹으며 '마이 프렌드' 종업원과도 작별을 나누었다.

"아쉽게도, 이게 두브로브니크에서 내 마지막 아이스크림이야."

"오, 마이 프렌드. 떠나는 거야? 그럼 내가 너에게 선물을 줄게."

그는 아이스크림을 하나 더 얹어줬다. 행운이 따르는 여행이 되라고 하며 내가 가르쳐준 "안녕히 가세요." 를 또박또박 발음했다. 이런 사람들에 대한 기억이 언젠가 나를 다시 두브로브니크로 이끌지 모를 일이었다. 안녕, 두브로브니크.

4장 보스니아·헤르체고비나 Bosnia & Herceqovina
세르비아 Serbia 코소보 Kosovo

모스타르

사라예보

베오그라드

프리슈티나 · 프리즈렌

모스타르 Mostar _ 보스니아 · 헤르체고비나

히잡을 쓴 여성과 청바지를 입은 여성이 나란히 걸어가는 풍경처럼, 곳곳에서 힘겹게 재건되고 있는 수많은 건물들처럼, 느리지만 차분히 과거의 평화와 공존을 되찾았으면 좋겠다.

모스타르, 그리고 삶은 계속된다

보스니아 - 헤르체고비나, 상처의 역사

보스니아 - 헤르체고비나 국경에서 멈춰선 버스가 30분째 움직일 생각을 안 했다. 여행자들의 여권 검사는 금방 끝났지만 현지인 남자들이 우르르 내린 후 조잡한 컨테이너 박스 검문소의 줄은 줄어들 줄 몰랐다. 오랜 내전의 후유증일까. 검문이 끝난 후 몇 명의 남자는 짐을 싸 버스에서 내려야만 했다. 그들을 두고 출발한 버스에서 본 바깥 풍경은 크로아티아와는 사뭇 달랐다. 포격을 받아 구멍이 숭숭 뚫린 집과 완전히 무너진 건물이 황량함을 더했다. 두 나라 모두 내전을 겪었지만 7개월과 3년 반의 차이는 컸다.

흔히 보스니아라 불리는 보스니아 - 헤르체고비나는 1992년 4월부터 1995년 12월까지 3년 반 이상의 내전에 시달렸다. 내전의 원인을 찾자면 한두 가지가 아니겠지만, 보스니아가 다민족 사회라는 것도 중요한 이유 중 하나다. 세르비아계, 크로아티아계, 보스니악(보스니아 무슬림)이 보스니아 땅에서 한 지붕 세 민족을 이루고 있었다.

보스니아에서 이루어진 공식적 마지막 인구 조사인 1991년 통계에 따르면, 당시 보스니악 43퍼센트, 세르비아계 35퍼센트, 크로아티아계 18퍼센트의 분포를 이루고 있었다. 이 민족적 구분은 애초엔 종교 구분이나 마찬가지였다. 이들의 외모나 언어가 꼭 닮았기 때문이다. 보스니악은 이슬람, 세르비아계는 동방정교, 크로아티아계는 가톨릭이다. 종교로 인한 구분이 민족 구분으로 자리 잡은 셈이다.

이런 종교 분포는 역사적 결과다. 보스니아는 오랫동안 역사의 각축장이었다. 7세기 즈음, 일군의 슬라브족들이 이 땅에 들어와 터를 잡았는데 이들이 보스니아인들의 조상이다. 이들은 동방정교를 믿었다. 그 후 500년 동안 세르비아, 크로아티아, 헝가리, 비잔틴 제국 등이 이 땅의 주인 노릇을 했다. 그러니 현대에 와서도 입장에 따라 서로 자기 땅이라 우길 근거는 마련되어 있는 셈이다. 12세기에 보스니아 왕국으로 자치를 이루며 1463년 오스만 제국에 점령되기 전까지 전성기를 누렸다. 헤르체고비나는 현재의 보스니아 - 헤르체고비나의 남쪽 지방으로 귀족의 영지로 관리되다 1482년, 역시 오스만 제국에 점령되었다.

오스만 제국이 헤르체고비나를 보스니아에 통합해 관리함으로써 오늘날의 보스니아 - 헤르체고비나가 만들어졌다. 오스만 제국의 지배는 400년 이상 지속되었다. 이 기간 동안 많은 보스니아인들이 이슬람으로 개종하거나 이슬람 문화에 동화되면서 보스니악이 탄생하였다. 오스만 제국의 지배 기간 동안 보스니아 땅은 유럽 가톨릭과 오스만 이슬람의 각축장이었다. 오스트리아 - 헝가리 제국의 지배 아래 있던 크로아티아와 마주한 이 땅에서 가톨릭과 이슬람의 각축은 필연적이었을 것이다. 게다가 1878년 오스만 제국이 러시아와의 전쟁에서 패배하면서 이 땅은 오스트리아 - 헝가리 제국의 지배를 받았다. 1914년 세르비아 민족주의자 청년 가브릴로 프린치프가 보스니아의 수도 사라예보에서 오스트리아 황태자 프란츠 페르디난트에게 쏜 한 발의 총성은 1차 세계대전의 도화선이 되며 이 지역에 '세계의 화약고'라는 달갑지 않은 별명을 부여하기도 했다.

보스니아는 2차 세계대전 후 티토가 주도한 유고슬라비아 사회주의 연방공화국의 여섯 개 공화국 중 하나가 되었다. 사회주의 체제에서 표면적으로 민족과 종교는 인정되지 않았다. 계급이라는 더 원초적인 가치가 있었기 때문이다. 다만 대대손손 특정 종교를 믿으며 생긴 생활습관 등이 일상의 중요한 가치로 작동할 뿐이다. 《프라하의 소녀시대》에서 보스니악 야스나는 "내가 무슬림인이라는 사실은 전쟁이 나기까지 한번도 자각한 적이 없었는걸. 하지만 무슬림 부모에게서 태어났으니 무슬림이란 사실을 부정한다는 것도 웃기는 말이지. 나는 유고슬라비아인이라고 생각해왔거든." 이라 말하기도 한다.

이런 '유고슬라비아인' 으로서의 정체성은 유고연방의 붕괴와 함께 무너졌다. 그리고 숨어 있던 갈등이 폭발했다. 세르비아 민족주의자 밀로셰비치는 세르비아인들이 사는 곳은 모두 세르비아 땅이라는 '대세르비아' 를 외치며 구유고연방의 실권을 잡아 연방 내 다른 민족을 불안에 떨게 했다. 여기에 1989년부터 시행된 IMF 경제 개입의 처참한 실패를 비롯한 경제적, 사회적으로 불안정한 상황은 유고연방을 조각내기에 충분했다. 경제적 실권을 쥐고 있던 슬로베니아와 종교와 문화가 다른 크로아티아는 연방 체제

푸른 네레트바 강과 하얀 스타리 모스트, 그리고 이슬람과 가톨릭의 조화.

에 불만이 많았던 터라 재빨리 독립을 선언했고 보스니아도 자극을 받았다.

1991년 10월, 세르비아계의 극렬한 반대에도 불구하고 보스니악과 크로아티아계는 힘을 합쳐 독립을 선언했다. 1992년 2월과 3월에 독립 찬반 투표가 이루어졌고 세르비아계는 이를 거부했다. 그리고 내전이 시작되었다. '인종 청소'라 불린 잔혹한 행위들이 보스니아 곳곳에서 벌어졌다. 1995년 12월 데이튼 평화협정으로 내전이 종식될 때까지 450만 인구 중 약 11만 명이 살해되었으며 180만 명이 집을 잃었고 40퍼센트 이상의 건물이 파괴되었다. 이조차 정확한 통계가 아니다. 보스니아 정부는 대략 20만 명이 내전 중 사망 또는 실종되었다 추정하며 아직도 실종자 수색작업이 벌어지고 있다.

갈등은 아직도 끝나지 않았다. 데이튼 평화협정은 보스니아를 1국 2체제로 만들었다. 보스니악과 크로아티아계 주민들의 체제인 '보스니아 - 헤르체고비나 연방'과 세르비아계의 '스르프스카 공화국'이 한 나라에 두 살림을 차리고 있다. 보스니아 안의 크로아티아계 일부는 크로아티아 공화국 수립을 주장하며 세 번째 분할을 요구하고 있기도 하다. 많은 보스니아인들이 민족이 다르다는 이유로 고향에서 강제로 떠나야만 했다.

몇 백 년을 공존하며 평화롭게 살던 사람들이 왜 극단적으로 서로를 배제하기 시작했는지 심각한 의문이 들지만, 그런 의문을 떠나 이 좁은 땅은 분명히 나누어져 있고, 아직도 갈등하고 있다. 모스타르로 가는 길 내내 보이는 쓸쓸한 도로의 풍경은 마음을 끝도 없이 무겁게 했다. 지상 천국을 즐기다 갑자기 아비규환의 흔적을 보는 건 마음 편한 일은 아니었다. 하지만 그 이중성이야말로 발칸 반도 여행의 특권일지도 모르겠다. 하긴, 이런 특권 따위 이 땅에서 살아남은 사람들에게는 없느니만 못한 것일 텐데 말이다.

✻ 곳곳에 남은 전쟁의 상처

모스타르 버스정류장에 내리자 숙소 호객꾼들이 벌떼처럼 몰려들었다. 그들 중 레나가 나에게 말을 걸었다.

"전화로 얘기 들었어요. 버스는 불편하지 않았나요?"

"당신이 레나? 절 어떻게 알아보셨죠?"

"후훗. 버스에서 내린 동양인은 당신뿐이니까요."

두브로브니크 버스정류장에서 모스타르행 버스를 기다릴 때, 한 호객꾼 할머니가 내게 어디로 가냐고 물었다. 모스타르로 간다는 대답에 그녀는 레나를 찾으라고 했다. 자기가 미리 전화를 해놓겠다고. 밑도 끝도 없이 자기 친구 딸인데 영어도 잘하니 무조건 괜찮다는 빈약한 근거에 의심이 갔지만, 이 사람이 나를 속여 뭔 영화를 누릴까 싶기도 했다.

다행히 레나가 안내한 숙소는 싸고 깔끔했다. 솔직히 보스니아에 대한 선입견 때문에 숙소에 대한 기대는 전혀 없었다. 전쟁이 끝난 후 제법 시간이 지난 세계적 관광지인 모스타르를 시간 저편에 둔 채 편견 속에 생각했던 게다.

레나의 집에 짐을 풀고 나선 모스타르는 편견에 대한 반성이 무색하게 여전히 곳곳에 전쟁이 남긴 상처가 짙게 남아 있었다. 현금인출기 앞에 서자 꾀죄죄한 꼬마가 해맑은 미소를 지으며 손을 벌린 채 달라붙기도 했고, 아기를 등에 업은 히잡을 쓴 여인이 돈을 요구하며 나를 붙잡기도 했다. 사람들의 옷 색깔은 하나같이 칙칙했고 도로 위를 달리는 차들은 20세기의 풍경을 만들었다. 도로 옆 건물들은 반쯤 부서져 있거나 총탄의 흔적이 잔인하게 남아있었다.

모스타르는 유고연방 시절 산업과 관광의 중심지로 호황을 누리던 도시였다. 하지만 보스니아 내전으로 만신창이가 되었다. 특히 모스타르는 내전 중에 또 다른 내전에 시달리는 이중의 비극을 경험했다. 애초 모스타르를 공격했던 건 세르비아계인 유고연방의 군대였다. 보스니아가 독립을 선언한 후 유고연방군은 모스타르를 18개월 동안 포위한 채 공격을 퍼부었다. (일부에서는 모스타르 내 세르비아계가 인종청소를 당해 세르비아계가 보복한 거라 주장하기도 한다.) 보스니악과 크로아티아계는 힘을 합쳐 저항했고 마침내 유고연방군은 모스타르에서 물러났다. 하지만 또 다른 비극이 시작되었다.

이번에는 크로아티아계가 모스타르 내 보스니악에게 공격을 퍼부었다. 애초 크로아티아 민족주의자들의 목적은 보스니아를 차지하는 것이었다. 이들은 투지만이 이끄는 크로아티아 정부의 지원을 받았다. 유고연방과의 전쟁이 끝나자 보스니악을 몰아내기 위해 모스타르를 공격하기 시작했다. 특히 모스타르 서쪽을 완전히 장악한 후 이곳에 살던 수천 명의 보스니악을 강제로 추방했다. 이 과정에서 잔인한 '인종청소'가 이루어졌으며 모스타르의 상징인 스타리 모스트Stari Most(오래된 다리라는 뜻)는 정밀 포격으로 산산조각 나버렸다.

내전이 끝난 후 모스타르는 자그마한 네레트바 강을 사이에 두고 동서로 완전히 갈라졌다. 서쪽은 크로아티아계, 동쪽은 보스니악의 세상이다. 내전 직전 도시 인구의 20퍼센트 정도를 차지하던 세르비아계는 아예 자취를 감추었다. 서쪽에는 가톨릭교회와 오스트리아 - 헝가리 제국이 남겨놓은 김나지움이 있고 동쪽에는 이슬람 모스크와 옛 터키식 민가를 볼 수 있다.

동쪽 언덕에는 크로아티아계의 포격으로 부서진 동방정교 교회가 휑하니 버려져 있었다. 이슬람, 가톨릭, 동방정교가 사이좋게 공존하던 화합과 상생의 다문화 도시 모스타르는, 더 이상 볼 수 없는 환상의 도시가 된 셈이다.

네레트바 강에서 조금 떨어진 서쪽의 4차선 도로는 내전 당시 최전선이 형성되었던 곳이다. 이곳은 성한 건물이 하나도 없었다. 모든 건물은 총탄이 박힌 채 신음하고 있었고 안은 휑하니 비어 있었다. 무너지지 않는 게 신기할 정도였다. 어떤 아파트 건물은 반은 부서져있고 나머지 반은 깨끗하게 수리된 채 페인트칠까지 새롭게 되어있었다.

위성 안테나에 에어컨이 설치되어 있고 베란다에 빨래가 널린 사이에서도 총탄의 흔적을 찾는 건 어려운 일이 아니었다. 이 거리는 그 자체로 전쟁의 흔적이었고 아픔이었으며 인간의 추악한 모습이었다. 곳곳에서 더디게 복구가 이루어지고 있었지만 바로 어제 내전이 끝난 것 같은 모습이었다. 하지만 모스타르는 그 아픈 상처에도 불구하고 멈춰있지만은 않았다. 상처투성이의 주황색 김나지움 건물에서 쏟아져 나오는 어린 학생들의 활기찬 모습과 총탄 자국 선명한 스판스키 광장에 모여 거대한 체스를 두는 노인들의 진지한 모습에서 〈그리고 삶은 계속된다〉는 이란 영화의 제목이 떠올랐다. 상투적이지만, 이만큼 진리를 품고 있는 말이 또 있을까.

* 내가 본 가장 아름다운 다리, 스타리 모스트

이런 식의 단언은 웬만하면 피하고 싶지만, 스타리 모스트는 정말 내가 본 가장 아름다운 다리였다. 화려한 장식도 없이 심플하기 그지없는 이 다리는 정말 아름다웠다. '석화된 달'이라는 별명답게 초승달을 가로누인 유연하

모스타르는 1993년의 비극을 천천히 극복하고 있다.

고 섬세한 곡선의 모양새만으로도 감동을 주었다. 다리를 이루는 1,088개 하얀 빛깔의 돌은 스타리 모스트에 순백의 고결함까지 더했다. 하지만 무엇보다 이 다리를 아름답게 만드는 건 주변과의 근사한 조화였다. 푸른 네레트바 강을 중심에 둔 채 동쪽의 모스크, 터키식 건물과 서쪽의 유럽식 건물이 만들어내는 풍경은 말 그대로 한 폭의 조화로운 그림이었다.

스타리 모스트는 모스타르의 상징이다. 오죽했으면 모스타라는 이 도시의 이름을 '다리의 수호자Mostari'에서 따왔을까. 스타리 모스트는 애초 나무로 만들어진 다리였다. 1557년, 오스만 제국의 황금기를 이끈 술탄 술레이만 1세는 다리를 안전하게 다시 만들라 지시했다. 그리고 다리를 완성하는 데 9년이 걸렸다. 이슬람과 동방정교, 가톨릭이 공존하던 모스타르라는 도시에, 유연한 곡선의 다리라니. 이렇게 도시와 딱 어울리는 다리를 만든 센스에 감탄했다.

400년이 넘게 한 자리에 서 있던 아름다운 스타리 모스트는 1993년 11월 9일 아침 10시 15분, 흔적도 없이 사라졌다. 스타리 모스트는 강 동쪽의 보스니악 지역과 서쪽의 몇 안 되는 보스니악 지역을 연결하는 유일한 다리였다. 크로아티아 방위군은 보스니악을 고립시키기 위해 주저 없이 이 작은 다리에 정밀 포격을 가했다. 스타리 모스트 근처의 헤르체고비나 박물관에서 스타리 모스트가 파괴되는 영상을 생생하게 볼 수 있었다. 한 발, 두 발. 언덕에서 쏟아진 단 몇 발의 포격으로 400년의 상징은 말 그대로 흔적도 없이 사라졌다.

카메라 뒤에서 영상을 담는 사람의 비명이 생생히 들렸다. 내전이 끝난 후 모스타르를 방문한 투지만에게 외치는 사람들의 절규도 들을 수 있었다. "투지만, 네가 한 짓을 보라구! 살인자, 이 살인자!" 국경 넘어 민족 영웅은 다른 국경 안에선 철천지원수가 되었다. 내전이 벌어지기 몇 년 전까지 그들이 같은 국적의 사람이었다는 건 얼마나 아이러닌가.

스타리 모스트가 파괴된 후 얼마 지나지 않아 보스니악과 크로아티아계의 전쟁이 끝났다. 애초 평화와 공존의 상징이던 도시 모스타르, 그리고 그 도시의 상징이던 스타리 모스트가 파괴된 후 전쟁이 멈춘 건 단순한 우연이었을까. 알 수 없는 일이다. 이 다리의 파괴를 지시했던 크로아티아 장군은 스타리 모스트 파괴 혐의로 헤이그 전범재판소에서 기소되었다. 스타리 모스트의 파괴는 평화와 상생을 거부하는 잔인한 결정으로 취급받았다.

전쟁이 끝난 후 즉시 스타리 모스트 재건이 결정되었다. 동과 서로 갈라져 죽고 죽이던 사람들, 하지만 전쟁이 끝난 후 다시 한 번 같은 도시에서 살, 기회 아닌 기회를 부여받은 사람들. 그들에게 동과 서를 연결하는 스타리 모스트의 복원은 미래의 화합을 위한 선물이었고 두 번 다시 같은 잘못을 반복하지 말라는 생생한 경고이자 약속이었다.

2004년 7월 23일, 마침내 스타리 모스트는 사람들의 축복 속에 예전과 같은 모습으로 제자리를 찾았다. 깊은 평화의 메시지를 담아 더 강한 모습으로 다시 섰다. 다리 재건을 위해 지원을 아끼지 않았던 유네스코는 "평화, 그리고 끔찍한 재앙을 마주했을 때의 힘찬 협력을 위한 사람들 사이 연대의 무제한적 노력에 힘을 보태기 위해" 2005년 스타리 모스트와 그 주변을 세계문화유산으로 지정했다.

분명, 아직도 이 도시 안의 앙금은 사라지지 않았을 테다. 내 가족을, 내 친구를, 내 이웃을, 잔인하게 죽인 사람들을 어찌 쉽게 용서할 수 있을까. 모스크마다 가득한 묘비에는 1992, 1993의 숫자가 대부분이었다. 그것은 분명 쉽게 사라질 앙금이 아니었다. 하지만 히잡을 쓴 여성과 청바지를 입은 여성이 나란히 걸어가는 풍경처럼, 곳곳에서 힘겹게 재건되고 있는 수많은 건물들처럼, 느리지만 차분히 과거의 평화와 공존을 되찾았으면 좋겠다. 쉽지 않기 때문에 그만큼 가치 있는 일일 테다. 그것을 이루었을 때 이 도시는 전 세계 어디보다도 강하고 유연한 평화의 상징이 되지 않을까. 조용하고 아름다운 모스타르에 영원히 평화가 깃들었으면 좋겠다. 세상에서 가장 아름다운 다리와 함께.

* 모스타르의 이카루스들

스타리 모스트 위에서 한 남자가 뛰어내렸다. 사람들의 박수와 환호가 터졌다. 스타리 모스트 바로 옆에 자리 잡은 다이빙 클럽의 다이버가 일본 관광객의 돈을 받고 뛰어내린 것이다. 모스타르에는 젊은 남자가 스타리 모스트에서 네레트바 강으로 뛰어내리는 전통이 있다. 구유고연방 시절에는 매년 7월 스타리 모스트에서 다이빙 대회도 열렸다. 좁은 네레트바 강은 급류이며 물이 차갑기로 유명했다. 위험하지 않을 리 없다. 하지만 모스타르의 젊은 남성들은 마을의 여성들에게 자신의 매력을 어필하기 위해 위험한 짓을 마다하지 않았다.

다이빙 전통은 1664년부터 이어졌다. 이 전통은 지금은 관광 거리가 되었다. 35유로 정도의 돈을 내면 다이버가 뛰어든다. 10배 정도의 돈을 내면 직접 뛰어내릴 수도 있다. 그래도 예전에는 발정 난 수컷들을 '모스타르의 이카루스들'이라 부르는 낭만이라도 있었다. 지금의 그들은 그저 '모스타르의 다이버'로 불리는 것에 만족해야 할 듯싶다. 보스니아는 유고연방 시절에도 여섯 개 공화국 중 마케도니아와 가난함의 1, 2위를 다퉜던 곳이다. 그런 땅에서 최악의 내전까지 벌어졌으니 경제 사정은 말할 것도 없겠다. 그러니 '모스타르의 다이버'를 고깝게 생각할 이유는 없었다. 어쨌든 공짜로 이색적 광경을 볼 수 있었으니 일본 관광객들에게 감사 인사라도 해야 하나.

스타리 모스트 아래에서 봉변 아닌 봉변을 당하기도 했다. 사진 찍기에 여념이 없던 내게 10대 아이들이 멀찍이서 소리를 질렀다.

"헤이, 차이나, 차이나! 시거렛, 시거렛! 머니, 머니!"

"아임 낫 차이나. 그리고 나 담배 안 펴."

돌아서서 다시 사진을 찍는데 옆으로 작은 돌이 날아왔다. 화난 표정으로 뒤를 돌아보니 아이들이 줄행랑을 놓고 있었다. 입으로는 계속 '배드 차이나, 배드 차이나'를 외치며 깔깔댔다. 맞출 의도는 전혀 없어 보여 화나진 않았지만 왠지 서글펐다. 오히려 돌을 던진 것보다 왜 '차이나'라 했을까가 궁금했다. 동유럽 다른 나라들에서는 '니뽕'이라거나 '야포니즈'라 하던데, 발칸 반도에서는 유난히 '차이나'라는 소리를 많이 들었다. '차이나'가 아니라고 하면 표정이 부드러워지는 걸 보니 '차이나'에 대한 감정이 썩 좋아보이지는 않았다.

어려운 경제 사정이 무색하게 모스타르에는 유난히 축구 베팅 가게가 많았다. 시내 곳곳에 자리한 축구 베팅 가게들은 오늘밤 벌어지는 유럽 챔피언스리그 4강 첼시 대 리버풀 1차전 베팅으로 분주했다. 아무리 가난해도 도박할 돈은 있기 마련이다. 그것이 끝모를 악순환일지라도 말이다.

축구는 모스타르의 가장 대중적 스포츠다. 모스타르 내에는 두 개의 축구팀이 있는데 각각 보스니악과 크로아티아계의 응원을 받는다. 이들 두 팀은 대결할 때마다 보스니아에서 가장 격렬한 축구 경기를 보여준다니 '축구는 민족의 각축장'이라는 말을 몸소 증명하고 있는 셈이다. 기억을 더듬어 보니 작년 이맘때 독일 월드컵 대비 평가전으로 한국 국가대표 축구팀이 보스니아 국가대표 축구팀과 시합을 한 적이 있었던 것 같다. 분명 보스니악과 크로아티아계, 어쩌면 세르비아계도 한 팀에서 같이 뛸지 모르는데 경기장에서는 모두 하나가 될 수 있을까.

2006년 독일 월드컵 브라질과 크로아티아 경기가 끝난 후 모스타르 시내는 난장판이 되었다고 한다. 크로아티아 팀을 응원하던 크로아티아계와 브라질을 응원하던 보스니악이 충돌했기 때문이다. 월드컵 예선이나 유럽 선수권 예선 때마다 보스니아 국가대표팀은 찬밥 신세란다. 세르비아계는 세르비아를, 크로아티아계는 크로아티아를 응원하니 국민의 반 이상이 남의 나라 대표팀을 응원하는 셈이다.

보스니아 축구 대표팀이 다수 보스니아 국민들의 응원을 받기 시작할 때, 이 나라 축구 대표팀은 '민족의 각축장'이 아닌 다민족 다문화가 사이좋게 공존하는 '화합의 장'으로서 축구의 가능성을 열지 모를 일이다. 어쨌든 내전 직후에는 세 민족의 대립으로 축구협회를 꾸리기조차 힘들었다는데, 지금은 각종 대회에 참가해 나름대로 준수한 성적을 거두고 있으니 첫걸음은 뗀 셈이다. 그 첫걸음이 축구를 넘어 나라 전체의 화합을 이루어낼 수 있을까.

벽에 가득한 총탄 흔적도 언젠가는 사라지기 마련이다.

사라예보 Sarajevo_ 보스니아 · 헤르체고비나

이토록 조화로운 다문화 속에서 살아온 사람들이 어쩌다 그렇게 서로를 적대하게 되었는지
도통 알 길이 없었다. 거리 어디에서도 적대의 흔적은 찾을 수 없었다.

전쟁의 상처를 딛고 일어선, 사라예보

* 사라예보의 야스나

사라예보행 기차를 타기 위해 아침 일찍 숙소를 나섰다. 모스타르를 거치는 사라예보행 기차는 오전, 오후 단 두 대뿐이다. 버스는 자주 있지만 기차보다 비쌌다. 게다가 모스타르 - 사라예보 기차 구간은 보스니아 여행의 하이라이트로 꼽힌다. 숙소를 나오며 레나의 어머니에게 열쇠를 돌려주자 레나에게 전화를 하더니 내게 바꿔주었다.

"리? 레나예요. 사라예보로 간다구요? 예약한 숙소 있어요?"

"없는데요."

"그럼 제가 소개시켜 드릴게요. 기차 타고 가죠? 제가 전화해서 도착 시간에 사라예보 기차역으로 마중 나가라 할게요."

대학에서 공부하랴, 숙소 호객하랴, 스물한 살 레나의 삶은 녹록하지 않았다. 처음 만났을 때 영어를 참 잘 한다고 했더니 먹고 살기 위해 열심히 영어 공부했다며 알듯 말듯한 미소를 지어보였다. 레나는 숱하게 오가는 또래의 여행자를 보며 어떤 생각을 할까. 마음속으로 그녀의 행운을 빌었다.

사라예보행 기차는 7시 58분 출발이었다. 네댓 칸이 전부일 정도로 작은 기차는 컴파트먼트가 텅텅 비어있어 골라잡아도 되었다. 기차는 출발한 뒤 얼마 지나지 않아 기가 막히게 깊은 산골로 들어갔다. 네레트바 강을 옆에 낀 채 절벽 위에 만들어진 레일을 천천히 달렸다. 푸른 나무와 깊은 산골과 강이 어우러진 곳을 천천히 달리는 기차는 낭만 그 자체였다. 험한 산세 덕에 십 분에 한 번꼴로 터널이 나타났다. 밖을 나서면 또 어떤 풍경이 펼쳐질까, 그 두근거림, 터널은 기차 여행의 다음 막을 준비했다.

타는 재미도 근사했다. 아슬아슬하게 산과 산 사이에 걸려있는 고가철도를 휘고 오르고 내렸다. 아주 느린 롤러코스터를 타는 기분이었다. 두 시간 남짓한 기차여행이 끝나고 사라예보의 칙칙한 고층 건물들이 보였을 때 아쉬움을 금할 길 없었다.

사라예보 역에 내리자 키가 큰 여자가 다가왔다. 모스타르에서 레나 어머니가 주었던 노란색 숙소 광고 전단지를 들고 있었다.

"어커머데이션, 어커머데이션. 유 노우 레나?"

그녀는 영어를 거의 단어로 말했지만 알아듣는 데 불편함은 없었다.

"이름 뭐야? 나는 야스나."

야스나? 세상에! 내가 《프라하의 소녀시대》에서 가장 좋아하는 인물이 베오그라드의 야스나였다. 그녀의 아버지는 보스니아의 영웅이자, 분리되기 전 보스니아의 마지막 공화국 대통령이었다. 똑똑하고 사려 깊고 어른스러운, 야스나. 요네하라의 글을 빌어 표현된 그녀와 그녀의 도시 베오그라드가 나를 동유럽으로 이끌었다 해도 과언이 아닐 정도였다. 책 속에 자주 언급되는 그녀의 반짝이는 암갈색 눈동자는 어떤 모습일까 궁금했었다.

하지만 사라예보의 야스나는 그리 호감 가는 인상은 아니었다. 윤기 없는 탁한 금발머리나 심하게 오뚝한 콧날은 남슬라브족보다는 게르만족에 가까웠다. 175센티미터는 족히 되어 보이는 키는 지나칠 정도로 비쩍 마른 몸 때문에 한층 더 커 보였다.

"야스나? 이름이 예쁘네요. 저는 그냥 '리' 라고 불러주세요."

"고마워. 야스나, 흔한 이름. 여기서는 모두 야스나. 나니. 헤헤."

'나니' 는 뭐지?

"야스나는 종교가 뭐예요?"

"나, 가톨릭. 크로아티아인. 아버지 독일인, 어머니 크로아티아인."

역시. 아버지가 독일인이었군.

"하지만 상관없어. 레나, 세르비아인. 그래도 우리, 친해. 나니~."

레나가 모스타르에서 거의 자취를 감춘 세르비아인이라는 사실이 놀라웠다. 하지만 레나와 달리 야스나는 묘하게 불편했다. 그다지 기분 좋게 들리지 않는 웃음소리나 말끝마다 '나니?' 라는 추임새를 붙이는 것도 그랬지만, 무엇보다 지나치게 친한 척하는 태도가 마음에 걸렸다.

"리는 한국 사람이지? 레나에게 들었어. 나, 한국인 아주 좋아. 일본인도 좋아. 하지만 중국인은 아주 싫어. 나니~. 오늘 아침까지 한국인 남자 두 명, 우리 숙소에 있었어. 새벽에 베오그라드행 버스 타고 떠났어."

귀가 번쩍 뜨였다. 한국인 배낭여행자라니! 부다페스트의 S누나와 헤어

305

진 후 정확히 12일째 한국인 배낭 여행자를 구경조차 못했던 참이었다. 한국어로 이야기하는 게 슬슬 그리워질 때였다. 찰나의 타이밍에 땅을 쳤다.

"나, 걔네들 베오그라드 숙소 주소 있어. 나니~. 가기 전에 줄게."

아, 당신이 갑자기 좋아지려는 하는 군요. 하지만 사라예보 여행은 야스나 덕에 편하기도 했고 야스나 때문에 망치기도 했다. 이때는 몰랐지만.

* 사라예보를 구한 터널

야스나의 안내를 받아 숙소를 찾아갔다. 아주 작은 방 하나에 안쪽에 침대 두 개, 창문 옆에 침대 하나, 그리고 화장실이 하나 있는, 숙소라 하기에는 빈약한 방이었다. 게다가 건물 1층에 테라스나 이런 것 없이 바깥과 바로 맞닿아 있었다. 한국으로 치자면 대로 옆에 자리한 부동산이라고나 할까. 그나마 인적이 드물어 다행이었다.

"여기 내 두 번째 숙소. 저쪽에 큰 거 하나 더 있어. 헤헤."

"큰 곳에서 자면 안 돼요?"

"캐나다, 호주인 잔뜩 있어. 술 마시고 시끄러워. 여기가 나아. 나니~."

"그래도 거기서 자면 안 돼요?"

"미안해. 빈 방이 없어. 나니~. 문 잘 잠그면 아무도 못 들어와."

네, 네. 알겠어요. 야스나는 한국인 여행자가 가기 전에 선물로 주었다며 엽서 한 장을 보여주었다. 한국어가 선명히 적혀있었지만 한 4, 5년은 된 것 같은, 빛바랜 엽서였다. 일본어가 적힌 빈 녹차 캔도 인테리어처럼 장식되어 있었다. 야스나는 그런 걸 자랑스러워하는 것 같았다. 그녀는 짐을 푸는 내내 옆에서 계속 나를 지켜봤다.

"이제 가 보세요. 열쇠는 어떻게 반납하죠?"

"나니~. 나 안 가. 나도 오늘 여기서 잘 거야. 내 원래 집, 캐나다 애들 때문에 너무 시끄러. 여기 침대 세 개야. 나 여기 떨어진 데, 창문 옆 침대에서 잘게. 그럼 안 불편해."

못마땅했지만 자기 집에서 자기가 잔다는데 뭐라 하기도 그랬다. 지금까지 숱하게 거친 호스텔의 도미토리라 생각하면 될 일이기도 했다. 그녀의 말로는 오후에 다른 일본인 손님이 또 올 거라니 단 둘이 자는 것도 아니고. 하여튼 본격적으로 여행을 시작할 생각에 숙소를 나서려는데 그녀가 불러 세웠다.

"툰넬, 툰넬. 거기 안 가? 내가 데려다 줄게."

툰넬? 처음에는 무슨 말인지 못 알아들었다. 하지만 야스나는 반복해서 '툰넬', '툰넬 뮤제' 라고 했고 그제야 그것이 터널 박물관이라는 걸 알아챘다. 사라예보 외곽의 터널 박물관은 보스니아 내전을 상징하는 곳 중 하나다. 안 그래도 꼭 가볼 생각이었지만 어떻게 가야할지 막막하던 참이었다. 야스나와 이만 헤어지고 싶었지만 데려다 준다는 말에 마음이 동했다. 그녀의 안내를 받아 트램을 타고 종점까지 갔다. 미제, 일제 등 외국산 물건들이 가판에 잔뜩 널려 있었다. 야스나가 돈을 좀 빌려 달라 했다.

"나 일제 초콜릿, 좋아. 지금 돈이 없네. 나니~. 돈 좀 빌려줘."

그녀는 10마르크(약 6400원)를 빌려간 후 초콜릿을 샀다. 초콜릿을 먹으며 행복해 하는 모습을 보니 괜히 안 좋은 감정을 가진 내가 참 못됐다는 생각도 들었다. 야스나는 택시를 잡았고 택시는 좁은 시골길을 5분도 채 안 달려 터널 박물관 앞에 섰다. 박물관이라지만 입구는 그저 평범한 가정집이었다. 실제로 이 집은 원래 보스니악 가족이 살았다고 한다.

보스니아 내전 동안 사라예보는 3년 반 이상 철저하게 포위되었다. 보스니아가 독립을 선언한 직후인 1992년 4월 6일, 유고연방의 지원을 받은 세르비아계 군대는 수도 사라예보를 포위했다. 세르비아계 군대는 도로를 차단한 채 음식, 물, 전화, 전기, 난방 공급을 모조리 끊어버렸다. 세르비아계는 사라예보 시내에 매일같이 포격을 퍼부었다.

사라예보 시민들은 포격과 굶주림과 추위에 죽어갔다. 인종청소도 자행되었다. 심지어 세르비아계 군대는 포위와 인종청소에 반대하던 사라예보 내 세르비아계에 대한 처형과 학살도 서슴지 않았다. 전쟁이 계속되면 희생자도 이성을 잃기 마련이다. 사라예보 내 세르비아인들 역시 보스니악들에게 잔인한 인종청소를 당했고 도시에서 추방되었다. 원래 전쟁이라는 것은 가해와 피해의 이분법을 뒤섞기 마련이고 그래서 어떠한 대책도 없는 것이다. 포위는 1995년 10월에야 간신히 끝났다. 사라예보는 3년 7개월의 포위로만 2천 명 이상 죽어나갔고 5만 명 이상이 중상을 입었다. 인구는 64퍼센트나 줄었다.

사라예보 터널은 포위 중이던 1993년 1월에 만들어지기 시작했다. 자원봉사자들과 보스니아 군인들은 하루 3교대로 땅을 팠다. 마침내 7월, 길이 800미터에 넓이 1.5 미터의 터널이 인근 도시 부트미르와 연결되었다. 이 터널을 통해 각종 음식과 약, 연료 그리고 무기 등이 도시에 공급되었다. 사람들은 어떤 상황에서도 살길을 찾기 마련이다. 그것을 비인간성 속에 빛을 발하는 인간성이라 해야 하나, 혹은 비인간성 속에 강요받는 인간성이라 해야하나. 아니, 사실은 비인간성이라 불리는 것 자체가 인간성일지 모를 일이

올림픽 경기장 인근의 무덤. 빽빽한 묘지는 서글픈 감상을 불러낸다.

다. 터널 박물관은 당시의 터널 모습을 생생하게 보존하고 있다. 터널을 만들 때 사용한 물품과 완성 후 그곳을 통과한 물품들도 전시되어 있었고 터널에 관한 영상물도 볼 수 있었다.

한 포스터가 내 눈길을 끌었다. '사라예보, 올림픽 도시 1984년, 포위된 도시 1992~1995년.' 사라예보는 1984년 동계올림픽 개최지였다. 일본과 스웨덴과의 경쟁을 이기고 선정되었으며 사회주의권에서는 1980년 모스크바 하계 올림픽 이후 두 번째 올림픽 개최지였으니, 이 도시가 한때 얼마나 영화를 누렸나 보여주는 셈이다. 사라예보가 옛 영화를 찾기에는 좀 더 많은 시간이 필요할 것이다. 전쟁이 남긴 상처는 고질병이라 치료가 힘들기 마련이니까.

어떤 이들은 사라예보의 터널이 삼십만 명의 시민을 구했다고 하지만, 어떤 이들은 터널 때문에 포위가 장기화되었다고 주장하기도 한다. 또 어떤 이들은 세르비아에 대한 미국과 나토의 개입이 늦어져 보스니아 내전이 확대되었다고 주장하지만, 또 다른 이들은 애초 이 나라를 내전으로 몰아간 것은 서방 세계의 간섭 때문이었으며 이어진 그들의 내전 개입이 문제 해결을 더 어렵게 했다 주장하기도 한다.

어떤 주장이 더 합리적이든, 긴 내전 동안 모두가 상처 받았다는 사실은 변하지 않을 것이다. 그리고 그 시간 동안 누군가를 사지로 내몬 사람들은 반드시 그 대가를 치르고 진심으로 사과해야만 할 것이다. 하지만 이 끔찍한 전쟁 범죄를 주도한 세르비아계 장군 락토 플라디치와 세르비아계 정치인 라도반 카라지치는 아직도 잡히지 않고 있다.[*327] 그들은 헤이그 전범재판소에 기소되었고 그들에게 걸린 현상금은 5백만 달러에 달하지만 두 사람은 일부 세르비아계의 보호 아래 자취를 감추었다. 세르비아 일부 지역에서 두 사람은 영웅대접을 받고 있다 한다.

다른 맥락에선, 세르비아계가 당했던 만만치 않은 끔찍한 짓들은 서방 언론의 교묘한 보도 속에 사라졌고, 오직 세르비아인들만 '악의 화신'으로 기억되고 있다. 크로아티아, 슬로베니아, 보스니아의 독립을 성급히 용인해 내전을 유발하는데 일조한 서방 세계의 책임에 대해서는 대부분 침묵한다. 이런 이야기들은 인간에 대한 믿음과 희망을 잃게 만든다. 그것이 보편적인 게 아니라는 것에서 위안을 얻을 뿐이다.

터널 박물관을 나와 트램 역을 향해 걸어가는 동안 야스나가 웬 집 마당에 화창하게 핀 제비꽃에 눈길을 돌렸다. 마당을 손질하던 노부부가 야스나에게 활짝 핀 꽃만 골라 한아름 따주었다. 야스나는 굳은 표정으로 그들에게 한사코 돈을 주려 했다.(나에게 빌린 돈이었다) 내 눈에는 그녀가 노부부를 마치 걸인 취급하는 것처럼 보였다. 노부부는 계속 거절했지만 야스나는 고집스럽게 돈을 건넸고 노부부의 표정도 굳어졌다. 끝끝내 야스나는 할머니의 손에 돈을 쥐어준 후 도망치듯 그곳을 떠났다. 씁쓸한 표정의 노부부에게 인사를 건넨 후 야스나를 쫓아갔다.

"호의로 준 건데 왜 돈을 주고 그래요? 두 분, 기분 나빠 보이시던데."

야스나는 단호하게 말했다.

"저 사람들, 무슬림. 나, 무슬림한테 뭐든 공짜로 안 받아. 나니~. 나, 레나, 세르비아인이지만 좋아해. 하지만 무슬림은 싫어. 아주."

말문이 막혔다. 왜 그렇게 생각하냐고 물어봤지만 그녀는 그냥 싫다고만 했다. 이 나라의 민족 관계도는 대체 어떻게 그려지고 있는 걸까. 아마,

보스니아 내전의 비극과 희망을 동시에 상징하는 터널 박물관.

단순히 민족이라는 이름으로 나뉘는 게 아닐 것이다. 개개인의 일상적 경험이 더 중요하게 개입할지 모를 일이다. 두브로브니크에서부터 모스타르를 거쳐 사라예보까지 이어지는 호객 할머니, 레나, 야스나의 친분을 내가 알 수 없는 것과 마찬가지로, 야스나의 보스니악에 대한 적대 역시 내가 쉬이 짐작할 수 있는 건 아니었다.

✽ 다시 보고 싶지 않은 사라예보의 장미

시내로 돌아오자 야스나가 볼일이 있다며 이만 헤어지자고 했다. 영어공부하러 가야 한다기에 속으로 다행이라 생각했다. 하지만 야스나는 저녁 때 자기가 올림픽 주경기장에 데려다주겠다며 6시에 라틴 다리 앞에서 보자고 했다. 오, 맙소사. 거절하고 싶은 마음이 굴뚝같았지만, 왠지 야스나는 이런 일을 즐기는 듯 보였다. 그냥 그러겠다고 했다. 야스나는 기쁜 표정을 지으며 갈 길을 갔다. 나 역시 갈 길을 가려는 찰나, 길을 건넜던 야스나가 신호를 무시하고 내게 뛰어오는 모습이 보였다.

"무슨 일이에요? 위험하잖아요."

"사라예보, 위험해. 너 지갑, 꼭 잡고 있어. 나니~. 소매치기 많으니까."

이런 장면에서는 좀 감동해줘야 제대로 된 인간이려나? 하지만 불편함만 더했다. 그녀와 헤어진 후 '저격수의 길sniper alley'을 찾았다. '저격수의 길'은 사라예보 공항에서부터 시내까지 이어지는 거대한 대로다. 보스니아 내전 동안 세르비아계 저격수들이 대로 주변 고층 빌딩 옥상에 자리 잡은 채 닥치는 대로 시민들을 저격하는 바람에 붙여진 이름이다.

포위 당시, 이 길은 사라예보에서 유일하게 깨끗한 물을 얻을 수 있는 곳인데다 많은 시민들의 일터와 연결된 곳이라 사람들은 어쩔 수 없이 이 길을 이용해야만 했다. 사람들은 틈을 봐 잽싸게 길을 건너거나 UN 평화유지군 뒤에 숨어 그들을 방패삼아 이 길을 지났다. 살기 위한 갖은 방법에도 불구하고 3년 반 이상 저격수에게 살해당한 사람은 225명에 달했고 1000여 명 이상이 중상을 입었는데 이중 60퍼센트가 아이들이었다. 이 정도면 서구의 편파 보도가 어떻든 간에, 정말 동정의 여지 따위 없어진다.

'저격수의 길'에서 보스니아 내전 사진이나 보도에서 익숙하게 보았던 노란색의 홀리데이인 호텔도 볼 수 있었다. 사라예보 포위 기간 마지막까지 영업한 유일한 호텔로, 종군 기자들과 외국 고위 관계자들이 묵은 곳으로 유명하다. 내전 중에 심하게 훼손되었다지만 지금은 깔끔하게 복원되어 있었다. 하지만 외벽에는 여전히 총탄 자욱이 선명히 남아있었다. 홀리데이인 호텔 정문은 저격수들의 제일 표적 중 하나라 당시에는 지하 통로를 만들어 이용했다.

보스니아 내전 당시 종군 기자들의 기자정신과 용기의 상징으로 아직도 회자되지만, 누군가는 당시 서구 언론인 대부분이 "홀리데이인 호텔 사방 150미터 안에서 그들이 본 것만 보도했다."고 비판하기도 했다. '세르비아만 악마'라는 서방 언론보도의 편파성은 면밀한 조사를 통한 검증이 필요하다. 세르비아를 편들려는 것이 아니다. 다만, 보스니아, 크로아티아 곳곳에서 세르비아계에 대한 인종청소가 버젓이 자행되었음에도 왜 공평하게 다루어지지 않는지 의문이 들 뿐이다.

이런 논쟁적인 사건들은 최대한 사실에 근거해 알려져야만 할 일이다. 인종청소, 집단강간, 대량학살 등이 보스니악과 크로아티아계, 알바니아계

전쟁 속에서만 피는 장미, 사라예보의 장미.

가 당하면 불행한 일이고 세르비아계가 당하면 그냥 그런 일은 분명 아니다. 잘못된 일은 모두에게 잘못된 일이고 희생된 사람은 똑같이 희생된 사람이다. 어느 한쪽을 일방적으로 나쁘게 몰아가는 게 속 시원하고 편한 일이겠지만, 그건 진실도 뭣도 아닐 것이다.

저격수의 길을 비롯한 사라예보 거리 곳곳에 소위 '사라예보의 장미' 라 불리는 포탄의 흔적이 남아있다. 포위 기간 동안 포탄을 맞은 콘크리트 바닥이 장미 모양으로 붉게 퍼졌다고 해 '사라예보의 장미' 라 불린다. 그 포탄을 맞고 죽어간 사람들을 떠올리면, 가시 돋친 장미의 이중성을 잘 갖다 붙였다는 생각도 든다. 어디에서 누가 누구에게 어떻게 희생되었든 그들 목숨의 가치가 모두 똑같이 대접받았으면 좋겠다. 모두가 남의 생명을 귀하게 여긴다면, '사라예보의 장미' 따위 두 번 다시 볼 일 없을 테니 말이다.

❋ 다문화의 교배가 만든 부조화 속의 조화

신기했다. 사라예보에는 맥도날드가 없다. 유럽 국가의 수도에서 맥도날드가 없는 곳은 처음이었다. 하지만 맥도날드 빼고는 모든 게 다 있었다. 종교가 다른 여러 세력이 이 땅을 거쳐갔음을 보여줄 요량인지, 모스크, 가톨릭 성당, 동방정교 교회, 여기에 유대교의 시나고그까지 자리하고 있었다. 가히 종교의 전시장이라 할 만했다.

'사라예보' 라는 왠지 느낌 좋은 이름은 오스만 제국이 남긴 선물 아닌 선물이다. 오스만 제국은 이 도시를 점령한 후 도시에 성을 만들었다. 사라예보는 saray ovasi라는 터키어에서 파생된 이름으로 성(saray) 주변의 들판이란 뜻이다. 사라예보의 다양한 종교의 풍경도 오스만 제국이 남긴 선물 아닌 선물이다. 오스만 제국은 비교적 타종교에 관대한 제국이었다. 마크 마조워는 《발칸의 역사》에서 다음과 같이 주장한다.

"전반적으로 무슬림 사회에는 이단자와 이교도를 다 몰아내려고 한, 기독교 사회에 만연한 광기 같은 것이 없었다. 광기는커녕 이슬람 율법에는 기독교와 유대인 공동체의 신앙인들에게 관용을 베풀 것을 명하는 내용이 들어있었다."

오스만 제국은 일정한 세금만 내면 웬만한 종교, 문화, 습속 등을 인정해주었다. 십자군 원정 때 발칸 반도를 통과한 로마 가톨릭 군대가 이곳의 동방정교도들에게 지옥을 선사했던 것과 비교하면 세금 정도는 애교인 셈이다. 어쨌든 오스만 제국의 관대한 종교 정책 덕에 사라예보는 다문화의 교배가 만들어낸 부조화 속의 조화를 만끽할 수 있는 도시가 되었다. 이런 모습은 강 하나를 사이에 두고 이슬람의 동과 가톨릭의 서로 갈려있던 모스타르보다 좀 더 본격적인 데가 있었다.

구시가는 오스트리아 - 헝가리식 건물과 터키식 거리가 조화를 이루고 있었다. 네오 르네상스 양식의 거대한 건물들이 벽을 치고 그 벽 안 작은 골목 사이사이 낮은 터키식 집들이 자리한 모습은 서로를 적대하지 않았다.

특히, 중앙 시장이라는 의미의 바차르시야Baščaršija는 놀랄 정도로 흥미로웠다. 이곳은 전형적인 유럽 풍경과는 달랐다. 바차르시야의 터키식 집들은 대부분 기념품 가게로 터키식 양탄자와 금속 공예품들을 팔고 있었다. 셴

텐드레 이후, 기념품을 구경하는 것만으로도 시간이 절로 흐르는 곳은 처음이었다. 시장 한복판에 자리한 모리차 한Morića Han은 과거 동과 서를 오가던 무역상들이 들르던 술집이었다는데 지금은 노천 카페로 영업 중이었다. 입구 주변에 늘어선 양탄자 가게들이 마치 다른 세상으로 들어가는 입구를 열어주는 느낌이었다.

이 나라에서 제일 행복한 것 중 하나가 저렴하고 독한 커피였다. 1마르크, 우리 돈으로 640원 정도면 진한 터키식 커피를 마실 수 있었다. 반짝이는 작은 놋쇠 주전자와 조그만 에스프레소 잔 하나, 물 한 잔, 그리고 단맛의 젤리와 함께 나오는 커피는 다른 나라에서 먹던 커피와는 차원이 달랐다. 지독하게 쓰고 독하지만 입 속에 젤리를 넣어 마시면 단맛이 났다. 커피에 인생이 있다는 상투적인 말조차 긍정케 하는, 그런 다채로운 맛이었다.

사라예보는 골목마다 활기가 넘쳤다. "어쩜 그렇게 고통 받았던 사람들이 이렇게 생명력 넘치는 도시를 만들어낼 수 있었을까?"라는 론리 플래닛의 호들갑스러운 찬사가 쉬이 수긍이 갔다. 사라예보의 상징 중 하나라는 동양적 향취 물씬 나는 세빌야Sebilj 분수 주위의 뚱뚱한 비둘기 떼조차 미워 보이지 않았다. 천천히 길을 걷는 것만으로도 시간이 어떻게 흐르는지 모르는, 카페에서 커피 한 잔 하는 것조차 색다른 것이 되는, 나도 모르는 애정이 넘쳐나 당황스럽게 하는, 그런 도시였다.

이토록 조화로운 다문화 속에서 살아온 사람들이 어쩌다 그렇게 서로를 적대하게 되었는지 도통 알 길이 없었다. 터키식 기념품과 유럽식 기념품이 사이좋게 진열되어 있는 모습처럼, 거리 어디에서도 적대의 흔적은 찾을 수 없었다. 하지만 우연히 들른 동방정교 교회는 이 평화로움 뒤에 흐르는 긴장을 새삼 느끼게 해주었다. 교회에서 '코소보에서의 동방정교인'이라는 주제의 사진전을 봤는데, 끔찍했다.

사진들은 코소보 내 세르비아계에 대한 인종청소를 보여주고 있었다. 한때 코소보의 알바니아계를 잔인하게 인종청소 했던 세르비아계는, 이제 역전된 힘의 관계로 인해 인종청소를 당하는 입장이 되었다. 입을 실로 꿰맨 사진이나 시체가 쌓인 사진은 쉽게 눈 뜨고 볼 수 있는 것이 아니었다. 하지만 사진전은 코소보에서 자행된 세르비아계의 알바니아계 인종청소에는 침묵하고 있었다. 그들은 서구 언론이 세르비아계만 일방적으로 비난 한다 불만을 터뜨리지만, 그들 역시 마찬가지였다. 피해는 보여주고 가해는 숨긴다. 반성이라곤 눈곱만큼도 찾을 수 없다.

이런 비인간성 혹은 인간성의 바닥을 향한 경쟁을 통해 얻으려는 게 대체 뭘까. 사라예보의 조화로운 다문화의 모습이 그저 '전시'되는 것이 아닌 깊게 '내재'된 것이길. 그래서 민족과 종교에게, 그딴 차이 다 별 거 아니라고, 같이 사는데 아무 지장 없다고, 멋지게 한방 먹여주길.

* 제발 나를 내버려둬!

내키지 않았지만, 어쨌든 야스나를 만나기 위해 라틴 다리로 갔다. 사라예보를 가로지르는 미랴야크 강 위에 소박하게 놓인 라틴 다리는 역사적 장소다. 1914년 6월 28일, 사라예보를 방문한 오스트리아 - 헝가리 제국의 페르디난트 황태자 부부는 라틴 다리 위에서 세르비아 민족주의자 청년인 가브릴로 프린치프의 총탄에 맞아 비명횡사했다.

이 암살을 빌미로 오스트리아 - 헝가리 제국은 세르비아에 선전포고를 했고 여기에 온 유럽 강대국들이 뛰어들어 제1차 세계대전으로 확대되었다. 그렇지 않아도 발칸인들을 '인종의 쓰레기'라 폄하하던 유럽인들이 발칸에 더 심한 저주를 퍼부을 명분을 준 셈이다. 하지만 알고 보면 황태자 암살은 구실에 불과했고 사실은 오스만 제국이 물러난 새로운 땅을 차지하기 위한 유럽 강대국들의 각축으로 인한 필연적 전쟁이었던 셈이니, 남의 땅에서 전쟁한 주제에 적반하장도 유분수다.

서유럽 국가들은 종종 발칸 반도를 유럽의 동쪽으로 취급하며 유럽에 끼워주는 걸 대단한 선심 쓰듯 행동할 때가 있다. 예전에 '동유럽'이라 불리던 많은 나라들도 '동'이라는 이름에는 '수준 낮은'의 의미가 포함되어있다 생각해 어떻게든 '동'에서 벗어나려 애쓴다. 동유럽 국가 어디에서나 굳이 자신들을 '동유럽'이 아니라 '중유럽'이라 강조해 표현하는 사람들을 만날 수 있었다.

《프라하의 소녀시대》에서 국제회의에서 '동유럽'이라는 말을 잘못 꺼냈다가는 한바탕 소동이 벌어진다는 구절을 보았을 때 설마 싶었지만, 정말 그랬다. 하긴 유럽에서 보는 '동'의 대표격인 오스만 제국의 후계자 터키조차 서쪽, 즉 유럽에 끼고 싶어 안달인데, 다른 곳은 오죽할까. 사실, 지구는 둥그니까 결국 동쪽, 서쪽은 기준에 따라 달라지는 별 의미 없는 방향 용어일 텐데, 자신들이 서쪽에 있다는 게 그렇게 자랑할 일인가 싶기도 하다. 어쨌든 동쪽에 사는(그들 기준으로) 나는 그런 사고방식이 고까울 뿐이었다.

야스나는 나를 보자마자 지갑은 괜찮냐고 물었다. 괜히 겁주지 말라고 쏘아붙이고 싶은 마음이 굴뚝같았다. 야스나는 올림픽 주경기장으로 안내하는 내내 계속 사진을 많이 찍으라고 했다.

1차 세계 대전을 촉발시킨 역사적 장소인 라틴 다리. 사라예보의 신산한 삶과 달리 차분하고 운치있다.

'나 사진 찍는 거 별로 안 좋아해요."

"왜? 사진, 메모리. 꼭 필요해. 나를 위해서라도 많이 찍어. 나니~."

더 이상은 궁금해서 못 참겠다. '나니'가 도대체 뭐냐고 물으니 야스나가 의아한 표정으로 말했다.

"나니~. 일본인이 가르쳐줬어. 무슨 일 있으면, 나니~라고 하는 거랬어. 그것도 몰라?"

젠장, 그게 일본어 '나니(なに)'였어? 야스나는 아시아인은 당연히 일본어를 안다고 생각하는 것 같았다. 그녀는 '메모리'는 무척 중요하다며 자기도 독일에 가면 아버지가 벤츠도 사주고 공주처럼 대접해주지만, 사라예보에 '메모리'와 친구가 많아 내전이 끝나고 돌아왔다고 했다. 그녀의 가족사가 궁금했지만 함부로 물어볼 수는 없었다.

올림픽 주경기장으로 향하는 길에는 공동묘지가 늘어서 있었다. 야스나가 무덤덤하게 이쪽은 무슬림, 저쪽은 가톨릭이라고 설명해주었다. 비석들이 어찌나 빽빽한지 새로운 묘지가 들어설 자리조차 없어 보였다. 올림픽 주경기장은 말 그대로 경기장이었다. 내전의 흔적인 듯 검댕을 뒤집어쓴 테니스장 외에는 특이한 게 없어보였지만, 사실 이곳도 내전 때 파괴된 후 다시 보수되었다니 역사의 장인 셈이었다. 사라예보는 곳곳이 역사의 장이었다. 분명, 원치 않았겠지만.

돌아오는 길에 야스나는 한국인과 일본인이 잘 생겼다고 했다. 내가 보스니아 남자가 제일 잘 생긴 것 같다고 반론을 펴자 어이없다는 표정으로 '나니~.'를 연발했다. 왜, 《프라하의 소녀시대》에도 유고슬라비아가 유럽의 제일가는 미남 생산지라고 말하지 않나. 특히 보스니아는 시원시원한 이

목구비에 또렷한 인상을 가진 미남 천지였다.

어쨌든 혼자 느긋하게 사라예보의 밤을 즐길 계획은 야스나 덕에 수포로 돌아갔다. 그녀는 사라예보의 밤은 위험하다며 무조건 빨리 숙소로 돌아가야 한다고 막무가내로 주장했다. 참, 그러고 보니 오늘밤 일본인 여행자가 온다 하지 않았나? 야스나는 그 사람의 일정이 변경되어 내일 아침에 온다고 했다. 그럼 둘이서 자야 된단 말인가! 죽어도 싫었다. 그래서 그녀의 다른 숙소에 들러 캐나다, 호주 여행자들을 만나고 싶다고 했다.

하지만 야스나는 이 핑계 저 핑계 대며 데려가주지 않았다. 담배 연기 때문에 안 된다느니, 너는 술을 못하는데 거기서는 술을 반드시 마셔야 한다느니, 말도 안 되는 핑계를 댔다. 다른 숙소가 있다는 말 자체가 의심되었다. 분명, 일본인 여행자도 거짓말일 테다. 의심하니 끝이 없었다. 오늘 아침에 떠난 한국인 여행자는 정말 있었을까? 그녀가 보여준 한국산 엽서는 4, 5년은 돼 보였는데. 이거 점점 미스터리 스릴러가 되는 거 같은데.

나는 야스나가 내 돈을 노리고 치밀하게 계획한 걸지 모른다는 망상에 빠졌다. 그래서 숙소에 돌아간 후 그녀의 눈을 피해 지갑과 여권을 베갯잇 밑에 넣어두었다. 그리고 전혀 피곤하지 않았지만 너무 피곤하다며 이만 자야겠다고 했다. 시간은 아직 9시도 안 되었다. 밤 시간이 아까웠지만 그녀와 더 이야기하느니 맨 정신으로 누워있는 게 나을 것 같았다. 갑자기 야스나가 안쪽에 있던 침대 두 개를 붙였다. 이어진 그녀의 말에 기겁했다.

"창문 옆, 추워. 안쪽 침대 붙여서 두 사람 같이 자면 따뜻해."

오, 제발! 도저히 참을 수 없었다. 그럴 거면 나는 여기서 절대 잘 수 없다고 무섭게 말했다. 그녀도 황급히 농담이라며 붙였던 침대를 다시 떨어뜨렸다. 하지만 내가 불을 끄고 자는 척하자 은근슬쩍 창문 옆 침대에서 나와 안쪽의 빈 침대로 자리를 옮겼다. 나는 밤새 한숨도 못 잤다.

** 안녕 사라예보, 안녕 야스나

다음날 야스나는 같이 다니자는 소리를 안 했다. 밤에 베오그라드행 버스를 탈 테니 그때 보자고 하자 순순히 알겠다고 대답했다. 날밤을 샌 덕에 너무 피곤해 사라예보 구시가에서 연거푸 터키식 커피 세 잔을 마셨다.

구시가를 걷는데 짧은 머리에 모자를 눌러쓴 비쩍 마른 여자가 말을 걸었다. 제법 유창한 영어로 배가 고프니 돈을 조금만 달라고 했다. 하지만 내 수중에 유로는 너무 큰 단위의 돈뿐이었고 보스니아 마르크는 베오그라드행 버스비와 박물관 입장료를 제외하면 거의 없었다. 그래서 남아있던 마르크 동전을 다 주었는데 고작 1마르크 남짓이었다. 하지만 여자는 연거푸 고맙다고 했다. 왠지 짠했고 괜히 미안했다.

구시가를 벗어나 '저격수의 길'에 위치한 역사박물관을 찾아갔다. 사라예보 포위 당시의 생생한 자료들이 전시되어 있었다. 포격과 저격에 죽어나간 사람들의 사진뿐만 아니라, 포위의 시간에도 일상을 꾸려가는 사람들의 모습도 전시되어 있다. 이발을 하고 학교에서 숙제를 하고 영화제도 개최하는, 그런 평범한 모습들. 잔인하게 죽어간 사람들의 사진보다 그런 모습들이 더 가슴 아팠다. 찬찬히 전시를 보던 나에게 자신을 이 박물관의 큐레이터라 소개한 남자가 말을 걸었다. 그가 나에게 어디에서 왔냐고 묻기에 남한에서 왔다고 했다.

"사회주의 국가가 북한인가요? 김정일 있는 곳이 남한인가요?"

큐레이터면 나름 학식이 있을 텐데. 하긴 나도 보스니악, 세르비아계, 크로아티아계가 뭐가 다른지 전혀 몰랐으니까. 북한이 사회주의 국가라고 답해주자 그럼 자기는 대단한 남한 사람을 안다고 말했다.

"내전이 끝나고 얼마 안 되어서 가라테 시범 왔던 사람이에요. 공중으로 날아서 나무판을 격파하고 손날로 벽돌도 격파하고 그랬어요. 정말 대단한 사람이었어요."

아마 가라테가 아니라 태권도일 거라고 알려주었다. 큐레이터는 다시 한번 발음해달라고 한 후 앞으로는 태권도라고 말하겠다고 정중히 말했다. 이 정중한 남자에게 남한에 대해 설명해주려 이것저것 떠올리다 보니 갑자기 1980년 5월의 광주가 생각났다. 맥락은 다르지만 사라예보 포위는 10일 동안 계엄군에게 포위된 채 외부와 철저히 차단되었던 80년 5월의 광주와 겹친다.

왜 사라예보를 보며 진작 광주를 떠올리지 못했을까. 남의 나라 역사에 관심 있는 척하더니 정작 한국의 역사는 까맣게 잊고 있었다. 이걸 어떻게 영어로 설명해야 할지 혼자 열심히 고민했지만 큐레이터는 바쁜 일이 있다며 총총히 사라졌다. 아쉬웠다. 내가 광주와 사라예보의 관계를 근사하게 설명할 수 있었다면, 이 큐레이터는 비슷한 역사적 비극이 지구 반대편에서도 벌어졌다는 걸 알게 되었을 텐데.

숙소로 돌아오는 길에 야스나와 마주쳤다. 캐리어를 끄는 남녀 한 쌍과 함께였다. 어제 말한 일본인 여행잔가 싶었지만 남자는 기차역에서 야스나에게 붙잡혔다고 했다. 그녀의 말이 어디까지가 사실인지 도통 알 수가 없었다. 남자는 자기를 영국에서 온 닥터 람이라고 소개했다. 외모가 동양인에 가까운 그는, 아버지가 영국인이고 어머니가 일본인이라는 설명도 덧붙였다. 함께 온 여성은 몬테네그로인이었다.

의사인 두 사람은 발칸 지역을 돌아다니며 의료 관련 조사를 하는 중이라고 했다. 호텔에서 묵지 왜 사설 숙소에 묵는지 물었더니 두브로브니크에서 묵었던 민박이 너무 근사해서라고 했다. 그런 목적이라면 잘못 찾았다고 말해주고 싶었다. 하지만 닥터 람이 사라예보에서 숙소 찾기가 너무 힘들다고 말하기에 주제 넘는 참견을 관뒀다. 야스나는 숙소를 소개하며 자기도 여기서 같이 잘 거라고 했다. 닥터 람은 잘라 말했다.

"말도 안 되는 소리 말아요."

아! 저 간단한 말. 나는 왜 저 짧은 말을 하지 못했던 걸까. 하지만 야스나는 잔뜩 심통이 난 것 같았다. 닥터 람에게 숙박비를 나보다 5유로나 더 높게 부르며 내게는 이야기하지 말라는 무언의 손짓을 했다. 그리고 그들이 먹을 걸 사러 잠시 나간 사이, 내게 닥터 람 험담을 퍼부었다.

"저 남자, 저 예쁘고 가슴 큰 여자, 꼬셔서 한 번 자려고 하는 걸 거야. 그래서 나랑 같이 못 잔다는 거야. 나니~. 두고 봐. 내 말이 맞을 테니까."

'나니~.' 는 내가 하고 싶은 말이었다. 어쨌든 야스나와 이만 작별할 시간이었다. 도통 쓸래야 쓸 데가 없던 튜브형 고추장을 야스나에게 선물했다. 한국의 전통 음식으로 아주 매우니 자신 없으면 먹지 말라는 말을 덧붙였다. 야스나는 감동한 얼굴로 꼭 내게 키스를 퍼부을 것 같은 몸짓이었는데 다행히 닥터 람 일행이 돌아왔다.

닥터 람은 당신 같이 두려움 없이 세계를 돌아다니는 젊은이들이 세계의 희망이라며 이메일 주소를 알려주었고 혹, 영국에 올 일 있으면 주저 말고 연락하라고 했다.

'근데, 저 두려움 엄청 많아요. 그러니 의심이 끝이 없죠. 이런 제가 세계의 희망이라면 세계에 밝은 미래는 없는 거죠.'

사라예보에서 베오그라드 가는 방법은 두 가지가 있었다. 하나는 사라예보 버스정류장에서 아침 6시에 하루에 한 대 뿐인 베오그라드행 버스를 타는 것이고 다른 하나는 사라예보 교외의 루카비차Lukavica 버스정류장에서 하루 여덟 대나 있는 베오그라드행 버스를 타는 것이다. 그나마 사라예보에서 아침 6시 버스가 생긴 건 최근 일이라고 했다. 루카비차는 사라예보 근교로 세르비아계 스르프스카 공화국 소속의 도시였다. 전쟁 전에는 사라예보의 일부였지만 이제는 아니다. 버스로 20분도 채 안 걸리는 거리인데 말이다.

야스나는 손바닥을 벌려 내가 탄 루카비차행 시내버스 창문에 댔다. 영화에서 자주 보는 이별의 한 장면이었다. 그 모습을 보니 또 괜히 미안해지고 또 조금은 짠해지고, 그랬다. 그녀는 그저 외로움에 타인의 정을 간절히 그리워한 사람은 아니었을까. 사기꾼이나 거짓말쟁이나 협잡꾼이 아니라.

그런 생각을 하던 차에 아차, 베오그라드로 간 한국인 여행자의 숙소 주소를 받지 않은 게 생각났다. 근데, 야스나는 정말 그 주소를 가지고 있었을까? 이런, 이런, 또.

카라지치는 2008년 7월 21일 베오그라드 인근에서 세르비아 정부 보안요원들에 의해 체포되었다. 그는 13년의 도피 기간 동안 변장을 한 채 대체의학 의사로 활동해 온 것으로 밝혀졌다. 락토 믈라디치는 여전히 세르비아계 민족주의자들의 보호 아래 스르프스카 공화국에 은신하고 있는 것으로 추정된다.

베오그라드 Beograd _ 세르비아

다뉴브 강과 사바 강의 만남 가운데 자리한 칼레메그단 성벽의 아련한 모습. 칼레메그단 성벽은
붉은색이 아니라 하얀색이었다. 착시였지만 그곳에는 정말 '하얀 도시'가 있었다. 맙소사!

요네하라 마리의 베오그라드

⁑ 하얀도시? 회색 도시!

보스니아, 세르비아 간 국경을 넘는 건 생각보다 별 일 아니었다. 아무도 버스에서 쫓겨나지 않았고 검문 시간도 오래 걸리지 않았다. 아마, 세르비아 국경과 맞닿은 땅이 몽땅 스르프스카 공화국의 땅이라 그럴 테다. 전날 밤을 뜬눈으로 지새운 덕에 무척 피곤했지만 야간버스에서 자는 건 쉬운 일이 아니었다. 게다가 '드디어 베오그라드'라는 흥분감에 좀체 잠을 이룰 수 없었다.

여행에는 계기가 있기 마련이다. 나에게는 베오그라드가 계기였다. 《프라하의 소녀시대》에서 생생하게 묘사된 '하얀 도시' 베오그라드는 그 아름다움에 오스만 제국 병사들의 전의조차 잃게 하지 않았다던가. 여기까지 오는데 꼬박 한 달이 걸렸다. 그러니 잠은 사치였다. 하지만 론리 플래닛은 "베오그라드는 흥미롭지만 아름다운 도시는 아니다."라고 설명하고 있었다.

흥, 서양 놈들 센스 따위.

　새벽 6시. 베오그라드에는 이미 동이 터 있었다. 버스에서 내려 바라본 베오그라드는 우윳빛 안개는커녕 매연으로 뒤덮여 있었다. 거대하고 무미건조하며 투박한 건물들의 끝없는 행렬, 폭격으로 무너지기 일보 직전으로 보이는데 보수할 생각조차 않는 건물들, 베오그라드는 더없이 칙칙했다. 이곳은 하얀 도시가 아니라 회색 도시였다.

　일단 짐을 풀기 위해 점찍어 둔 숙소를 찾아 나섰는데, 키릴 문자와의 전쟁이 벌어졌다. 인생에서 처음으로 맞닥뜨린 키릴 문자. 어렸을 때 처음으로 영어 알파벳을 배우던 때와 같은, 처참한 기분이었다. 그나마 미리 키릴 문자표를 만들어 놓아 다행이었지만, 길 이름 하나 확인하는데 족히 5분은 걸렸다. 그렇게 간신히 찾아간 베오그라드 아이에서는 방이 없다고 했다.

　이번 여행 중 처음으로 만원인 숙소를 체코도 헝가리도 아닌 세르비아에서 맞게 될 줄이야. 그런데 호스텔 종업원이 불러 세우더니 체크아웃 시간인 10시 이후가 되면 도미토리 한 자리가 빌 수도 있다며 기다리겠냐고 물었다. 그 사람이 숙박 연장을 하지 않는다는 전제 하에. 몸이 천근만근이라 그럼 로비의 소파에서 좀 자며 기다릴 수 있냐고 물었고, 종업원은 흔쾌히 그러라고 했다. 소파에 눕자마자 기절한 듯 잠들었다. 나를 흔들어 깨우는 호스텔 매니저의 목소리에 잠을 깬 건 10시가 다 돼서였다. 다행히 도미토리에 묵을 수 있었다.

　소파 하나에 혼자 벌렁 누워 잔 동양인 여행자가 좀 우스워 보였는지, 이후 호스텔에서 마주친 여행자들은 하나같이 내게 "네가 소파에서 자는 거 봤어. 큭큭." 이라는 말을 했다. 민망하게시리. 어쨌든 베오그라드 일정으로 이틀하고 반나절을 잡아두었기에 여유가 있는 편이었다. 그래서 오늘은 요네하라 마리의 행로를 그대로 따라가보기로 마음먹은 참이었다. 그녀의 유려한 문장을 따라 움직이면 하얀 도시의 진가를 볼 수 있지 않을까, 그런 생각이었다.

✷ 요네하라를 추격하다

사바 강을 건너 신시가지 격인 노비 베오그라드로 향했다. 먼저 요네하라 마리가 묵었던 '전면 유리로 된 인터콘티넨탈 호텔'을 찾았다. 쉽게 찾을 수 있었다. 호텔은 세련된 모양새였지만 주변은 어수선했다. 주변의 현대식 건물은 군데군데 유리가 깨진 채 버려져 있었고 인터콘티넨탈 호텔 역시 호텔 뒷면에 부서진 부분이 있었다. 근처의 하얏트 호텔에 비하면 전체적으로 뭔가 정돈이 안 되고 쓸쓸한 느낌이었다. 고급 호텔 체인의 으리으리함과는 거리가 멀었다.

이 호텔의 로비는 역사의 무대이기도 했다. 보스니아 내전 당시 '타이거즈'라는 세르비아 민병대를 조직해 잔인한 인종 청소를 자행한 세르비아 극우주의자 아르칸이 2000년 1월, 이곳에서 암살당했다. '발칸의 도살자'라 불리는 그는 당시 세르비아 대통령인 또 다른 '발칸의 도살자' 슬로보단 밀로세비치의 전쟁범죄 비밀을 너무 많이 알고 있었다. 헤이그 전범재판소로부터 소환 압력을 받던 밀로세비치가 아르칸 암살을 지시했다는 소문도 있다.

작년 3월에 헤이그 전범재판소 감옥에서 심근경색으로 돌연사한 밀로세비치는 죽기 전까지 암살 공포에 떨었다는데, 아르칸이나 밀로세비치를 떠올리며 사람은 착하게 살아야 한다는 사소하지만 중요한 진리를 새삼 되새겼다.

인터콘티넨탈 호텔에서 나와 신시가에 늘어선 아파트 단지로 갔다. 여기 어딘가에 야스나가 살았을 테다. 그녀는 아직도 여기에 살고 있을까. 작년에 암으로 죽은 요네하라의 소식을 듣고 어떤 기분이었을까. 나는 왜 이런 게 궁금할까. 비슷비슷한 아파트의 끝없는 나열. 어떤 것은 낡았고 어떤 것은 새것이었다. 요네하라가 감탄한 건물과 건물 사이가 넓고 녹지가 많은 구조를 엿볼 수 있었지만 그녀가 느낀 풍요로움을 찾긴 힘들었다.

원래 세르비아는 부유한 나라였다. 1989년 동구 사회주의 정권들이 줄줄이 무너질 당시 그나마 잘 사는 헝가리보다 10년 이상 앞선다는 평가까지 들었다. 하지만 지금은 10년 이상 뒤진다. 보스니아 내전 기간 동안 유엔이 취한 경제 봉쇄 조치는 세르비아를 퇴보시켰다. 그건 경제만의 문제가 아니었다. 세르비아에 대한 경제 봉쇄가 사실은 밀로셰비치의 권력 강화에만 일조하며 세르비아 민족주의를 더 부채질해 내전 종식에 아무런 도움을 주지 못했다는 주장도 있으니, 결과적으로 세르비아의 경제, 문화, 사회, 그리고 인간성 모두의 퇴보를 만들어 낸 꼴이다.

거기에 1999년 3월부터 78일간 쏟아진 미국과 나토의 폭격은 이 나라를 완전히 그로기 상태로 몰아넣었다. 밀로셰비치가 코소보 내전에 대한 서방 측의 협상안을 거부하자 미국과 나토는 공중 폭격을 선물했다. 베오그라드도 예외는 아니라 아직도 그때의 생채기에 몸살을 앓고 있었다. 코소보에서 행한 세르비아의 인종청소는 단언코 나쁜 짓이었지만, 그렇다고 무방비의 세르비아 사람들 머리 위에 폭탄을 떨어뜨린 미국과 나토의 행동도 썩 착해

폭격 맞은 건물. 민족주의를 고양시키기 위해 일부러 보수를 하지 않는 것 같다는 생각도 들었다.

보이지는 않는다. 폭력에 폭력으로 답하는 부족한 상상력은 머리가 나빠서라기보다는 나쁜 의도가 있기 때문일 테다. 그들이 아무리 그 폭격으로 코소보 인권을 보호했다 자화자찬하더라도 말이다.

하긴 대량살상무기가 있다며 실컷 폭탄을 쏟아 부어 나라 꼴을 엉망으로 만든 후에, 알고 보니 그런 건 없었다고 시침 떼는 거에 비하면 양반이지만. 20세기와 21세기의 행동거지가 똑같은 걸 보면 한숨만 나올 뿐이다.

아파트 단지를 지나 사바 강 옆 공원 안에 자리한 시립 현대미술관도 찾아갔다. 요네하라가 들어가자마자 그 '오오라' 에 압도당했다 표현한 미술관에서는 그녀가 감탄한 구유고슬라비아 화가들의 그림과 조각이 아닌 영국 사진작가들의 사진전이 개최되고 있었다.

책 속에서 표현했던 "유럽적인 회화기법이 터키나, 그 이전부터 이 지역에서 생활했던 여러 동양계 민족의 조형 전통"과 "충돌하고 얽히고 하면서 작품이라는 틀 안에 가두어둘 수 없는 생명력을 뿜어내고 있었다."는 그림과 조각들이 무척 궁금했기에 실망스러웠다. 하지만 미술관 앞에 세워진 '여기에는 기적 따위 없다' 는 냉소적인 전시회 제목 구조물이 묘하게 마음을 아프게 했다.

이제 '요네하라 마리 추적' 을 마무리 지을 때였다. 야스나가 장난기 가득한 암갈색 눈동자를 반짝이며 요네하라를 데리고 간, 베오그라드 시가의 모습이 한 눈에 내려다보이는 '절경' 의 언덕을 찾을 차례였다.

"버스는 급사면을 올라갔다. 버스가 다 올라간 곳에서 내려 야스나가 보라는 대로 눈을 돌린 나는 숨을 꿀꺽 삼켰다. 절경이란 말은 이럴 때 쓰는 말이다. 사바 강과 도나우 강이 합해지면서 생긴 예각지가 무너져가는 성벽에 둘러싸여 있다. 성벽 건너편으로 구시가지 건물들이 늘어서 있고, 그 뒤로 기복 있는 거리풍경이 보인다. 더 멀리로는 한적한 농촌지대가 펼쳐져 있다."

《프라하의 소녀시대》

　　하지만 아무리 둘러봐도 전망이 좋아 보이는 급사면은 보이지 않았다. '하얀 도시'에 대한 환상은 이렇게 허망하게 무너졌다. 무기력했다. 요네하라는 이 도시에 왜 그토록 감탄했을까. 아마, 평생을 그리워한 친구 야스나, 그리고 경제봉쇄라는 상황에도 불구하고 살아 숨쉬는 사람들과 도시의 모습 때문에 그녀에게 베오그라드는 특별했을 것이다. 문제는 내게는 이런 사소하지만 중요한 감정이 없다는 것이었다.

＊＊ 끝없이 파괴를 되풀이 하는 도시

노비 베오그라드를 떠나 칼레메그단 공원이 있는 강 건너 구시가로 향했다. 칼레메그단 공원 남쪽에 자리한 구시가는 번화했고 복잡했다. 19세기, 오스만 제국이 점점 약해지며 베오그라드의 모습도 확 변했다. 터키풍의 동양적 모습에서 서구 양식으로 변화하기 시작했다. 요네하라의 "서양 콤플렉스 같은 걸 거의 느낄 수 없는 곳"이라는 표현은 베오그라드 사람들의 사고방식과 생활양식을 두고 한 말일 테지만, 베오그라드 구시가의 풍경은 서양 콤플렉스니 뭐니 말하는 것조차 어색한, 그냥 전형적 유럽의 풍경이었다. 사라예보 같은 조화로운 동서의 만남을 기대했는데 큰 실망이었다. 하지만 거리를 가득 메운 노천 카페에 앉아 이야기에 열중하는 수많은 사람들과 세련된 차

도나우 강과 사바강이 만나는 구릉에 자리한 칼레메그단 공원. 평일에도 산책하러 나온 사람들로 넘친다.

림으로 거리를 활보하는 사람들에게서 활력이 느껴져 기분이 좋아지기도 했다. 용케 폭격의 상처를 피한 구시가에서는 일말의 안도감마저 느껴졌다.

조금 나아진 기분으로 칼레메그단 공원에 도착했다. 자연스럽게 이야기꾼 야스나가 떠올랐다. 그녀의 설명에 따르면 베오그라드의 기원은 로마 제국이 이민족을 막기 위해 건설한 신기두눔이라는 요새 도시다. "도나우 강과 사바 강이 합류하는 지점을 내려다보는 언덕 위에 건설"했는데 그것이 지금의 칼레메그단 공원이 자리한 곳이다. "온난한 기후와 비옥한 대지 때문에 고대로부터 많은 민족이 끝없이 항쟁과 파괴 약탈을 되풀이하는 무대가 되었"기에 로마가 이곳에 요새도시를 짓기 훨씬 전에 그리스 역사가 헤로도토스는 "끝없이 파괴를 되풀이하는 도시"라 쓰기도 했단다. "이 도시를 차지해 온 민족들은 그때마다 선주민이 세운 성채를 파괴하여 자기네들의 요새로 바꿔 지었는데 이런 흔적은 아직도 칼레메그단 공원에 남아있는 성채에 역력히 드러난다."고도 했다. 내가 반해버렸던 문장, "하얀 안개에 휩싸여 밝아온 태양빛을 받아 반짝반짝 빛을 발하는" 하얀 도시는 바로 이곳이었던 셈이다.

하지만 터키군을 물러나게 했다는 아름다운 하얀 도시의 흔적을 쉽게 찾을 순 없었다. 칼레메그단 공원에 남아있는 붉은색 성채는 온갖 낙서와 레스토랑에 점령당해 있었다. 그나마 사바 강과 도나우 강이 합류해 돌출한 삼각주의 곡선이 근사했다. 성채 곳곳에는 온갖 전쟁 무기들이 전시되어 있었다. 나토군의 폭탄 잔해를 이용해 벤치를 만들어놓은 모습도 이색적이었다. 도통 어울리지 않게(반대로 너무 잘 어울리는 건지도 모르지만), 성채 안에는 군사 박물관도 있었다. 고대부터 구유고연방 전역에서 벌어졌던 각종 전쟁의 역사가 보기 쉽게 전시되어 있었고 고래로부터의 각종 무기들도 진열되어 있었다. 특히 베오그라드를 둘러싸고 일어났던 수많은 전쟁 역사를 보며 '끝없이 파괴를 되풀이하는 도시' 라는 표현을 실감할 수 있었다.

2차 세계대전 당시 나치에 저항하던 구유고연방 빨치산의 활약상과 티토 시절의 구유고연방 군대 전시는 폐장되어 있었다. 박물관 안내자에게 영구 폐지냐 물었더니 정치적 문제 때문에 당분간 열 계획이 없단다. 추측컨대, 구유고연방 빨치산과 군대의 활약은 세르비아계에 한정된 게 아니니, 크로아티아계, 보스니악 등의 활약상도 보여줘야 하기 때문 아닌가 싶었다. 티토가 크로아티아계이기도 하고.

티토는 '형제애와 단결' 을 외치며 발칸 반도의 민족 문제를 해결하려 했고 그가 살아있을 때는 어느 정도 성공했다. 어떻게 보면 사회주의가 수백 년 간 계속되던 발칸의 민족분쟁을 짧게나마 막아주었던 셈이다. 이들에게 '형제애와 단결' 을 좀 더 체화할 시간이 주어져 그것이 일상이 되었다면, 내전 같은 게 있었을까도 싶다. 반대로 각 민족마다 자기들끼리의 '형제애와 단결' 을 지나치게 좇아 서로 다른 민족을 못 잡아먹어 으르렁거리는 건지도 모르지만.

빨치산과 구유고연방 군대 관련 전시 대신 코소보 내전과 나토 폭격이 전시되고 있었는데, 조금 뜨악한 기분이었다. 이 전쟁에서 세르비아가 얼마나 불리했는지 온갖 통계를 통해 웅변하고 있었고, 그럼에도 '용감하게 싸웠음' 을 보여주는 증거들을 자랑스레 전시했다. 세르비아에는 현대판 전쟁 영웅담이 있다. 세르비아 민병대가 개인 대공화기로 미군의 자랑인 스텔스 폭격기를 추락시킨 일화이다. 박물관은 스텔스의 잔해를 비롯해 코소보 내전 중에 빼앗은 미군과 코소보군의 무기와 군복을 자랑스레 전시하고 있었다. 반성이라고는 눈곱만큼도 찾을 수 없었다. 사라예보에서 본 '코소보에서의 동방정교인' 사진전과 마찬가지였다.

이런 태도는 세르비아의 희생자들도 신경 써야 하고 나토의 폭격은 미친 짓이었다고 주장하는 나 같은 사람마저 등을 돌리게 할, 그다지 세르비아에 도움 되는 태도는 아닌 것 같다. 이렇게 전쟁의 도구들을 자랑스럽게 전시하는 모습은 베오그라드가 왜 폭격을 당해야했는지를 역설적으로 변명해주고 있다는 생각마저 들었다.

칼레메그단 공원은 세르비아 민족의 원죄, 아니 끝없이 되풀이해 남에게 해코지해야 직성이 풀리는 인간이라는 존재의 원죄 같았다. 2500년도 더 된 헤로도토스의 말처럼 '끝없이 파괴를 되풀이하는 도시'는 1000년이 지나고 2000년이 지나도 여전히 끝없이 파괴를 되풀이하고 있었다. 자신들의 손으로 하든, 남의 손에 당하든.

하지만 이런 원죄에도 아랑곳 않고 칼레메그단 공원은 평화로웠다. 서서히 지는 햇빛을 받으며 휴식을 취하는 사람들의 모습에는 평화로움이 감돌았다. 오랫동안 기대했던 하얀 도시의 아름다움을 볼 순 없었지만, 사바 강과 도나우 강, 두 개의 강 모두를 공평하게 물들이는 노을지는 풍경은 충분히 아름다웠다. 끝없이 파괴를 되풀이하는 와중에도 변치 않았을, 그런 아름다움이었다.

* 그곳에 정말 하얀 도시가 있었다

갑자기 코소보가 무척 궁금했다. 갈 수 있을까 싶었다. 론리 플래닛은 세르비아 - 코소보 접경지역만 피하면 된다 했고 괜한 오해를 피하려면 코소보 땅에서는 세르비아어나 알바니아어 대신 영어를 쓰라고도 했다. 어차피 접경 지역에 갈 생각은 추호도 없고 영어밖에 할 줄 몰랐으니 문제 될 건 없었다. 여행 출발 전에 들른 외교통상부 해외안전여행 웹사이트에서 코소보는 2단계 '여행 자제' 지역으로 러시아와 구소련 독립국들을 제외한 동유럽 국가 중 유일하게 여행 경보가 내려진 국가였다. 하지만 같은 2단계에 터키가 있었으니 아주 모험은 아니라고 생각했다. 동생에게 최근 코소보 관련해 어떤 종류의 보도라도 있었는지 문자를 보냈더니 특별한 일은 없다는 답이 돌아왔다. 호스텔 매니저에게도 물어보았다.

"프리슈티나와 프리즈렌에 가고 싶은데 요즘 안전한가요?"

"물론이죠. 두 도시는 안전해요. 미트로비차 같은 도시는 가지 마세요. 시한폭탄이에요. 도시 바깥으로도 나가지 마세요. 지뢰 같은 게 아직도 있으니까요."

코소보로 갈 결심을 굳혔다. 코소보의 주도 프리슈티나까지는 6시간, 프리슈티나에서 프리즈렌까지는 2시간 정도 걸렸다. 왕복 16시간의 이동시간을 아끼기 위해 야간 버스를 이용하기로 했다. 밤 10시에 출발하는 버스가 있어 표를 샀다. 배낭은 베오그라드 기차역 물품 보관소에 이틀 동안 맡기로 했다. 준비를 마친 시간이 12시가 채 안되었기에 베오그라드 부근의 제문 Zemun을 가볼 생각이었다.

베오그라드 북서쪽에 위치한 제문은 다뉴브 강을 끼고 발전한 도시다. 이곳은 오스트리아 - 헝가리 제국과 오스만 제국의 각축에 끼어 국경도시로 발전했다. 1718년에 오스트리아에 점령된 후 1차 세계대전이 끝날 때까지 그들의 지배를 받았다. 그래서 아직도 제문 사람들은 '서유럽은 제문에서부터 시작한다.'는 말을 한다고도 했다. 베오그라드 기차역 근처에서 제문행 83번 버스를 탔다. 사바 강을 건너 20분 정도 달리던 버스는 갑자기 거의 급사면을 올라갔다. 응? 이건! 예상치 못한 일이었다.

갑자기 가슴이 벅차왔다. 바로 이곳이 야스나가 요네하라를 데리고 간 곳이었다. 오스트리아 - 헝가리군이 건너편 베오그라드의 오스만 제국군을 감시했다는 탑이 우뚝 솟은 언덕에서 멀리 베오그라드가 한눈에 보였다. 제문 구시가의 늘어선 붉은 지붕과 노비 베오그라드의 현대식 건물이 만들어내는 신구의 조화, 유유히 흐르는 다뉴브 강과 멀리서 흘러오는 사바 강의 만남, 그리고 두 강의 만남 가운데 자리한 칼레메그단 성벽의 아릿한 모습. 멀리서 본 칼레메그단 성벽은 붉은색이 아니라 하얀색이었다. 잠깐의 착시였지만 그곳에는 정말 '하얀 도시'가 있었다. 맙소사!

뜻하지 않은 행운에 당황스럽기까지 했다. 다뉴브 강을 끼고 끝도 없이 뻗은 제문의 푸른 산책로는 무척 호젓했다. 그 길을 사람들이 끝도 없이 걷고 또 걸었다. 다뉴브 강에서 사바 강을 향해 느릿하게 움직이는 배들 사이에도 갈등 따위는 보이지 않았다. 제문 어디에서도 오스트리아와 오스만 제국 사이에 끼어 수백 년을 보낸 흔적을 찾을 수 없었다. 흐르는 시간의 당연한 진리였고 도시와 역사가 아픔을 견디는 방법이었다.

프리슈티나 Prishtina _ 코소보
프리즈렌 Prizren

길을 걷다 심심치 않게 흉한 몰골로 타버린 집과 교회를 볼 수 있었다. 나란히 서 있는 두 집에서
한쪽은 파괴되고 다른 한쪽만 멀쩡한 모습을 보는 건 가슴 아팠다.

코소보, 코소보에 가다

☀ 코소보, 국경의 밤

프리슈티나행 야간버스에 자리를 잡았다. 얼마나 지났을까. 누군가 나를 깨웠다. 세르비아 국경 경찰이었다. 아니, 세르비아 - 코소보 사이 경계는 국경이 아니라 행정통제선이니까 그냥 경찰이 맞는 표현이려나. 여권과 내 얼굴을 대충 보더니 버스에서 내렸다. 조금 더 움직인 버스는 코소보로 들어섰다. 유엔 검문소가 보였다. 현재의 코소보는 '세르비아 내 유엔 관리 자치주' 라는 좀 애매한 위치였다. 선명한 유엔 표식 위로 'United Nations Mission in Kosovo' 라는 문구가 선명했다. 유엔 완장을 찬 경찰이 내 여권을 보더니 잠시 내리라고 손짓했다. 이번 여행 중 처음이었다. 긴장하며 검문소 안으로 따라 들어갔다. 경찰이 물었다.

"코소보는 처음인가?"

"예."

"거기에서 무슨 일을 하려고? 혹시 당신 저널리스트인가?"

"아닙니다. 그냥 여행 중입니다."

"그럼, 예약한 숙소는 있는가?"

"당일치깁니다. 야간버스 타고 다시 베오그라드로 돌아갈 겁니다."

경찰은 웬 종이를 꺼내더니 거기에 도장을 쾅 찍었다.

"이 입국증 잃어버리면 절대 안 된다."

감사하다며 입국증을 받고 돌아서는 나를 경찰이 다시 불러 세웠다. 순간 식은땀이 흘렀다. 하지만 그는 사람 좋아 보이는 미소를 띠며 말했다.

"여행 즐겁게 하길 바란다."

프리슈티나 버스정류장에 도착한 건 새벽 4시 10분. 쌀쌀한 날씨와 짙은 어둠 때문에 할 수 있는 게 아무것도 없었다. 정류장 실내 벤치에 누워 잠을 청했다. 갑자기 누가 나를 흔들어 깨웠다. 한국인 아주머니였다. 여기서 혼자 뭐하냐고 묻더니 우리 버스에 빈자리 있으니 같이 타고 가자고 했다. 아들 같아 걱정된다며.

그녀 뒤로 '코소보 단체 관광'이라는 피켓 아래 바글거리는 한국인 단체 여행객이 보였다. 결코 현실일 리 없었다. 눈을 뜨니 시계 바늘은 5시를 향했고 눈앞에는 아무도 없었다. 모르는 사이에 스스로 지쳐가고 있었다. 역시 나는 이와사키처럼 십 년짜리 여행을 할 그릇이 아니었다. 한 달도 버거웠다.

뼈를 시리게 하는 찬바람이 견디기 힘들었다. 버스 정류장 안에 밤새 영업 중인 카페가 보였다. 들어가 커피 한 잔을 시켰다. 터키식 커피가 아니라 오랜만에 마시는 '그냥' 에스프레소였다. 1유로였다. 코소보는 유로를 사용했다. 익숙한 맛과 따뜻함이 몸을 녹여주었다. 카페는 첫차를 기다리는 사람으로 북적였다. 한 남자가 합석을 요청했다. 어설픈 영어로 혹시 세르비아어 할 줄 아냐고 묻는 걸 보니 알바니아계는 아닌 것 같았다. 그는 내 일기장을 보더니 글씨를 참 잘 쓴다고 칭찬했다. 어찌 알까. 그의 눈에는 한글이 내 눈의 키릴 문자만큼이나 그림으로 보일 텐데 말이다. 코소보에서의 하루는 그렇게 시작되었다.

❊ 프리즈렌과 코소보 내전

시간을 아끼기 위해 프리슈티나 시내로 들어가지 않고 정류장에서 바로 아침 6시 프리즈렌행 첫차에 올랐다. 2시간 남짓 흐른 후 프리즈렌에 도착했다. 프리즈렌은 코소보 남부에 위치한, 산에 둘러싸인 도시다. 2세기 로마인들이 이곳에 세운 쎄란다Theranda라는 요새도시가 기원으로, 프리즈렌이라는 이름은 요새를 뜻하는 'pri'와 쎄란다의 변형인 'Zeranda'가 합쳐져 만들어진 이름이라는 설도 있다.

고대부터 로마, 비잔틴 제국, 세르비아 왕국, 불가리아 왕국의 지배를 번갈아 받던 도시였지만, 13세기 초에 세르비아 왕국의 땅이 되었다. 14세기 세르비아 왕국의 최전성기를 이끈 슈테판 두산 왕은 이 도시를 세르비아 왕국의 수도로 만들기도 했다. 프리즈렌의 자그마한 강을 따라 계속 걸으니 언덕 위에 자리한, 두산 왕이 살았다는 성채의 흔적을 볼 수 있었다. 알바니아 깃발이 나부끼고 있었다.

16세기 오스만 제국이 이 도시를 완전히 차지한 후에는 300년 이상 그들의 지배를 받았다. 덕분에 프리즈렌에서는 터키의 흔적을 많이 볼 수 있었

모스크와 터키식 집의 조화가 이국적인 프리즈렌. 대부분의 동방정교 교회는 불타버리거나 부서졌다.

다. 이 기간 동안 주민 중 상당수가 이슬람으로 개종했고 남쪽에 접한 알바니아계 사람들이 유입되었다. 현재의 프리즈렌은 코소보 알바니아계의 정신적, 문화적 중심지라고 했다.

프리즈렌의 풍경은 베오그라드와 많이 달랐다. 여기는 세르비아가 아니었다. 거리 곳곳에서 붉은 바탕에 머리 두 개 달린 검은 독수리가 그려진 알바니아 국기가 펄럭였다. 이곳에서는 키릴 문자도 사용하지 않았다. 작은 강을 따라 이루어진 거리의 풍경 속에 높이 솟은 모스크의 미너렛과 터키식 목욕탕 유적이 자리하고 있었다. 비스듬히 총을 메고 거리를 어슬렁거리는 유엔군의 모습도 많이 보였다.

노천 카페 어디에나 군인들이 앉아있어 조금 거북했다. 코소보는 심각한 내전을 겪은 후 유엔의 관리 하에 독립을 준비하고 있었다. 프리즈렌은 코소보 내전 당시 직접적인 피해는 입지 않았다. 하지만 내전이 끝난 후 1999년과 2004년에 대규모 폭동이 일어나 세르비아인들의 집이 불탔고 오랜 역사의 동방정교 교회들이 훼손되었다. 길을 걷다 심심치 않게 흉한 몰골로 타버린 집과 교회를 볼 수 있었다. 나란히 서 있는 두 집에서 한쪽은 파괴되고 다른 한쪽만 멀쩡한 모습을 보는 건 가슴 아팠다.

분명 이웃으로 함께 웃고 지냈을 텐데. 프리즈렌 역시, 분명 동방정교 교회와 모스크가 나란히 선 채 다문화, 다민족의 풍경을 펼쳤을 텐데. 내전이 끝난 후, 알바니아계는 프리즈렌이라는 이름을 버리고 쎄란다라는 로마시대 이름으로 도시 이름을 바꾸자고 한다니, 마음속 증오는 쉬이 없어지지 않는가 보다.

코소보는 알바니아계가 주민의 90퍼센트 이상을 차지하고 있다. 오스만 제국에게 패한 후 세르비아인들은 코소보를 포기했다. 그 후 슬라브족이 정착하기 전부터 이 땅에 살았던 일리아족의 후손인 알바니아인이 들어와 자리를 잡았다. 문화적, 사회적으로 세르비아와 다를 수밖에 없는 상황이었다. 티토 정권 아래에서는 자치권을 부여받기도 했지만 사회주의 붕괴 후 집권한 밀로셰비치가 대세르비아주의를 주창하며 이들을 박해했다. 직업을 빼앗고 알바니아어 사용을 금했으며 도시에서 추방했다.

불안한 일상과 차별이 반복되자 알바니아계는 코소보 해방군을 조직해 게릴라전을 벌이며 세르비아인을 공격했고 밀로셰비치는 보복을 한답시고 알바니아계에 대한 잔인한 인종청소를 자행했다.

코소보 독립은 세르비아 입장에서는 도저히 용납할 수 없는 일이었는데, 그들에게 코소보가 '성지'로 여겨졌기 때문이다. 14세기, 슈테판 두산황제는 코소보에 터를 잡고 세르비아 왕국의 전성기를 이끌었다. 하지만 두산 황제의 사후인 1389년, 세르비아 왕국과 오스만 제국이 코소보의 넓은 들판에서 처절한 전투를 치렀다. 세르비아의 왕과 오스만 제국의 술탄이 모두 전사할 정도로 치열한 전투였고, 결국 오스만 제국이 승리하며 발칸 반도 지배의 초석을 다졌다.

반면 세르비아는 멸망의 길을 걸어야만 했다. 19세기 세르비아에 불었던 세르비아 민족주의 운동은 코소보 전투의 패배에 자신들을 투사하며 오스만 제국에 대한 적의를 높이는 수단으로 이용했다. 그러니 세르비아 민족에게는 겨우 찾은 땅을 다시 내놓는 건 죽기보다 싫은 일이었을 것이다. 그리고 이 600년 전 전쟁은 코소보 사태의 중요한 원인 중 하나가 되었다.

표면적으로만 보면 코소보 독립은 박해받던 소수민족이 마침내 독립을 이루어내는 감동적인 이야기다. 사실 수백 년 동안 알바니아계의 생활 터전인 코소보를 세르비아인들이 과거의 역사니 성지니 운운하며 끝까지 자기 땅이라 고집하는 건 억지스럽다. 한국이 만주를 한국 땅이라 주장할 수 없는 것이나, 중국이 고구려를 자기들 나라라고 주장할 수 없는 것과 마찬가지 이유이다.

하지만 세상일은 그렇게 선명할 수 없는 법이다. 게다가 그것이 전쟁 같은 거라면 더 말할 필요도 없다. 코소보 사태와 독립에는 여러 가지 책임 문제와 의문거리, 그리고 불안이 산재해 있다. 코소보 독립을 두고 미국을 비롯한 대부분의 서방 국가들은 적극 찬성인데 비해, 러시아, 중국, 스페인, 벨기에, 이스라엘과 주변국인 불가리아, 루마니아 등은 적극 반대한다.

사실 코소보 독립은 국제법을 무시하는 행위다. 유엔 안전보장이사회 결의안은 '코소보는 세르비아의 일부'라 규정하고 있기 때문이다. 미국과 유럽 강대국들이 자국의 이익을 위해 국제법 따위 안중에 없는 상황이야 익숙하지만 코소보 같이 작고 척박한 땅에 무슨 볼일이 있을까. 그들은 정말 인도적 차원에서 코소보 독립을 지원하는 걸까.

슬프지만, 당연히 그럴 리 없다. 만약 소수 민족 보호의 인도적 차원에서 코소보를 지원하는 것이라면, 줄기차게 독립을 요구하고 있는 벨기에 내 네덜란드계 지역인 플랑드르나 키프로스 내 터키인 지구인 북키프로스, 스페인의 바스크, 보스니아의 스르프스카 공화국, 그리고 이스라엘의 팔레스타인 독립을 인정해야 논리가 맞다. 이스라엘이나 스페인, 벨기에, 중국, 그리고 러시아 등이 코소보 독립을 반대하는 이유는 코소보 독립이 곧 자국 내

소수민족들의 분리 독립 움직임에 기름을 부을 게 뻔하기 때문이다.

미국과 나토는 애초 보스니아 내전 때도 폭격을 퍼붓지 않았던 세르비아에 왜 코소보 내전을 빌미로 폭격을 퍼부었을까. 미국 경제 침체와의 관련을 의심할 수밖에 없다. 1999년은 미국이 이라크에게 폭격을 퍼부은 해이기도 하다. 사실 냉전 종식 후 미국의 최대 산업 중 하나인 군수 산업은 당연히 사양 산업이 되어야 정상이다. 하지만 미국은 끊임없이 새로운 갈등을 만들어내며 그 수익을 유지했다. 이라크가 그랬고 아프가니스탄이 그랬다. 대량 살상 무기나 테러범은 명분일 뿐이다. 미국의 주도 아래 나토의 영향력이 동유럽 국가들을 포괄하며 세력을 넓힐수록 군사적 수익은 증대한다. 여기에 냉전 종식 후 점점 약화되던 나토가 이 기회를 통해 그들의 군사적 영향력을 강화할 수 있는 기회를 포착한 것도 한몫 했을 테다.

이란 북부 카스피 해의 넘쳐나는 원유(O)를 채굴해 알바니아(A), 마케도니아(M), 불가리아(B)를 거치는 송유관을 만드는 수십조 원 규모의 '암보프로젝트AMBO project' 까지 떠올리면 의심은 더 커진다.(이 프로젝트 뒤에는 미국과 영국의 석유 회사들이 있다는 소문이다) 미국과 나토가 알바니아계를 지원하는 이유와 이 거대 원유 수송 사업이 관계없다고 생각하기는 쉽지 않다. 세르비아 폭격에는 분명 이런 맥락의 불순한 의도가 있었을 거라는 생각이 든다.

코소보 독립은 곧 다른 문제들을 줄줄이 불러올 게 틀림없다. 특히, 알바니아는 독립한 코소보 영토를 편입하기 위해 노력할 테고, 이런 영토 회복 욕구는 인근의 모든 발칸 국가들을 자극할 수 있다. 세르비아를 비롯해 불가리아, 루마니아, 그리스, 터키 등은 자신들의 옛 영토에 대한 강한 향수를 가지고 있다. 20세기 초에 서구 강대국들의 개입과 함께 여기저기를 서로 자기 땅이라 주장하다 발칸 전체가 두 차례의 전쟁에 휩싸이고(1차, 2차 발칸 전쟁) 결국은 1차 세계대전으로 이어졌던 걸 떠올리면 끔찍한 상상력도 발휘된다.

게다가 현재 코소보는 40퍼센트가 넘는 실업률에 1인당 국민소득이 천 달러에 불과한 유럽의 가장 가난한 나라 중 하나다. 코소보의 알바니아인들은 독립 후 정말 독립적인 삶을 살 수 있을까. 그들은 자신들이 '은인'이라 부르길 마다하지 않는 미국이나 유럽 강대국에 이리저리 휘둘리며 또 하나의 식민 상태를 경험하진 않을까.

그렇다고 코소보에서 오랫동안 박해 받았던 알바니아인들의 독립을 반대하는 일도 쉽진 않다. 만약 내가 식민 상태 따위 경험한 적 없는 나라 사람이라면, 불안한 국제 정세를 들어 코소보 독립을 반대한다고 쉽게 주장할 수 있을지도 모른다. 하지만 다른 민족에게 당하는 박해의 문제를 심하게 생각할 수 밖에 없는 입장에서 코소보 독립을 마냥 반대하는 것도 참 재수 없는 일이다. 인간이라는 존재가 뿌리를 가지고 있는 이상, 세상 모든 일 어느 것 하나 만만치 않고 쉽지 않은 것 같다. 그래서 때로는 그런 뿌리라는 게 참 거치적거린다는 생각도 하지만, 또 자신들의 불안한 뿌리 때문에 여기저기 떠돌며 정착하지 못하는 사람들을 보면 참 다행이라는 이기적인 생각도 든다.

동유럽 곳곳에서 볼 수 있었던 여기저기 떠도는 롬(일명, 집시. 하지만 그들은 스스로를 롬이라 부른다)들의 잔혹사 - 그들은 아우슈비츠를 비롯한 유럽 박해의 현장 어디에나 있었다. 심지어 프리즈렌에서도 알바니아인에 의해 쫓겨났다 - 만 봐도 그렇다. 항상 세계를 유랑하는 자유로운 노마드를 꿈꾸지만 그게 어디 쉬운 일인가.

앞으로 코소보가 어떻게 될지는 모르겠다. 지금 상황을 봐서는 해피엔딩은 불가능할 것 같지만, 또 알 수 없는 게 인간의 삶이니까. 프리즈렌의 한 이슬람 사원 앞에는 영어로 다음과 같은 문구가 적혀 있었다. "심판의 날에, 알라는 세상 곳곳에서 다른 이의 잘못을 용서한 사람이 있다면, 그의 잘못을 모두 용서할 것이다."

코소보를 여행하고 10개월이 지난 2008년 2월 17일, 코소보는 마침내 독립을 선언했다. 아직 국제사회의 공식 승인을 받지 못해 앞날을 예측할 수는 없지만. 어쨌든 이제 코소보는 한국 외교통상부 해외안전여행 웹사이트에서 여행경보 3단계인 '여행 제한' 지역이 되었다. 한국 외교통상부에게 코소보보다 위험한 나라는 아프가니스탄, 이라크, 소말리아 세 나라 뿐이다. 덩달아 세르비아까지 여행 경보 1단계인 '여행 유의' 지역이 되었다. 텔레비전 화면을 통해 접한 기쁨에 넘치는 프리슈티나 시내의 모습과 분노에 가득 차 시위를 벌이는 베오그라드 시내의 모습을 보는 내내 기분이 묘했다. 역사에 해피엔딩을 기대한다는 게 얼마나 허망한 일인지 잘 알고 있지만, 그래도 코소보, 세르비아 모두의 해피엔딩을 기대할 수밖에.

* 미국이 왜 나빠?

프리즈렌에서 돌아와 들른 프리슈티나가 내게 처음 보여준 광경은 거대한 빌 클린턴의 걸개 사진이었다. 프리슈티나에서 가장 큰 도로 이름이 '빌 클린턴 거리'라고 하니, 말 다했다. 프리슈티나 곳곳에서 미국에게 감사한다

는 문구가 새겨진 포스터를 볼 수 있었다. 이미 프리즈렌에서 '비바! 나토!
비바! 아메리카!' 라는 낙서를 본 적도 있어 낯설지는 않았다.

　블레드의 일본인 아주머니들이 이야기해주었던 버지니아 공대 총기 사
건의 희생자를 추모한다는 프리슈티나 대학의 거대한 포스터도 볼 수 있었
다. 나도 아주머니들의 말처럼 그 사건은 '한국인'의 문제가 아니라 '미국
사회'의 문제라고 생각했지만, 괜히 미안해지는 건 어쩔 수 없었다. 세계는
점점 글로벌해지며 민족과 국가를 잠식하는 척하지만, 여전히 민족과 국가
는 인간의 삶과 역사를 구속한다. 그러니 코소보 내전 같은 것도 벌어진 거
겠지. 미안한 마음과는 별개로 좀 너무하다 싶을 정도로 도시 곳곳에서 '미
국 땡큐'를 연발하고 있어 민망하다는 생각마저 들었다.

　이들은 클린턴이 지시한 세르비아 폭격 덕에 자신들이 살았다고
생각하는 모양이다. 하지만 내 입장에서는 밀로셰비치도 나쁜 놈이
지만, 폭격기가 훑고 지나간 세르비아 하늘 아래에서 생활하는 다수
의 죄 없는 사람들을 떠올리면 클린턴도 나쁜 놈이다. 그리고 코소보
에서 세르비아인을 비롯한 다른 인종에 대한 인종청소를 자행한 코
소보해방군도 나쁜 놈이다. 어차피 전쟁이라는 건 누구도 당당할 수 없는
개싸움이기 마련이다. 본의 아니게 말려드는 사람들만 괴로울 뿐.

　거리 곳곳에는 알바니아를 비롯한 유엔, 유럽 연합, 미국, 독일, 이탈리
아, 그리스, 터키, 사우디아라비아 등의 깃발이 어지럽게 휘날리고 있었다.
거리의 차들에는 유엔 번호판이 따로 있었다. 코소보가 처한 복잡한 상황을
보여주는 것 같아 조금 짠했다. 하지만 사람들의 미소와 웃음소리는 끊이지
않았다. 카페나 레스토랑의 종업원들은 하나같이 어쩜 이렇게 친절할까 싶

을 정도였고, 낯선 외모의 동양인 여행자가 신기했는지 이것저것 공짜로 주기도 했다. 낙후된 도시의 풍경과는 다르게 거리는 활력이 넘쳤다.

길을 걷는데 누군가 나를 불러 세웠다. 어라, 이 사람은? 코토르에서 만났던 어리바리한 여행자였다.

"안녕. 뭐 좀 물어볼게. 너 혹시 여기서 어디에 묵고 있어?"

"너, 나 본 적 없니? 코토르에서 만났잖아. 그런데 프리슈티나도 당일치기 여행 중이야. 베오그라드에서."

"그놈의 빌어먹을 당일치기."

남자는 한숨을 푹 쉬더니 나직하게 좀 예의 없는 말을 했다. 조금 화가 나려는 찰나, 그는 신세 한탄을 늘어놓았다.

"나 큰일났어. 마케도니아 스코페에서 여기로 왔거든? 베오그라드에 가려고 했는데 세르비아 입국 도장 없이는 코소보에서 세르비아는 갈 수 없다더라? 마케도니아 국경에서 그런 거 안 찍어주던데 말이야."

맞는 말이었다. 세르비아 입장에서 코소보는 자기 땅이었다. 코소보 - 세르비아 사이에 국경 검문소를 만들어 놓고 입국 도장을 찍어줄 이유가 없었다. 하지만 몬테네그로, 알바니아, 마케도니아, 불가리아 등 코소보와 국경을 접하는 곳에 국경검문소를 설치할 수도 없었다. 코소보는 UN의 통제 아래 있으니까. 그러니 다른 나라에서 코소보를 먼저 들른 사람은 세르비아 입국 도장을 받을 수 없다. 입국 심사를 받지 않았으니 당연히 세르비아에 들어갈 수도 없는 것이다. 세르비아 - 코소보 사이의 조금은 치사한 신경전이었던 셈이다.

내가 "론리 플래닛에 나와 있잖아."라고 말하니 그가 여기 와서 알았다고 대답했다. 코소보 정도로 불안한 곳에 오는데 아무런 준비 없이 오다니, 대단하군. 그는 숙소나 찾아봐야겠다며 터덜터덜 사라졌다.

버스정류장으로 돌아갈 때쯤 갑자기 비가 쏟아졌다. 역에 도착해 신발과 양말을 모두 벗고 말리는데 웬 남자가 말을 걸었다. 꼭 사라예보의 야스나처럼 영어를 구사했다.

"뭐해? 같이 얘기, 어때?"

그를 따라 역의 카페로 갔다. 그는 잠시만 기다리라더니 반대편에 앉아 있던 세련된 차림의 갈색 머리 젊은 여자에게도 같은 제안을 했다. 아무도 이름을 말하지 않아 나도 이름을 말하지 않았다. 남자는 자기를 코소보인이라 소개했고(그에게 코소보인은 당연히 알바니아계였던 모양이다) 여자는 자신을 폴란드인이라고 소개했다. 얼떨결에 나도 한국인이라고 대답하니 좀 민망했다. 국적이 이름이 되다니.

남자는 코소보와 몬테네그로를 오가며 피자 만드는 일을 한다고 했고 여자는 보스니아에서 인권단체 일을 하고 있다 했다. 폴란드 여자는 영어가 정말 유창했는데, 스페인어, 보스니아어도 잘 한다고 이야기했다. 말투나 차림새에서도 지성미가 철철 넘쳤다. 내 직업을 말하기 난감했다. 얼마 전에 제대했어, 라고 하면 내 직업이 군인이 되는 건가? 어쨌든 그렇게 말했다. 남자가 놀라며 말했다.

"오, 정말? 너, 터프?"

"아니. 한국 남자들에게 군복무는 의무야. 2년 정도."

"응. 알고 있어. 내 친구가 한국에서 영어강사 하거든. 그 친구가 한국은 참 아름답고 좋은 나란데, 사람들이 이상할 정도로 영어에 집착한다고 하더

라. 덕분에 자기가 먹고 사니까 불만은 없겠지만."

여자가 그렇게 말하자 달리 변명할 거리가 없었다. 나는 약간 빈정대며 냉소적으로 말했다.

"맞아. 한국은 미국을 너무너무 좋아하거든."

여자는 깔깔거렸지만 남자는 왜 웃는지 이해 못하는 눈치였다.

"왜 웃어? 미국, 나도 좋아해. 우리, 코소보인, 미국, 좋아해."

"알고 있어. 나도 그놈의 빌어먹을 빌 클린턴 거리를 봤으니까."

여자는 한심하다는 듯 말을 이었다. 남자는 더 이해할 수 없다는 표정이었다.

"왜? 그게 뭐가 나빠? 미국이 나빠?"

여자는 미국이 왜 나쁜지 이라크나 아프가니스탄을 들며 조목조목 설명했다. 하지만 남자는 도통 이해할 수 없다는 표정이었다. 어색한 공기를 참지 못해 내가 화제를 돌렸다.

"폴란드가 이번에 내가 들른 여행지 중 최고야."

"에이, 거짓말. 난 폴란드를 좋아하지만 최고라고는 생각 안 해. 그러고 보니 폴란드 안 간 지 벌써 5년도 넘었네."

"폴란드, 최고? 그럼, 베오그라드랑 프리슈티나, 어디가 더 좋았어?"

프리슈티나는 참 좋은 도시지만 여행지로서 좋은 곳은 아닌 것 같다는 말을 차마 하지 못해 주저하고 있는데 여자가 거침없이 말했다.

"프리슈티나 사람들은 친절하고 아주 좋아. 하지만 프리슈티나는 별로 볼 게 없어."

순간 남자의 표정이 굳어졌다. 남자는 버스 시간이 다 되었다며 벌떡 일

어나 나가버렸다. 여자는 혀를 끌끌 차며 어깨를 으쓱했다. 첫인상은 별로
였지만 재미있는 사람이었다. 그녀는 부족한 내 영어 실력을 배려해 천천히,
또박또박, 쉬운 단어를 쓰며 말을 이었다. 내가 폴란드가 정말 최고였다며
한국과 역사가 비슷해 공감이 많이 갔다고 말하니 진지하게 들어주었다. 여
자는 자기도 보스니아에 있다 보면 자기 나라가 참 좋은 곳이라는 생각을 가
끔씩 한다 했다. 미국은 배려심이 없다느니, 자기들은 영원할 거라고 믿는다
느니, 둘이서 한참 미국 욕을 하니 시간이 금방 흘렀다. 그녀는 내가 타는 버
스보다 30분 늦게 출발하는 베오그라드행 버스를 탄다고 했다.

　"네가 베오그라드 버스정류장에서 30분만 어디 앉아 있으면, 우리가 함
께 여행할 수 있을 거 같지 않니? 물론 어떻게 될 지 알 수는 없지만."

　"그러게. 어떻게 될 지 알 수는 없지."

　나는 좀 냉정하게 대답했다. 그녀를 뒤로 한 채 베오그라드행 버스에 올
랐다. 사흘을 야간 버스에서 새우잠을 자 피곤한 상태에서, 온종일 영어로
대화를 하라는 건 나보고 죽으란 소리였다. 그녀가 마음에 들었지만, 그건
넘을 수 없는 커다란 벽이었다. 역시, 미국이 나쁘다.

☀ 유고 사회주의의 상징, 티토의 묘지

베오그라드에 도착한 시간은 새벽 5시 반이었다. 동은 이미 터 있었지만 무
척 추웠다. 시간을 죽일 생각에 남쪽으로 걷다 도착한 곳은 세계에서 가장
큰 동방정교 교회라는 성 사바 교회Sveti Sava였다. 성 사바는 세르비아에서 가
장 존경받는 성인으로 세르비아 정교회를 설립한 인물이다. 최고 높이 134
미터에 가장 큰 돔의 무게만 4천 톤이라는 엄청난 규모지만 투박한 디자인

은 별로였다. 겉은 멀쩡했지만 안은 아직 완성이 덜 된 상태라 들어갈 수도 없었다.

세르비아 민족주의가 한창 고양되던 19세기 말, 애초 이 자리에 있다 1595년 오스만 제국의 침공 때 불탄 동방정교 교회를 복원하는 동시에 세계 최대의 교회를 짓자는 무모한 계획이 세워졌다. 1935년부터 공사가 시작되었지만, 공사 중에 2차 세계대전이 벌어졌고 그 기간 동안 나치와 유고 빨치산들은 이곳을 주차장으로 사용했다. 사회주의 정권 시절에는 온갖 회사들의 창고로 사용되기도 했단다. 재건축을 88번이나 요청한 끝에 1985년부터 간신히 다시 공사를 시작했지만 재정 부족으로 아직도 완성을 못 하고 있다. 나름 복잡한 역사의 상처를 안은 지상 최대의 동방정교 교회였다.

세르비아 사람들도 신앙심이 깊어 보였는데 베오그라드 여행 첫날 들른, 크기로는 성 사바 교회에 주눅 들지 않는데다 디자인은 훨씬 훌륭한 성 마르코 교회Sveti Marko에서 만난 한 아주머니는 사회주의 교회 탄압을 통탄스럽게 이야기하기도 했다.

"동방정교에 관심 있어요? 옛날부터 세르비아인에게 동방정교는 아주 중요했답니다. 문화이며 일상이고 삶, 그 자체였죠. 하지만 아주아주 나쁜 사회주의자들이 교회를 박해했어요. 이렇게 마음껏 교회를 다니는 건 자본주의가 준 축복이에요!"

예의상 웃으며 고개를 주억거렸지만, 글쎄요 싶었다. 사회주의 붕괴 후 분열된 구유고연방에서 각 민족들이 이기적으로 민족과 종교를 분출하기 시작하며 어떤 일이 벌어졌는지 되묻고 싶은 심정이었다. 여기까지 왔으니 조금 더 남쪽에 자리한 구유고 사회주의의 상징이랄 수 있는 티토의 묘지에 가보고 싶었다. 구유고연방 여행의 마지막을 티토의 묘지로 장식하는 건, 꽤 근사한 선택이자 훌륭한 마무리 같았다.

고급 주택가 근처에 호젓하게 자리 잡은 티토의 묘지는 '꽃의 집Kuća cveća' 이라 불렀다. 이름에 걸맞게 커다란 공원 안에 잘 관리된 꽃들이 촘촘히 심어져 있었다. 한쪽에 잘 마련된 전시관에는 티토가 선물 받거나 수집했던 세계 각국의 기념품과 그의 유품들이 전시 중이었다. 이른 시간부터 사람들로 북적였는데, 오늘은 5월 1일, 메이데이였다. 세르비아는 5월 1일, 2일 이틀에 걸쳐 메이데이 휴일이었다. 재미있는 건, 아니 어쩌면 당연하게도, 꽃의 집을 찾은 손님들은 대부분 백발이 성성한 노인들이었다. 공원 안쪽에 자리한 티토의 관 앞에서 정중히 고개를 숙여 묵념하는 노인들의 모습을 보는 건, 묘한 기분이었다.

본명, 요시프 브로즈. 본명보다 별명이자 공산당 당원명인 티토로 더 알려진 크로아티아 기계공 출신의 구유고연방 초대 대통령. 2차 세계대전 중 유고슬라비아 지역을 점령한 독일과 이탈리아를 상대로 80만 명의 빨치산을 거느리고 영웅적인 게릴라전을 수행한 혁명 영웅으로도 알려져 있다.

내가 티토에 대해 처음 알게 된 건 어릴 때 본, 만화로 보는 세계사 어쩌고 하는 만화책이었다. 티토는 아주 짧게 등장했는데 소련이 유고슬라비아를 수정주의라며 코민포름에서 제명하는 장면이었다. 스탈린이 티토에게 '티토, 바보, 똥개, 멍청이!' 라는 유치한 발언을 쏟아내는 장면이었는데, 나는 그 장면이 왠지 재미있어 오랫동안 기억하고 있다. 지금 생각해보면 그 만화 속 장면은 제법 명확한 역사 인식을 보여준 셈인데, 철저한 계획 하에 동유럽을 통제코자 했던 소련 입장에서 그 통제를 최초로 거부한 티토의 유고슬라비아는 바보고 똥개고 멍청이였을 테다.

애초에 티토가 이끄는 빨치산이 유고슬라비아 영토의 대부분을 자력으로 회복한 데다, 빨치산 활동에 적극 지원을 하지 않았던 소련에 대해 불만이 많았던 티토가 소련을 따를 이유는 없었다. 티토가 "자본주의도 싫지만 소련과 스탈린의 만행도 싫다. 그렇다고 공산주의까지 포기할 순 없다."는 생각 아래 소련의 정책을 거부하고 추진한 소위 '티토주의'는 크게 두 가지 면으로 볼 수 있다.

하나는 관료 중심의 소련식 경영체제를 거부하고 노동자 스스로가 기업 경영 전 과정에 참여하는 '자주관리체제'였고, 다른 하나는 소련을 위시한 사회주의 진영이나 미국을 위시한 자본주의 진영, 어디에도 참여하지 않은 채 알아서 잘 살겠다는 '비동맹주의'다. 1948년 코민포름에서 제명되며 소련의 원조와 함께 교역국의 50퍼센트를 차지하던 동유럽 시장까지 모조리 잃은 유고슬라비아로서는 어쩔 수 없는 선택이기도 했다.

혁명 영웅에 골수 사회주의자이자 뛰어난 정치가인 동시에 독재자이기도 했던 티토에 대해서는 많은 논란이 있다. 그 논란이 어쨌든 그는 공산당의 권한을 공고히 해 각 민족별로 쏟아져 나오는 이기주의를 통제했다. 구유고연방의 최대 세력인 세르비아계에게 강자의 관용과 양보를 촉구하고 코소보에는 자치권을 주는 등, '형제애와 단결'을 내세우며 민족 갈등을 봉합했다.

1980년 그가 죽은 후 민족 간의 조화가 붕괴되고 결국 대세르비아주의의 등장과 함께 전 유고슬라비아 국토가 분리와 내전으로 뛰어든 사실만으로도 그의 카리스마가 얼마나 막강했는지를 짐작할 수 있다. 그가 생전에 남긴 말은 지금의 구유고연방 사람들이 꼭 다시 상기해야 할 말이 아닐까도 싶었다.

"아무도 누가 세르비아인이고 누가 크로아티아인이며 누가 무슬림이냐고 묻지 않았다. 우리는 모두 한 인민이었으니까. 그 사실을 어떻게 물릴 수 있을까. 나는 여전히 그것이 오늘날 우리가 걸어야 할 길이라고 생각한다."

구유고연방 사람들이 다시 하나가 될 이유도, 정당성도 없겠지만, 적어도 예전에는 서로 친구였고 이웃이었고, 협력자였다는 것 정도는 떠올려도 되지 않을까. 그것만으로도 서로에 대한 증오와 폭력을 줄이는 첫걸음이 될 테니까. 꽃의 집을 방문하는 유고 사람들이 과거의 '강한' 유고슬라비아에 대한 추억이나 향수가 아닌, 함께 공존하며 살던 '평화로운' 유고슬라비아에 대한 그리움과 앞으로의 평화로운 '미래'를 꿈꾸는 거라면 좋겠다. 나 역시, 처절하게 죽고 죽인 이 발칸의 땅에 서로 존중하고 다름을 인정하며 공존하는 새 시대가 오기를, 그런 평화의 시대가 오기를 티토의 묘 앞에서 조심스럽게 기원했다.

* 모국인보다 타국인!

모국어 대화에 대한 그리움이 절정으로 치닫고 있었다. 어젯밤 코소보에서 만난 폴란드 여성과의 영어 대화를 거부한 후, 그 그리움은 미칠 지경까지 치솟았다. 그런데 생각지도 않았던 티토의 묘지에서 한국어가 들렸다. 잽싸게 소리가 나는 쪽으로 갔다. 얼핏 대화를 들으니 세르비아를 방문한 사업가와 세르비아 주재 대사관의 고위직 직원 정도 되는 듯싶었다. 한국어가 그리워 반갑게 인사를 했다. 하지만 그들은 고개만 까딱하더니 본 체 만 체 지나쳤다. 그냥 지나쳤으면 별 불만을 안 가지려 했으나 나에 대해 얘기하는 소리가 들렸다.

"사실 업무라 해봐야 별 거 없습니다. 여기 사는 한국인이 50명도 안되거든요. 대부분 베오그라드에 모여 있기도 하고요. 저렇게 혼자 여행 오는 배낭 여행객도 가끔 있는 정돕니다."

가끔 있는 배낭 여행객인데 좀 아는 체 해주면 안 되나. 쳇. 하찮은 배낭 여행객 따위 상대하고 싶지 않으시겠지. 하지만 까칠함은 오래가지 않았다. 꽃의 집에서 만난 중국인 부부 때문이었다. 나를 먼저 본 중년 남자가 또박또박한 한국어로 "안녕하세요?"라 말을 걸었다.

"안녕하세요. 와, 여기서 아시아인을 보니 반갑네요. 한국 분 맞습니까? 저는 중국에서 왔습니다."

"예. 한국에서 왔어요. 어쩜 그렇게 한국어를 잘 하세요?"

"'93년, 94년에 한국에서 강의를 했습니다. 충북대학교와 수밍대학교에서요. 죄송합니다만, 기억나는 한국어는 몇 개 없습니다."

"죄송하긴요. 그런데 충북대는 알겠는데 수밍대는 모르겠어요."

"예? 한국에서 제법 유명한 여대라고 들었습니다만."

"아, 숙명여대 말이군요!"

"예. 수밍여대."

옆에 있던 부인이 쿡쿡 웃었고 나도 따라 웃었다. 두 부부는 세르비아의 한 연구소에 교환 교수로 왔다고 했다. 부부는 같이 저녁이라도 먹자고 했지만 루마니아행 4시 20분 기차를 타야했다. 진심으로 안타까웠다.

부부는 남은 여행의 행운을 빌어주었고 나 역시 그들에게 세르비아 생활의 행운을 빌어주었다. 정서를 공유할 수 없는 모국인보다는 서로의 생각과 정서를 공유할 자세를 가진 타국인이 훨씬 낫다. 민족 따위, 이해와 공감의 정서 앞에서 힘이 없다. 티토의 묘지에서 이런 상황을 맞닥뜨린 건 참 거짓말 같은 우연이었지만.

✻ 베오그라드의 메이데이

오늘은 5월 1일, 메이데이였다. 세르비아에서는 '국제 노동자의 날' 정도라 부르는 것 같았다. 비록 지금은 극우 민족주의가 판을 치는 나라지만, 세르비아는 몇 년 전까지 사회주의를 표방한 국가였다. 베오그라드는 옛 사회주의 국가의 수도인데 사회주의 시절 최대 행사인 메이데이를 기념하는 무언가라도 있겠지 싶었다. 한국에서도 매년 5월 1일에 수만 명이 모이는데 말이다. 하지만 기대는 기대일 뿐. 베오그라드에서 메이데이는 그저 이틀을 쉬는 공휴일일 뿐일까. 거리에는 쇼핑하는 사람과 나들이객만 넘쳤다. 그 인파 속에서 웬 단체가 조그만 가판을 벌여놓은 채 서명을 받고 있었다. 서명을 독려하던 한 여성에게 무엇을 위한 서명인지 물었다.

"이 나라를 변화시키기 위한, 일하는 사람들의 정당한 권리를 보장 받기 위한 서명운동이에요."

"저도 서명해도 될까요?"

"물론이죠!"

그녀가 주소란이라 알려준 곳에 서울, 사우스 코리아라 적으니 흥미롭다는 듯 한참을 쳐다봤다. 볼펜과 물 한 병을 선물로 받았다. 전단지도 받았는데 온통 키릴 문자라 전혀 알아볼 수 없었지만, 몇몇 사진들에서 이 나라도 한국과 같은 문제들을 겪고 있구나 짐작할 수 있었다. 실업이라든지, 비정규직이라든지, 신자유주의 아래 살아가는 전 세계 어디에서나 찾아볼 수 있는, 그런 문제들 말이다.

서명하는 사람들을 지켜보니 대부분 백발이 성성한 노인들이었다. 이곳의 내 또래들은 점점 신자유주의와 민족주의에 점령당하고 있는 세르비아에서 어떤 생각을 하며 살아가고 있을까 궁금했다. 한 노인이 서명을 한 후 양복 안주머니에서 수첩 같은 것을 꺼내 서명을 받던 여자에게 보여주었다. 당원증이거나 조합증이거나, 뭐, 그런 게 아닐까 싶었다. 여자는 무척이나 반가워했고 두 사람은 우정 어린 악수를 나눈 후 가볍게 포옹했다. 그 모습 속에서 희미하게나마 연대의 흔적을 살핀 게 위안이라면 위안이었다.

베오그라드의 마지막 일정, 아니, 구유고연방의 마지막 일정으로 구시가 근처에 위치한 스카다스카Skadarska를 찾았다. '베오그라드의 몽마르트'라 불리는 스카다스카는 원래 19세기 초반에 롬(집시)들이 모여 살던 곳이었다. 베오그라드의 도시 계획 아래 각종 공방과 음식점이 들어서며 아름다운 돌길과 건물들이 자리한 지금의 모습이 되었다.

20세기 초에 수많은 작가, 배우, 화가, 음악가들이 모여 보헤미안의 정취를 입혔다고 하는데, 지금도 예쁜 레스토랑에서는 끝없이 경쾌한 집시 음악이 흘러나오고 있었고 도처에 작고 예쁜 기념품들이 널려있었다. 쫓겨나고 또 쫓겨나고 박해받고 또 박해받았지만, 또 어디에서든 자신들의 삶을 찾아 즐겼던 롬의 경쾌하고 열정적인 음악이 왠지 메이데이와 잘 어울렸다.

짧았던 유고슬라비아와의 인연도 끝이 났다. 과한 감상에 시달렸지만, 그만큼 슬로베니아의 류블랴나에서 시작해 세르비아의 베오그라드에서 끝이 난 2주간의 유고슬라비아 여행은 나에게 짙은 흔적을 남겼다. 이제 지도에 유고슬라비아라는 나라는 없지만, 내게는 죽을 때까지 잊을 수 없는 기억이었다. 이제 각기 다른 나라지만, 슬로베니아도 크로아티아도 몬테네그로도 보스니아 - 헤르체고비나도 세르비아도 모두 고맙다는 인사말은 같았다. 흐발라hvala 정말, 진심으로 '흐발라' 다.

5장 루마니아 _{Romania}
불가리아 _{Bulgaria}

티미쇼아라

부쿠레슈티

벨리코 투르노보

소피아

티미쇼아라 Timisoara _ 루마니아

도시는 젊은 분위기였다. 가방을 멘 학생들 천지였고 지나가는 사람들도 젊어보였다. 티미쇼아라
가 혁명의 시작이 된 건 도시 전체를 흐르는 자유로운 분위기의 영향 때문일지도 모를 일이었다.

루마니아 혁명을 이끈 젊은 도시

✻ 정말 황폐하고 으스스한 나라일까?

더 이상 여행에 대한 의지라곤 남아있지 않았다. 고대했던 구유고연방의 여행을 마치니 의욕과 긴장이 모조리 사라졌다. 게다가 루마니아라니! 루마니아에 온 것은 순전히 본의 아니게 3일 늦춰진 귀국 비행기 때문이었다.

루마니아에 갈 생각도 올 생각도 없었던 이유? 요네하라 마리가 묘사한 루마니아는 절대 가고 싶지 않은 나라였다. 그녀의 눈에 비친 루마니아는 황폐했다. 생기 없고 희망을 잃은 사람들로 가득한 곳이었다. 게다가 요네하라에게 '노골적인 인종차별'을 느끼게 한, 재수 없고 으스스한 나라였다. 물론 10년도 더 전의 일이었지만 어쨌든, 루마니아에 가고 싶지 않았다.

지금까지 탄 어떤 기차보다도 낡아빠진 티미쇼아라행 기차는 편견을 한층 더 부채질했다. 좀 얄팍하긴 하지만, 티미쇼아라에 가는 이유도 오로지 《프라하의 소녀시대》 때문이었다. "티미쇼아라 시의 헝가리인 목사에 대한 당국의 퇴거명령에 항의한 시민들의 봉기가 전국으로 확산되어 차우셰스쿠 정권이 붕괴될 때"라는 이 한 문장에 등장했기 때문이라는, 좀 어처구니없는 이유였다. 그도 그럴 것이 루마니아에 대한 여행 준비를 전혀 하지 않았기 때문에 어디에 가야할지 좀체 감을 잡을 수 없었다.

기차에서 시계를 다시 맞추었다. 루마니아는 세르비아보다 1시간이 빨라진다. 정확히 34일만의 시간 조정이었다. 느려터진 기차는 베오그라드에서 출발한 지 꼭 6시간이 지나 티미쇼아라에 도착했다. 밤 10시가 넘은 티미쇼아라 역은 그야말로 문전성시였다. 배낭을 멘 여행객들을 이렇게 한꺼번에 보는 건 정말 오랜만이었다. 루마니아가 정말 동유럽 여행 빅5(체코, 폴란드, 슬로바키아, 헝가리, 루마니아) 중 하나가 맞긴 한가 보다.

역을 빠져나와 어두운 밤길을 걷는데 생각만큼 칙칙하지 않았다. 아니 오히려 세련된 모습이 물씬 풍겼다. 이틀 밤을 버스에서 잔 탓에 너무 피곤해서 큰맘 먹고 가까운 호텔에 들어갔다. 별 두 개짜리 호텔인데다 환승지 로마에서 묵은 호텔의 반도 안 되는 가격이었지만 훨씬 깨끗하고 좋았다. 타트란스카 롬니카 이후 정확히 20일 만에 사용해보는 개인 욕실이었다.

✱ 혁명의 도시, 티미쇼아라!

티미쇼아라는 엄청나게 깨끗하고 세련된 모습이었다. 그도 그럴 것이, 도시 전체 실업률이 2퍼센트도 채 안 되는, 루마니아에서 가장 잘 사는 도시 중 하나니까. 이곳은 18세기 합스부르크가의 지배를 받은 이후로 그들의 든든한 지원을 업고 트란실바니아 지방 최초의 공장이 세워지고(1718년) 유럽 최초의 가로등이 설치되었던(1884년) 손꼽히게 부유한 도시였다.

티미쇼아라는 장사를 하기 위해 몰려든 루마니아인, 독일인, 세르비아인, 헝가리인, 유대인들이 모여 복작거리는 다문화를 만들어내며 번성했다. 하지만 차우셰스쿠 시절에는 시민들이 비밀경찰에 저항하는 바람에 노골적인 탄압을 받아 침체를 겪어야만 했다. 루마니아 혁명의 도화선이 된 이유가 있는 셈이다.

지금은 첨단 기술 산업 쪽으로 외국 자본이 엄청나게 유입되며 다시 부를 만들어내고 있다는데, 도시 전체에 부티가 철철 넘쳐흐르긴 했다. 잘 가꾸어진 많은 녹지와 군더더기 없이 깔끔하게 구성되어 있는 거리의 모습은 여유마저 느껴졌다. 비록, 사람들에게서 생생한 활기를 느낄 수는 없었지만 말이다. 왠지 다들 차분하고 조용한 인상이었다.

20여 년 전 티미쇼아라는 루마니아의 혁명 도시였다. 1989년 12월 16일, 티미쇼아라의 승리광장에 수천 명이 모였다. 차우셰스쿠 정권에 대해 지속적으로 비판의 날을 세웠던 헝가리인 목사 퇴케시의 추방을 결정한 정부와 비밀경찰에 항의하기 위해서였다.

시위는 이틀 동안 계속되었고 차우셰스쿠 정권은 17일, 시위 진압을 위해 군대를 보냈다. 군대의 발포로 자유광장과 오페라 하우스 사이의 좁은 도로는 사상자가 넘치는 아수라장이 되었다. 도시는 봉쇄되었고 2명 이상 모이는 것조차 금지되었다.

차우셰스쿠는 루마니아 인민들은 자기를 사랑하기에 티미쇼아라 시위는 '배후 세력'에 의해 주도된 것이라 믿고 12월 21일 부쿠레슈티에서 십만 명을 모아 차우셰스쿠 지지대회를 개최했다. 그러나 연설 도중 십만 명의 시민들이 야유와 욕설을 쏟아냈고 이 광경은 전국에 생중계되었다. 시민과 군대, 비밀경찰의 충돌로 수많은 사상자가 나왔다.

루마니아인의 70퍼센트 이상이 본 것으로 추정되는 생중계 덕에 전국 각지에서 성난 시위가 이어졌다. 당황한 차우셰스쿠와 그의 부인이자 제1부 수상이었던 일레나는 22일 헬리콥터를 타고 부쿠레슈티를 빠져나갔다. 하지만, 그를 알아본 한 노동자의 신고로 타르고비슈테^{Târgoviste}에서 붙잡혔다. 두 사람은 임시 군사법정에서 초고속으로 사형을 선고 받고 12월 25일, 총살당했다. 20년 넘게 권력을 누리던 '최악의 독재자' 차우셰스쿠는 티미쇼아라 시위 발발 후 채 열흘도 안 되어 영원히 사라졌다.

티미쇼아라는 1989년 혁명의 기원임을 무척 자랑스러워했다. 거리 이름부터 곳곳에 새겨진 석판들과 89년 사망했던 사람들을 위한 추모비에 조잡한 낙서들까지, 자신들이 루마니아 혁명의 시작임을 자랑스럽게 내세웠다. 혁명이 시작된 승리 광장은 조용하고 평화로웠다. 세련된 국립극장, 오페라 하우스와 거대한 동방정교 교회가 마주보는 사이에 자리한 승리 광장은 넓은 보행자 전용 도로와 잘 가꾸어진 조경이 합스부르크식 건물과 어우러진 곳이었다.

광장 한복판에는 로마의 시조 로물루스와 레무스가 이리의 젖을 먹는 신화가 조각되어 있다. 자신들을 로마인의 후예라 생각하는 루마니아인다운 발상이었다. 기원전부터 이 땅에 살던 다치아인과 로마제국 시절 이주해 온 라틴인, 그리고 발칸 지역 전역에 자리를 잡았던 슬라브인이 동화와 혼혈을 이루었다는 루마니아에는 미인이 넘쳤다. 보스니아 - 헤르체고비나가 미남들의 나라였다면 루마니아는 미녀들의 나라였다. 전 세계를 매료시킨 '체조 요정' 나디아 코마네치를 곳곳에서 볼 수 있었다.

승리 광장을 지나니 자유 광장, 동맹 광장이 이어졌다. 승리, 자유, 동맹. 티미쇼아라가 어떠한 것에 가치를 두는지 짐작할 수 있었다. 그것이 단지 과시적 전시만이 아니라면, 도시의 일상에 녹아있다면, 이 도시를 사랑할 이유는 충분했다. 동맹 광장은 그 이름과 어울리게 가톨릭 성당과 동방정교가 서로를 마주보며 나란히 광장 끝에 자리하고 있었다.

이 도시는 뭔가 젊은 분위기였다. 거리에는 가방을 멘 학생들 천지였다. 곳곳에 자리한 대학들이 그 이유를 말해주는 것 같았다. 티미쇼아라가 혁명의 시작이 된 건 도시 전체를 흐르는 자유로운 분위기의 영향 때문일지도 모를 일이었다. 적어도 티미쇼아라는 생기 없고 희망을 잃은 사람으로 가득한, 그런 루마니아는 아니었다. 비록, 레스토랑의 종업원은 최고로 무뚝뚝했지만 말이다.

부쿠레슈티 Bucharest _ 루마니아

부쿠레슈티에는 차우셰스쿠가 상젤리제를 만들기 위해 구시가를 밀어버릴 때 용케도 살아남은
역사 지구가 있다. 무미건조하고 답답한 건물들 덕에 역사 지구는 한층 더 아름다워 보였다.

차우셰스쿠의 뒤틀린 욕망의 흔적을 만나다

차우셰스쿠의 깊은 생각?

저녁 8시 20분, 부쿠레슈티행 야간열차를 탔다. 티미쇼아라에서 부쿠레슈티까지는 대략 9시간이 걸렸다. 새벽 5시에 도착해 반나절을 돌아본 후 오후 1시 20분에 출발하는 불가리아 벨리코 투르노보행 기차를 탈 생각이었다. 여행 전만 해도 웬만해선 밤샘 야간 열차, 야간 버스를 이용해 시간을 절약하는 어리석은 짓 따위 하지 않겠다고 결심했다. 하지만 한 달 가까이 단 한 번이었던 밤샘 이동을 고작 6일 만에 네 번째 하는 중이었다.

　게다가 지금까지 탄 기차 중 단연 최악이었다. 낡아빠지진 않았지만 고장난 난방장치, 꽉꽉 들어찬 객실, 닫히지 않는 문은 어떻게 할 도리가 없었다. 이런 상황에서 잠이 오면 비정상이었다. 그나마 함께 탄 노인들이 친절하지 않았다면 완전히 폭발했을 것이다. 누가 루마니아인들이 친절하지 않다고 했는가! 그건 다만 서비스 업종 사람들에게만 해당되는 말인 듯싶었다.

티미쇼아라의 레스토랑 종업원만큼이나 기차 차장도 무뚝뚝했으니.

새벽 5시의 부쿠레슈티는 너무 어두웠다. 역을 빠져나오니 택시 기사들이 미친 듯이 달라붙었다. 악명을 떨치는 바가지 요금 택시 기사들이었다. 그들을 피해 지하철을 탔다. 2레이(800원) 티켓을 사며 실수로 7레이(2800원)를 주었지만 돌려주지 않았다. 나중에야 알아챈 나의 멍청함을 탓할 일이었지만, 젠장. 시간이 별로 없는 관계로 부지런히 움직였다.

악명 높은 '차우셰스쿠의 도시'를 보기 위해 '샹젤리제'로 향했다. 은유로서의 샹젤리제가 아니다. 프랑스 숭배자였던 차우셰스쿠가 부쿠레슈티를 파리로 만들기 위해 구시가를 닥치는 대로 파괴하며 만든 거리의 원래 이름이었다. 그래도 자존심을 세우려했는지 파리의 샹젤리제보다 6미터가 더 길다고 했다. 지금은 동맹거리라는 이름으로 불렸다. 안 어울린다.

프랑스 숭배자이던 차우셰스쿠는 구시가지에 살고 있던 사람들을 인정사정없이 쫓아내 건물을 모조리 파괴한 후, 파리 시가지의 복사판을 만들려 했다. 그 토목공사에는 시민들을 헐벗게 한 대가로 식량을 대량 수출해 번 돈을 처들였다. 그렇게 닦은 그 대로의 이름은 당연히 '샹젤리제'. 그러나 완성도 보지 못한 채 스러진 차우셰스쿠의 운명과 함께, 세기의 토목사업도 좌절되고 말았다. 그것은 이미 6년 전일 텐데, 시가지는 아직도 차우셰스쿠 정권이 붕괴된 순간이 그대로 냉동 보존된 채였다. 무너진 건물더미는 아직도 치워지지 않은 채 그대로였고, 당장이라도 넘어질 듯한 오랜 건물이며, 거대한 철근 콘크리트 건물군이 짓다 만 채로 내동댕이쳐져 있었다.

- 《프라하의 소녀시대》

요네하라의 방문으로부터도 12년이 더 지난 루마니아의 샹젤리제는 차우세스쿠의 어처구니없는 만행을 떠올리지 않는다면 아주 나쁘진 않았다. 하지만 대로와 그 사이를 이루는 인공 호수를 중심으로 완벽한 좌우대칭을 이룬다는 이 거리는, 활력도 숨 쉬는 느낌도 없는 죽은 거리였다.

　　곳곳의 짓다가 만 건물들과 그 사이를 어슬렁거리는 들개들은 샹젤리제를 을씨년스럽게 만들었다. 부쿠레슈티의 들개는 적게는 십만 마리에서 많게는 이십만 마리까지 부쿠레슈티 거리를 어슬렁거린다고 했다. 차우세스쿠가 구시가의 삶의 터전을 밀어버리며 쫓겨난 사람들은 개를 버렸고, 개들은 짓다만 차우세스쿠의 건물에 모여 스스로 번식해, 이제는 누구도 통제할 수 없는 존재가 되어버렸다. 이른 아침, 인적 없는 거리에서 마주친, 꼭 늑대같이 생긴 들개는 공포스러웠다.

　　편집증이라 해도 좋을 집착과 광기가 느껴지는 거리, 이 거리의 절정은 끄트머리에 우두커니 자리한 인민궁전이었다.(차우세스쿠 사후, 의회궁전으로 이름을 바꾸었다.) 인민궁전은 보지 않으려고 아무리 피해봐야 어쩔 수 없이 보게 되는, 거대하고 역겨운 건물이었다. 차우세스쿠 시절, "이곳 대연회홀에서 연회가 열리면 그 조명 때문에 부쿠레슈티 시의 절반이 정전이 되어버렸다(《프라하의 소녀시대》)"는, 미국 펜타곤에 이어 세계에서 두 번째로 크다는, '차우세스쿠의 집'이었다. 그는 이 궁전을 1984년부터 건설하기 시작했는데 터를 잡기 위해 부쿠레슈티의 육분의 일을 밀어버렸다.

　　인민궁전 한 바퀴를 도는데 40분 이상이 걸렸다. 정면은 그럴듯해 보였지만 뒤로 갈수록 짓다만 흔적과 아직도 공사 중인 모습이 어지럽게 얽혀있었다. 안에 들어가 보고 싶은 생각은 추호도 없었다. 차우세스쿠가 처형된

니콜라에 발세스쿠 거리의 대학 광장. 1989년 혁명에도 불구하고 차우세스쿠에게 기생하던 권력자들이 권력을 잡았다.

후 공개된 인민궁전을 보며 사람들은 놀라움에 입을 다물 수 없었다고 한다. 온통 대리석과 금장식에 3,500개가 넘는 샹들리에가 반짝였기 때문이다. 변기가 황금이었다는 소문마저 돌았다. 그딴걸 보고 난 후 찾아올 구역질을 견딜 자신이 없었다.

솔직히 옛 사회주의 사회에서 어떻게든 긍정적인 면을 찾으려고 노력을 좀 하는 편이지만, 차우셰스쿠만은 예외였다. 그는 진정 비호감 중의 비호감이었다. 학창시절 받은 반공 교육에서 차우셰스쿠 정권은 항상 사회주의 사회가 얼마나 열등한 체제인지를 보여주는 일례로 사용되었다.

동유럽 사회주의 붕괴 과정에서 유일하게 지도자를 처형한 루마니아의 붕괴는 가장 극적이면서도 비극적이었다.(그 후 구유고연방이 내전에 휘말리며 더 참혹한 비극이 되어버렸지만) 사실 그는 사회주의자라기보다는 멍청하고 잔인한 독재자에 가까웠다. 그가 계획한 루마니아의 공업화와 계획경제를 보면 얼마나 머리가 나쁘고 이해력이 부족한지를 알 수 있다.

그는 부유한 농업국이었던 루마니아를 선진 공업국으로 바꾼답시고 농촌 사회를 고의로 파괴했다. 당연히 이 계획은 실패했고 국가 부채는 눈덩이처럼 불어났다. 그러자 부채를 갚기 위해 자국의 농산물과 공산품을 대량으로 수출하는 반면 모든 수입은 금했다. 물품 부족에 시달린 루마니아인들에게는 적은, 더 적은 배급을 주었고 전기, 난방, 가스 등을 끊어 기름 값을 절약했다. 나치의 게슈타포보다 더한 역사상 최악, 최대의 비밀경찰을 동원해 모든 불만을 잠재우며 루마니아인들의 생활수준을 크게 낮추었고 마침내 모든 외채를 갚았다.

국민들이 굶주리고 추위에 떠는 동안 그가 한 짓은 고작 도시를 밀고 인민궁전을 지은 것이었으니, 기가 막힐 노릇이다. 그도 한때는 숱하게 감옥을 오간 열렬한 운동가였고 68년 소련의 체코 침공을 공개적으로 비난하기도 한, 적어도 상식있는 인간이었다. 그를 최악의 인간으로 만든 건 무엇이었을까. 권력을 향한 비뚤어진 욕망은 멀쩡한 인간도 망가뜨린다.

부쿠레슈티에는 차우셰스쿠가 샹젤리제를 만들기 위해 구시가를 밀어버릴 때 용케도 살아남은 역사 지구가 있다. 17세기에 만들어진 승리거리 옆으로 늘어선 역사지구의 고풍스러운 건물과 교회를 보며 19세기에 왜 이 도시를 '동유럽의 파리(차우셰스쿠의 파리가 아니라)' 라 불렀는지 조금이나마 느낄 수 있었다.

'차우셰스쿠의 부쿠레슈티' 가 보여주는 무미건조하고 답답한 건물들 덕에 역사 지구는 한층 더 돋보였고 아름다워 보였다. 굳이 아름다운 구시가를 밀어버리고 못난 도시를 지은 건, 남아있는 역사 지구를 더 돋보이게 만들어 미래 루마니아의 훌륭한 관광지로 만들려 했던 차우셰스쿠의 깊은 생각이었을지도 모를 일이었다. 그게 내가 찾은 차우셰스쿠의 유일하게 긍정적인 면이었다, 흥. 차우셰스쿠 당신, 도대체 무슨 생각으로 살았던 거유? 진짜 묻고 싶었다.

* 혁명구역에서 차우셰스쿠의 몰락을 보다

아마 선입견 때문이었을 거다. 하지만 부쿠레슈티 사람들의 표정은 티미쇼아라 사람들의 표정과는 조금 달라 보였다. 생생해 보이지 않는 건 마찬가지였지만, 부쿠레슈티 사람들의 표정이 왠지 조금 더 지쳐보였다.

이곳이야말로 정말 폴란드 이후 사람들의 신앙심이 최고로 깊은 곳이었다. 루마니아 인구의 87퍼센트가 동방정교 교인이라는데, 그런 수치를 떠나서 거리에서 사람들이 똑같이 행하는 손짓이 그들의 신앙심을 보여주었다. 열에 아홉은 교회 앞을 지날 때 손으로 성호를 그었다. 꼭 두 번씩 그었다. 그런 모습에서 이들의 신산한 삶의 흔적이 얼핏 엿보인다고 생각한 것도 역시 내 선입견일까. 벨리코 투르노보행 기차표를 사기 위해 시내의 매표소에 들렀는데, 유로도 카드도 안 된다고 했다. 유로 환전소를 찾는 데도 시간이 좀 걸렸다. 경제 사정이 썩 좋아 보이지는 않았다.

'차우셰스쿠의 도시'가 그의 만행을 보여주는 곳이었다면, 혁명 구역은 그의 몰락을 보여주는 곳이었다. 1848년 투르크로부터의 독립과 농노해방, 의회제도 등을 주장한 왈라키아 혁명의 지도자 니콜라에 발세스쿠Nicolae Bălcescu의 이름을 딴 거리에서 혁명광장까지 이어지는 곳은 1989년 혁명의 현장이었다. 니콜라에 발세스쿠 대로의 시작인 대학광장 한복판에는 1989라는 숫자가 선명한 추모비가 있었고, 대로 옆 인도에는 89년의 첫 희생자를 추모하는 검은 십자가가 세워져 있었다. 도로 옆 건물 사이사이에는 아직도 선명한 총탄의 흔적이 있었고, 세계의 저널리스트들이 숨죽이며 혁명의 광경을 지켜보았다는 인터콘티넨탈 호텔이 현대적 모양새를 으스대고 있었다. (저널리스트들은 왜 사라예보나 부쿠레슈티에서 최고급 호텔에 묵으며 역사의 순간을 관찰한 걸까)

대로를 지나 도착한 혁명광장에서 역사의 흔적들을 숨 쉴 틈도 없이 지나쳤다.(뭐, 사실, 시간이 없어서기도 했지만) 차우셰스쿠가 마지막 연설을 한 후 헬리콥터로 꽁무니를 뺀 공산당중앙위원회 건물, 비밀경찰의 숙소였으나 성난 인민들에 의해 파괴된 후 현재의 커피숍으로 새롭게 들어선 건물,

그리고 비밀경찰들이 '성접대'를 받았던 곳이나 지금은 힐튼 호텔이 된 건물 등등. 같은 잘못을 반복하지 않기 위해선 역사를 기억해야 하고, 역사를 기억하기 위해선 기억할 수 있는 장소나 흔적을 보존하는 게 중요할 것이다. 이 역사의 현장들이 부쿠레슈티에 제2의 차우셰스쿠 등장을 막을지도 모를 일이었다.

'차우셰스쿠의 부쿠레슈티'와 '혁명 지구'라는, 부쿠레슈티에서 계획한 일정을 모두 마쳤다. 별로 오래 걸리는 일정이 아닌 데다 서두른 덕에 시간이 남았다. 그 시간에 다시 한 번 요네하라의 흔적을 좇기로 했다. 부쿠레슈티 북쪽에 위치한 '거짓말쟁이 아냐'의 집을 찾아보기로 했다. 책에 집 주소까지 적혀 있으니 어려울 건 없었다. 이번에는 요네하라를 비탄과 분노에 빠지게 했던, '부쿠레슈티의 아냐'다.

* 또다시 요네하라를 추적하다

요네하라의 표현을 빌려 '추억의 노트'에 아냐가 적어준 주소지를 묘사하면 이렇다.

> "마치 공원 속을 달리고 있는 듯했다. 마로니에 가로수가 가지를 넓게 벌리고 서 있는 대로 양옆은 폭 넓은 보도가 있고 그 너머 우거진 나무들 사이로 아름다운 건물들이 살며시 보였다." — 《프라하의 소녀시대》

'부쿠레슈티의 가장 고급스러운 빌라와 공원이 있는 곳'이라는 키세료프 거리Soseaua Kiseleff였다. 깨끗하게 정비된 가로수길 좌우로 고급 맨션이 즐비했다. 높은 담장에 철조망이 쳐있는 대사관 건물이 보였고 곳곳에 경찰들이 배치되어 있었다. 한국으로 치자면 대사관이 몰려있는 서울의 삼청동 정도 되는 곳이었다. 요네하라가 들렀던 12년 전과 다른 점이라면, 당시에는 옛 공산당 간부들이 살던 곳이 지금은 대사관과 다세대 맨션, 그리고 글로벌 기업들의 사무실로 변한 정도였다.

키세료프 거리 20번지인 아냐의 부모, 자하레스쿠 부부의 집은 쉽게 찾을 수 있었다. "교차점에 면한 광대한 땅"에 "숲처럼 나무가 많은 부지" 그리고 "차를 12대쯤은 충분히 주차할 수 있을 정도로 넓었고 테니스 코트도 3군데나 있는", 그녀의 묘사가 들어맞는 곳이었다. 하지만 요네하라가 씁쓸함을 담아 묘사한 화려함이라곤 더 이상 찾아볼 수 없었다. "1층 입구 정면 왼쪽에 가죽을 입힌 거대한 현관문"이나 "발브 자하레스쿠라고 적힌 금패" 같은 건 볼 수 없었다. 그저 지저분하고 낡은 다세대 주택일 뿐이었다. 20번지라고 새겨진 철조망이 반쯤 무너진 모습은 12년이라는 시간의 흐름을 말해주는 것도 같았다.

12년 전에 아흔이 다 되었던 자하레스쿠 부부는 아마 지금은 이 세상 사람이 아닐 테다. 뭐 하나 부족함 없는 유대 상인 집에서 태어나 사회 모순에 눈뜬 후 공산주의 운동에 몸을 던져 투옥되고 고문당해 다리까지 잃었지만, 권력을 쟁취한 후로 뒤틀린 아냐의 아버지는 차우셰스쿠를 연상케 했다. 뭐 하나 부족함 없는 부농의 아들로 태어나 공산주의 운동에 몸을 던져 수차례 투옥되었지만, 뒤틀린 권력의 욕망을 추구하다 총살당한 차우셰스쿠와 비슷해도 너무 비슷했다.

아냐의 아버지를 비롯해 차우셰스쿠의 공범자였던 당 간부들은 차우셰스쿠 부부를 재빨리 처형해 증거를 은폐하고 자신들의 권력을 유지했다. 오히려 급격한 시장경제 전환의 혼란 속에 국영기업과 재산들을 꿀꺽해 잘 나가는 자본주의자까지 되었던 그들을 보면, 루마니아 사회주의가 왜 무너질 수밖에 없었는지 고개를 끄덕이게 될 뿐이다.

아래로부터의 혁명으로 이루어낸 사회 변화가 옛정권의 권력자들에 의해 전유되고 이용되며 결국, 당의 이름과 대통령의 이름만 바뀌었을 뿐, 사회는 그다지 나아진 게 없는, 평범한 사람들은 여전히 서글픈 삶을 살아야 하는, 그런 루마니아의 현실에 가슴이 아팠다. 그건 단순히 삶의 낮은 질의 문제가 아니라 변화와 새로운 사회에 대한 희망의 좌절을 의미하는 것이니까. 한번 잃은 희망은 떨어진 경제수치 따위보다 훨씬 더 회복하기 힘든 법이다. 아냐의 20번지 집이 쇠락한 게 단지 시간의 흐름 때문만이 아니었으면 좋겠다. 시대의 흐름을 타며 권력에 기생했던 이들에 대한 역사가 내린 심판의 결과라면 조금이나마 위안이 되지 않을까.

아냐의 집을 찾은 것과 동시에 내 여행에서 《프라하의 소녀시대》는 끝이 났고, 덩달아 루마니아 여행도 끝이 났다. 루마니아는 비참하지 않았다. 활력이 없긴 했지만 오랜 시간의 답답함을 헤치며 살아온 사람들에게 그런 평가를 하는 건 예의가 아닐 것이다.

《프라하의 소녀시대》의 부쿠레슈티는 12년이 흐르며 다른 모습의 부쿠레슈티가 되었고, 그건 누구도 막을 수 없는 것이다. 코소보에서 만났던 폴란드인은 폴란드가 최고였다는 내게 "이번 여행 중 싫은 곳은 어디였냐."고도 물었다. 내 대답은 "없다." 였다. 내 대답을 들은 그녀가 이런 말을 했다.

"열린 마음과 열린 생각, 좋은 것을 보려는 태도만 가진다면 세상 어디든 다 좋을 거예요."

좀 낯 뜨거운 말이었지만 맞는 말이었다. 셀 수 없이 많은 사람들이 보이지도 않는 오랜 시간 속에 기쁨과 슬픔을 공유하며 만들어온 삶의 공간을, 단지 몇 시간을 보고 어떻게 그 가치를 판단할 수 있을까. 이런 생각을 했다는 것만으로도 루마니아 여행은 나에게 큰 성공이었다. 이거, 비행기 표를 개념 없이 미뤄버린 알 이탈리아에 감사해야 하는 건가. 나는 그렇게까지 관대하지 않지만.

벨리코 투르노보 Veliko Tarnovo
_ 불가리아

어느 방향으로 시선을 돌려도 모든 곳이 조화로운 절경이었다. 벨리코 투르노보 도시 전체를
둘러싼 짙은 녹음은 비를 맞아 더욱 푸르렀다. 골목마다 집집마다 핀 꽃의 행렬은 덤이었다.

아름다운 고대 불가리아 왕국의 수도

** 빛과 소리의 쇼, 알게 뭐람

벨리코 투르노보행 기차에서 만난 중년의 남자는 목소리가 칼칼했고 발음을 길게 뺐다. 뉴질랜드에서 왔다는 그는 나에게 한국에서 왔냐고 물어보았다. 그렇다고 하자 뉴질랜드에 한국 학생들이 많아 금방 알아볼 수 있다고 했다. 그는 어머니가 영국인과 중국인 피가 섞인 홍콩인이니 자기도 반은 아시아인이라고 했다. 몇 년 전에 한국을 여행한 적도 있다고 했는데 이어서 한 말이 나를 놀라게 했다.

"북한도오 갔었어어. 백두사안, 금강사안, 평양에엘 갔었어어."

'아니, 당신은 혹시 뉴질랜드 스파이?'

"와. 평양에 어떻게 가셨나요?"

"그냐앙 여행이었어어. 패키지여해앵. 북한은 패키지여행마안 할 수 있거드은. 뭐어. 평양은 엄처엉 조용하고 깔끔했어어. 좀 독특하안unique 분위기이였기도 하고오."

처음 알았다. 백두산과 금강산이야 한국에서도 여행을 간다만, 평양 여행은 처음 듣는 소리였다.

나는 좀 더 이야기를 듣고 싶었지만 그는 딱히 평양에 대해 더 할 말이 없어 보였다. 아저씨는 현재 60일 계획으로 동유럽을 여행 중이라며, 이번 여행을 마치면 "세계지도를 거의 다 채운다."고 했다. 어련하시겠습니까. 금단의 북한까지 갔는데. 이제 곧 육십이 되니 힘이 떨어지기 전에 다닐 수 있는 만큼 더 다닐 거라고도 했다.

"유, 육십이요? 제 눈엔 마흔 정도로 보이십니다만."

"아하하. 그쪼옥은 스무우 사알인가아?"

뭐, 스무 살은 보답의 말이라 치고. 근데, 내 눈에는 그가 정말 마흔 정도로 보였다. 솔직히, '가족은 없으신가요?', '부잔가요?' 같은 좀 예의 없는 원초적이고 질투 섞인 질문도 떠올랐지만 참았다. 여행 이야기를 하다 보니 시간이 금방 흘렀다.

벨리코 투르노보 역에 내리자 숙소 호객꾼들이 달라붙었다. 나름대로 6시간 반이나 이야기를 나눴으니 같이 숙소를 찾을 만도 했는데, 아저씨는 칼같이 작별을 고했다. 조금 섭섭했지만 베테랑 여행자다운 냉정함이었다.

잘생긴 남자가 구시가 언덕에 전망 좋은 호스텔이 10유로라기에 냉큼 따라갔다. 그는 호스텔로 가는 내내 창문을 내리고 동네 주민들과 인사하기 바빴다. 알고 보니 호객꾼이 아니라 호스텔 주인이었다. 그는 한국에 대해 잘 알고 있다며 소피아에서 호스텔을 하는 자기 친구는 한국어를 아주 잘해 한국 여행자들 사이에서도 꽤 유명하다고 했다. 소피아로 갈 거면 소개해주겠다고 해서 당연히 좋다고 했다.

하이커스 호스텔은 제법 높은 언덕에 자리했는데 그는 나에게 빨리 짐을 풀고 '빛과 소리의 쇼'를 볼 준비를 하라고 했다. 벨리코 투르노보의 차레베츠 요새는 웅장한 소리에 맞춰 요새를 색색이 물들이는 레이저 쇼를 하는데, 하루 30명 정도 여행자들이 돈을 내야만 볼 수 있다고 했다. 아마도 오늘 그 쇼를 볼 수 있을 거 같다고 했다.

그는 나에게 운이 좋다며 자기 호스텔 테라스만큼 '빛과 소리의 쇼'를 보기 좋은 곳도 없다고 자랑스레 이야기했다. 네가 들고 있는 론리 플래닛에도 그런 소개가 있을 거라고도 했는데, 찾아보니 사실이었다. 도미토리에 짐을 푸는데 키가 크고 좀 싱겁게 생긴 데다 앞머리가 살짝 빠진 앳되어 보이는 백인이 말을 걸었다.

"안녕. 난 매튜야. 고향은 미국 일리노이고 지금은 하버드 대학교에서 공부하고 있어."

"난 정흠이고, 한국의 서울에서 왔어. 난 군대에서 공부를 마쳤지."

못 알아들은 것 같았다.

"여행한 지 얼마나 됐어?"

"한 달 좀 넘었어. 너는?"

"난 나흘째야. 소피아에서 시작했거든. 여행 자주 해? 캐나다에 가본 적은 있지만 진짜 해외 여행은 이번이 처음이거든."

"그렇구나. 나는, 뭐, 가끔. 대충 유럽 나라들을 다 가 보긴 했어."

"그래. 여행이란 참 좋은 거지. 여행을 통해 너는 새로운 세계를 배우고 새로운 사람을 만날 수 있을 거야. 그게 여행이 주는 참된 즐거움일 테고, 그

벨리코 투르노보 언덕에 자리한 차레베츠 요새. 도시의 전경을 한눈에 내려다 볼 수 있다.

건 네 인생에 커다란 축복일 거야."

하버드에서 온 매튜 선생의 여행 철학 강의는 5분 정도 계속 되었다. 틀린 말은 별로 없었지만 내가 매튜에게 그런 강의를 들을 필요가 있나, 라는 생각도 들었다. 사람 자체는 나빠 보이지 않았지만 뭐 좀 그랬다.

호스텔은 미국인, 호주인, 캐나다인 천지였다. 죽을 거 같았다. 대체로 론리 플래닛에서 추천하는 숙소는 이런 상황인 경우가 많았다. 미국인, 호주인, 캐나다인 중 한 명과 내가 있으면 대화가 잘 통한다. 영어를 천천히 할 뿐만 아니라, 끈기있게 들어주고 쉬운 단어로 말하려 노력한다. 하지만 미국인, 호주인, 캐나다인 두 명 이상과 내가 있으면 그건 정말 지옥이다. 두 사람은 미친 듯한 속도로 자기들끼리 이야기하다 내가 있다는 사실을 잊어버린다. 가만히 있던 나를 대화에 끌어들인 주제에 말이다. 이런 호스텔에 오면 그런 싫은 상황과 반드시 맞닥뜨리게 된다. '빛과 소리의 쇼' 고 뭐고 그냥 씻고 자 버렸다. 그딴 거, 알게 뭐람.

✻ 아름다운 도시, 친절한 사람들

밤새 비가 내렸다. 빨래가 하나도 마르지 않았다. 빨래가 마르면 오후에 소피아로 갈 계획이었다. 하지만 그 비는 축복이나 다름없었다. 비 온 뒤의 벨리코 투르노보는 정말, 끝내줬다. 이 도시는 이번 여행에서 어떤 기준을 취하더라도 반드시 다섯 손가락 안에 드는 도시였다. 아름다움, 여유, 독특함 중 어느 것을 갖다 대도 다섯 손가락 안이었다.

고대 불가리아 왕국의 수도였던 벨리코 투르노보는 입지 조건부터 불공평한 혜택을 받고 있었다. 얀트라 강의 근사한 곡선이 도시로 흘러들었고,

근사한 곡선은 깊은 협곡을 만들었다. 깊은 협곡 위에는 온갖 모양새의 집들이 아슬아슬하게 자리 잡았고, 그 아슬아슬한 마을을 낮은 산이 둘러쌌다. 낮은 산은 오래된 성채가 차지했으며, 그 너머 보이는 층층의 낮은 산들은 이 작은 도시에 입체감을 불어넣었다.

겹겹이 쌓인 산의 보호를 받는 얀트라 강은 벨리코 투르노보 사이를 느긋하게 빠져나갔다. 도시 어디에서 어느 방향으로 시선을 돌려도 모든 곳이 조화로운 절경이었다. 좁은 골목이 돌에 뒤덮인 아름다운 굴코Gurko 거리에서든, 낮은 산 위에 자리한 차레베츠 요새에서든, 얀트라 강의 급한 곡선과 맞닿은 아세네프스Asenevs 공원에서든, 어디에 자리를 잡아도 공평하게 아름다운 절경을 볼 수 있었다. 벨리코 투르노보 도시 전체를 둘러싼 짙은 녹음은 비를 맞아 더욱 푸르렀다. 골목마다 집집마다 핀 꽃의 행렬은 덤이었다.

아름다운 도시의 사람들은 더없이 친절했다. 두브로브니크에서 만난 이와사키는 불가리아인들이 지독히도 무뚝뚝하다고 했지만 거리에서 만난 사람들 모두 정겹게 인사를 받았고 미소 지었다. 가끔 무례하게 조롱 섞인 말투로 '곤니치와'를 외치는 '초딩'들도 있었지만, 그들은 세상 어디에나 암약하는 존재이니 신경 쓸 필요는 없었다. 행복할 정도로 싼 물가와 친절한 레스토랑의 종업원들 덕분에 이 도시가 더 좋아졌다. 불가리아 요구르트는 지독히도 퍽퍽했지만.

하지만 이 도시에서 가장 특별했던 시간은 또다시 쏟아지는 비를 피해 멍하니 벤치에 앉아 있던 삼십 분의 시간이었다. 내 옆으로 백발의 노인들이 줄지어 앉아있었다. 그들이 나누는 정겨운 대화 소리가 빗방울 떨어지는 소

안트라 강과 낮은 언덕, 푸른 녹음의 조화가 근사한 벨리코 투르노보.

리와 묘하게 조화를 이루니 한없어 평화로운 기분이었다. 이들에게 경계 같은 건 없었다. 지나가는 사람 모두가 서로서로 아는 사이였다. 남녀노소를 불문하고 손을 흔들고 인사를 나누고 안부를 물었다. 아이에게는 할머니의 안부를, 할아버지에게는 손녀의 안부를, 알아들을 수 없는 말이었지만, 분명 그랬다.

낯선 동양의 이방인이 우두커니 옆에 앉아 있었지만 그 누구도 경계하지 않았다. 심지어 비가 그친 후 떠나는 나에게 손을 흔들어주었다. 그리고 행운을 빌어주었다. 전혀 알아들을 수 없는 말이었지만, 그건 분명 여행의 행운을 비는 것이었다.

행운은 이어졌다. 아무런 목적 없이 벨리코 투르노보를 종일 돌아다니다 호스텔에 돌아왔을 때는 10시가 넘었다. 호스텔 주인이 나를 부르더니 한국인 여행자 두 명이 왔다며 안내해주었다. 한국인 배낭 여행자는 정확히 20일 만에 처음이었다. 터키를 여행한 후 유럽으로 넘어온 여성 여행자들이었다. A씨는 피곤했는지 이미 잠이 들었고, 동갑내기 P씨와 원없이 수다를 떨었다. 그녀는 다섯 달 일정의 여행 중이었다. 이집트에 시리아에 터키에, 모험심 가득한 여행자였다.

내 생각, 내 표현, 내 말투를 모두 살릴 수 있는 모국어의 자유로운 사용은 행복한 일이었다. 그것이 비록 큰 의미 없는 대화의 나열일지라도 말이다. 요네하라 마리가 그랬던가.

"추상적인 인류의 일원이라는 건 이 세상에서 단 한 사람도 존재할 수 없어. 모든 사람은 지구상의 구체적인 장소에서 구체적인 시간에 어떤 민족에

속하는 부모에게서 태어나 구체적인 기후 조건 아래서 그 나라 언어를 모국
어로 삼아 크잖아. 어느 인간에게도 마치 대양의 한 방울처럼 바탕이 되는 문
화와 언어가 스며 있어. 또 거기엔 모국의 역사가 얽혀 있고, 그런 것에서 완
전히 자유로워진다는 것은 불가능한 일이야. 그런 인간이 있다면 그건 종이
쪽처럼 얄팍해 보일 거야. 좋든 싫든. 아무리 거부하려 해도, 저항하려 해
도……."

- 《프라하의 소녀시대》

　내가 낯선 땅에서 모국어를 그리워하면 할수록, 그 상황은 나란 인간을
구성하는 문화적이고 사회적이고 민족적인 맥락을 분명하게 알려준다. 그
맥락에 대한 이해는 다른 문화, 다른 사회, 다른 민족과 나 사이에 흐르는 필
연적인 다름을 고민케 한다. 결국 그 고민을 적대와 배제로 이을지 이해와
소통으로 이을지, 중대한 선택의 순간이 주어진다. 어떤 선택이 불행한 선택
인가는 비교적 명확하겠지만 말이다. 어쨌든 오랜만의 모국어 대화는 새벽
3시가 넘어서야 끝났다. 그 정도면 충분했다.

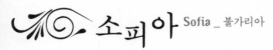 소피아 Sofia _ 불가리아

아름다운 이름만으로도 호감이 가는 도시였다. '지혜'를 뜻하는 고대 그리스어에서 딴 이름,
소피아. 하지만 뭔가 수줍고 조용한 이름의 뉘앙스와 달리 이 도시는 컸고 복잡했고 시끄러웠다.

화려하고도 조용한, 복잡하고도 시끄러운

✺ 불가리아의 수도, 소피아의 휴일

이른 아침, 한국인 여행자들과 작별 인사를 나누고 소피아로 향했다.

세련된 현대식 버스는 3시간 반 정도 달려 소피아에 도착했다. 불가리아의 수도, 소피아. 아름다운 이름만으로도 호감이 가는 도시였다. '지혜'를 뜻하는 고대 그리스어에서 딴 이름, 소피아. 하지만 뭔가 수줍고 조용한 이름의 뉘앙스와 달리 이 도시는 컸고 복잡했고 시끄러웠다. 소피아는 유럽에서도 가장 오래된 도시 중 하나로 7천년 전부터 사람들이 정착해 살았다. 하지만 불과 130여 년 전만 해도 소피아는 작고 보잘 것 없는 도시였다. 오스만 제국이 물러나고 1879년이 되어서야 수도가 되어 번성하기 시작했고 소피아라는 이름도 이때 공식화되었다. 철저한 도시 계획이 이루어지며 지금의 모습을 갖추었으니 7천년 된 도시다운 고풍스러움을 좀처럼 찾아볼 수 없는 건 당연했다.

러시아 병사들을 기리기 위해 만든 거대한 알렉산드르 네프스키 교회.

5백년 가까운 오스만 제국의 지배를 받았던 도시인만큼 모스크도 남아 있었다. 바냐 바시 모스크 주변에서는 온천수가 쏟아져 나왔고 사람들은 커다란 물통에 온천수를 담고 있었다. 나도 빈 병에 물을 담아 한 모금 마셔 보았다. 무척 따뜻했지만 맛있었다. 소피아에서는 물을 살 필요가 없었다. 바냐 바시 모스크와 폐장 중인 터키식 목욕탕을 제외하면 이슬람의 흔적은 좀처럼 찾기 힘들었다.

반면, 온갖 동방정교 교회들을 볼 수 있었다. 불가리아의 오랜 정교회 역사만큼이나 종류도 다양했다. 러시아 - 투르크 전쟁에서 죽은 러시아 병사들을 기리기 위해 만든 거대한 알렉산드르 네프스키 교회(알렉산드르 네프스키는 러시아 영웅이다)는 세계에서 제일 큰 동방정교 교회라던 베오그라드의 성 사바 성당만큼이나 컸다. 5천 명이 한꺼번에 들어갈 수 있다니 크기만으로는 어디에 견줘도 주눅들 이유가 없었다.

알렉산드르 네프스키 교회를 벗어나 온갖 잡다한 물건(라이터, 구소련제 카메라와 낡은 라디오까지)과 그다지 훌륭해 보이지 않는 거리 화가들의 그림이 전시되어 있는 골목을 지나 작지만 당당하게 자리 잡은 성 소피아 교회에 이르렀다. 이 도시에 소피아라는 이름을 선물한, 6세기에 지어진 소피아에서 두 번째로 오래된 교회였다. 성 소피아 교회에서는 한창 결혼식이 이루어지고 있었다. 제법 나이가 많아 보이는 커플이 사제의 경건한 기도를 들었고, 두 사람이 예배를 마치고 교회 바깥으로 나오자 사람들은 장미 꽃잎을 하늘 위로 뿌렸다.

토요일이라 그런지 거리 곳곳의 교회에서 결혼식을 볼 수 있었다. 결혼식은 경건했지만 웨딩카는 하나같이 최고급이었다. 소피아는 빈부 격차가 심해보였다. 교회 앞에서 진을 치고 있는 걸인들과 쓰레기통을 뒤지는 노인들을 도처에서 볼 수 있었다. 반면 잘 뻗은 대로에는 벤츠, 아우디, BMW, 그중에서도 최고급 오픈카를 몰고 질주하는 20대 초반 정도로 보이는 사람들도 심심치 않게 보였다. 벨리코 투르노보에서는 볼 수 없던, 수도다운 풍경이었다.

불가리아는 사회주의 시절만 해도 공업이 발달한, 나름대로 경쟁력 있는 나라였다. 하지만 사회주의의 붕괴와 함께 세계 시장에 던져진 후 심각한 경제적 어려움에 놓여있다. 불과 몇 년 전만 해도 평균 월급이 20만 원 정도였다니 론리 플래닛에 소개되어 있는 불가리아 농담이 의미심장해 보였다. "우리는 5백년 동안 오스만 제국의 동생이었죠. 그들은 망했습니다. 다음은 나치와 소련의 형제였죠. 그들도 망했습니다. 이제 나토와 미국과 유럽연합이 우리의 형젭니다. 조심하쇼!"

최근 빠르게 경제가 회복되고 있다지만 빈부격차는 점점 심해져 상위 10퍼센트와 하위 10퍼센트의 소득격차는 10배가 넘는다. 깨끗하게 보호되던 불가리아의 자연은 몰려드는 외국인과 관광 자본으로 점점 원래의 빛을 잃어가고 있다는 이야기도 들린다. 민족지학 박물관 뒤 공원에 쓰러진 채 망가져 있는 레닌 동상이 예사롭지 않아 보였다.

저녁 시간이 되자 교회 곳곳에서 예배가 이루어지고 있었다. 대통령궁 뒤에 자리한, 소피아에서 가장 오래된 성 조지 교회도 마찬가지였다. 4세기, 로마인에 의해 만들어진 교회였다. 붉은 벽돌로 만들어진 작은 외양이 인상적이었다. 교회 바로 앞의 유적은 고대 트라키아인이 살던 도시 세르디카의 흔적이라 했다.

성 소피아 교회의 결혼식. 사람들은 신혼 부부의 머리 위로 장미 꽃잎을 던진다.

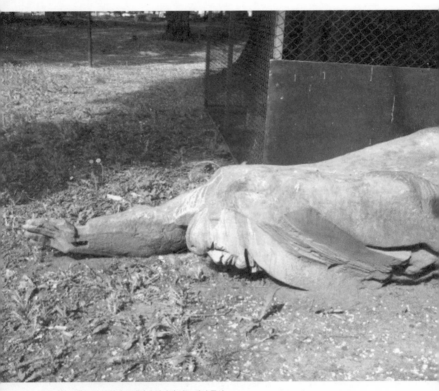

민족지학 박물관 뒤 공원에 쓰러진채 망가져 있는 레닌 동상.

성 조지 교회에서 지켜본 정교회 예배는 로마 가톨릭 미사와 달리 계속 서서했다. 웬만한 정교회 교회에는 의자가 없었다. 성호 긋는 방향이 로마 가톨릭과 반대였다. 예배 중에 받아먹는 성체는 작은 밀떡이 아니라 진짜 빵이었다. 정교회 예배가 좀 더 간단하고 엄숙한 느낌이었다. 로마 가톨릭 성당보다 조금은 투박했던 대부분의 정교회 교회의 외양과 닮아 있는 것도 같았다. 사소한 부분의 차이는 있었지만 전체적인 분위기는 비슷했다. 순서도 형식도, 어디를 봐도 역시 한 형제였다. 왜 수백 년에 걸쳐 두 종교를 둘러싼 다툼과 전쟁이 벌어졌는지 쉽게 이해할 수 없었다.

소피아의 토요일 밤은 화려했고 시끄러웠지만 어딘지 모르게 음습하기도 했다. 화려한 곳은 너무 화려했지만 조용한 곳은 너무 조용했다. 조금은 서글픈, 소피아의 선택과 집중이었다.

＊ 그건 분명 차별이었어!

웬만한 불가리아 레스토랑 종업원은 더없이 친절했다. 친절하게 서빙 했고 음식 맛은 마음에 드는지 꼭 물어보았으며 미소를 잃지 않았다. 하지만 깨끗한 물을 흐리는 미꾸라지는 어디라도 있기 마련이다. 저녁을 먹기 위해 론리플래닛을 펼쳤다. 론리가 소개하는 레스토랑은 대부분 맛이 나쁘지 않은 편이었다. 불가리아 전통 음식에 입문하기 좋은 레스토랑이라는 구절이 보여 어렵게 찾아갔다. 크고 세련된 외관에 맛있는 냄새가 흘러나왔다. 레스토랑에 들어서자 종업원, 아니 매니저 같이 보이는 인물이 좀 불쾌하다는 표정으로 말을 걸었다.

"몇 명?"

"혼잔데요."

짜증난다는 표정이었다.

"지금 바쁜 시간이야. 이 레스토랑에서 널 위한 자리는 딱 하나밖에 없어. 2층에 그릴 바로 앞자리가 하나 비어. 거기서라도 먹을래?"

그는 회심의 미소를 지으며 물었다. 레스토랑 테이블은 거의 비어있는 상황이었다. 2인석도 많이 비어있었다. 따져봐야 분명 '전부 예약석'이라고 할 게 뻔했다. 날씨가 더워 가만히 서 있기만 해도 땀이 줄줄 흘렀다. 하지만 그릴 앞이라 봐야 얼마나 더울까 싶었고, 고기 굽는 모습을 바로 앞에서 보는 것도 나쁘진 않을 것 같았다. 게다가 이런 인간에게 굴복하기도 싫었다.

"좋아요."

내가 그 자리라도 좋다고 하자 매니저는 잠깐 노려보며 한숨을 쉬더니 나를 데리고 2층으로 올라갔다. 점점 기분이 나빠졌다. 그는 나에게 성의 없이 메뉴판을 던지다시피 주었다. 기분이 확 상했다. 게다가 그릴과 너무 가까워 견딜 수 없을 정도로 더웠다. 굴복이고 뭐고, 사는 게 먼저였다. 매니저에게 다시 물었다.

"너무 덥네요. 진짜 다른 자리 없나요?"

"대체 뭘 원해? 내가 너를 위해 해줄 수 있는 건 아무것도 없어."

그는 불쾌하다는 표정을 한 채 나에게 쏘아붙였다.

아주 재수 없는 말투였다. 벌떡 일어나 욕을 퍼부어주고 싶었지만 그냥 일어서 눈을 흘기며 "그럼 다음에 올게요."라 말했다. 다른 종업원이 그에게 무슨 일이냐 묻자 그는 메뉴판을 손가락으로 가리키더니 그저 어깨를 으쓱할 뿐이었다. 마치 "제까짓 게 무슨 돈으로 여기 왔겠어?"라는 뉘앙스였다.

기분이 정말 더러웠다. 모스타르에서 아이들이 '배드 차이나'라며 돌을 던질 때보다도 훨씬 더 비교할 수 없이.

요네하라 마리는 "동유럽의 동양인에 대한 냉혹한 대우는 서구 어느 나라보다 노골적인 것 같다."는 말도 했지만, 40일 여행 중 그런 느낌을 받은 적은 거의 없었다. 그녀의 여행 후 12년이나 흐른 시간 덕이라는 생각도 했었다. 하지만 돌아가기 전에 제대로 한 번 당했다.

그건 분명 차별이었다. 인종차별인지 계급차별인지는 알 수 없었지만, 분명 차별이었다. 이 일은 당하는 순간보다 그 후에 나를 훨씬 더 괴롭혔다. 처음에는 내가 왜 그런 대접을 받아야했는지 분노했지만, 시간이 지날수록 혹시 내 행색이 너무 초라했나 싶어 차림새를 돌아보게 되었다.

괜히 다른 곳에 갔다 또 같은 대접을 받으면 어쩌나, 걱정도 들었다. 이런 패배주의적 자세는 결국, 스스로에 대한 자괴감이 되었다. 그리고 부당한 상황에 제대로 대응하지 못한 내가 점점 한심해졌다. 그건 익숙한 차별의 논리학이었다. 차별한 사람은 기억조차 못하고 차별당한 사람만 언제까지고 괴로워하게 되는.

일견 사소해 보이는 이 상황은 지금 떠올려도 종종 비참한 기분이 들게 한다. 시간이 많이 흘러 다시 생각해봐도, 그건 분명 더럽게 기분 나쁜 차별이었다.

플로브디프의 알료샤와 함께

동유럽 여행의 마지막 날이었다. 해가 지면 이스탄불행 버스를 타야 했다. 버스를 타고 소피아에서 두 시간 거리의 플로브디프로 갔다. 플로브디프는 불가리아에서 소피아 다음으로 큰 도시이자 유럽에서 가장 오래된 도시 중 하나다. 기원전 12세기에 트라키아인이 이 땅에 세운 에우몰피아스 Eumolpias는 유럽의 첫 번째 도시들 중 하나였다.

플로브디프의 첫인상은 번잡하고 지저분했다. 플로브디프의 상징이라는 2000년 역사의 필립포포리스 극장도 초라했다. 로마는 이 도시를 '세 개의 언덕의 도시'라는 뜻의 트리몬티움Trimontium이라 부르며 중요한 도시로 발전시켰다. 아시리아의 풍자 시인 루치아노는 트리몬티움을 "여기는 모든 마을 중 가장 크고 가장 사랑스럽다. 그것의 아름다움은 멀리서부터 반짝인다."며 찬사를 늘어놓기도 했다.

지금의 플로브디프는 로마 유적 때문인지 조금은 어둠침침해 보였다. 하지만 그런 느낌은 잠시였다. 구시가를 걸으면 걸을수록 플로브디프에 대한 느낌이 천천히 바뀌었다. 좁은 골목은 돌로 아름답게 장식되어 있었고 골목마다 들어선 바로크 양식의 집과 고풍스러운 동방정교 교회는 근사한 조화를 이루었다.

거리 구석구석에 숨은 기념품 가게에서는 장미향이 물씬 풍겼다. 언덕 위에 자리한 파란 잔디와 푸른 나무 사이의 고대 도시 에우몰피아스의 잔해는 시간 속에 스러진, 혹은 시간을 견뎌낸 자의 고단함을 드리웠다. 빅밴드의 흥겨운 재즈 선율이 광장을 휩쌌다. 사람들은 리듬에 맞춰 광장에서 춤을 추었다. 익숙한 'sing sing sing' 의 리듬이 즐거웠다.

플로브디프는 애초 일곱 개의 언덕 위에 지어진 도시였다. 그래서 종종 '일곱 언덕의 도시' 라 불렸다. 하지만 이제 언덕은 여섯 개 뿐이었다. 사회주의 시절, 구시가를 꾸밀 돌을 얻기 위해 언덕 하나를 통째 없애버렸다. 철망 넘어 보이는 휑한 옛 언덕의 흔적이 조금 서글펐다. 사라진 언덕 앞에 자리한 '해방의 언덕' 에 올랐다. 오를수록 플로브디프가 한눈에 들어왔다. 정상에는 거대한 소련 병사가 서 있었다. 그의 이름은 '알료샤' 라고 했다. 회색의 알료샤는 무덤덤한 표정으로 모스크바를 바라보고 있었다.

나는 그의 옆에 기대어 북서쪽으로 시선을 돌렸다. 가까이에 붉은 지붕의 집들이 보였다. 좀 더 멀리에 빽빽한 아파트와 공장이 늘어서 있었다. 더 먼 곳은 넓은 평야와 기복 있는 산의 풍경이었다. 40여 일을 함께 한 동유럽의 낯설고도 익숙한 풍경이었다. 분명, 이들을 '동유럽' 이라는 하나의 고정된 이름 아래 묶을 순 없었다. 서로 다른 역사와 서로 다른 민족 아래 자신들

만의 문화와 사회를 만들었고 앞으로도 그럴 테니까.

하지만 부정할 수 없는 그들 사이의 공통점, 사회주의를 상징하는 알료샤와 불가리아 전역에 휘날리는 성조기의 부조화처럼, 거리 곳곳에서 보이는 걸인들과 새롭게 들어서는 다국적 기업의 광고 간판과 루이비통이 만들어내는 어색함처럼, 낯선 이를 경계하지 않는 사람들과 낯선 이에게 적대를 보내는 무례한 사람들의 충돌처럼, 그들이 인정하고 싶지 않다 하더라도 '동유럽'은 '동유럽'이라 불릴 만한 공통의 흔적들이 있었다.

10년 혹은 20년 후 다시 찾았을 때 이 세계는 어떤 모습일까. 쿠트나 호라의 가이드는 엄청난 돈을 벌었는데 뭐가 대수냐고 냉소적으로 말할까. 바르샤바의 대학생은 힘들게 정치 전단지를 돌릴까. 센텐드레의 가게 주인은 여행자에게 초콜릿을 선물할까. 블레드의 곤돌라 조타수는 캐나다가 아닌 블레드에 남아있을까. 스플리트의 노신사는 슬픈 눈빛일까. 레나는 모스타르에서 살고 사라예보의 야스나는 보스니악을 미워할까. 베오그라드의 아주머니는 자본주의가 축복이라고 말할까. 프리슈티나의 피자 요리사는 미국이 뭐가 나빠, 라고 물을까. 티미쇼아라의 레스토랑 종업원은 무뚝뚝할까. 벨리코 투르노보의 노인들은 낯선 동양인에게 여행의 행운을 빌어줄까. 그리고 알료샤는 이 자리를 지키고 있을까. 난 이 모든 게 궁금했다.

어쨌든, 2007년 5월의 어느 날, 나는 플로브디프의 알료샤 옆에 서서 동유럽을 바라봤고 그건 백 년이 지나도 변하지 않을 사실이었다.

참고한 자료들

우선, 여행 전 많은 지식을 알려줘 여행이 풍요로울 수 있게 해주었고, 여행 후 많은 궁금증을 해결해 주어 여행을 더 풍요롭게 해준 위키피디아www.wikipedia.org의 모든 세계 네티즌에게 감사드립니다. 론리 플래닛의 《Eastern Europe》 아홉 번째 판(2007)도 빼놓을 수 없습니다. 책에서 소개된 역사나 유적에 대한 설명은 특별한 언급이 없으면 각 도시에서 받은 팸플릿, 홈페이지와 위키피디아를 참고했습니다.

여행 기간 동안, 그리고 글 쓰는 내내, 요네하라 마리의 《프라하의 소녀시대》(이현진 역, 마음산책, 2006), 《마녀의 한 다스》(이현진 역, 마음산책, 2007), 마크 마조워의 《발칸의 역사》(이순호 역, 을유문화사, 2006), 알랭 드 보통의 《여행의 기술》(정영목 역, 이레, 2004), 에릭 홉스봄의 《극단의 시대 : 20세기 역사》(이용우 역, 까치, 1997)를 수도 없이 참고했습니다. 특히, 요네하라 마리에 대한 고마움은 백 번을 말해도 부족할 것 같습니다.

체코 편에서 인용된 자료는 밀란 쿤데라의 소설 두 편(《참을 수 없는 존재의 가벼움》(송동준 역, 민음사, 1998), 《농담》(방미경 역, 민음사, 1999)), 조지 카치아피카스의 《신좌파의 상상력》(이재원 역, 이후, 1999, "레두타 클럽의 전설적 분위기"), 무라카미 하루키의 《먼 북소리》(윤성원 역, 문학사상사, 2004), 김남희의 《소심하고 겁 많고 까탈스러운 여자 혼자 떠나는 걷기 여행 3》(미래M&B, 2006)입니다.

체코의 공연 보조금 지급에 대한 내용은 〈오 마이 뉴스〉 강인규 기자의 '프라하는 더 행복해졌을까?' 2006년 9월 1일자 기사에서 인용했습니다. 루싸드카의 전설은 쿠트나호라 홈페이지www.kutnahora.cz를 참조했습니다.

폴란드 편에서 영화 〈십계〉에 대한 박찬욱 감독의 평가는 《박찬욱의 오마주》(마음산책, 2005)에서 인용했고 바실리스크에 대한 이야기는 조앤. K. 롤링의 《해리 포터와 비밀의 방》(김혜원 역, 문학수첩, 2000)에서 찾았습니다. 바르샤바 시장 광장의 전설과 기념비 투어는 Warsaw Tourist Ofiice에서 펴낸 《Warsaw in short》(2005)를 참조했고, 바벨성의 용에 대한 전설은 바벨 성 공식 홈페이지 www.wawel.krakow.pl, 비엘리츠카 소금광산의 킹가 공주의 전설은 소금광산 홈페이지 www.kopalnia.pl에서 참조했습니다.

아우슈비츠 참고자료는 Kazimierz Smoleň이 쓰고 박상준이 번역한 《국립 오시비엥침 박물관 안내서 - 한국어판(2003)》과 국립 오시비엥침 박물관 홈페이지 www.aushcwitz.org.pl에서 얻었습니다.

크라쿠프의 부활절 미사와 '물에 젖은 월요일'에 대한 설명은 한국외국어대학교 외국학종합연구센터에서 펴낸 《국제지역정보 제6권 3호(1997)》를 참조했습니다. 크라쿠프 유대인 지구 여행에는 Agnieszka Legutko-Orownia가 쓴 《Kraków' s Kazimierz》(2004)의 도움을 받았고 림 하다드의 《아이들아, 평화를 믿어라》(박민희 역, 아시아네트워크, 2008)에서 한 구절을 인용했습니다.

헝가리에서 자살을 '서글픈 전통'이라 말한다는 부분은 김성진의 《부다페스트》(살림, 2006)에서 인용했으며 르 코르뷔지에의 부다페스트에 대한 평가는 이광주의 《유럽 카페 산책》(열대림, 2005)에서 재인용했습니다. 마차시 성당에 대한 설명은 마차시 성당 홈페이지 www.matyas-templom.hu를 참조했으며, 헝가리 혁명 관련 내용은 연합뉴스 2006년 10월 22일 특집 기사인 《헝가리 혁명 50주년》과 김학준의 《붉은 영웅들의 삶과 이상》(동아일보사, 1997)을 참조했습니다. 센텐드레의 역사는 센텐드레 홈페이지 web.axelero.hu에서 도움 받았습니다.

구유고연방 관련해서는 여러 책을 참조했습니다. 투지만에 대한 부분은 로버트 O. 팩스턴의 《파시즘 - 열정과 광기의 정치 혁명》(손명희 역, 교양인, 2005)을 참조했습니다. 두브로브니크에 대한 부분은 권삼윤의 《두브로브니크는 그날도 눈부셨다》(효형출판, 1999)의 도움을 받았습니다. 믈레트의 환경오염에 대한 부분은 《브리태니커 백과사전》을 참고했습니다. 모스타르의 스타리 모스트에 대한 부분은 니콜라 피에르의 《다른 곳을 사유하자》(이세진 역, 푸른 숲, 2007)의 도움을 받았고 축구에 대한 이야기는 프랭클린 포어의 《축구는 어떻게 세계를 지배했는가》(안명희 역, 말글빛냄, 2005)를 참고했습니다.

보스니아 내전에 관한 책들은 논쟁적인 부분이 많기 때문에 다르게 해석할 여지가 많음을 알립니다. 가치 판단 없이, 보스니아 내전을 다루는 책들로 참조한 건 미셸 초스도프스키의 《빈곤의 세계화》(이대훈 역, 당대, 1998), 사만다 파워의 《미국과 대량학살의 시대》(김보영 역, 에코리브르, 2004), 피터 마쓰의 《네 이웃을 사랑하라》(최정숙 역, 미래의 창, 2002), 김철민의 《동유럽의 민족분쟁 - 보스니아, 코소보, 마케도니아》(살림, 2007) 등을 참고했습니다.

사라예보 포위와 터널에 대한 내용은 터널 박물관의 공식 팸플릿인 Edis & Bajro Kolar의 《Tunel》의 도움을 받았습니다. 보스니아 내전에 대한 서구 언론 보도의 태도에 대한 고민은 슬라보예 지젝의 《향락의 전이》(이만우 역, 인간사랑, 2002), 요네하라 마리의 《마녀의 한 다스》, 《프라하의 소녀시대》에서 짧게나마 찾아볼 수 있습니다.

코소보 문제나 나토의 세르비아 공습에 대해서는 좌파 내에서도 논쟁거리입니다. 노암 촘스키 외 여러 필자가 참여한 《전쟁이 끝난 후》(국제연대정책정보센터 역, 이후, 2000)는 코소보 전쟁에 대한 좌파 내 입장 차이를 잘 보여줍니다. 노암 촘스키의 《불량국가》(장영준 역, 두레, 2001)와 드니 로베르와 베로니카 자라쇼비치의 《촘스키, 누가 무엇으로 세상을 지배하는가》(강주헌 역, 시대의 창, 2002)의 촘스키 인터뷰 부분에서 코소보 전쟁에 대한 고민거리를 얻을 수 있었습니다.

좌파로서 코소보에 대해 촘스키와 다른 입장을 보이며 세르비아 폭격에 대해 지지를 표한 수잔 손택의 《타인의 고통》(이재원 역, 이후, 2004)에 나오는 짧은 글인 《우리가 코소보에 와 있는 이유》를 촘스키의 글과 함께 참고했습니다. 아르칸 암살에 대한 부분은 김재명의 《나는 평화를 기원하지 않는다》(지형, 2005)를 참조했고, 코소보와 원유의 관계에 대해서는 리처드 하인버그의 《파티는 끝났다》(신현승 역, 시공사, 2006)에서 짧게나마 찾아볼 수 있습니다.

암보 프로젝트에 대해서는 프레시안 이승선 기자의 2008년 3월 5일 기사인 《코소보 사태의 이면 '암보프로젝트'》와 한겨레 21 하영식 통신원의 《마케도니아는 미군을 증오한다》(한겨레 21 368호, 2001)를 참조했습니다. 세르비아의 제문 관련 부분은 제문 홈페이지www.sozemun.org.yu의 도움을 받았고 티토 관련 부분은 재스퍼 리들리의 《티토 - 위대한 지도자의 초상》(유경찬 역, 을유문화사, 2003)의 도움을 받았습니다. "서유럽은 제문에서부터 시작한다."는 구절은 《티토》에서 인용했습니다.

이 외에도 알게 모르게 인터넷 여행기나 신문 기사의 도움을 받은 부분이 많을 거라 생각됩니다. 빠진 부분을 알려주시면 추후 보충하여 게재하도록 하겠습니다.